Fantastic Tales / Cuentos Fantásticos

Vol. I

Fantastic Tales / Cuentos Fantásticos Vol. I

Bilingual English & Spanish edition

Fantastic tales / *Cuentos fantásticos* / Vol. I
Bilingual English & Spanish edition

© 2019 by Daniel Bernardo

SOJOURNER BOOKS
https://sojournerbooks.com

Translated by Daniel Bernardo

ISBN: 978-1-989586-02-0

Table of Contents

The Wendigo / El Wendigo

Algernon Blackwood

I

Un número considerable de grupos de caza salió ese año sin encontrar ni un rastro nuevo; porque los alces eran extraordinariamente tímidos, y los frustrados Nimrods volvieron al seno de sus respectivas familias con las mejores excusas que pudieron idear. El Dr. Cathcart, entre otros, regresó sin un trofeo; pero en cambio trajo el recuerdo de una experiencia que, según él, valía la pena por todos los alces que habían sido cazados desde el inicio del tiempo. Pero Cathcart, de Aberdeen, estaba interesado en otras cosas además de los alces, entre ellas los caprichos de la mente humana. Esta historia en particular, sin embargo, no encontró ninguna mención en su libro sobre la Alucinación Colectiva por la simple razón (que él confió una vez a un colega suyo) que él mismo jugó un papel muy íntimo en ella como para poder expresar un juicio objetivo del asunto en su conjunto...

Además de él y su guía, Hank Davis, los acompañaba el joven Simpson, su sobrino, un estudiante de teología que visitaba por primera vez los bosques canadienses y el guía de este último, Défago. Joseph Défago era un "Canuck" francés, que se había alejado de su provincia natal de Quebec años antes, y había quedado

I

A considerable number of hunting parties were out that year without finding so much as a fresh trail; for the moose were uncommonly shy, and the various Nimrods returned to the bosoms of their respective families with the best excuses the facts of their imaginations could suggest. Dr. Cathcart, among others, came back without a trophy; but he brought instead the memory of an experience which he declares was worth all the bull moose that had ever been shot. But then Cathcart, of Aberdeen, was interested in other things besides moose — amongst them the vagaries of the human mind. This particular story, however, found no mention in his book on Collective Hallucination for the simple reason (so he confided once to a fellow colleague) that he himself played too intimate a part in it to form a competent judgment of the affair as a whole...

Besides himself and his guide, Hank Davis, there was young Simpson, his nephew, a divinity student destined for the "Wee Kirk" (then on his first visit to Canadian backwoods), and the latter's guide, Défago. Joseph Défago was a French "Canuck," who had strayed from his native Province of Quebec years before, and had

1

atrapado en Rat Portage cuando el Canadian Pacific Railway estaba en construcción; un hombre que, además de su incomparable conocimiento de la artesanía en madera y de los bosques, también podía cantar las viejas canciones de los *voyageur* e incluso contaba excitantes historias de cazadores. Además, era profundamente susceptible a ese hechizo singular que los lugares salvajes ejercen sobre ciertas naturalezas solitarias, y amaba las soledades del bosque con una especie de pasión romántica que casi equivalía a una obsesión. La vida en los montes le fascinaba –lo cual, sin duda, explicaba su gran habilidad para lidiar con sus misterios.

Fue Hank quien lo eligió para esta expedición, porque él ya lo conocía y le tenía completa confianza. También lo insultaba, "bromeando como un amigo", y como tenía un vocabulario de juramentos pintorescos, aunque sin sentido, la conversación entre los dos incondicionales y robustos leñadores era a menudo bastante animada. Sin embargo, Hank aceptó reprimir un poco este río de improperios por respeto a su antiguo "jefe de caza", el Dr. Cathcart, a quien, por supuesto, se dirigía, según la moda del país como "Doc", y también porque entendió que el joven Simpson ya era un "pequeño párroco". Sin embargo, Défago tenía un solo defecto, que era que el canadiense francés a veces exhibía lo que Hank describía como "su maldito carácter", lo que significaba, aparentemente, que a veces, fiel a su tipo latino, sufría ataques de un sordo mal humor, cuando nada podía inducirlo a decir una palabra. Habría que agregar que Défago era imaginativo y melancólico. Y, como regla general, el contacto prolongado con la "civilización" era lo que inducía tales ataques, que eran curados por unos días pasados en medio de la naturaleza.

Estos eran los cuatro hombres que estaban acampando, la última semana de octubre de ese "año de alces tímidos" en el desierto al norte de Rat Portage, una

got caught in Rat Portage when the Canadian Pacific Railway was a-building; a man who, in addition to his unparalleled knowledge of wood-craft and bush-lore, could also sing the old voyageur songs and tell a capital hunting yarn into the bargain. He was deeply susceptible, moreover, to that singular spell which the wilderness lays upon certain lonely natures, and he loved the wild solitudes with a kind of romantic passion that amounted almost to an obsession. The life of the backwoods fascinated him — whence, doubtless, his surpassing efficiency in dealing with their mysteries.

On this particular expedition he was Hank's choice. Hank knew him and swore by him. He also swore at him, "jest as a pal might," and since he had a vocabulary of picturesque, if utterly meaningless, oaths, the conversation between the two stalwart and hardy woodsmen was often of a rather lively description. This river of expletives, however, Hank agreed to dam a little out of respect for his old "hunting boss," Dr. Cathcart, whom of course he addressed after the fashion of the country as "Doc," and also because he understood that young Simpson was already a "bit of a parson." He had, however, one objection to Défago, and one only — which was, that the French Canadian sometimes exhibited what Hank described as "the output of a cursed and dismal mind," meaning apparently that he sometimes was true to type, Latin type, and suffered fits of a kind of silent moroseness when nothing could induce him to utter speech. Défago, that is to say, was imaginative and melancholy. And, as a rule, it was too long a spell of "civilization" that induced the attacks, for a few days of the wilderness invariably cured them.

This, then, was the party of four that found themselves in camp the last week in October of that "shy moose year" 'way up in the wilderness north of Rat Portage — a

región abandonada y desolada. También estaba Punk, un indio, que había acompañado al Dr. Cathcart y Hank en sus viajes de caza en años anteriores, y que actuaba como cocinero. Su deber era simplemente permanecer en el campamento, pescar y preparar filetes y café de venado apenas se lo pidieran. Se vestía con ropa desgastada, legada por sus antiguos clientes y, a excepción de su grueso cabello negro y su piel oscura, vestido con esas vestimentas ciudadanas, no parecía un piel roja real, más de lo que un negro de escenario parece un africano real. A pesar de eso, Punk aún tenía los instintos de su raza moribunda, su silencio taciturno y su gran resistencia, también sus supersticiones.

Esa noche, la reunión alrededor del fuego ardiente no estaba muy animada, porque había pasado una semana sin que se descubriera ningún rastro de alces. Défago había cantado una canción y comenzó a relatar una historia, pero Hank, con mal humor, lo interrumpió varias veces diciéndole "lo estás contando mal, no fue así", por lo que el francés finalmente cayó en un malhumorado silencio del que nada podía sacarlo. El Dr. Cathcart y su sobrino terminaron bastante cansados después de un día agotador. Punk estaba lavando los platos, gruñendo para sus adentros, bajo las ramas, donde más tarde se acostó a dormir. Nadie se preocupó por reavivar el fuego, que moría lentamente. En lo alto, las estrellas brillaban en un cielo invernal, y había tan poco viento que el hielo ya se estaba formando sigilosamente a lo largo de las orillas del lago inmóvil que se extendía detrás de ellos. El silencio del vasto bosque, que parecía escucharlos, se extendía a su alrededor, envolviéndolos.

Repentinamente, Hank rompió el silencio con su voz nasal.

"Propongo intentarlo por otro lugar mañana, Doc", observó con energía, mirando a su empleador. "No tenemos ni una maldita oportunidad por aquí".

forsaken and desolate country. There was also Punk, an Indian, who had accompanied Dr. Cathcart and Hank on their hunting trips in previous years, and who acted as cook. His duty was merely to stay in camp, catch fish, and prepare venison steaks and coffee at a few minutes' notice. He dressed in the worn-out clothes bequeathed to him by former patrons, and, except for his coarse black hair and dark skin, he looked in these city garments no more like a real redskin than a stage Negro looks like a real African. For all that, however, Punk had in him still the instincts of his dying race; his taciturn silence and his endurance survived; also his superstition.

The party round the blazing fire that night were despondent, for a week had passed without a single sign of recent moose discovering itself. Défago had sung his song and plunged into a story, but Hank, in bad humor, reminded him so often that "he kep' mussing-up the fac's so, that it was 'most all nothin' but a petered-out lie," that the Frenchman had finally subsided into a sulky silence which nothing seemed likely to break. Dr. Cathcart and his nephew were fairly done after an exhausting day. Punk was washing up the dishes, grunting to himself under the lean-to of branches, where he later also slept. No one troubled to stir the slowly dying fire. Overhead the stars were brilliant in a sky quite wintry, and there was so little wind that ice was already forming stealthily along the shores of the still lake behind them. The silence of the vast listening forest stole forward and enveloped them.

Hank broke in suddenly with his nasal voice.

"I'm in favor of breaking new ground tomorrow, Doc," he observed with energy, looking across at his employer. "We don't stand a dead Dago's chance around here."

"Muy bien", dijo Cathcart, siempre un hombre de pocas palabras. "Pienso que la idea es buena".

"Claro que sí, está bien", Hank reanudó con confianza. "¿Que le parece si vamos hacia el oeste, por el camino de Garden Lake para variar? Todavía no exploramos ese rincón solitario".

"De acuerdo".

"Y tú, Défago, lleva al señor Simpson en la pequeña canoa, cruza el Lago de las Cincuenta Islas y dale una buena mirada a la orilla sur. El año pasado, los alces "corretearon" por allí como el infierno, y por lo que sabemos, aún pueden estar haciéndolo".

Défago, manteniendo los ojos en el fuego, no dijo nada a modo de respuesta. Todavía estaba ofendido, posiblemente, por su historia interrumpida.

"¡Apostaría hasta mi último dólar que nadie ha subido por ahí este año", agregó Hank con énfasis, como si tuviera una razón para saberlo. Miró a su compañero bruscamente. "Mejor toma la pequeña tienda de seda y aléjate un par de noches", concluyó, como si el asunto se hubiera resuelto definitivamente. Porque Hank era reconocido como el director general de la cacería, y estaba a cargo de la expedición.

Era obvio para cualquiera que Défago no estaba muy entusiasmado por el plan, pero su silencio parecía transmitir algo más que la desaprobación habitual, y en su cara, oscura y sensitiva, apareció una extraña expresión, como un fugaz destello del fuego, que no pasó desapercibida para los otros tres hombres.

"Me parece que tiene miedo, por alguna razón", dijo Simpson más tarde, en la carpa que compartía con su tío. El Dr. Cathcart no respondió de inmediato, aunque la expresión de Défago le había interesado lo suficiente en ese momento, como para tomar nota mentalmente. Su extraña apariencia le había causado una inquietud pasajera que no podía explicar por el momento.

"Agreed," said Cathcart, always a man of few words. "Think the idea's good."

"Sure pop, it's good," Hank resumed with confidence. "S'pose, now, you and I strike west, up Garden Lake way for a change! None of us ain't touched that quiet bit o' land yet —"

"I'm with you."

"And you, Défago, take Mr. Simpson along in the small canoe, skip across the lake, portage over into Fifty Island Water, and take a good squint down that thar southern shore. The moose 'yarded' there like hell last year, and for all we know they may be doin' it agin this year jest to spite us."

Défago, keeping his eyes on the fire, said nothing by way of reply. He was still offended, possibly, about his interrupted story.

"No one's been up that way this year, an' I'll lay my bottom dollar on that!" Hank added with emphasis, as though he had a reason for knowing. He looked over at his partner sharply. "Better take the little silk tent and stay away a couple o' nights," he concluded, as though the matter were definitely settled. For Hank was recognized as general organizer of the hunt, and in charge of the party.

It was obvious to anyone that Défago did not jump at the plan, but his silence seemed to convey something more than ordinary disapproval, and across his sensitive dark face there passed a curious expression like a flash of firelight — not so quickly, however, that the three men had not time to catch it.

"He funked for some reason, I thought," Simpson said afterwards in the tent he shared with his uncle. Dr. Cathcart made no immediate reply, although the look had interested him enough at the time for him to make a mental note of it. The expression had caused him a passing uneasiness he could not quite account for at the moment.

Pero Hank, por supuesto, había sido el primero en notarlo, y lo extraño era que, en lugar de volverse explosivo o enojado por la reticencia del otro, de inmediato comenzó a hacerle bromas.

"Creo que no hay ninguna razón para que no vayamos por ahí este año", dijo con un tono irónico. "¡No por la razón que tú piensas, de todos modos! El año pasado fueron los fuegos que mantuvieron a la gente fuera, y este año, supongo, tampoco quieren ir, ¡eso es todo!". Claramente, su actitud intentaba ser alentadora.

Joseph Défago levantó su mirada por un momento y luego volvió a mirar para abajo. Un soplo de viento salió del bosque y avivó las brasas, levantando llamas pasajeras. El Dr. Cathcart volvió a notar la expresión en el rostro del guía, y una vez más no le gustó. Pero esta vez la naturaleza de su mirada lo traicionó. En esos ojos, por un instante, captó el brillo de un hombre profundamente asustado. Le inquietaba más de lo que quería admitir.

"¿Hay indios peligrosos por ahí?", preguntó, con una risa para aliviar las cosas un poco, mientras que Simpson, demasiado adormecido para darse cuenta de ese juego sutil, se fue a la cama con un bostezo prodigioso. "¿O ... o algo malo con la comarca?", agregó, cuando su sobrino ya no podía oír.

Hank lo miró a los ojos con algo menos que su habitual franqueza.

"Él está asustado", respondió con buen humor. "¡Asustado por un viejo cuento de hadas! Eso es todo, ¿verdad, viejo camarada?". Y le dio a Défago una patada amistosa en el pie calzado con un mocasín, que estaba más cerca del fuego.

Défago levantó la vista rápidamente, como interrumpiendo una ensoñación, un ensueño, que sin embargo, no le había impedido estar al tanto todo lo que se estaba diciendo.

"Asustado – ¡nunca!", respondió con un rubor de desafío. "No hay nada en el monte que pueda asustar a Joseph Défago,

But Hank, of course, had been the first to notice it, and the odd thing was that instead of becoming explosive or angry over the other's reluctance, he at once began to humor him a bit.

"But there ain't no speshul reason why no one's been up there this year," he said with a perceptible hush in his tone; "not the reason you mean, anyway! Las' year it was the fires that kep' folks out, and this year I guess — I guess it jest happened so, that's all!" His manner was clearly meant to be encouraging.

Joseph Défago raised his eyes a moment, then dropped them again. A breath of wind stole out of the forest and stirred the embers into a passing blaze. Dr. Cathcart again noticed the expression in the guide's face, and again he did not like it. But this time the nature of the look betrayed itself. In those eyes, for an instant, he caught the gleam of a man scared in his very soul. It disquieted him more than he cared to admit.

"Bad Indians up that way?" he asked, with a laugh to ease matters a little, while Simpson, too sleepy to notice this subtle by-play, moved off to bed with a prodigious yawn; "or — or anything wrong with the country?" he added, when his nephew was out of hearing.

Hank met his eye with something less than his usual frankness.

"He's jest skeered," he replied good-humoredly. "Skeered stiff about some ole feery tale! That's all, ain't it, ole pard?" And he gave Défago a friendly kick on the moccasined foot that lay nearest the fire.

Défago looked up quickly, as from an interrupted reverie, a reverie, however, that had not prevented his seeing all that went on about him.

"Skeered —nuthin'!" he answered, with a flush of defiance. "There's nuthin' in the Bush that can skeer Joseph Défago,

¡y no lo olvides!". Y la energía natural con la que habló hizo imposible saber si dijo toda la verdad o solo una parte de ella.

Hank se volvió hacia el doctor. Solo iba a agregar algo cuando se detuvo repentinamente y miró a su alrededor. Un sonido cercano, detrás de ellos en la oscuridad hizo que todos se sobresaltaran. Era el viejo Punk, que se había levantado, mientras hablaban y ahora estaba allí, más allá del círculo de la luz del fuego, escuchando.

"¡Ahora no, Doc!" Hank susurró, con un guiño, "cuando no haya moros en la costa". Y, poniéndose de pie, le dio una palmada en la espalda al indio y exclamó con voz fuerte: "Acércate al fuego y calienta tu sucio pellejo". Lo arrastró hacia el fuego y lanzó más madera. "La comida que nos diste fue muy buena", continuó con entusiasmo, como si quisiera encauzar los pensamientos del hombre en otra dirección, "y no es cristiano dejar que te quedes ahí afuera, muriéndote de frío, mientras nosotros nos estamos tostando al fuego". Punk se acercó y calentó sus pies, sonriendo ante la volubilidad del otro, que solo entendía a medias, pero sin decir nada. Y en ese momento, el Dr. Cathcart, viendo que era imposible continuar la conversación, siguió el ejemplo de su sobrino y se dirigió a la tienda, dejando a los otros tres hombres fumando, al lado del fuego que volvía a arder.

No es fácil desvestirse en una pequeña tienda de campaña sin despertar al compañero, y Cathcart, endurecido y de sangre ardorosa a pesar de sus cincuenta y tantos años, hizo lo que Hank habría descrito como "considerable para sus años" a la intemperie. Notó, durante el proceso, que Punk había regresado a su yacija, y que Hank y Défago seguían charlando como un martillo y tenazas, o, mejor dicho, el martillo y el yunque, el pequeño franco canadiense siendo el yunque. Se parecía mucho a la imagen de escenario convencional del melodrama occidental:

and don't you forget it!" And the natural energy with which he spoke made it impossible to know whether he told the whole truth or only a part of it.

Hank turned towards the doctor. He was just going to add something when he stopped abruptly and looked round. A sound close behind them in the darkness made all three start. It was old Punk, who had moved up from his lean-to while they talked and now stood there just beyond the circle of firelight — listening.

"'Nother time, Doc!" Hank whispered, with a wink, "when the gallery ain't stepped down into the stalls!" And, springing to his feet, he slapped the Indian on the back and cried noisily, "Come up t' the fire an' warm yer dirty red skin a bit." He dragged him towards the blaze and threw more wood on. "That was a mighty good feed you give us an hour or two back," he continued heartily, as though to set the man's thoughts on another scent, "and it ain't Christian to let you stand out there freezin' yer ole soul to hell while we're gettin' all good an' toasted!" Punk moved in and warmed his feet, smiling darkly at the other's volubility which he only half understood, but saying nothing. And presently Dr. Cathcart, seeing that further conversation was impossible, followed his nephew's example and moved off to the tent, leaving the three men smoking over the now blazing fire.

It is not easy to undress in a small tent without waking one's companion, and Cathcart, hardened and warm-blooded as he was in spite of his fifty odd years, did what Hank would have described as "considerable of his twilight" in the open. He noticed, during the process, that Punk had meanwhile gone back to his lean-to, and that Hank and Défago were at it hammer and tongs, or, rather, hammer and anvil, the little French Canadian being the anvil. It was all very like the conventional stage picture of Western melodrama: the fire lighting up their faces with patches of

el fuego iluminaba sus rostros con parches alternos de rojo y negro; Défago, con sombrero holgado y mocasines en la parte del villano; Hank, de rostro abierto y sin sombrero, con los hombros descuidadamente caídos, como el héroe honesto y engañado; y el viejo Punk, escuchando a escondidas en el fondo, proporcionando la atmósfera de misterio. El doctor sonrió al notar los detalles; pero al mismo tiempo, algo profundo dentro de él –casi imperceptiblemente– se retrajera un poco, como si un soplo de advertencia casi imperceptible hubiera tocado la superficie de su alma y se hubiera ido otra vez antes de que pudiera agarrarlo. Probablemente se debía a esa "expresión de miedo" que había visto en los ojos de Défago; "Probablemente" –porque este indicio de emoción fugitiva escapó de su análisis, generalmente tan agudo. El era vagamente consciente, que Défago podía causar problemas de alguna manera... No era un guía tan estable como Hank, por ejemplo... No pudo llegar más allá de eso...

Observó a los hombres un momento más antes de sumergirse en la carpa cerrada donde Simpson ya dormía profundamente. Vio que Hank estaba maldiciendo como un loco africano en un salón de negros de Nueva York; pero eran maldiciones amistosas. Los ridículos juramentos brotaban libremente ahora que la causa de su obstrucción estaba dormida. En ese momento, puso su brazo casi con ternura sobre el hombro de su camarada, y se alejaron juntos hacia las sombras donde su tienda se erguía, brillando ligeramente. También Punk siguió su ejemplo, un momento después, y desapareció entre sus mantas olorosas, en la dirección opuesta.

El Dr. Cathcart también se entregó, la desconfianza y el sueño aún luchaban en su mente, con una oscura curiosidad por saber qué era lo que había asustado a Défago sobre la comarca cercana al Lago de las Cincuenta Islas, preguntándose también por qué la presencia de Punk había

alternate red and black; Défago, in slouch hat and moccasins in the part of the "badlands" villain; Hank, open-faced and hatless, with that reckless fling of his shoulders, the honest and deceived hero; and old Punk, eavesdropping in the background, supplying the atmosphere of mystery. The doctor smiled as he noticed the details; but at the same time something deep within him — he hardly knew what — shrank a little, as though an almost imperceptible breath of warning had touched the surface of his soul and was gone again before he could seize it. Probably it was traceable to that "scared expression" he had seen in the eyes of Défago; "probably" — for this hint of fugitive emotion otherwise escaped his usually so keen analysis. Défago, he was vaguely aware, might cause trouble somehow... He was not as steady a guide as Hank, for instance... Further than that he could not get...

He watched the men a moment longer before diving into the stuffy tent where Simpson already slept soundly. Hank, he saw, was swearing like a mad African in a New York nigger saloon; but it was the swearing of "affection." The ridiculous oaths flew freely now that the cause of their obstruction was asleep. Presently he put his arm almost tenderly upon his comrade's shoulder, and they moved off together into the shadows where their tent stood faintly glimmering. Punk, too, a moment later followed their example and disappeared between his odorous blankets in the opposite direction.

Dr. Cathcart then likewise turned in, weariness and sleep still fighting in his mind with an obscure curiosity to know what it was that had scared Défago about the country up Fifty Island Water way — wondering, too, why Punk's presence had prevented the completion of what Hank

impedido que Hank dijera lo que quería decir. Entonces el sueño lo alcanzó. Ya lo sabría mañana. Hank le contaría la historia mientras caminaban tras el esquivo alce.

Un profundo silencio cayó sobre el pequeño campamento, plantado allí, tan audazmente en las fauces del bosque salvaje. El lago brillaba como una lámina de vidrio negro debajo de las estrellas. El aire frío era punzante. Las brisas nocturnas que vertían su marea silenciosa desde las profundidades del bosque, con mensajes de las crestas distantes y de los lagos que apenas comenzaban a congelarse, traían los olores débiles y sombríos del próximo invierno. Los hombres blancos, con su olfato embotado, nunca los habrían adivinado; la fragancia del fuego de leña les ocultaba esas insinuaciones casi eléctricas de musgo y corteza y un pantano endurecido a cien kilómetros de distancia. Incluso Hank y Défago, sutilmente aliados con el alma del bosque, probablemente olfatearían en vano...

Pero una hora después, cuando todos dormían como muertos, el viejo Punk se arrastró, saliendo de abajo de sus mantas y bajó a la orilla del lago como una sombra, en silencio, como solo la sangre india puede moverse. Levantó la cabeza y miró a su alrededor. La densa oscuridad no le permitía ver mucho, pero, como los animales, poseía otros sentidos que la oscuridad no podía silenciar. Escuchó y luego olfateó el aire. Inmóvil como un vástago de cicuta se quedó allí. Después de cinco minutos, de nuevo levantó la cabeza y olfateó nuevamente. Un hormigueo recorrió sus nervios, sin que ningún signo exterior lo traicionara, corrió a través de su cuerpo mientras saboreaba el punzante aire. Luego, fusionando su figura con la oscuridad circundante, como solo los hombres salvajes y los animales pueden hacerlo, giró, todavía moviéndose como una sombra, y regresó sigilosamente a su yacija.

Y poco después de dormirse, el cambio de viento que había adivinado, agitó

had to say. Then sleep overtook him. He would know tomorrow. Hank would tell him the story while they trudged after the elusive moose.

Deep silence fell about the little camp, planted there so audaciously in the jaws of the wilderness. The lake gleamed like a sheet of black glass beneath the stars. The cold air pricked. In the draughts of night that poured their silent tide from the depths of the forest, with messages from distant ridges and from lakes just beginning to freeze, there lay already the faint, bleak odors of coming winter. White men, with their dull scent, might never have divined them; the fragrance of the wood fire would have concealed from them these almost electrical hints of moss and bark and hardening swamp a hundred miles away. Even Hank and Défago, subtly in league with the soul of the woods as they were, would probably have spread their delicate nostrils in vain...

But an hour later, when all slept like the dead, old Punk crept from his blankets and went down to the shore of the lake like a shadow — silently, as only Indian blood can move. He raised his head and looked about him. The thick darkness rendered sight of small avail, but, like the animals, he possessed other senses that darkness could not mute. He listened — then sniffed the air. Motionless as a hemlock stem he stood there. After five minutes again he lifted his head and sniffed, and yet once again. A tingling of the wonderful nerves that betrayed itself by no outer sign, ran through him as he tasted the keen air. Then, merging his figure into the surrounding blackness in a way that only wild men and animals understand, he turned, still moving like a shadow, and went stealthily back to his lean-to and his bed.

And soon after he slept, the change of wind he had divined stirred gently the

suavemente el reflejo de las estrellas sobre del lago. Levantándose entre las lejanas crestas del país más allá del Lago de las Cincuenta Islas, procedía de la dirección en la que había mirado, y pasó sobre el campamento dormido con un murmullo débil, como un suspiro a través de las copas de los grandes árboles, demasiado delicado como para ser audible. Con él, por los senderos desiertos de la noche, aunque demasiado tenue, aún para los agudos sentidos del indio, llegaba un curioso, ligerísimo olor, extrañamente inquietante, un olor de algo que parecía desconocido, absolutamente desconocido.

El canadiense francés y el hombre de sangre india se agitaron inquietos mientras dormían, aunque ninguno de los dos despertó. Luego, el fantasma de ese extraño e inolvidable olor desapareció y se perdió entre las regiones lejanas de los bosques deshabitados.

II

Por la mañana el campamento estaba en movimiento antes que saliera el sol. Había caído una ligera nevada durante la noche y el aire era frío y penetrante. Punk había cumplido con su deber, porque los olores del café y el tocino frito llegaban a todas las tiendas. Todos estaban de buen humor.

"¡El viento ha cambiado!". Gritó Hank vigorosamente, viendo que Simpson y su guía ya estaban cargando la pequeña canoa. "Sopla a través del lago, justo para ustedes, compañeros. ¡Y la nieve permitirá seguir los rastros fácilmente! Si hay algún alce vagabundeando por ahí arriba, no podrán olerlos con el viento como está. ¡Buena suerte, monsieur Défago!", agregó, pronunciando su nombre en francés por una vez, "¡bonne chance!".

Défago le devolvió los buenos deseos, aparentemente de la mejor manera, su malhumor olvidado. Antes de las ocho en punto, el viejo Punk tenía el campa-

reflection of the stars within the lake. Rising among the far ridges of the country beyond Fifty Island Water, it came from the direction in which he had stared, and it passed over the sleeping camp with a faint and sighing murmur through the tops of the big trees that was almost too delicate to be audible. With it, down the desert paths of night, though too faint, too high even for the Indian's hair-like nerves, there passed a curious, thin odor, strangely disquieting, an odor of something that seemed unfamiliar — utterly unknown.

The French Canadian and the man of Indian blood each stirred uneasily in his sleep just about this time, though neither of them woke. Then the ghost of that unforgettably strange odor passed away and was lost among the leagues of tenantless forest beyond.

II

In the morning the camp was astir before the sun. There had been a light fall of snow during the night and the air was sharp. Punk had done his duty betimes, for the odors of coffee and fried bacon reached every tent. All were in good spirits.

"Wind's shifted!" cried Hank vigorously, watching Simpson and his guide already loading the small canoe. "It's across the lake — dead right for you fellers. And the snow'll make bully trails! If there's any moose mussing around up thar, they'll not get so much as a tail-end scent of you with the wind as it is. Good luck, Monsieur Défago!" he added, facetiously giving the name its French pronunciation for once, *bonne chance!*

Défago returned the good wishes, apparently in the best of spirits, the silent mood gone. Before eight o'clock old Punk had the camp to himself, Cathcart and

mento para él solo, Cathcart y Hank estaban lejos en el sendero que conducía hacia el oeste, mientras que la canoa que llevaba a Défago y Simpson, con una carpa de seda y provisiones para dos días, ya era una mancha oscura en el seno del lago, yendo hacia el este.

La crudeza invernal del aire estaba templada por el sol, que cubría las crestas boscosas y ardía con una lujosa calidez sobre el mundo del lago y el bosque. Los somormujos volaban a través del espumoso rocío que el viento levantaba; algunos sacudían sus cabezas goteantes hacia el sol y volvían a desaparecer con elegancia; y tan lejos como podían alcanzar los ojos, el bosque se alzaba por leguas, desolado en su solitaria extensión y grandiosidad, nunca hollado por el pie del hombre, estrechando su uninterrumpido tapiz vegetal hasta las costas oscuras de la Bahía de Hudson.

Simpson, que lo veía todo por primera vez, mientras remaba con fuerza propulsando a la canoa bailarina, quedó encantado por su austera belleza. Su corazón se regocijaba en la libertad y los grandes espacios, y sus pulmones bebían el viento fresco y perfumado. Detrás de él, en el asiento de popa, cantando fragmentos de sus cantos nativos, Défago dirigía la canoa de corteza de abedul como si fuera un ser vivo, respondiendo alegremente todas las preguntas de su compañero. Ambos estaban contentos y excitados. En tales ocasiones los hombres pierden las distinciones superficiales y mundanas; se convierten en seres humanos trabajando juntos para un fin común. Simpson, el empleador, y Défago el empleado, entre estas fuerzas primitivas, eran simplemente: dos hombres, el "guía" y el "guiado". El conocimiento superior, por supuesto asumió el control, y el hombre más joven cayó sin pensarlo dos veces en una posición cuasi-subordinada. Nunca soñó con objetar cuando Défago omitía el "Sr." y se dirigía a él como "oiga, Simpson" o "Simpson, jefe",

Hank were far along the trail that led westwards, while the canoe that carried Défago and Simpson, with silk tent and grub for two days, was already a dark speck bobbing on the bosom of the lake, going due east.

The wintry sharpness of the air was tempered now by a sun that topped the wooded ridges and blazed with a luxurious warmth upon the world of lake and forest below; loons flew skimming through the sparkling spray that the wind lifted; divers shook their dripping heads to the sun and popped smartly out of sight again; and as far as eye could reach rose the leagues of endless, crowding Bush, desolate in its lonely sweep and grandeur, untrodden by foot of man, and stretching its mighty and unbroken carpet right up to the frozen shores of Hudson Bay.

Simpson, who saw it all for the first time as he paddled hard in the bows of the dancing canoe, was enchanted by its austere beauty. His heart drank in the sense of freedom and great spaces just as his lungs drank in the cool and perfumed wind. Behind him in the stern seat, singing fragments of his native chanties, Défago steered the craft of birch bark like a thing of life, answering cheerfully all his companion's questions. Both were gay and light-hearted. On such occasions men lose the superficial, worldly distinctions; they become human beings working together for a common end. Simpson, the employer, and Défago the employed, among these primitive forces, were simply — two men, the "guider" and the "guided." Superior knowledge, of course, assumed control, and the younger man fell without a second thought into the quasi-subordinate position. He never dreamed of objecting when Défago dropped the "Mr.," and addressed him as "Say, Simpson," or "Simpson, boss," which was invariably the case before they reached the farther shore after a stiff pad-

como era invariablemente el caso, hasta que llegaron a la costa más lejana después de remar firme por dieciocho kilómetros, luchando contra un viento de proa. Sólo se reía, y disfrutaba; después, dejó de notarlo por completo.

Porque este estudiante de teología era un hombre joven de buen talante y mejor carácter, aunque todavía sin experiencia; y en este viaje, la primera vez que había visto un país que no fuero su propia y pequeña Escocia natal, la enorme escala de las cosas lo desconcertaba un poco. Se dio cuenta de que una cosa era oír hablar de los bosques primordiales, y otra muy distinta verlos. Mientras que habitar en ellos y conocer a su vida salvaje era, nuevamente, una iniciación que ningún hombre inteligente podría experimentar sin un cierto cambio de aquellos valores personales que hasta ahora consideraba permanentes y sagrados.

Simpson sintió el primer indicio de esta emoción cuando tomó en sus manos el nuevo rifle 303 y miró a lo largo de sus impecables y relucientes cañones. El viaje de tres días hasta el nuevo campamento, primero por el lago y después por tierra, fueron una nueva fase de este proceso. Y ahora que estaba a punto de sumergirse, incluso más allá de la borde del mundo salvaje, donde estaban acampados, en el corazón virgen de regiones deshabitadas tan vastas como la misma Europa. La verdadera naturaleza de la situación se apoderó de él con un efecto de deleite y asombro que su imaginación era plenamente capaz de apreciar. Solo estaban él y Défago contra una multitud, al menos, contra un Titán.

Los sombríos esplendores de estos bosques remotos y solitarios más bien lo abrumaron con la sensación de su propia pequeñez. Los infinitos bosques azules que se balanceaban en el horizonte, severos y enmarañados, parecían ser despiadados y terribles. Entendió la advertencia silenciosa. Se dio cuenta de su propia im-

dle of twelve miles against a head wind. He only laughed, and liked it; then ceased to notice it at all.

For this "divinity student" was a young man of parts and character, though as yet, of course, untraveled; and on this trip — the first time he had seen any country but his own and little Switzerland — the huge scale of things somewhat bewildered him. It was one thing, he realized, to hear about primeval forests, but quite another to see them. While to dwell in them and seek acquaintance with their wild life was, again, an initiation that no intelligent man could undergo without a certain shifting of personal values hitherto held for permanent and sacred.

Simpson knew the first faint indication of this emotion when he held the new 303 rifle in his hands and looked along its pair of faultless, gleaming barrels. The three days' journey to their headquarters, by lake and portage, had carried the process a stage farther. And now that he was about to plunge beyond even the fringe of wilderness where they were camped into the virgin heart of uninhabited regions as vast as Europe itself, the true nature of the situation stole upon him with an effect of delight and awe that his imagination was fully capable of appreciating. It was himself and Défago against a multitude — at least, against a Titan!

The bleak splendors of these remote and lonely forests rather overwhelmed him with the sense of his own littleness. That stern quality of the tangled backwoods which can only be described as merciless and terrible, rose out of these far blue woods swimming upon the horizon, and revealed itself. He understood the si-

potencia. Solo Défago, como símbolo de una civilización lejana donde el hombre era maestro, se interponía entre él y una muerte implacable por el agotamiento y el hambre.

Fue emocionante para él, por lo tanto, ver a Défago voltear la canoa en la orilla, empacar las palas cuidadosamente debajo, y luego marcar los tallos de abeto a cierta distancia a ambos lados de un sendero casi invisible, con un comentario lanzado al descuido, "oiga, Simpson, si algo me pasa, encontrará la canoa fácilmente siguiendo estas marcas; luego diríjase al oeste, siguiendo el sol para encontrar el campamento de nuevo. ¿Me entiende?".

Era lo más natural del mundo, y él lo dijo sin ninguna inflexión notable de la voz, solo que en ese momento expresaba las emociones del joven con una expresión que simbolizaba la situación y su propia impotencia como un factor más. Estaba solo con Défago en un mundo primitivo, eso era todo. La canoa, otro símbolo de la ascendencia del hombre, ahora debía ser dejada atrás. Esos pequeños parches amarillos, hechos en los árboles con el hacha, eran las únicas indicaciones de su escondite.

Mientras tanto, acarreando las mochilas entre ellos, cada uno con su propio rifle, siguieron un rastro casi imperceptible sobre rocas y troncos caídos y a través de pantanos semicongelados; bordeando numerosos lagos que festoneaban el bosque, sus orillas cubiertas con niebla; y hacia las cinco en punto se encontraron repentinamente en el borde del bosque, mirando a través de una gran lámina de agua frente a ellos, salpicada de islas cubiertas de pinos de todas las formas y tamaños que se pueden describir.

"El Lago de las Cincuenta Islas", anunció Défago con cansancio, "¡y el sol está por sumergir su calva en él!", agregó, con poesía inconsciente; e inmediatamente se pusieron a preparar el campamento para pasar la noche.

lent warning. He realized his own utter helplessness. Only Défago, as a symbol of a distant civilization where man was master, stood between him and a pitiless death by exhaustion and starvation.

It was thrilling to him, therefore, to watch Défago turn over the canoe upon the shore, pack the paddles carefully underneath, and then proceed to "blaze" the spruce stems for some distance on either side of an almost invisible trail, with the careless remark thrown in, "Say, Simpson, if anything happens to me, you'll find the canoe all correc' by these marks; — then strike doo west into the sun to hit the home camp agin, see?"

It was the most natural thing in the world to say, and he said it without any noticeable inflexion of the voice, only it happened to express the youth's emotions at the moment with an utterance that was symbolic of the situation and of his own helplessness as a factor in it. He was alone with Défago in a primitive world: that was all. The canoe, another symbol of man's ascendancy, was now to be left behind. Those small yellow patches, made on the trees by the axe, were the only indications of its hiding place.

Meanwhile, shouldering the packs between them, each man carrying his own rifle, they followed the slender trail over rocks and fallen trunks and across half-frozen swamps; skirting numerous lakes that fairly gemmed the forest, their borders fringed with mist; and towards five o'clock found themselves suddenly on the edge of the woods, looking out across a large sheet of water in front of them, dotted with pine-clad islands of all describable shapes and sizes.

"Fifty Island Water," announced Défago wearily, "and the sun jest goin' to dip his bald old head into it!" he added, with unconscious poetry; and immediately they set about pitching camp for the night.

En unos pocos minutos, bajo esas hábiles manos que nunca hacían un movimiento demasiado lento o demasiado pequeño, la tienda de seda estaba armada, tensa y acogedora, las camas de ramas de bálsamo listas y un fuego de cocción enérgica ardía con el mínimo humo... Mientras el joven escocés limpiaba los peces que habían atrapado con un anzuelo, colocado a la popa de la canoa, Défago dijo que daría una vuelta a través de los matorrales en busca de rastros de alces. "Puedo llegar a encontrar un tronco donde frotan sus cuernos", dijo mientras se alejaba, "o encontrarlos alimentándose de las últimas hojas de arce".

Su pequeña figura se mezcló con el atardecer, como una sombra, mientras que Simpson notó con una especie de admiración la facilidad con que el bosque lo absorbió en su interior. Unos pocos pasos, y ya no era visible.

Sin embargo, había poca maleza por allí; los árboles estaban un poco separados, bien espaciados; y en los claros crecían abedules y arces plateados, con forma de lanza y esbeltos, contra los inmensos troncos de los abetos y las cicutas. De no ser por algunos troncos derribados, de monstruosas proporciones, y las grandes rocas grises que sobresalían de la tierra aquí y allá, bien podría haber sido un parque en el Viejo País. Uno hasta podría haber visto en ellos la mano del hombre. Un poco a la derecha, sin embargo, comenzaba una gran área quemada, llamada el *Brûle*, donde las fuegos se habían desatado durante semanas, el año anterior, y los tocones ennegrecidos ahora se veían demacrados y feos, desprovistos de ramas, como gigantescas cabezas de fósforos pegadas al suelo, salvajes y desolados más allá de las palabras. El perfume de carbón y las cenizas empapadas por la lluvia todavía colgaban débilmente sobre el lugar.

El atardecer se profundizó rápidamente; los claros se oscurecieron; el crepitar del fuego y el golpeteo de pequeñas

In a very few minutes, under those skillful hands that never made a movement too much or a movement too little, the silk tent stood taut and cozy, the beds of balsam boughs ready laid, and a brisk cooking fire burned with the minimum of smoke. While the young Scotchman cleaned the fish they had caught trolling behind the canoe, Défago "guessed" he would "jest as soon" take a turn through the Bush for indications of moose. "May come across a trunk where they bin and rubbed horns," he said, as he moved off, "or feedin' on the last of the maple leaves"— and he was gone.

His small figure melted away like a shadow in the dusk, while Simpson noted with a kind of admiration how easily the forest absorbed him into herself. A few steps, it seemed, and he was no longer visible.

Yet there was little underbrush hereabouts; the trees stood somewhat apart, well spaced; and in the clearings grew silver birch and maple, spearlike and slender, against the immense stems of spruce and hemlock. But for occasional prostrate monsters, and the boulders of grey rock that thrust uncouth shoulders here and there out of the ground, it might well have been a bit of park in the Old Country. Almost, one might have seen in it the hand of man. A little to the right, however, began the great burnt section, miles in extent, proclaiming its real character —*brulé*, as it is called, where the fires of the previous year had raged for weeks, and the blackened stumps now rose gaunt and ugly, bereft of branches, like gigantic match heads stuck into the ground, savage and desolate beyond words. The perfume of charcoal and rain-soaked ashes still hung faintly about it.

The dusk rapidly deepened; the glades grew dark; the crackling of the fire and the wash of little waves along the

olas a lo largo de la orilla rocosa del lago eran los únicos sonidos audibles. El viento había cesado con la puesta del sol, y en todo ese vasto mundo de ramas nada se movía. Al parecer, en cualquier momento, los dioses del bosque, a quienes se debe adorar en silencio y soledad, podían estirar sus poderosos y terribles miembros entre los árboles. Al frente, a través de puertas apiladas por enormes troncos rectos, yacía el tramo de el Lago de las Cincuenta Islas, un lago con forma de media luna, de unos 25 kilómetros, de punta a punta, y quizás 8 kilómetros de ancho, desde donde ellos estaban acampados. Un cielo de rosas y azafrán, más claro que cualquier otro que Simpson hubiera visto, todavía dejaba caer sus pálidos rayos sobre las olas, donde las islas –cien, seguramente, en lugar de cincuenta– flotaban como las hadas de alguna flota encantada. Rodeadas de pinos, cuyas crestas se estiraban delicadamente hacia el cielo, casi parecían moverse hacia arriba cuando la luz se desvanecía, a punto de levantar ancla y navegar por los caminos del cielo en lugar de las corrientes de su desolado lago nativo.

Y tiras de nubes de colores, como pendones ostentosos, señalaban su partida hacia las estrellas...

La belleza de la escena era extrañamente inspiradora. Simpson ahumó el pescado y quemó sus dedos, al esforzarse por disfrutar la escena y al mismo tiempo atender la sartén y el fuego. Sin embargo, siempre en el fondo de sus pensamientos, asomaba ese otro aspecto del desierto: la indiferencia hacia la vida humana, el espíritu despiadado de la desolación a la que no le importa el hombre. La sensación de su completa soledad, ahora que hasta Défago se había ido, se acrecentó mientras miraba a su alrededor y escuchaba el sonido de los pasos que regresaban de su compañero.

La sensación era placentera, pero con ella se asociaba una preocupación perfectamente comprensible. E instintiva-

rocky lake shore were the only sounds audible. The wind had dropped with the sun, and in all that vast world of branches nothing stirred. Any moment, it seemed, the woodland gods, who are to be worshipped in silence and loneliness, might stretch their mighty and terrific outlines among the trees. In front, through doorways pillared by huge straight stems, lay the stretch of Fifty Island Water, a crescent-shaped lake some fifteen miles from tip to tip, and perhaps five miles across where they were camped. A sky of rose and saffron, more clear than any atmosphere Simpson had ever known, still dropped its pale streaming fires across the waves, where the islands — a hundred, surely, rather than fifty — floated like the fairy barques of some enchanted fleet. Fringed with pines, whose crests fingered most delicately the sky, they almost seemed to move upwards as the light faded — about to weigh anchor and navigate the pathways of the heavens instead of the currents of their native and desolate lake.

And strips of colored cloud, like flaunting pennons, signaled their departure to the stars...

The beauty of the scene was strangely uplifting. Simpson smoked the fish and burnt his fingers into the bargain in his efforts to enjoy it and at the same time tend the frying pan and the fire. Yet, ever at the back of his thoughts, lay that other aspect of the wilderness: the indifference to human life, the merciless spirit of desolation which took no note of man. The sense of his utter loneliness, now that even Défago had gone, came close as he looked about him and listened for the sound of his companion's returning footsteps.

There was pleasure in the sensation, yet with it a perfectly comprehensible alarm. And instinctively the thought

mente, pensó: "¿Qué debo hacer, ¿o puedo hacer, si le pasa algo y él no regresa?".

Disfrutaron de su merecida cena, comieron tanto pescado como quisieron y bebieron un té lo suficientemente fuerte como para matar a hombres que no habían recorrido cuarenta y ocho kilómetros, remando y caminando, comiendo poco a lo largo del difícil camino. Y cuando todo terminó, fumaron y contaron historias alrededor del fuego chisporroteante, riendo, estirando las piernas cansadas y discutiendo los planes para el mañana. Défago estaba de muy buen humor, aunque decepcionado por no tener señales de alce para informar. Pero estaba oscuro y no había ido muy lejos. El *brûle*, no era un buen sitio. Su ropa y sus manos estaban manchadas de carbón. Simpson, observándolo, se dio cuenta con renovada intensidad de su situación, los dos solos en el bosque salvaje.

"Défago", dijo, "estos bosques, ya sabes, son un poco demasiado grandes como para sentirme en casa, para sentirme cómodo, quiero decir... ¿Eh?". Simplemente le dio expresión al estado de ánimo del momento; Apenas estaba preparado para la seriedad, incluso la solemnidad, con la que el guía respondió.

"Lo ha expresado bien, Simpson, jefe", respondió él, fijando sus ojos castaños en su rostro, "y esa es la verdad, claro. No tienen límite, ningún tipo de límite". Luego añadió en tono más bajo, como para sí mismo, "¡muchos descubrieron eso, y se hicieron pedazos!".

Pero la gravedad de la manera del hombre no era del agrado del otro; era un poco demasiado sugerente para este escenario y esta situación. Lamentaba haber abordado el tema. Recordó repentinamente cómo su tío le había dicho que los hombres a veces se veían afectados por una extraña fiebre del desierto, cuando la seducción de los lugares deshabitados los atrapa tan ferozmente que siguen adelante, medio fascinados, medio enloquecidos,

stirred in him: "What should I—could I, do — if anything happened and he did not come back —?"

They enjoyed their well-earned supper, eating untold quantities of fish, and drinking unmilked tea strong enough to kill men who had not covered thirty miles of hard "going," eating little on the way. And when it was over, they smoked and told stories round the blazing fire, laughing, stretching weary limbs, and discussing plans for the morrow. Défago was in excellent spirits, though disappointed at having no signs of moose to report. But it was dark and he had not gone far. The brulé, too, was bad. His clothes and hands were smeared with charcoal. Simpson, watching him, realized with renewed vividness their position — alone together in the wilderness.

"Défago," he said presently, "these woods, you know, are a bit too big to feel quite at home in-to feel comfortable in, I mean!... Eh?" He merely gave expression to the mood of the moment; he was hardly prepared for the earnestness, the solemnity even, with which the guide took him up.

"You've hit it right, Simpson, boss," he replied, fixing his searching brown eyes on his face, "and that's the truth, sure. There's no end to 'em-no end at all." Then he added in a lowered tone as if to himself, "There's lots found out that, and gone plumb to pieces!"

But the man's gravity of manner was not quite to the other's liking; it was a little too suggestive for this scenery and setting; he was sorry he had broached the subject. He remembered suddenly how his uncle had told him that men were sometimes stricken with a strange fever of the wilderness, when the seduction of the uninhabited wastes caught them so fiercely that they went forth, half fascinated, half deluded, to their death. And he had a shrewd

hasta hallar la muerte. Y tuvo la astuta idea de que su compañero estaba afectado por ese tipo de fascinación. Dirigió la conversación a otros temas, a Hank y el doctor, por ejemplo, y la rivalidad natural en cuanto a quién debería ser el primero en encontrar los alces.

"Si se fueron al oeste", observó Défago descuidadamente, "hay casi cien kilómetros entre ellos y nosotros, con el viejo Punk en el centro, llenándose a reventar de pescado y café". Se rieron juntos al imaginárselo. Pero la mención casual de la distancia, nuevamente hizo que Simpson se diera cuenta de la prodigiosa escala de esta tierra donde cazaban; cien kilómetros era un simple paso. Doscientos poco más que un paso. Historias de cazadores perdidos surgían, insistentes, en su memoria. Pensar en la pasión y el misterio de hombres errantes y sin hogar, seducidos por la belleza de los grandes bosques, lo perturbaba de una manera demasiado vívida como para ser agradable. Se preguntó vagamente si era el estado de ánimo de su compañero, lo que suscitaba con tanta persistencia esas ideas perturbadoras.

"Cante una canción, Défago, si no está demasiado cansado", le pidió. "Una de esas viejas canciones de viajeros como la que cantó la otra noche". Le entregó al guía su bolsa de tabaco y luego llenó su propia pipa, mientras que el canadiense, para nada opuesto, envió su suave voz a través del lago en uno de esos cantos, casi lamentos melancólicos, con los cuales los madereros y tramperos disminuyen la carga de su trabajo. Tenía un tono atractivo y romántico, algo que recordaba la atmósfera de los viejos tiempos de los pioneros, cuando los indios y los bosques estaban unidos, las batallas eran frecuentes y el viejo país estaba más alejado que hoy en día. Su canto se extendió placenteramente sobre el agua, pero el bosque a sus espaldas parecía tragarlo por completo, sin permitir ecos ni resonancias.

idea that his companion held something in sympathy with that queer type. He led the conversation on to other topics, on to Hank and the doctor, for instance, and the natural rivalry as to who should get the first sight of moose.

"If they went doo west," observed Défago carelessly, "there's sixty miles between us now — with ole Punk at halfway house eatin' himself full to bustin' with fish and coffee." They laughed together over the picture. But the casual mention of those sixty miles again made Simpson realize the prodigious scale of this land where they hunted; sixty miles was a mere step; two hundred little more than a step. Stories of lost hunters rose persistently before his memory. The passion and mystery of homeless and wandering men, seduced by the beauty of great forests, swept his soul in a way too vivid to be quite pleasant. He wondered vaguely whether it was the mood of his companion that invited the unwelcome suggestion with such persistence.

"Sing us a song, Défago, if you're not too tired," he asked; "one of those old voyageur songs you sang the other night." He handed his tobacco pouch to the guide and then filled his own pipe, while the Canadian, nothing loth, sent his light voice across the lake in one of those plaintive, almost melancholy chanties with which lumbermen and trappers lessen the burden of their labor. There was an appealing and romantic flavor about it, something that recalled the atmosphere of the old pioneer days when Indians and wilderness were leagued together, battles frequent, and the Old Country farther off than it is today. The sound traveled pleasantly over the water, but the forest at their backs seemed to swallow it down with a single gulp that permitted neither echo nor resonance.

Fue en el medio del tercer verso que Simpson notó algo inusual, algo que hizo que sus pensamientos regresaran de las escenas lejanas al presente. Un curioso cambio se había producido en la voz de Défago. Incluso antes de que supiera qué era, la inquietud lo atrapó, y al levantar los ojos rápidamente, vio que Défago, aunque todavía cantaba, estaba mirando a su alrededor, hacia el matorral, como si escuchara o viera algo. Su voz se hizo más débil, se hizo inaudible, y luego cesó por completo. En el mismo instante, con un movimiento sorprendentemente alerta, se puso de pie, olfateando el aire, como un perro siguiendo un rastro; aspiró el aire por su nariz, con respiraciones cortas y profundas, girando rápidamente en todas las direcciones, y finalmente "apuntando" hacia la orilla del lago, hacia el este. Fue una actuación desagradablemente sugestiva y al mismo tiempo singularmente dramática. El corazón de Simpson latía con angustia mientras lo observaba.

"¡Hombre, por Dios! ¡Cómo me alarmó!", exclamó, poniéndose de pie junto a él en el mismo instante, y mirando por encima del hombro al mar de la oscuridad. "¿Que pasa? ¿Está asustado?".

Antes de terminar su pregunta, se dio cuenta que había dicho una tontería, ya que cualquier hombre con un par de ojos en la cara podía ver que el canadiense se había puesto blanco de miedo. Ni siquiera su piel bronceada y el resplandor del fuego podían ocultar eso.

El alumno sintió que temblaba un poco, sus rodillas flaqueaban. "¿Qué pasa?", repitió rápidamente. "¿Huele a alce, o algo raro, hay algún problema?". Bajó su voz instintivamente.

El bosque los rodeaba como una muralla circundante; los tallos de los árboles más cercanos brillaban como bronce a la luz del fuego; más allá de ellos, solo estaba la oscuridad y un silencio de muerte. Justo detrás de ellos, una ráfaga de viento que pasaba levantó una sola hoja, y luego la

It was in the middle of the third verse that Simpson noticed something unusual — something that brought his thoughts back with a rush from faraway scenes. A curious change had come into the man's voice. Even before he knew what it was, uneasiness caught him, and looking up quickly, he saw that Défago, though still singing, was peering about him into the Bush, as though he heard or saw something. His voice grew fainter — dropped to a hush — then ceased altogether. The same instant, with a movement amazingly alert, he started to his feet and stood upright —sniffing the air. Like a dog scenting game, he drew the air into his nostrils in short, sharp breaths, turning quickly as he did so in all directions, and finally "pointing" down the lake shore, eastwards. It was a performance unpleasantly suggestive and at the same time singularly dramatic. Simpson's heart fluttered disagreeably as he watched it.

"Lord, man! How you made me jump!" he exclaimed, on his feet beside him the same instant, and peering over his shoulder into the sea of darkness. "What's up? Are you frightened —?"

Even before the question was out of his mouth he knew it was foolish, for any man with a pair of eyes in his head could see that the Canadian had turned white down to his very gills. Not even sunburn and the glare of the fire could hide that.

The student felt himself trembling a little, weakish in the knees. "What's up?" he repeated quickly. "D'you smell moose? Or anything queer, anything — wrong?" He lowered his voice instinctively.

The forest pressed round them with its encircling wall; the nearer tree stems gleamed like bronze in the firelight; beyond that — blackness, and, so far as he could tell, a silence of death. Just behind them a passing puff of wind lifted a single leaf, looked at it, then laid it softly down

volvió a dejar caer suavemente sin mover las otras hojas. Parecía como si un millón de causas invisibles se hubieran combinado, para mover esa hoja. Otra vida había palpitado junto a ellos, y se había ido.

Défago se volvió bruscamente; el tono lívido de su rostro se había convertido en un gris sucio.

"Nunca dije que escuché, o que olí, nada", dijo lenta y enfáticamente, con una voz extrañamente alterada que transmitía de alguna manera un toque de desafío. "Solo estaba echando un vistazo alrededor, por así decirlo. Es un error que se apure tanto a preguntar, y saque conclusiones equivocadas". Luego agregó de repente con un esfuerzo obvio, con una voz más normal: "¿Tiene las cerillas, jefe Simpson?". Y procedió a encender la pipa, que había llenado a medias, justo antes comenzar a cantar.

Sin decir una palabra más, volvieron a sentarse junto al fuego. Défago cambió de costado para que pudiera mirar la dirección de donde venía el viento. Incluso un novato habría notado que Défago cambió su posición para poder oír y oler, todo lo que había que escuchar y oler. Y, dado que ahora miraba al lago y le daba las espaldas a los árboles, evidentemente la extraña advertencia que tanto había alarmado su fina sensibilidad, no había venido del bosque.

"Ya no tengo ganas de cantar", dijo por su propia iniciativa. "Ese tipo de canciones me traen recuerdos perturbadores. Nunca debería de haber cantado eso. Me hace imaginar cosas ¿entiende?".

Claramente el hombre todavía estaba alterado por una emoción profundamente conmovedora. Deseaba disculparse ante los ojos del otro. Pero la explicación, en el sentido de que solo era una parte de la verdad, era una mentira, y sabía perfectamente que no había convencido a Simpson. Porque el terror lívido que había caído sobre su rostro mientras estaba parado

again without disturbing the rest of the covey. It seemed as if a million invisible causes had combined just to produce that single visible effect. Other life pulsed about them — and was gone.

Défago turned abruptly; the livid hue of his face had turned to a dirty grey.

"I never said I heered — or smelt — nuthin'," he said slowly and emphatically, in an oddly altered voice that conveyed somehow a touch of defiance. "I was only — takin' a look round — so to speak. It's always a mistake to be too previous with yer questions." Then he added suddenly with obvious effort, in his more natural voice, "Have you got the matches, Boss Simpson?" and proceeded to light the pipe he had half filled just before he began to sing.

Without speaking another word they sat down again by the fire. Défago changing his side so that he could face the direction the wind came from. For even a tenderfoot could tell that. Défago changed his position in order to hear and smell — all there was to be heard and smelt. And, since he now faced the lake with his back to the trees it was evidently nothing in the forest that had sent so strange and sudden a warning to his marvelously trained nerves.

"Guess now I don't feel like singing any," he explained presently of his own accord. "That song kinder brings back memories that's troublesome to me; I never oughter've begun it. It sets me on t' imagining things, see?"

Clearly the man was still fighting with some profoundly moving emotion. He wished to excuse himself in the eyes of the other. But the explanation, in that it was only a part of the truth, was a lie, and he knew perfectly well that Simpson was not deceived by it. For nothing could explain away the livid terror that had dropped over his face while he stood there

allí olfateando el aire, no podía explicarse. Y nada -ni la fogata ardiente, ni la charla sobre temas comunes-, podía devolverles la tranquilidad perdida. La sombra de un horror desconocido, que se había mostrado por un instante en la cara y los gestos del guía, también se había comunicado, vagamente, pero también multiplicada, a su compañero. Los patentes esfuerzos del guía por disimular la verdad solo empeoraron las cosas. Además, para aumentar la inquietud del hombre más joven, le resultaba difícil, o más bien imposible exigir a Défago una aclaración, sumado también a su completa ignorancia sobre las posibles causas. Los indios, animales salvajes, incendios forestales, todo esto, él lo sabía, no tenía nada que ver con lo que había pasado. Su imaginación intentaba hallar una explicación, pero en vano...

***

Sin embargo, de una manera u otra, después de otro largo período de fumar, hablar y asarse frente al gran fuego, la sombra que tan repentinamente había invadido su pacífico campamento comenzó a disiparse. Quizás los esfuerzos de Défago, o el regreso de su actitud tranquila y normal lograron esto; quizás el mismo Simpson había exagerado el asunto fuera de toda real proporción; o posiblemente el vigoroso aire del bosque los tranquilizó. Cualquiera que fuera la causa, el sentimiento de horror inmediato parecía haber desaparecido tan misteriosamente como había aparecido, porque no sucedió nada que lo renovara. Simpson comenzó a sentir que se había aterrorizado irracionalmente como si aún fuera un chiquillo. Lo atribuyó en parte a cierta excitación subconsciente, que el escenario de la inmensidad salvaje comunicaba a su sangre, en parte al hechizo de la soledad y en parte a la fatiga excesiva. La palidez en la cara de la guía era, por supuesto, muy difícil de explicar, pero podría deberse de alguna manera a un efecto de la luz del fuego, o a su pro-

sniffing the air. And nothing — no amount of blazing fire, or chatting on ordinary subjects — could make that camp exactly as it had been before. The shadow of an unknown horror, naked if unguessed, that had flashed for an instant in the face and gestures of the guide, had also communicated itself, vaguely and therefore more potently, to his companion. The guide's visible efforts to dissemble the truth only made things worse. Moreover, to add to the younger man's uneasiness, was the difficulty, nay, the impossibility he felt of asking questions, and also his complete ignorance as to the cause... Indians, wild animals, forest fires — all these, he knew, were wholly out of the question. His imagination searched vigorously, but in vain...

***

Yet, somehow or other, after another long spell of smoking, talking and roasting themselves before the great fire, the shadow that had so suddenly invaded their peaceful camp began to shirt. Perhaps Défago's efforts, or the return of his quiet and normal attitude accomplished this; perhaps Simpson himself had exaggerated the affair out of all proportion to the truth; or possibly the vigorous air of the wilderness brought its own powers of healing. Whatever the cause, the feeling of immediate horror seemed to have passed away as mysteriously as it had come, for nothing occurred to feed it. Simpson began to feel that he had permitted himself the unreasoning terror of a child. He put it down partly to a certain subconscious excitement that this wild and immense scenery generated in his blood, partly to the spell of solitude, and partly to overfatigue. That pallor in the guide's face was, of course, uncommonly hard to explain, yet it might have been due in some way to an effect of firelight, or his own imagination...

pia imaginación... Decidió concederle el beneficio de la duda. Simpson era escocés.

Después de sentir una emoción extraordinaria, la mente siempre encuentra una docena de formas de explicar sus causas... Simpson encendió una última pipa y trató de reírse de sí mismo. Cuando estuviera de vuelta en su casa en Escocia, esa sería una buena historia. No se dio cuenta de que esta risa era una señal de que el terror aún acechaba en los rincones de su alma; que, de hecho, era simplemente una de las señales convencionales, que indica que un hombre, muy asustado, intenta convencerse a sí mismo de que no lo está.

Défago, sin embargo, escuchó esa risa baja y levantó los ojos, con una expresión de asombro. Los dos hombres estaban de pie, lado a lado, apagando las brasas antes de irse a la cama. Eran las diez en punto, una hora tardía para que los cazadores permanecieran despiertos.

"¿En qué está pensando?", Preguntó en su tono normal, pero con gravedad.

"Yo... estaba pensando en nuestros pequeños bosques de juguete en casa, justo en este momento", balbuceó Simpson, volviendo a lo que realmente dominaba su mente, y sorprendido por la pregunta, "y comparándolos con todo esto", y moviendo el brazo para indicar la espesura.

Siguió una pausa en la que ninguno de los dos dijo nada.

"De todos modos, no me reiría de eso, si estuviera en su lugar", agregó Défago, mirando por encima del hombro de Simpson hacia las sombras. "Hay lugares allí que nadie verá nunca, nadie sabe lo que se oculta en esos lugares".

"¿Demasiado grande, demasiado lejos?". Lo que sugería la expresión del guía era inmenso y horrible.

Défago asintió. La expresión de su rostro era sombría. También él estaba perturbado. El hombre más joven comprendió que en un bosque salvaje tan extenso podría haber profundidades que nunca serían conocidas ni holladas por el hom-

He gave it the benefit of the doubt; he was Scotch.

When a somewhat unordinary emotion has disappeared, the mind always finds a dozen ways of explaining away its causes... Simpson lit a last pipe and tried to laugh to himself. On getting home to Scotland it would make quite a good story. He did not realize that this laughter was a sign that terror still lurked in the recesses of his soul — that, in fact, it was merely one of the conventional signs by which a man, seriously alarmed, tries to persuade himself that he is not so.

Défago, however, heard that low laughter and looked up with surprise on his face. The two men stood, side by side, kicking the embers about before going to bed. It was ten o'clock — a late hour for hunters to be still awake.

"What's ticklin' yer?" he asked in his ordinary tone, yet gravely.

"I— I was thinking of our little toy woods at home, just at that moment," stammered Simpson, coming back to what really dominated his mind, and startled by the question, "and comparing them to — to all this," and he swept his arm round to indicate the Bush.

A pause followed in which neither of them said anything.

"All the same I wouldn't laugh about it, if I was you," Défago added, looking over Simpson's shoulder into the shadows. "There's places in there nobody won't never see into — nobody knows what lives in there either."

"Too big — too far off?" The suggestion in the guide's manner was immense and horrible.

Défago nodded. The expression on his face was dark. He, too, felt uneasy. The younger man understood that in a hinterland of this size there might well be depths of wood that would never in the life of the world be known or trodden. The thought

bre mientras el mundo existiera. El pensamiento no era exactamente acogedor. En voz alta, alegremente, sugirió que era hora de acostarse. Pero el guía se quedó jugueteando con el fuego, arreglando las piedras innecesariamente, haciendo una docena de cosas que realmente no eran necesarias. Evidentemente, había algo que quería decir, pero le resultaba difícil expresarlo.

"Oiga, jefe Simpson", comenzó de repente, mientras la última lluvia de chispas se elevaba en el aire, "no huele nada, ¿verdad? Nada en especial, quiero decir?". Simpson se dio cuenta que esa simple pregunte, escondía una seria preocupación. Un escalofrío le recorrió la espalda.

"Nada más que madera quemada", respondió con firmeza, pateando de nuevo las brasas. El sonido de su propio pie lo sobresaltó.

"¿Y no percibió ningún olor extraño durante toda la tarde?". Insistió el guía, mirándolo a por encima del brillo de las brasas. "¿Nada extraordinario, y diferente a cualquier otra cosa que haya olfateado antes?".

"No, no, hombre; ¡Nada de nada!", respondió él agresivamente, un poco enojado.

La cara de Défago se aclaró. "¡Eso es bueno!", exclamó con claro alivio. "Me alegra escuchar eso".

"¿Y usted?", preguntó Simpson bruscamente, y en el mismo instante lamentó haber hecho la pregunta.

El canadiense se acercó en la oscuridad. Sacudió la cabeza. "Supongo que no", dijo, aunque sin gran convicción. "Debe haber sido solo esa canción mía la que lo provocó. Es la canción que cantan en los campamentos madereros y en lugares dejados de la mano de Dios, como este, cuando están asustados porque ronda el Wendigo, a su alrededor".

"¿Y qué es el Wendigo, si me lo puede decir?", Preguntó Simpson rápidamente, irritado porque, una vez más, no pudo evitar ese temblor repentino de los

was not exactly the sort he welcomed. In a loud voice, cheerfully, he suggested that it was time for bed. But the guide lingered, tinkering with the fire, arranging the stones needlessly, doing a dozen things that did not really need doing. Evidently there was something he wanted to say, yet found it difficult to "get at."

"Say, you, Boss Simpson," he began suddenly, as the last shower of sparks went up into the air, "you don't — smell nothing, do you — nothing pertickler, I mean?" The commonplace question, Simpson realized, veiled a dreadfully serious thought in his mind. A shiver ran down his back.

"Nothing but burning wood," he replied firmly, kicking again at the embers. The sound of his own foot made him start.

"And all the evenin' you ain't smelt — nothing?" persisted the guide, peering at him through the gloom; "nothing extrordiny, and different to anything else you ever smelt before?"

"No, no, man; nothing at all!" he replied aggressively, half angrily.

Défago's face cleared. "That's good!" he exclaimed with evident relief. "That's good to hear."

"Have you?" asked Simpson sharply, and the same instant regretted the question.

The Canadian came closer in the darkness. He shook his head. "I guess not," he said, though without overwhelming conviction. "It must've been just that song of mine that did it. It's the song they sing in lumber camps and godforsaken places like that, when they're skeered the Wendigo's somewhere around, doin' a bit of swift traveling. —"

"And what's the Wendigo, pray?" Simpson asked quickly, irritated because again he could not prevent that sudden shiver of the nerves. He knew that he was

nervios. Sabía que estaba acercándose a la causa del terror que atenazaba a Défago. Sin embargo, una apasionada curiosidad superó su mejor juicio y su miedo.

Défago se volvió rápidamente y lo miró como si estuviera por soltar un chillido. Sus ojos brillaban, pero su boca estaba bien abierta. Sin embargo, todo lo que dijo, o más bien susurró, ya que su voz era muy baja, fue: "Es una tontería, una tontería, pero lo que esos perdedores creen cuando bebieron demasiado; es una especie de animal grande que vive más lejos", él sacudió la cabeza apuntando hacia el norte, "que viaja rápido como el rayo, es más grande que cualquier otra cosa en los bosques, y no es nada bueno llegar a verlo, ¡eso es todo!".

"Una superstición de los bosques", comenzó Simpson, moviéndose apresuradamente hacia la tienda para sacudirse la mano del guía que lo sujetaba por el brazo. "¡Venga, venga, apúrese, por el amor de Dios, y encienda la linterna! Es hora de que estemos en la cama y durmiendo si vamos a salir con el sol mañana...".

El guía estaba pisándole los talones. "Ya voy", respondió desde la oscuridad, "ya voy." Y después de un ligero retraso, apareció con la linterna y la colgó de un clavo en el poste delantero de la tienda. Las sombras de un centenar de árboles cambiaron de lugar rápidamente mientras lo hacía, y cuando tropezó con la cuerda, zambulléndose rápidamente dentro, toda la tienda tembló como si una ráfaga de viento la golpeara.

Los dos hombres se acostaron, sin desvestirse, sobre sus lechos de suaves ramas de bálsamo, acomodadas habilidosamente. En el interior, todo era cálido y acogedor, pero afuera, un mundo de árboles se apiñaba apretadamente alrededor de ellos, sumando sus millones de sombras y asfixiando la pequeña carpa que estaba allí como una pequeña concha blanca frente al océano de un bosque tremendo.

close upon the man's terror and the cause of it. Yet a rushing passionate curiosity overcame his better judgment, and his fear.

Défago turned swiftly and looked at him as though he were suddenly about to shriek. His eyes shone, but his mouth was wide open. Yet all he said, or whispered rather, for his voice sank very low, was: "It's nuthin'— nuthin' but what those lousy fellers believe when they've bin hittin' the bottle too long — a sort of great animal that lives up yonder," he jerked his head northwards, "quick as lightning in its tracks, an' bigger'n anything else in the Bush, an' ain't supposed to be very good to look at — that's all!"

"A backwoods superstition —" began Simpson, moving hastily toward the tent in order to shake off the hand of the guide that clutched his arm. "Come, come, hurry up for God's sake, and get the lantern going! It's time we were in bed and asleep if we're going to be up with the sun tomorrow..."

The guide was close on his heels. "I'm coming," he answered out of the darkness, "I'm coming." And after a slight delay he appeared with the lantern and hung it from a nail in the front pole of the tent. The shadows of a hundred trees shifted their places quickly as he did so, and when he stumbled over the rope, diving swiftly inside, the whole tent trembled as though a gust of wind struck it.

The two men lay down, without undressing, upon their beds of soft balsam boughs, cunningly arranged. Inside, all was warm and cozy, but outside the world of crowding trees pressed close about them, marshalling their million shadows, and smothering the little tent that stood there like a wee white shell facing the ocean of tremendous forest.

Sin embargo, entre las dos figuras solitarias que estaban adentro, se proyectaba también, otra sombra que no era la de la noche. Era la sombra proyectada por el extraño temor, nunca completamente exorcizada, que había saltado repentinamente sobre Défago en medio de su canto. Y Simpson, mientras yacía allí, vigilando la noche a través de la solapa abierta de la tienda, listo para sumergirse en el fragante abismo del sueño, conoció por vez primera esa singular y profunda quietud del bosque primitivo, cuando no sopla el viento... y cuando la noche tiene peso y sustancia, que entra en el alma para cubrirla con un velo... Luego el sueño lo venció...

Between the two lonely figures within, however, there pressed another shadow that was not a shadow from the night. It was the Shadow cast by the strange Fear, never wholly exorcised, that had leaped suddenly upon Défago in the middle of his singing. And Simpson, as he lay there, watching the darkness through the open flap of the tent, ready to plunge into the fragrant abyss of sleep, knew first that unique and profound stillness of a primeval forest when no wind stirs... and when the night has weight and substance that enters into the soul to bind a veil about it... Then sleep took him...

III

Así parecía, al menos. Sin embargo, era cierto que el golpetear del agua, justo al otro lado de la entrada de la tienda, seguía marcando el paso el tiempo con sus pulsos, cuando se dio cuenta de que estaba acostado con los ojos abiertos y que otro sonido se había insinuado recientemente, con un astuto disimulo, entre el chapoteo y el murmullo de las pequeñas olas.

Y mucho antes de que entendiera qué era este sonido, se despertaron en él sentimientos de pena y alarma. Escuchó atentamente, aunque al principio en vano, porque su pulso agitado, parecía ahogar todos los otro sonidos. ¿Venía, se preguntó, del lago o del bosque?...

Entonces, de repente, con el corazón agitado, supo que estaba cerca de él, en la tienda; y, cuando se dio la vuelta para una mejor audición, lo escuchó de manera inequívoca, al lado suyo. Era un sonido de llanto; Défago, sobre su lecho de ramas, estaba sollozando en la oscuridad como si su corazón se rompiera, las mantas amontonadas contra su boca para sofocar su llanto.

Y su primer sentimiento, antes de que pudiera pensar o reflexionar, fue una conmovedora y penetrante ternura. Este

III

Thus, it seemed to him, at least. Yet it was true that the lap of the water, just beyond the tent door, still beat time with his lessening pulses when he realized that he was lying with his eyes open and that another sound had recently introduced itself with cunning softness between the splash and murmur of the little waves.

And, long before he understood what this sound was, it had stirred in him the centers of pity and alarm. He listened intently, though at first in vain, for the running blood beat all its drums too noisily in his ears. Did it come, he wondered, from the lake, or from the woods?...

Then, suddenly, with a rush and a flutter of the heart, he knew that it was close beside him in the tent; and, when he turned over for a better hearing, it focused itself unmistakably not two feet away. It was a sound of weeping; Défago upon his bed of branches was sobbing in the darkness as though his heart would break, the blankets evidently stuffed against his mouth to stifle it.

And his first feeling, before he could think or reflect, was the rush of a poignant and searching tenderness. This intimate,

sonido íntimo, humano, escuchado en medio de la desolación que los rodeaba, despertó su compasión. Era tan incongruente, tan lamentablemente incongruente... ¡y tan inútil! Lágrimas, en este vasto y cruel bosque, ¿de qué servían? Pensó en un niño pequeño que lloraba en medio del Atlántico... Luego, por supuesto, con una comprensión más completa, al recordar lo que había sucedido antes, el terror cayó sobre él y su sangre se enfrió.

"Défago", susurró rápidamente, "¿qué pasa?" Trató de hacer su voz muy suave. "¿Está dolorido, acongojado?". No hubo respuesta, pero los sonidos cesaron bruscamente. Extendió la mano y lo tocó. El cuerpo no se movió.

"¿Está despierto?". Porque se le ocurrió que el hombre estaba llorando mientras dormía. "¿Tiene frío?". Se dio cuenta de que sus pies, que estaban descubiertos, se proyectaban más allá de la boca de la tienda. Extendió un pliegue extra de sus propias mantas sobre ellos. El guía se había deslizado en su cama, y las ramas parecían haber sido arrastradas con él. Tenía miedo de volver a tirar del cuerpo, por temor a despertarlo.

Aventuró suavemente una o dos preguntas tentativas, pero aunque esperó varios minutos, no hubo respuesta ni señal de movimiento. En ese momento escuchó su respiración regular y tranquila, y, al ponerle la mano en el pecho, sintió que subía y bajaba con regularidad.

"Déjeme saber si algo está mal", susurró, "o si puedo hacer algo. Despiérteme de inmediato si se siente... raro".

No sabía qué decir. Se acostó de nuevo, pensando y preguntándose qué significaba todo eso. Défago, por supuesto, había estado llorando mientras dormía. Algún sueño u otro lo había afligido. Sin embargo, nunca en su vida olvidaría ese lamentable sonido de sollozos y la sensación de que todo el bosque solitario los escuchaba...

human sound, heard amid the desolation about them, woke pity. It was so incongruous, so pitifully incongruous — and so vain! Tears — in this vast and cruel wilderness: of what avail? He thought of a little child crying in mid-Atlantic... Then, of course, with fuller realization, and the memory of what had gone before, came the descent of the terror upon him, and his blood ran cold.

"Défago," he whispered quickly, "what's the matter?" He tried to make his voice very gentle. "Are you in pain — unhappy —?" There was no reply, but the sounds ceased abruptly. He stretched his hand out and touched him. The body did not stir.

"Are you awake?" for it occurred to him that the man was crying in his sleep. "Are you cold?" He noticed that his feet, which were uncovered, projected beyond the mouth of the tent. He spread an extra fold of his own blankets over them. The guide had slipped down in his bed, and the branches seemed to have been dragged with him. He was afraid to pull the body back again, for fear of waking him.

One or two tentative questions he ventured softly, but though he waited for several minutes there came no reply, nor any sign of movement. Presently he heard his regular and quiet breathing, and putting his hand again gently on the breast, felt the steady rise and fall beneath.

"Let me know if anything's wrong," he whispered, "or if I can do anything. Wake me at once if you feel — queer."

He hardly knew what to say. He lay down again, thinking and wondering what it all meant. Défago, of course, had been crying in his sleep. Some dream or other had afflicted him. Yet never in his life would he forget that pitiful sound of sobbing, and the feeling that the whole awful wilderness of woods listened...

Su propia mente se ocupó durante mucho tiempo, con los acontecimientos recientes, entre los cuales este último suceso se sumó al misterio, y aunque su razón rechazó con éxito todas las sugerencias desagradables que le venían a la mente, no pudo evitar una sensación de inquietud, que no se iba, muy profunda y extraña, más allá de lo ordinario.

His own mind busied itself for a long time with the recent events, of which this took its mysterious place as one, and though his reason successfully argued away all unwelcome suggestions, a sensation of uneasiness remained, resisting ejection, very deep-seated — peculiar beyond ordinary.

IV

Pero el sueño, a la larga, es más fuerte que todas las emociones. Sus pensamientos divagaban; yacía allí, caliente como una tostada, muy cansado; la noche lo calmaba y reconfortaba, difuminando su memoria y sus preocupaciones. Media hora más tarde, él estaba ajeno a todo lo que lo rodeaba en el mundo exterior.

But sleep, in the long run, proves greater than all emotions. His thoughts soon wandered again; he lay there, warm as toast, exceedingly weary; the night soothed and comforted, blunting the edges of memory and alarm. Half an hour later he was oblivious of everything in the outer world about him.

Sin embargo, el sueño, en este caso, era su gran enemigo, ocultando todo lo que pudiera acercarse, sofocando la advertencia de sus nervios.

Yet sleep, in this case, was his great enemy, concealing all approaches, smothering the warning of his nerves.

Como a veces, en una pesadilla, los eventos se amontonan con la convicción de la realidad más terrible, pero algunos detalles inconsistentes indican que es una proyección quimérica e irreal, de la misma forma, los eventos consiguientes, aunque sucedieron en la realidad, sugerían que el detalle que podía explicarlos había sido pasado por alto en la confusión. Por lo tanto todo eso solo era cierto parcialmente, el resto era una fantasía. En el fondo de una mente dormida algo permanece despierto, listo para emitir el juicio: "Todo esto no es del todo real; cuando despiertes lo entenderás".

As, sometimes, in a nightmare events crowd upon each other's heels with a conviction of dreadfulest reality, yet some inconsistent detail accuses the whole display of incompleteness and disguise, so the events that now followed, though they actually happened, persuaded the mind somehow that the detail which could explain them had been overlooked in the confusion, and that therefore they were but partly true, the rest delusion. At the back of the sleeper's mind something remains awake, ready to let slip the judgment. "All this is not quite real; when you wake up you'll understand."

Y eso, de alguna manera, le pasó a Simpson. Los eventos, que no eran del todo inexplicables o increíbles en sí mismos, formaban, para el hombre que los vio y los escuchó, una secuencia de hechos horribles, pero inconexos, porque la pequeña pieza que pudo haber aclarado el rompecabezas no fue encontrada o fue pasada por alto.

And thus, in a way, it was with Simpson. The events, not wholly inexplicable or incredible in themselves, yet remain for the man who saw and heard them a sequence of separate facts of cold horror, because the little piece that might have made the puzzle clear lay concealed or overlooked.

Por lo que puede recordar, fue un movimiento violento, que atravesaba la tienda, yendo hacia la puerta, lo que lo despertó primero y lo hizo darse cuenta de que su compañero estaba sentado, erguido y temblando, a su lado. Debían de haber pasado varias horas, porque el brillo pálido del amanecer revelaba su silueta contra la tela de la tienda. Esta vez el hombre no estaba llorando; pero temblaba como una hoja; un temblor que el sentía claramente a través de las mantas y a lo largo de todo su cuerpo. Défago se había acurrucado contra él para protegerse, alejándose de algo que aparentemente se ocultaba junto a la entrada de la pequeña tienda.

Entonces, Simpson preguntó en voz alta una cosa u otra –con el desconcierto del despertar no recuerda exactamente qué–, y el hombre no respondió. La situación parecía ser una verdadera pesadilla, que le dificultaba tanto el movimiento como el habla. Al principio, de hecho, no estaba seguro de dónde estaba, ya fuera en uno de los campamentos anteriores, o en su casa, en su cama en Aberdeen. Estaba muy confuso y preocupado.

Y luego, casi simultáneamente con su despertar completo, la profunda quietud del alba fue quebrada por un sonido muy poco común. Vino sin previo aviso, sin que se escuchara nada previamente; y fue indeciblemente terrible. Era una voz, declara Simpson, posiblemente una voz humana; ronca pero quejumbrosa, una voz suave y rugiente a la vez, cercana a la tienda, aunque parecía venir de cierta altura. De inmenso volumen, pero asimismo, de alguna forma extraña, muy dulce y seductora. Sonaba, como tres notas separadas y distintas, o gritos, que de alguna manera insólita, lejana, pero aún así reconocible, parecían decir el nombre del guía "¡Dé-fa-go!".

El estudiante admite que es incapaz de describirlo de manera clara, ya que no se parecía a ningún sonido que hubiera

So far as he can recall, it was a violent movement, running downwards through the tent towards the door, that first woke him and made him aware that his companion was sitting bolt upright beside him — quivering. Hours must have passed, for it was the pale gleam of the dawn that revealed his outline against the canvas. This time the man was not crying; he was quaking like a leaf; the trembling he felt plainly through the blankets down the entire length of his own body. Défago had huddled down against him for protection, shrinking away from something that apparently concealed itself near the door flaps of the little tent.

Simpson thereupon called out in a loud voice some question or other — in the first bewilderment of waking he does not remember exactly what — and the man made no reply. The atmosphere and feeling of true nightmare lay horribly about him, making movement and speech both difficult. At first, indeed, he was not sure where he was — whether in one of the earlier camps, or at home in his bed at Aberdeen. The sense of confusion was very troubling.

And next — almost simultaneous with his waking, it seemed — the profound stillness of the dawn outside was shattered by a most uncommon sound. It came without warning, or audible approach; and it was unspeakably dreadful. It was a voice, Simpson declares, possibly a human voice; hoarse yet plaintive — a soft, roaring voice close outside the tent, overhead rather than upon the ground, of immense volume, while in some strange way most penetratingly and seductively sweet. It rang out, too, in three separate and distinct notes, or cries, that bore in some odd fashion a resemblance, farfetched yet recognizable, to the name of the guide: "Dé-fa-go!"

The student admits he is unable to describe it quite intelligently, for it was unlike any sound he had ever heard in his life,

escuchado antes, y combinaba una mez- colanza de cualidades contradictorias. La describe como "una especie de voz vento- sa y doliente", "algo solitario e indomable, salvaje y abominablemente poderoso...".

E, incluso antes de que cesara, y vol- viera a reinar el silencio, el guía, que seguía a su lado se había puesto de pie, gritando una respuesta ininteligible. Chocó torpe y violentamente contra el poste de la tienda, sacudiendo toda su estructura, extendió los brazos frenéticamente para obtener más espacio y pateó vigorosamente, para librarse de las mantas que tenía encima. Por un segundo, tal vez dos, se quedó de pie junto a la entrada, su contorno oscuro destacado contra la palidez del alba; luego, antes de que su compañero pudiera mover una mano para detenerlo, se lanzó hacia delante, velozmente, como zambullén- dose, a través de la entrada de la carpa, y desapareció. Y a medida que avanzaba, tan asombrosamente rápido que su voz iba decreciendo a medida que se alejaba, gri- taba, con terror angustiado, que al mismo tiempo sugería –extrañamente– un deleite frenético.

"¡Oh! ¡Oh! Mis pies de fuego! ¡Mis ardientes pies de fuego! Oh! ¡Oh! ¡Qué al- tura, qué carrera abrasadora!".

Finalmente la distancia acalló sus gritos, y el profundo silencio de la madru- gada volvió a descender sobre el bosque.

Todo se había producido con tal ra- pidez que, si no fuera por la evidencia de la cama vacía que tenía a su lado, Simpson casi podría haber creído que su recuerdo era una pesadilla del mundo de los sue- ños. Todavía sentía la cálida presión de ese cuerpo desaparecido contra su costado; allí yacía el montón de mantas retorcidas; la misma tienda aún temblaba con la ve- hemencia de su impetuosa partida. Las extrañas palabras resonaban en sus oídos, como si todavía las oyera en la distancia, el lenguaje salvaje de una mente enferma. Además, no solo los sentidos de la vista

and combined a blending of such contrary qualities. "A sort of windy, crying voice," he calls it, "as of something lonely and un- tamed, wild and of abominable power..."

And, even before it ceased, dropping back into the great gulfs of silence, the guide beside him had sprung to his feet with an answering though unintelligible cry. He blundered against the tent pole with violence, shaking the whole struc- ture, spreading his arms out frantically for more room, and kicking his legs impetu- ously free of the clinging blankets. For a second, perhaps two, he stood upright by the door, his outline dark against the pal- lor of the dawn; then, with a furious, rush- ing speed, before his companion could move a hand to stop him, he shot with a plunge through the flaps of canvas — and was gone. And as he went — so astonish- ingly fast that the voice could actually be heard dying in the distance — he called aloud in tones of anguished terror that at the same time held something strangely like the frenzied exultation of delight —

"Oh! oh! My feet of fire! My burning feet of fire! Oh! oh! This height and fiery speed!"

And then the distance quickly bur- ied it, and the deep silence of very early morning descended upon the forest as be- fore.

It had all come about with such ra- pidity that, but for the evidence of the empty bed beside him, Simpson could almost have believed it to have been the memory of a nightmare carried over from sleep. He still felt the warm pressure of that vanished body against his side; there lay the twisted blankets in a heap; the very tent yet trembled with the vehemence of the impetuous departure. The strange words rang in his ears, as though he still heard them in the distance — wild lan- guage of a suddenly stricken mind. More- over, it was not only the senses of sight

y el oído informaban cosas extrañas a su cerebro, ya que incluso mientras Défago lloraba y corría, se había dado cuenta de que un extraño perfume, débil pero picante, invadía el interior de la tienda. Y no fue hasta en ese momento, al parecer, cuando fue consciente que sus fosas nasales estaban llevando ese olor desagradable dentro de su garganta, que tomo ánimos, se puso rápidamente de pie, y salió de la tienda.

La luz gris del amanecer, que caía fría y resplandeciente entre los árboles, mostraba la escena bastante claramente. Allí estaba la tienda detrás de él, empapada de rocío; las cenizas oscuras del fuego, todavía estaban cálidas; el lago, blanco bajo una capa de niebla. Contempló las islas, que se alzaban, oscurecidas como objetos envueltos en lana; y parches de nieve más allá entre los espacios más claros del matorral; todo frío, quieto, esperando el sol. Pero en ninguna parte se veía signo alguno del guía desaparecido, que seguramente, todavía continuaba su carrera frenética a través de los bosques congelados. Ni siquiera se oían sus pasos en la distancia, ni los ecos de su voz agonizante. Definitivamente se había ido.

No había nada más; excepto el sentido de su reciente presencia, que perduraba fuertemente en el campamento; y ese olor penetrante y omnipresente.

E incluso eso, estaba desapareciendo rápidamente. A pesar de su gran confusión, Simpson se esforzó por detectar y definir su naturaleza, pero la determinación de un olor esquivo, no reconocido de inmediato, es una operación muy sutil de la mente. Y él falló. El olor se había ido antes de que pudiera apropiarse del mismo o nombrarlo adecuadamente. Incluso, su descripción aproximada era difícil, porque era diferente a cualquier otro olor que conociera. Más bien agrio, no como el olor de un león, pensó, pero más suave y no del todo desagradable, con algo casi dulce que le recordaba el olor de las hojas en descomposición del jardín, la tierra y

and hearing that reported uncommon things to his brain, for even while the man cried and ran, he had become aware that a strange perfume, faint yet pungent, pervaded the interior of the tent. And it was at this point, it seems, brought to himself by the consciousness that his nostrils were taking this distressing odor down into his throat, that he found his courage, sprang quickly to his feet — and went out.

The grey light of dawn that dropped, cold and glimmering, between the trees revealed the scene tolerably well. There stood the tent behind him, soaked with dew; the dark ashes of the fire, still warm; the lake, white beneath a coating of mist, the islands rising darkly out of it like objects packed in wool; and patches of snow beyond among the clearer spaces of the Bush — everything cold, still, waiting for the sun. But nowhere a sign of the vanished guide — still, doubtless, flying at frantic speed through the frozen woods. There was not even the sound of disappearing footsteps, nor the echoes of the dying voice. He had gone — utterly.

There was nothing; nothing but the sense of his recent presence, so strongly left behind about the camp; and— this penetrating, all-pervading odor.

And even this was now rapidly disappearing in its turn. In spite of his exceeding mental perturbation, Simpson struggled hard to detect its nature, and define it, but the ascertaining of an elusive scent, not recognized subconsciously and at once, is a very subtle operation of the mind. And he failed. It was gone before he could properly seize or name it. Approximate description, even, seems to have been difficult, for it was unlike any smell he knew. Acrid rather, not unlike the odor of a lion, he thinks, yet softer and not wholly unpleasing, with something almost sweet in it that reminded him of the scent of decaying garden leaves, earth, and the myriad,

la gran cantidad de perfumes sin nombre que forman el aroma de un gran bosque. Sin embargo, el "olor de los leones" es la frase que mejor lo definía.

Luego, el olor desapareció por completo, y se encontró de pie junto a las cenizas del fuego, en un estado de estupor y miedo que lo dejaba a merced de cualquier cosa que pudiera suceder. Si en ese instante, una rata almizclera hubiera asomado su hocico puntiagudo sobre una roca, o una ardilla se hubiera escabullido por la corteza de un árbol, lo más probable es que se hubiera desmayado sin más dilación. Porque sentía que había estado en contacto con un grandioso Horror Exterior... y todavía no había tenido tiempo para recuperarse y recobrar su autocontrol.

Sin embargo nada sucedió. Un gran soplo de viento corrió suavemente a través del bosque que despertaba, y unas pocas hojas de arce, aquí y allá, cayeron temblorosamente hacia la tierra. El cielo pareció aclararse repentinamente. Simpson sintió el aire fresco sobre su mejilla y su cabeza descubierta; se dio cuenta de que estaba temblando de frío; y, haciendo un gran esfuerzo, entonces se dio cuenta de que estaba solo en el bosque, y que debía tomar medidas inmediatas para encontrar y socorrer a su compañero desaparecido.

De manera que hizo un esfuerzo, aunque mal calculado y fútil. Con ese bosque ominoso a su alrededor, la lámina de agua que lo cortaba por detrás y el horror de ese grito salvaje en su sangre, hizo lo que cualquier otro hombre sin experiencia hubiera hecho ante semejante desconcierto: corrió por allí, sin ningún sentido de dirección, como un niño frenético, llamando en voz alta y repitiendo sin cesar el nombre del guía:

"Défago! Défago! ¡Défago!", Gritó, y los árboles le devolvieron el nombre tan a menudo como lo gritó, solo un poco ablandado "¡Défago! Défago! ¡Défago!".

Siguió el sendero que se extendía a corta distancia a través de los parches de

nameless perfumes that make up the odor of a big forest. Yet the "odor of lions" is the phrase with which he usually sums it all up.

Then — it was wholly gone, and he found himself standing by the ashes of the fire in a state of amazement and stupid terror that left him the helpless prey of anything that chose to happen. Had a muskrat poked its pointed muzzle over a rock, or a squirrel scuttled in that instant down the bark of a tree, he would most likely have collapsed without more ado and fainted. For he felt about the whole affair the touch somewhere of a great Outer Horror... and his scattered powers had not as yet had time to collect themselves into a definite attitude of fighting self-control.

Nothing did happen, however. A great kiss of wind ran softly through the awakening forest, and a few maple leaves here and there rustled tremblingly to earth. The sky seemed to grow suddenly much lighter. Simpson felt the cool air upon his cheek and uncovered head; realized that he was shivering with the cold; and, making a great effort, realized next that he was alone in the Bush — and that he was called upon to take immediate steps to find and succor his vanished companion.

Make an effort, accordingly, he did, though an ill-calculated and futile one. With that wilderness of trees about him, the sheet of water cutting him off behind, and the horror of that wild cry in his blood, he did what any other inexperienced man would have done in similar bewilderment: he ran about, without any sense of direction, like a frantic child, and called loudly without ceasing the name of the guide:

"Défago! Défago! Défago!" he yelled, and the trees gave him back the name as often as he shouted, only a little softened — "Défago! Défago! Défago!"

He followed the trail that lay a short distance across the patches of snow, and

nieve, y luego lo perdió de nuevo, donde los árboles crecían demasiado gruesos para que la nieve yaciera. Gritó hasta que estuvo ronco, y hasta que el sonido de su propia voz en todo ese mundo desierto y silencioso comenzó a asustarlo. Su confusión aumentó en proporción directa a la violencia de sus esfuerzos. Su angustia se incrementó, hasta que, por fin, fracasados sus intentos, y por puro agotamiento, se dirigió de nuevo al campamento. Fue una maravilla que haya sido capaz de encontrar el camino de regreso, aunque fue con gran dificultad, y solo después de seguir innumerables pistas falsas, que por fin vio la carpa blanca entre los árboles, y así alcanzó la seguridad.

El agotamiento luego aplicó su propio remedio, y él se calmó. Hizo el fuego y desayunó. El café caliente y el tocino le restauraron un poco el sentido común y el juicio, y se dio cuenta de que se había estado comportándose como un niño. Ahora hizo otro intento, más exitoso, de enfrentar la situación de manera adecuada, y, como era atrevido por naturaleza, decidió que primero debía realizar una búsqueda lo más exhaustiva posible. De no tener éxito, volvería por el camino que llevaba al campamento principal, y traería ayuda.

Y eso fue lo que hizo. Tomó alimentos, fósforos, un rifle, y una pequeña hacha para marcar los árboles para su viaje de regreso y se puso en marcha. Eran las ocho en punto cuando comenzó, el sol brillaba sobre las copas de los árboles en un cielo sin nubes. Pinchada en una estaca junto al fuego, dejó una nota, en caso de que Défago regresara mientras él estaba fuera.

Esta vez, de acuerdo con un plan cuidadoso, tomó una nueva dirección, con la intención de hacer un barrido amplio que tarde o temprano se cruzaría con el rastro del guía; y, antes de recorrer un tercio de kilómetro, vio las huellas de un animal grande en la nieve y, junto a ellas, las huellas ligeras y más pequeñas de unos pies indudablemente humanos, los pies de

then lost it again where the trees grew too thickly for snow to lie. He shouted till he was hoarse, and till the sound of his own voice in all that unanswering and listening world began to frighten him. His confusion increased in direct ratio to the violence of his efforts. His distress became formidably acute, till at length his exertions defeated their own object, and from sheer exhaustion he headed back to the camp again. It remains a wonder that he ever found his way. It was with great difficulty, and only after numberless false clues, that he at last saw the white tent between the trees, and so reached safety.

Exhaustion then applied its own remedy, and he grew calmer. He made the fire and breakfasted. Hot coffee and bacon put a little sense and judgment into him again, and he realized that he had been behaving like a boy. He now made another, and more successful attempt to face the situation collectedly, and, a nature naturally plucky coming to his assistance, he decided that he must first make as thorough a search as possible, failing success in which, he must find his way into the home camp as best he could and bring help.

And this was what he did. Taking food, matches and rifle with him, and a small axe to blaze the trees against his return journey, he set forth. It was eight o'clock when he started, the sun shining over the tops of the trees in a sky without clouds. Pinned to a stake by the fire he left a note in case Défago returned while he was away.

This time, according to a careful plan, he took a new direction, intending to make a wide sweep that must sooner or later cut into indications of the guide's trail; and, before he had gone a quarter of a mile he came across the tracks of a large animal in the snow, and beside it the light and smaller tracks of what were beyond question human feet — the feet of Défa-

Défago. El alivio que experimentó de inmediato fue natural, aunque breve; porque a primera vista vio en estas huellas una explicación simple de todo el asunto: estas grandes marcas seguramente habían sido dejadas por un alce que se había acercado, y lanzó su singular bramido de advertencia y alarma, cuando encontró el campamento. Défago, en quien el instinto de caza estaba desarrollado hasta una extraña perfección, había olfateado a la bestia que se acercaba, en el viento, horas antes. Su emoción y desaparición se debieron, por supuesto, a - a - su..

Finalmente se dió cuenta que esa explicación era imposible, ya que el sentido común le mostró sin piedad que nada de esto era cierto. ¡Ningún guía, y mucho menos un guía como Défago, podría haber actuado de una manera tan irracional, lanzándose al medio del bosque sin llevar ni siquiera su rifle...! Decidió que todo el asunto requería una explicación mucho más complicada, cuando recordó todos los detalles: el grito de terror, la extraña voz, su horror cuando sus fosas nasales captaron por primera vez el nuevo olor, ese ahogado sollozo en la oscuridad; y otra cosa, que ahora recordaba parcialmente, la aversión que Défago había mostrado originalmente hacia ese lugar...

Además, ahora que las examinó más de cerca, ¡esas no eran en absoluto las huellas de un alce! Hank le había explicado el perfil de los cascos de un alce, de una vaca o ternero, también, para el caso; los había dibujado claramente en una tira de corteza de abedul. Y estos eran completamente diferentes. Eran grandes, redondos, amplios, y sin un contorno puntiagudo como de cascos afilados. Se preguntó por un momento si las huellas de los osos eran así. No había ningún otro animal en el que pudiera pensar, porque el caribú no llegaba tan al sur en esa temporada, e incluso si lo hiciera, dejaría marcas de pezuñas.

Eran signos siniestros, misteriosos escritos dejados en la nieve por la criatura

go. The relief he at once experienced was natural, though brief; for at first sight he saw in these tracks a simple explanation of the whole matter: these big marks had surely been left by a bull moose that, wind against it, had blundered upon the camp, and uttered its singular cry of warning and alarm the moment its mistake was apparent. Défago, in whom the hunting instinct was developed to the point of uncanny perfection, had scented the brute coming down the wind hours before. His excitement and disappearance were due, of course, to — to his —

Then the impossible explanation at which he grasped faded, as common sense showed him mercilessly that none of this was true. No guide, much less a guide like Défago, could have acted in so irrational a way, going off even without his rifle...! The whole affair demanded a far more complicated elucidation, when he remembered the details of it all — the cry of terror, the amazing language, the grey face of horror when his nostrils first caught the new odor; that muffled sobbing in the darkness, and — for this, too, now came back to him dimly — the man's original aversion for this particular bit of country...

Besides, now that he examined them closer, these were not the tracks of a bull moose at all! Hank had explained to him the outline of a bull's hoofs, of a cow's or calf s, too, for that matter; he had drawn them clearly on a strip of birch bark. And these were wholly different. They were big, round, ample, and with no pointed outline as of sharp hoofs. He wondered for a moment whether bear tracks were like that. There was no other animal he could think of, for caribou did not come so far south at this season, and, even if they did, would leave hoof marks.

They were ominous signs — these mysterious writings left in the snow by the

desconocida que había arrastrado a un ser humano lejos de la seguridad, y cuando los combinó en su imaginación con ese sonido inquietante que rompió la quietud del amanecer, se sintió aturdido, angustiado más de lo que pudiera creerse. Sintió el aspecto amenazador de todo lo que había pasado. Y, al inclinarse para examinar las marcas más de cerca, percibió un leve olor, ese olor dulce pero penetrante que lo hizo enderezarse al instante, luchando contra una sensación casi de náusea.

Entonces su memoria le jugó otro mal truco. De repente recordó aquellos pies descubiertos que se proyectaban más allá del borde de la tienda y la apariencia del cuerpo de haber sido arrastrado hacia la abertura; el hombre se estaba encogiendo, asustado de algo junto a la entrada, cuando se despertó más tarde. Los detalles ahora sacudían su mente temblorosa con un ataque concertado; parecían agolparse en esos espacios profundos del bosque silencioso que lo rodeaba, donde el grupo de árboles estaba esperando, escuchando, observando lo que él haría. Los bosques se cerraban a su alrededor.

Sin embargo, con la persistencia del verdadero coraje, Simpson avanzó, siguiendo las huellas lo mejor que pudo, sofocando esas desagradables emociones que buscaban debilitar su voluntad. Marcó innumerables árboles a medida que avanzaba, siempre temeroso de no poder encontrar el camino de regreso, mientras gritaba en voz alta, a intervalos de unos segundos el nombre del guía. El sordo golpeteo del hacha sobre los enormes troncos y el extraño sonido de su propia voz se convirtieron en unos sonidos que temía proferir, y no quería escuchar. Porque llamaban la atención sin cesar a su presencia y su denunciaban su ubicación, y si ese fuera realmente el caso, algo podía estar siguiéndolo a él, tal como él estaba siguiendo a otro...

Con un fuerte esfuerzo, aplastó el pensamiento en el instante en que surgió.

unknown creature that had lured a human being away from safety — and when he coupled them in his imagination with that haunting sound that broke the stillness of the dawn, a momentary dizziness shook his mind, distressing him again beyond belief. He felt the threatening aspect of it all. And, stooping down to examine the marks more closely, he caught a faint whiff of that sweet yet pungent odor that made him instantly straighten up again, fighting a sensation almost of nausea.

Then his memory played him another evil trick. He suddenly recalled those uncovered feet projecting beyond the edge of the tent, and the body's appearance of having been dragged towards the opening; the man's shrinking from something by the door when he woke later. The details now beat against his trembling mind with concerted attack. They seemed to gather in those deep spaces of the silent forest about him, where the host of trees stood waiting, listening, watching to see what he would do. The woods were closing round him.

With the persistence of true pluck, however, Simpson went forward, following the tracks as best he could, smothering these ugly emotions that sought to weaken his will. He blazed innumerable trees as he went, ever fearful of being unable to find the way back, and calling aloud at intervals of a few seconds the name of the guide. The dull tapping of the axe upon the massive trunks, and the unnatural accents of his own voice became at length sounds that he even dreaded to make, dreaded to hear. For they drew attention without ceasing to his presence and exact whereabouts, and if it were really the case that something was hunting himself down in the same way that he was hunting down another...

With a strong effort, he crushed the thought out the instant it rose. It was

Era el comienzo, se dio cuenta, de una diabólica confusión que lo destruiría rápidamente.

***

Aunque la capa de nieve no era continua, porque yacía meramente como una alfombra poco profunda sobre los espacios más abiertos, no tuvo ninguna dificultad para seguir las pistas durante los primeros kilómetros, porque iban en línea recta como una línea trazada con regla, al menos donde los árboles lo permitían. La distancia entre las pisadas pronto comenzó a incrementarse, hasta que tomó proporciones que parecían absolutamente imposibles para cualquier animal común. Parecían sugerir enormes saltos. Midió la distancia de uno de estos, y aunque sabía que la longitud, de casi seis metros, debía estar de algún modo equivocada, no pudo comprender por qué no encontró signos en la nieve entre los puntos extremos. Pero lo que lo dejó aún más perplejo, haciéndole sentir que su visión ya no era confiable, fue que las zancadas de Défago aumentaron de la misma manera, y finalmente cubrían las mismas distancias inconcebibles. Parecía que la gran bestia lo había levantado con él y lo había llevado a través de estos asombrosos saltos. Simpson, quien tenía las piernas mucho más largas, descubrió que no podía saltar ni siquiera la mitad de la distancia, ni aún tomando impulso.

Y la visión de estas enormes zancadas, corriendo lado a lado, la evidencia silenciosa de un terrible viaje en el que el terror o la locura habían llevado a resultados imposibles, fue profundamente conmovedora. Le conmovió en las profundidades secretas de su alma. Era la cosa más horrible que sus ojos habían visto. Comenzó a seguirlas mecánicamente, casi distraídamente, siempre mirando por encima del hombro para ver si él también estaba siendo seguido por algo con una pisada gigantesca... Y pronto se dio cuenta de que ya no

the beginning, he realized, of a bewilderment utterly diabolical in kind that would speedily destroy him.

***

Although the snow was not continuous, lying merely in shallow flurries over the more open spaces, he found no difficulty in following the tracks for the first few miles. They went straight as a ruled line wherever the trees permitted. The stride soon began to increase in length, till it finally assumed proportions that seemed absolutely impossible for any ordinary animal to have made. Like huge flying leaps they became. One of these he measured, and though he knew that "stretch" of eighteen feet must be somehow wrong, he was at a complete loss to understand why he found no signs on the snow between the extreme points. But what perplexed him even more, making him feel his vision had gone utterly awry, was that Défago's stride increased in the same manner, and finally covered the same incredible distances. It looked as if the great beast had lifted him with it and carried him across these astonishing intervals. Simpson, who was much longer in the limb, found that he could not compass even half the stretch by taking a running jump.

And the sight of these huge tracks, running side by side, silent evidence of a dreadful journey in which terror or madness had urged to impossible results, was profoundly moving. It shocked him in the secret depths of his soul. It was the most horrible thing his eyes had ever looked upon. He began to follow them mechanically, absentmindedly almost, ever peering over his shoulder to see if he, too, were being followed by something with a gigantic tread... And soon it came about that he no longer quite realized what it

se daba cuenta de lo que esto significaba, esas impresiones dejadas sobre la nieve por algo anónimo e indomable, siempre acompañadas de las huellas del pequeño francés canadiense, su guía, su compañero, el hombre con quien había compartido su tienda unas horas antes, charlando, riendo, incluso cantando a su lado...

V

Para un hombre de sus años e inexperiencia, conservar el equilibrio que él logró mantener a través de toda su aventura, solo fue posible debido a su prudencia escocesa, basada en el sentido común y la lógica. De lo contrario, las cosas que descubrió, mientras avanzaba con determinación, lo habrían enviado directamente de vuelta a la seguridad comparativa de su tienda, en lugar de aferrar el rifle, mientras que su corazón se encomendaba a Dios. Vio que ambas huellas habían sufrido un cambio, y este cambio, en lo que se refería a los pasos del hombre, era atrozmente indescifrable.

Fue en las zancadas más grandes que notó esto por primera vez, y durante mucho tiempo no pudo creer a sus ojos. ¿Eran las hojas que cubrían el suelo las que producían esos extraños efectos de la luz y la sombra, o la nieve seca, que se desplaza como el arroz finamente molido en los bordes, proyectando sombras y zonas resplandecientes? ¿O era en realidad el hecho de que las grandes marcas se habían coloreado ligeramente? Alrededor de los profundos hoyos del animal, se veía un tinte rojizo y misterioso que se parecía más a un efecto de la luz que a cualquier otra cosa que tiñera la nieve. Cada marca lo tenía, y ese tinte ardiente e indistinto que pintaba un nuevo toque de horror se acrecentaba más y más.

was they signified — these impressions left upon the snow by something nameless and untamed, always accompanied by the footmarks of the little French Canadian, his guide, his comrade, the man who had shared his tent a few hours before, chatting, laughing, even singing by his side...

V

For a man of his years and inexperience, only a canny Scot, perhaps, grounded in common sense and established in logic, could have preserved even that measure of balance that this youth somehow or other did manage to preserve through the whole adventure. Otherwise, two things he presently noticed, while forging pluckily ahead, must have sent him headlong back to the comparative safety of his tent, instead of only making his hands close more tightly upon the rifle stock, while his heart, trained for the Wee Kirk, sent a wordless prayer winging its way to heaven. Both tracks, he saw, had undergone a change, and this change, so far as it concerned the footsteps of the man, was in some undecipherable manner — appalling.

It was in the bigger tracks he first noticed this, and for a long time he could not quite believe his eyes. Was it the blown leaves that produced odd effects of light and shade, or that the dry snow, drifting like finely ground rice about the edges, cast shadows and high lights? Or was it actually the fact that the great marks had become faintly colored? For round about the deep, plunging holes of the animal there now appeared a mysterious, reddish tinge that was more like an effect of light than of anything that dyed the substance of the snow itself. Every mark had it, and had it increasingly — this indistinct fiery tinge that painted a new touch of ghastliness into the picture.

Pero cuando, totalmente incapaz de explicarlo o de reconocerlo, dirigió su atención a las otras huellas, para descubrir si ellas también mostraban un testimonio similar, se dio cuenta de que estas habían sufrido un cambio que era infinitamente peor y se notaba mucho más. En los últimos cien metros, más o menos, vio que habían crecido gradualmente hasta tener la misma apariencia que las otras pisadas. El cambio se había producido imperceptiblemente, pero era indudable, era difícil discernir dónde comenzaba a notarse. El resultado, sin embargo, era indiscutible. Las pisadas de Défago, más pequeñas, más nítidas, con un modelo más limpio, formaban ahora un duplicado exacto y detallado de las pisadas más grandes, que estaban a su lado. Los pies que las produjeron también habían cambiado. Y esto le provocó una sensación de repugnancia y terror.

Simpson vaciló por primera vez; en seguida, avergonzado de su alarma e indecisión, avanzó apresuradamente. Al siguiente momento se detuvo en seco. Inmediatamente frente a él cesaban todos los signos del sendero. Ambos rastros terminaban abruptamente. Buscó en vano el menor indicio de su continuidad, por todos lados, durante cien metros y aún más. Pero no había nada.

Los árboles eran muy gruesos en ese lugar, todos eran grandes árboles de abeto, cedro o cicuta. No había maleza. Se puso de pie, mirando a su alrededor, muy angustiado; sin poder entender lo que pasaba. Luego se puso a trabajar para buscar una y otra vez el rastro, una y otra vez, pero siempre con el mismo resultado: nada. ¡Los pies que se imprimían en la superficie de la nieve, aparentemente, habían abandonado el suelo!

Y fue en ese momento de angustia y confusión que el látigo del terror se enroscó sobre su corazón, desconcertándolo por completo. Él había estado temiendo esto en secreto todo el tiempo, y así pasó.

But when, wholly unable to explain or to credit it, he turned his attention to the other tracks to discover if they, too, bore similar witness, he noticed that these had meanwhile undergone a change that was infinitely worse, and charged with far more horrible suggestion. For, in the last hundred yards or so, he saw that they had grown gradually into the semblance of the parent tread. Imperceptibly the change had come about, yet unmistakably. It was hard to see where the change first began. The result, however, was beyond question. Smaller, neater, more cleanly modeled, they formed now an exact and careful duplicate of the larger tracks beside them. The feet that produced them had, therefore, also changed. And something in his mind reared up with loathing and with terror as he saw it.

Simpson, for the first time, hesitated; then, ashamed of his alarm and indecision, took a few hurried steps ahead; the next instant stopped dead in his tracks. Immediately in front of him all signs of the trail ceased; both tracks came to an abrupt end. On all sides, for a hundred yards and more, he searched in vain for the least indication of their continuance. There was — nothing.

The trees were very thick just there, big trees all of them, spruce, cedar, hemlock; there was no underbrush. He stood, looking about him, all distraught; bereft of any power of judgment. Then he set to work to search again, and again, and yet again, but always with the same result: nothing. The feet that printed the surface of the snow thus far had now, apparently, left the ground!

And it was in that moment of distress and confusion that the whip of terror laid its most nicely calculated lash about his heart. It dropped with deadly effect upon the sorest spot of all, completely unnerving him. He had been secretly dread-

En lo más alto, silenciado por una gran altura y distancia, extrañamente disminuido y lloroso, escuchó el grito de Défago, su guía.

El sonido cayó sobre él, desde ese cielo inmóvil e invernal, con un efecto de consternación y terror insuperable. El rifle cayó a sus pies. Permaneció inmóvil por un instante, como si estuviera escuchando con todo su cuerpo, luego se inclinó contra el árbol más cercano en busca de apoyo, desesperadamente confuso en mente y espíritu. Fue la experiencia más conmovedora y dislocante que jamás había experimentado, que dejó su corazón vacío de sentimiento.

"¡Oh! ¡Oh! Esta altura de fuego! ¡Oh, mis pies de fuego! ¡Mis ardientes pies de fuego ...!". La voz suplicante, con acentos de indescriptible angustia parecía venir del cielo. Se escuchó una sola vez, luego se hizo el silencio en todo el bosque salvaje.

Y Simpson, apenas sabiendo lo que hacía, se encontró a sí mismo corriendo salvajemente de un lado a otro, buscando, llamando, tropezando con raíces y rocas, y arrojándose a sí mismo en un frenesí, en una búsqueda desordenada. Detrás del velo de la memoria y la emoción con el que la experiencia vela los eventos, se lanzó, perturbado y medio loco, como un barco en el mar que persigue luces fugaces, con terror en sus ojos, corazón y alma. Porque el pánico de los lugares desiertos lo había llamado con esa voz lejana, el poder de la distancia indómita, la atracción de la desolación que destruye. En ese momento conoció todos los dolores que siente quien se pierde irremediablemente, sufriendo los deseos y los trabajos de un alma en la soledad final. Una visión de Défago, eternamente perseguido, conducido y perseguido a través de la vasta inmensidad de esos bosques antiguos, voló como una llama a través de la oscura ruina de sus pensamientos...

ing all the time that it would come — and come it did.

Far overhead, muted by great height and distance, strangely thinned and wailing, he heard the crying voice of Défago, the guide.

The sound dropped upon him out of that still, wintry sky with an effect of dismay and terror unsurpassed. The rifle fell to his feet. He stood motionless an instant, listening as it were with his whole body, then staggered back against the nearest tree for support, disorganized hopelessly in mind and spirit. To him, in that moment, it seemed the most shattering and dislocating experience he had ever known, so that his heart emptied itself of all feeling whatsoever as by a sudden draught.

"Oh! oh! This fiery height! Oh, my feet of fire! My burning feet of fire...!" ran in far, beseeching accents of indescribable appeal this voice of anguish down the sky. Once it called — then silence through all the listening wilderness of trees.

And Simpson, scarcely knowing what he did, presently found himself running wildly to and fro, searching, calling, tripping over roots and boulders, and flinging himself in a frenzy of undirected pursuit after the Caller. Behind the screen of memory and emotion with which experience veils events, he plunged, distracted and half-deranged, picking up false lights like a ship at sea, terror in his eyes and heart and soul. For the Panic of the Wilderness had called to him in that far voice — the Power of untamed Distance — the Enticement of the Desolation that destroys. He knew in that moment all the pains of someone hopelessly and irretrievably lost, suffering the lust and travail of a soul in the final Loneliness. A vision of Défago, eternally hunted, driven and pursued across the skiey vastness of those ancient forests fled like a flame across the dark ruin of his thoughts...

La pareció que habían pasado edades antes de que pudiera controlar el caos de sus emociones, antes que pudiera equilibrarse y pensar...

El grito no se repitió; sus propia llamadas roncas no tuvieron respuesta; las inescrutables fuerzas de lo salvaje habían convocado a su víctima, sin posibilidad de ser recuperada, y la mantenían firmemente aprisionada.

***

Sin embargo, buscó y llamó, posiblemente, durante horas, porque la tarde ya estaba avanzada cuando, por fin, decidió abandonar su búsqueda inútil y regresar al campamento en las orillas de el Lago de las Cincuenta Islas. Incluso entonces se fue con renuencia, con esa voz llorona resonando en sus oídos. Con dificultad encontró su rifle y el camino de regreso. La concentración necesaria para seguir la pista de los árboles marcados y el hambre intensa que lo roía le ayudaron a mantener su mente firme. De lo contrario, admite, la aberración temporal que había sufrido podría haberse prolongado hasta llevarlo al desastre. Poco a poco, recuperó algo que se acercaba a su equilibrio normal.

Pero a pesar de todo, el viaje a través del crepúsculo del atardecer fue tristemente obsesivo. Oía innumerables pasos que lo seguían; voces que reían y susurraban; y veía figuras agazapadas detrás de los árboles y las rocas, haciendo señales entre sí para concertar un ataque. El murmullo del viento lo sobresaltaba y lo forzaba a detenerse para escuchar. Avanzaba sigilosamente, tratando de esconderse donde era posible, y haciendo el menor ruido posible. Las sombras de los bosques, que hasta entonces había considerado protectoras o simplemente cubrientes, ahora se habían convertido en amenazantes, desafiantes; y la procesión de ideas en su mente perturbada le sugería una gran cantidad de posibilidades, aún más siniestras por ser

It seemed ages before he could find anything in the chaos of his disorganized sensations to which he could anchor himself steady for a moment, and think...

The cry was not repeated; his own hoarse calling brought no response; the inscrutable forces of the Wild had summoned their victim beyond recall — and held him fast.

***

Yet he searched and called, it seems, for hours afterwards, for it was late in the afternoon when at length he decided to abandon a useless pursuit and return to his camp on the shores of Fifty Island Water. Even then he went with reluctance, that crying voice still echoing in his ears. With difficulty he found his rifle and the homeward trail. The concentration necessary to follow the badly blazed trees, and a biting hunger that gnawed, helped to keep his mind steady. Otherwise, he admits, the temporary aberration he had suffered might have been prolonged to the point of positive disaster. Gradually the ballast shifted back again, and he regained something that approached his normal equilibrium.

But for all that the journey through the gathering dusk was miserably haunted. He heard innumerable following footsteps; voices that laughed and whispered; and saw figures crouching behind trees and boulders, making signs to one another for a concerted attack the moment he had passed. The creeping murmur of the wind made him start and listen. He went stealthily, trying to hide where possible, and making as little sound as he could. The shadows of the woods, hitherto protective or covering merely, had now become menacing, challenging; and the pageantry in his frightened mind masked a host of possibilities that were all the more ominous for being obscure. The presentiment

indeterminadas. El presentimiento de una muerte sin nombre acechaba, mal disimulado, detrás de cada detalle de lo que había sucedido.

El que saliera finalmente victorioso fue realmente admirable. Muchos hombres con más experiencia y fuerza podrían haber superado esa prueba con menos éxito. El logró controlarse bastante bien, considerando todas las cosas que había experimentado, y su plan de acción lo demuestra. Ni se le ocurrió dormir, y era completamente imposible seguir el camino de vuelta en medio de la oscuridad de la noche. Por eso se sentó, con el rifle en la mano, delante un fuego que nunca, ni por un solo momento, permitió apagarse. La severidad de esa vigilia marcó su alma para el resto de su vida; pero la llevó a cabo exitosamente; y con los primeros signos del amanecer, emprendió el largo viaje de regreso al campamento, para obtener ayuda. Como antes, dejó una nota escrita para explicar su ausencia e indicar dónde había dejado un montón de comida y fósforos, ¡aunque no tenía ninguna expectativa de que alguna mano humana los encontrara!

La manera en que Simpson encontró su camino solo, cruzando el bosque y el lago, podría ser una historia en sí misma, porque oírle contarla es conocer la apasionada soledad del alma que un hombre puede sentir cuando la desolación lo atrapa en el hueco de su mano ilimitada, y se ríe. También es de admirar su indomable coraje.

No se jacta de ninguna habilidad especial, declarando que siguió el rastro casi invisible mecánicamente, y sin pensar. Y esto, sin duda, es la verdad. Se basó en la guía de su mente inconsciente, que es el instinto. Quizás, algún sentido de orientación, conocido por los animales y los hombres primitivos, también puede haberle ayudado, ya que, cruzando toda esa enmarañada región logró alcanzar el lugar exacto donde Défago había escondido la canoa casi tres días antes con el comenta-

of a nameless doom lurked ill-concealed behind every detail of what had happened.

It was really admirable how he emerged victor in the end; men of riper powers and experience might have come through the ordeal with less success. He had himself tolerably well in hand, all things considered, and his plan of action proves it. Sleep being absolutely out of the question and traveling an unknown trail in the darkness equally impracticable, he sat up the whole of that night, rifle in hand, before a fire he never for a single moment allowed to die down. The severity of the haunted vigil marked his soul for life; but it was successfully accomplished; and with the very first signs of dawn he set forth upon the long return journey to the home camp to get help. As before, he left a written note to explain his absence, and to indicate where he had left a plentiful cache of food and matches — though he had no expectation that any human hands would find them!

How Simpson found his way alone by the lake and forest might well make a story in itself, for to hear him tell it is to know the passionate loneliness of soul that a man can feel when the Wilderness holds him in the hollow of its illimitable hand — and laughs. It is also to admire his indomitable pluck.

He claims no skill, declaring that he followed the almost invisible trail mechanically, and without thinking. And this, doubtless, is the truth. He relied upon the guiding of the unconscious mind, which is instinct. Perhaps, too, some sense of orientation, known to animals and primitive men, may have helped as well, for through all that tangled region he succeeded in reaching the exact spot where Défago had hidden the canoe nearly three days before

rio, "ve hacia el oeste a través del lago hacia el sol, para encontrar el campamento".

No le quedaba mucho sol para guiarlo, pero usó su brújula lo mejor que pudo, y se embarcó en la frágil embarcación durante los últimos dieciocho kilómetros de su viaje con una sensación de inmenso alivio, al finalmente dejar el bosque detrás de él. Y afortunadamente el agua estaba en calma; siguió en línea a través del centro del lago, en lugar de deslizarse por la costa por otros treinta kilómetros. Afortunadamente, los otros cazadores habían regresado y la luz de su fuego le proporcionó un punto de referencia sin el cual podría haber buscado infructuosamente durante toda la noche la posición exacta del campamento.

Era casi medianoche cuando su canoa encallaba en la cala de arena, y Hank, Punk y su tío, despertados por sus gritos, corrieron rápidamente hacia abajo y ayudaron a un escocés, muy agotado y desecho, a abrirse camino entre las rocas, hacia un fuego moribundo.

VI

La repentina entrada de su tío prosaico en ese mundo de magia y horror que lo había perseguido sin interrupción durante dos días y dos noches, tuvo el efecto inmediato de darle al asunto un aspecto completamente nuevo. El sonido de ese cordial "¡Hola, mi muchacho! ¿Y qué pasa ahora?", y el contacto con esa mano seca y vigorosa lo hizo revaluar lo vivido. Las dudas lo inundaron, se dio cuenta de que se había descontrolado demasiado, e incluso se sintió vagamente avergonzado de sí mismo. La terquedad natural de su raza se reafirmó.

Y esto, sin duda, explica porqué le resultó tan difícil contar todo lo que le había pasado al grupo reunido alrededor del fuego. Sin embargo, dijo lo suficiente como para que se llegara a la decisión inmediata

with the remark, "Strike doo west across the lake into the sun to find the camp."

There was not much sun left to guide him, but he used his compass to the best of his ability, embarking in the frail craft for the last twelve miles of his journey with a sensation of immense relief that the forest was at last behind him. And, fortunately, the water was calm; he took his line across the center of the lake instead of coasting round the shores for another twenty miles. Fortunately, too, the other hunters were back. The light of their fires furnished a steering point without which he might have searched all night long for the actual position of the camp.

It was close upon midnight all the same when his canoe grated on the sandy cove, and Hank, Punk and his uncle, disturbed in their sleep by his cries, ran quickly down and helped a very exhausted and broken specimen of Scotch humanity over the rocks toward a dying fire.

VI

The sudden entrance of his prosaic uncle into this world of wizardry and horror that had haunted him without interruption now for two days and two nights, had the immediate effect of giving to the affair an entirely new aspect. The sound of that crisp "Hulloa, my boy! And what's up now?" and the grasp of that dry and vigorous hand introduced another standard of judgment. A revulsion of feeling washed through him. He realized that he had let himself "go" rather badly. He even felt vaguely ashamed of himself. The native hard-headedness of his race reclaimed him.

And this doubtless explains why he found it so hard to tell that group round the fire — everything. He told enough, however, for the immediate decision to be arrived at that a relief party must start

de que una partida de rescate debía ser enviada lo antes posible, y que Simpson, para poder guiarla adecuadamente, primero debía alimentarse y, sobre todo, dormir. El Dr. Cathcart, observando la condición del muchacho más astutamente de lo que su paciente notaba, le administró una inyección muy leve de morfina. Durante seis horas durmió como un tronco.

La descripción que este estudiante de teología escribió más tarde, indica que el relato que contó al grupo asombrado, omitía diversos detalles cruciales e importantes. Declara que, con el rostro sano y práctico de su tío mirándolo fijamente a la cara, simplemente no tuvo el valor de mencionarlos. Por lo tanto, todo lo que el grupo de búsqueda entendió, fue que Défago había sufrido en la noche un ataque maníaco, agudo e inexplicable, que se había sentido "llamado" por alguien o algo, y se había lanzado hacia el bosque, siguiendo ese llamado, sin comida ni su rifle, y que el frío y el hambre lo llevarían a una muerte horrible y prolongada, a menos que pudiera ser encontrado y rescatado a tiempo. "A tiempo", significaba cuanto antes.

Sin embargo, en el transcurso del día siguiente –salieron a las siete, dejando a Punk a cargo con instrucciones para tener siempre listos los alimentos y el fuego–, Simpson pudo contarle a su tío muchos más detalles de la verdadera historia, sin adivinar que eran sacados de él con una forma muy sutil de interrogatorio. Para cuando llegaron al comienzo del sendero, donde dejaron la canoa, preparada para el viaje de regreso, ya había mencionado que Défago hablaba vagamente de "algo que él llamaba un Wendigo"; cómo lloraba en su sueño; cómo había creído sentir un olor inusual en el campamento; y había traicionado otros síntomas de excitación mental. También admitió el efecto desconcertante de "ese olor extraordinario" sobre sí mismo, "pungente y acre como el olor de los leones". Y para cuando estuvieron a una

at the earliest possible moment, and that Simpson, in order to guide it capably, must first have food and, above all, sleep. Dr. Cathcart observing the lad's condition more shrewdly than his patient knew, gave him a very slight injection of morphine. For six hours he slept like the dead.

From the description carefully written out afterwards by this student of divinity, it appears that the account he gave to the astonished group omitted sundry vital and important details. He declares that, with his uncle's wholesome, matter-of-fact countenance staring him in the face, he simply had not the courage to mention them. Thus, all the search party gathered, it would seem, was that Défago had suffered in the night an acute and inexplicable attack of mania, had imagined himself "called" by someone or something, and had plunged into the bush after it without food or rifle, where he must die a horrible and lingering death by cold and starvation unless he could be found and rescued in time. "In time," moreover, meant at once.

In the course of the following day, however — they were off by seven, leaving Punk in charge with instructions to have food and fire always ready — Simpson found it possible to tell his uncle a good deal more of the story's true inwardness, without divining that it was drawn out of him as a matter of fact by a very subtle form of cross examination. By the time they reached the beginning of the trail, where the canoe was laid up against the return journey, he had mentioned how Défago spoke vaguely of "something he called a 'Wendigo'"; how he cried in his sleep; how he imagined an unusual scent about the camp; and had betrayed other symptoms of mental excitement. He also admitted the bewildering effect of "that extraordinary odor" upon himself, "pungent and acrid like the odor of lions."

hora del Lago de las Cincuenta Islas, había dejado escapar un hecho adicional –una declaración franca de su propia condición histérica, como lo comprendió después–, que él había escuchado al guía desaparecido pidiendo ayuda. Omitió las frases específicas utilizadas, ya que simplemente no pudo repetir esa absurda frase. Además, al describir cómo los pasos del hombre en la nieve habían asumido gradualmente una imagen en miniatura, similar a las huellas del animal, dejó de lado el hecho de que estaban separados por una distancia totalmente increíble. Parecía que intentaba balancear su orgullo individual y su honestidad, decidiendo que cosa podía revelar y que podía suprimir. Mencionó el tinte rojizo en la nieve, por ejemplo, pero omitió decir que el cuerpo y la cama habían sido arrastrados parcialmente fuera de la tienda...

Con el resultado neto que el Dr. Cathcart, quien creía ser un hábil psicólogo, le había asegurado con toda claridad que su mente, influenciada por la soledad, el desconcierto y el terror, había cedido a la tensión y había alucinado. Mientras elogiaba su conducta, logró al mismo tiempo señalar dónde, cuándo y cómo su mente se había extraviado. Hizo que su sobrino pensara mejor de sí mismo, a través de juiciosos elogios, pero también lo hizo sentir más tonto, al minimizar el valor de la evidencia. Como muchos otros materialistas, mintió inteligentemente sobre la base de un conocimiento insuficiente, porque el conocimiento suministrado le parecía completamente inadmisible.

"El hechizo de estas terribles soledades", dijo, "no puede dejar intacta ninguna mente, especialmente aquellas que tienen bien desarrollada la imaginación. Eso le pasó a tu mente, tal como le pasó a la mía cuando tenía tu edad. El animal que atormentaba tu pequeño campamento sin duda era un alce, ya que el bramido de un alce puede tener, a veces, una cualidad sonora muy peculiar. El aspecto colorea-

And by the time they were within an easy hour of Fifty Island Water he had let slip the further fact — a foolish avowal of his own hysterical condition, as he felt afterwards — that he had heard the vanished guide call "for help." He omitted the singular phrases used, for he simply could not bring himself to repeat the preposterous language. Also, while describing how the man's footsteps in the snow had gradually assumed an exact miniature likeness of the animal's plunging tracks, he left out the fact that they measured a wholly incredible distance. It seemed a question, nicely balanced between individual pride and honesty, what he should reveal and what suppress. He mentioned the fiery tinge in the snow, for instance, yet shrank from telling that body and bed had been partly dragged out of the tent...

With the net result that Dr. Cathcart, adroit psychologist that he fancied himself to be, had assured him clearly enough exactly where his mind, influenced by loneliness, bewilderment and terror, had yielded to the strain and invited delusion. While praising his conduct, he managed at the same time to point out where, when, and how his mind had gone astray. He made his nephew think himself finer than he was by judicious praise, yet more foolish than he was by minimizing the value of the evidence. Like many another materialist, that is, he lied cleverly on the basis of insufficient knowledge, because the knowledge supplied seemed to his own particular intelligence inadmissible.

"The spell of these terrible solitudes," he said, "cannot leave any mind untouched, any mind, that is, possessed of the higher imaginative qualities. It has worked upon yours exactly as it worked upon my own when I was your age. The animal that haunted your little camp was undoubtedly a moose, for the 'belling' of a moose may have, sometimes, a very peculiar quality of sound. The colored ap-

do de los grandes rastros seguramente fue una especie de ilusión óptica producida por tu emoción. El tamaño y el estiramiento de las huellas ya lo veremos cuando lleguemos allí. Pero la alucinación de una voz audible, por supuesto, es una de las formas más comunes de delirio debido a la excitación mental: una excitación, mi querido muchacho, perfectamente excusable y, permíteme agregar, maravillosamente controlada por ti en estas circunstancias. Debo decir que, por lo demás, has actuado con un espléndido coraje, porque el terror de sentirse perdido en estas soledades no es nada menos que horrible, y, si hubiera estado en tu lugar, no sé si podría haberme comportado con un cuarto de tu sabiduría y determinación. Lo único que me resulta extraordinariamente difícil de explicar es... ese maldito olor".

"Me hizo sentir enfermo, te lo aseguro", declaró su sobrino, "positivamente mareado". La actitud de calma omnisciencia de su tío, simplemente porque conocía más terminología psicológica, le hizo adoptar una actitud un poco desafiante. Era tan fácil explicar una experiencia que uno no presenció personalmente, con términos eruditos. "Una especie de desolador y terrible olor es la única forma en que puedo describirlo", concluyó, mirando la expresión reposada y poco emocional de su tío.

"Sólo puedo maravillarme", fue la respuesta, "que bajo esas circunstancias no hayas experimentado algo aún peor". Esas palabras carentes de sentimiento, Simpson sabía, oscilaban entre la verdad y la interpretación que su tío hacía de "la verdad".

***

Así que, por fin llegaron al pequeño campamento y encontraron la tienda aún de pie. Los restos del fuego, y a su lado, el trozo de papel clavado en una estaca, estaban sin tocar. Sin embargo, la reserva de alimentos, implementada por manos inexpertas, había sido descubierta y saqueada por las ratas almizcleras, visones y ardillas.

pearance of the big tracks was obviously a defect of vision in your own eyes produced by excitement. The size and stretch of the tracks we shall prove when we come to them. But the hallucination of an audible voice, of course, is one of the commonest forms of delusion due to mental excitement — an excitement, my dear boy, perfectly excusable, and, let me add, wonderfully controlled by you under the circumstances. For the rest, I am bound to say, you have acted with a splendid courage, for the terror of feeling oneself lost in this wilderness is nothing short of awful, and, had I been in your place, I don't for a moment believe I could have behaved with one quarter of your wisdom and decision. The only thing I find it uncommonly difficult to explain is — that — damned odor."

"It made me feel sick, I assure you," declared his nephew, "positively dizzy!" His uncle's attitude of calm omniscience, merely because he knew more psychological formulae, made him slightly defiant. It was so easy to be wise in the explanation of an experience one has not personally witnessed. "A kind of desolate and terrible odor is the only way I can describe it," he concluded, glancing at the features of the quiet, unemotional man beside him.

"I can only marvel," was the reply, "that under the circumstances it did not seem to you even worse." The dry words, Simpson knew, hovered between the truth, and his uncle's interpretation of "the truth."

***

And so at last they came to the little camp and found the tent still standing, the remains of the fire, and the piece of paper pinned to a stake beside it — untouched. The cache, poorly contrived by inexperienced hands, however, had been discovered and opened — by musk rats, mink and squirrel. The matches lay scattered

Las cerillas estaban dispersas alrededor de la apertura, pero la comida había desaparecido hasta la última miga.

"Bueno compañeros, él no está aquí", exclamó Hank en voz alta, como era su estilo. "¡Y eso es tan cierto como que hay un Dios! Pero saber dónde está, que el diablo me lleve si lo sé". La presencia de un estudiante de teología no inhibió su lenguaje en ese momento, aunque por el bien del lector lo hemos moderado un poco. "Propongo", agregó, "¡que comencemos de una vez a rastrearlo como un infierno!".

La probabilidad que Défago estuviera más allá de toda ayuda, oprimía a todo el grupo con una sensación de terrible gravedad, cuando vieron los signos familiares de la reciente ocupación. Especialmente la tienda, con el lecho de ramas de bálsamo todavía alisadas y aplanadas por la presión de su cuerpo, les recordaba dolorosamente la presencia de Défago. Simpson, sintiendo vagamente como si su mundo estuviera, de alguna manera en peligro, comenzó a explicar los detalles en voz baja. Estaba mucho más tranquilo ahora, aunque muy cansado por todo el trajín de los últimos días. El método que usaba su tío para explicar –o más bien "para descartar"– los detalles aún frescos en su memoria también le ayudó a moderar sus emociones.

"Y esa es la dirección por la que salió corriendo", dijo a sus dos compañeros, señalando la dirección donde el guía se había desvanecido esa mañana en el gris amanecer. "Justo allí, corrió como un ciervo, entre el abedul y la cicuta...".

Hank y el Dr. Cathcart intercambiaron miradas.

"Y fue a unos tres kilómetros yendo por ahí, en línea recta", continuó Simpson, hablando con algo del antiguo terror en su voz, "que seguí su rastro hasta el lugar donde... desapareció por completo".

"Y donde lo escuchaste, lo llamaste y sentiste ese hedor, y todo el resto del terri-

about the opening, but the food had been taken to the last crumb.

"Well, fellers, he ain't here," exclaimed Hank loudly after his fashion. "And that's as sartain as the coal supply down below! But what he's got to by this time is 'bout as unsartain as the trade in crowns in t'other place." The presence of a divinity student was no barrier to his language at such a time, though for the reader's sake it may be severely edited. "I propose," he added, "that we start out at once an' hunt for'm like hell!"

The gloom of Défago's probable fate oppressed the whole party with a sense of dreadful gravity the moment they saw the familiar signs of recent occupancy. Especially the tent, with the bed of balsam branches still smoothed and flattened by the pressure of his body, seemed to bring his presence near to them. Simpson, feeling vaguely as if his world were somehow at stake, went about explaining particulars in a hushed tone. He was much calmer now, though overwearied with the strain of his many journeys. His uncle's method of explaining — "explaining away," rather — the details still fresh in his haunted memory helped, too, to put ice upon his emotions.

"And that's the direction he ran off in," he said to his two companions, pointing in the direction where the guide had vanished that morning in the grey dawn. "Straight down there he ran like a deer, in between the birch and the hemlock..."

Hank and Dr. Cathcart exchanged glances.

"And it was about two miles down there, in a straight line," continued the other, speaking with something of the former terror in his voice, "that I followed his trail to the place where — it stopped — dead!"

"And where you heered him callin' an' caught the stench, an' all the rest of the

ble asunto", gritó Hank, con una volubilidad que traicionaba su pena.

"Y donde tu emoción te superó hasta el punto de producir ilusiones", agregó el Dr. Cathcart en voz baja, pero no tan bajo como para que su sobrino no lo escuchara.

***

Era temprano en la tarde, porque habían viajado rápido, y aún quedaban unas dos horas de luz diurna. El Dr. Cathcart y Hank no perdieron tiempo en comenzar la búsqueda, pero Simpson estaba demasiado agotado como para acompañarlos. Seguirían las marcas de los árboles, y donde fuera posible, sus huellas. Mientras tanto, lo mejor que Simpson podía hacer era mantener prendido un buen fuego y descansar.

Pero después de tres horas de búsqueda, ya había anochecido, y los dos hombres regresaron al campamento sin nada que informar. La nieve fresca había cubierto todas las señales, y aunque habían seguido los árboles marcados hasta el lugar donde Simpson había vuelto atrás, no habían descubierto el menor indicio de un ser humano, ni siquiera de un animal. No había rastros frescos de ningún tipo; la nieve yacía intacta.

Era difícil decidir un curso de acción, porque en realidad no había nada más que pudieran hacer. Podían quedarse y buscar durante semanas sin muchas posibilidades de éxito. La nieve fresca había destruido su única esperanza, y se reunieron alrededor del fuego para la cena, sombríos y abatidos. Los hechos, ya eran bastante tristes, porque Défago tenía una esposa en Rat Portage, y sus ganancias eran el único medio de sostén de la familia.

Ahora que la verdad, en toda su fealdad, estaba clara, parecía inútil tratar con más disfraces o pretensiones lo ocurrido. Hablaron abiertamente de los hechos y las probabilidades. No era la primera vez, incluso en la experiencia del Dr. Cathcart,

wicked entertainment," cried Hank, with a volubility that betrayed his keen distress.

"And where your excitement overcame you to the point of producing illusions," added Dr. Cathcart under his breath, yet not so low that his nephew did not hear it.

***

It was early in the afternoon, for they had traveled quickly, and there were still a good two hours of daylight left. Dr. Cathcart and Hank lost no time in beginning the search, but Simpson was too exhausted to accompany them. They would follow the blazed marks on the trees, and where possible, his footsteps. Meanwhile the best thing he could do was to keep a good fire going, and rest.

But after something like three hours' search, the darkness already down, the two men returned to camp with nothing to report. Fresh snow had covered all signs, and though they had followed the blazed trees to the spot where Simpson had turned back, they had not discovered the smallest indication of a human being — or for that matter, of an animal. There were no fresh tracks of any kind; the snow lay undisturbed.

It was difficult to know what was best to do, though in reality there was nothing more they could do. They might stay and search for weeks without much chance of success. The fresh snow destroyed their only hope, and they gathered round the fire for supper, a gloomy and despondent party. The facts, indeed, were sad enough, for Défago had a wife at Rat Portage, and his earnings were the family's sole means of support.

Now that the whole truth in all its ugliness was out, it seemed useless to deal in further disguise or pretense. They talked openly of the facts and probabilities. It was not the first time, even in the experience of Dr. Cathcart, that a man had yielded to

que un hombre había cedido a la singular seducción de la soledad y se había vuelto loco. Défago, además, estaba predispuesto a que le pasara algo por el estilo, porque ya tenía un poco de melancolía en la sangre y su fibra estaba debilitaba por sus ataques de alcoholismo, que a menudo duraban semanas. Algo en este viaje, uno nunca podría saber exactamente qué, había sido suficiente para empujarlo más allá de sus límites, eso era todo. Y se había ido, se había ido al gran desierto de árboles y lagos para morir por inanición y agotamiento. Las posibilidades en contra de que pudiera volver al campamento eran abrumadoras. Sin duda el delirio que lo había embrujado habría empeorado, y era muy probable que incluso se hubiera suicidado. Es posible que Défago ya hubiera llegado al final de su camino. Sin embargo, por sugerencia de Hank, su viejo amigo, decidieron esperar un poco más y dedicar todo el día siguiente, desde el amanecer hasta la oscuridad, para buscarlo tan sistemáticamente como pudieran. Dividirían el territorio entre ellos. Discutieron su plan con gran detalle. Harían todo lo que se pudiera hacer. Y, mientras tanto, hablaron sobre la forma particular en que el pánico singular de los bosque salvajes había atacado la mente del infortunado guía. Hank, aunque familiarizado con la leyenda en su esquema general, obviamente no acogió con agrado el giro que había tomado la conversación. Él contribuyó poco, aunque ese poco fue esclarecedor. Admitió que en toda esa región del país había una historia que contaba que varios indios habían "visto al Wendigo" en las orillas de Lago de las Cincuenta Islas en el otoño, el año anterior, y que esta era la verdadera razón por la que Défago no quería ir a cazar allí. Hank, sin duda, sintió que, en cierto sentido, había ayudado a su viejo amigo a morir al sobreestimarlo. "Cuando un indio se vuelve loco", explicó, como si estuviera hablando más para sí mismo que para los demás, "siempre se dice que ha 'visto el

the singular seduction of the Solitudes and gone out of his mind; Défago, moreover, was predisposed to something of the sort, for he already had a touch of melancholia in his blood, and his fiber was weakened by bouts of drinking that often lasted for weeks at a time. Something on this trip — one might never know precisely what — had sufficed to push him over the line, that was all. And he had gone, gone off into the great wilderness of trees and lakes to die by starvation and exhaustion. The chances against his finding camp again were overwhelming; the delirium that was upon him would also doubtless have increased, and it was quite likely he might do violence to himself and so hasten his cruel fate. Even while they talked, indeed, the end had probably come. On the suggestion of Hank, his old pal, however, they proposed to wait a little longer and devote the whole of the following day, from dawn to darkness, to the most systematic search they could devise. They would divide the territory between them. They discussed their plan in great detail. All that men could do they would do. And, meanwhile, they talked about the particular form in which the singular Panic of the Wilderness had made its attack upon the mind of the unfortunate guide. Hank, though familiar with the legend in its general outline, obviously did not welcome the turn the conversation had taken. He contributed little, though that little was illuminating. For he admitted that a story ran over all this section of country to the effect that several Indians had "seen the Wendigo" along the shores of Fifty Island Water in the "fall" of last year, and that this was the true reason of Défago's disinclination to hunt there. Hank doubtless felt that he had in a sense helped his old pal to death by overpersuading him. "When an Indian goes crazy," he explained, talking to himself more than to the others, it seemed, "it's always put that he's 'seen the Wendigo.' An'

Wendigo'. El pobre viejo Défago era su-persticioso hasta los tuétanos...!".

Y luego Simpson, sintiendo que el ambiente era mas propicio, contó de nuevo su asombrosa historia por completo; esta vez no omitió detalles. Mencionó sus propias sensaciones y el miedo sobrecogedor que había pasado. Solo omitió el extraño lenguaje utilizado el guía.

"Pero Défago seguramente ya te había contado todos estos detalles de la leyenda del Wendigo, mi querido amigo", insistió el doctor. "Quiero decir, él había hablado de eso, y así puso en tu mente las ideas que luego tu propia emoción desarrolló?".

Con lo cual Simpson volvió a repetir los hechos. Défago, declaró, apenas había mencionado a la bestia. Él, Simpson, no sabía nada de la historia y, por lo que recordaba, nunca había leído sobre ella. Ni siquiera el nombre le era familiar.

Por supuesto que estaba diciendo la verdad, y el Dr. Cathcart se vio obligado a admitir el extraño carácter de todo el asunto. Sin embargo, no lo demostró con palabras, sino con su actitud. Se mantuvo de espaldas contra un árbol bueno y robusto; reavivó el fuego en el momento en que mostraba signos de apagarse; estaba más atento que ninguno de ellos a los menores ruidos de la noche: un pez saltando en el lago, una ramita que se partía en los matorrales, la caída de fragmentos ocasionales de nieve congelada de las ramas en lo alto, aflojados por el calor. Su voz, también cambió un poco en calidad, volviéndose un poco menos firme, con un tono más bajo. El miedo, para decirlo claramente, se cernía sobre ese pequeño campamento, y aunque a los tres les hubiera gustado hablar de otros asuntos, lo único que parecían poder discutir era la fuente de su miedo. Probaron otros temas en vano. No había otra cosa que decir. Hank fue el más honesto del grupo; no dijo casi nada. Nunca le daba la espalda a la oscuridad. Sus ojos siempre acechaban el bosque oscu-

pore old Défaygo was superstitious down to the very heels...!"

And then Simpson, feeling the atmosphere more sympathetic, told over again the full story of his astonishing tale; he left out no details this time; he mentioned his own sensations and gripping fears. He only omitted the strange language used.

"But Défago surely had already told you all these details of the Wendigo legend, my dear fellow," insisted the doctor. "I mean, he had talked about it, and thus put into your mind the ideas which your own excitement afterwards developed?"

Whereupon Simpson again repeated the facts. Défago, he declared, had barely mentioned the beast. He, Simpson, knew nothing of the story, and, so far as he remembered, had never even read about it. Even the word was unfamiliar.

Of course he was telling the truth, and Dr. Cathcart was reluctantly compelled to admit the singular character of the whole affair. He did not do this in words so much as in manner, however. He kept his back against a good, stout tree; he poked the fire into a blaze the moment it showed signs of dying down; he was quicker than any of them to notice the least sound in the night about them — a fish jumping in the lake, a twig snapping in the bush, the dropping of occasional fragments of frozen snow from the branches overhead where the heat loosened them. His voice, too, changed a little in quality, becoming a shade less confident, lower also in tone. Fear, to put it plainly, hovered close about that little camp, and though all three would have been glad to speak of other matters, the only thing they seemed able to discuss was this — the source of their fear. They tried other subjects in vain; there was nothing to say about them. Hank was the most honest of the group; he said next to nothing. He never once, however, turned his back to the darkness. His

ro, y cuando se necesitaba madera, no iba más lejos de lo necesario para conseguirla.

face was always to the forest, and when wood was needed he didn't go farther than was necessary to get it.

VII

Un muro de silencio los envolvía, porque la nieve, aunque no era gruesa, apagaba los ruidos, y el terreno estaba rígidamente congelado. No se escuchaba ningún sonido, excepto sus voces y el suave rugido de las llamas. Solamente, de vez en cuando, se sentía el revoloteo de alguna polilla de pino. Nadie parecía ansioso por irse a la cama. Las horas se deslizaban hacia la medianoche.

"La leyenda es lo suficientemente pintoresca", comentó el doctor después de una larga pausa, más que nada para romper el silencio, y no porque tuviera algo importante que decir, "el Wendigo es simplemente la personificación de la llamada de la selva, que lleva a algunas personas a su propia destrucción".

"Eso es todo", dijo Hank. "Y no hay duda cuando lo escuchas. Te llama por tu propio nombre".

Otra pausa siguió. Luego, el Dr. Cathcart volvió al tema prohibido con una prisa que sobresaltó a los demás.

"La alegoría es significativa", remarcó, mirando la oscuridad a su alrededor, "porque la voz, dicen, se parece a todos los pequeños sonidos del bosque: el viento, las caídas de agua, los gritos de los animales, etc. Y, una vez que la víctima la escucha, ¡por supuesto ya está perdida! Dicen que sus puntos más vulnerables son los pies y los ojos. Los pies, es claro, por el placer de andar, y los ojos porque disfrutan de la belleza. El pobre vagabundo va a una velocidad tan terrible que sus ojos sangran, y sus pies arden".

El Dr. Cathcart, mientras hablaba, seguía mirando nerviosamente a la oscuridad circundante. Su voz se convirtió en un susurro.

VII

A wall of silence wrapped them in, for the snow, though not thick, was sufficient to deaden any noise, and the frost held things pretty tight besides. No sound but their voices and the soft roar of the flames made itself heard. Only, from time to time, something soft as the flutter of a pine moth's wings went past them through the air. No one seemed anxious to go to bed. The hours slipped towards midnight.

"The legend is picturesque enough," observed the doctor after one of the longer pauses, speaking to break it rather than because he had anything to say, "for the Wendigo is simply the Call of the Wild personified, which some natures hear to their own destruction."

"That's about it," Hank said presently. "An' there's no misunderstandin' when you hear it. It calls you by name right 'nough."

Another pause followed. Then Dr. Cathcart came back to the forbidden subject with a rush that made the others jump.

"The allegory is significant," he remarked, looking about him into the darkness, "for the Voice, they say, resembles all the minor sounds of the Bush — wind, falling water, cries of the animals, and so forth. And, once the victim hears that— he's off for good, of course! His most vulnerable points, moreover, are said to be the feet and the eyes; the feet, you see, for the lust of wandering, and the eyes for the lust of beauty. The poor beggar goes at such a dreadful speed that he bleeds beneath the eyes, and his feet burn."

Dr. Cathcart, as he spoke, continued to peer uneasily into the surrounding gloom. His voice sank to a hushed tone.

"Se dice que el Wendigo", agregó, "quema los pies de sus víctimas, debido a la fricción, aparentemente causada por su tremenda velocidad, hasta que se caen, y unos pies nuevos se forman, exactamente igual a los suyos".

Simpson escuchó con horrorizado asombro; pero fue la palidez en la cara de Hank lo que más le fascinó. Habría querido taparse los oídos y cerrar los ojos.

"No siempre se mantiene en el suelo", dijo, Hank lenta y arrastradamente, "porque sube tan alto que cree que las estrellas le han prendido fuego. Y a veces da grandes saltos, llegando hasta las copas de los árboles, llevando consigo a su compañero, y luego lo deja caer como el albatros deja caer a sus presas –para matarlas antes de comerlas. Pero su comida, de todo lo que hay en el bosque, solo es ¡musgo!". Se rió con una risa corta y poco natural. "Es un devorador de musgo, ese es el Wendigo", agregó, mirando con entusiasmo los rostros de sus compañeros. "Devorador de musgo", repitió, con una sarta de los juramentos más extravagantes que podía inventar.

Pero Simpson ahora entendió el verdadero propósito de toda esta charla. Lo que estos dos hombres, ambos fuertes y experimentados, cada uno a su manera, temían más que cualquier otra cosa era el silencio. Estaban hablando para dejar pasar el tiempo. También lo hacían para protegerse de la oscuridad, para no caer en el pánico, para no admitir que estaban en territorio enemigo, para no aceptar la conclusión inevitable a la que había llegado él mismo, ya iniciado en esa espantosa vigilia del terror, estaba más allá de ambos en ese aspecto. Había llegado a la etapa en la que era inmune. Pero estos dos, el médico analítico, burlón, y el hombre de los bosques honesto y testarudo, estaban sentados, temblando en lo más hondo de sus almas.

"The Wendigo," he added, "is said to burn his feet — owing to the friction, apparently caused by its tremendous velocity — till they drop off, and new ones form exactly like its own."

Simpson listened in horrified amazement; but it was the pallor on Hank's face that fascinated him most. He would willingly have stopped his ears and closed his eyes, had he dared.

"It don't always keep to the ground neither," came in Hank's slow, heavy drawl, "for it goes so high that he thinks the stars have set him all a-fire. An' it'll take great thumpin' jumps sometimes, an' run along the tops of the trees, carrying its partner with it, an' then droppin' him jest as a fish hawk'll drop a pickerel to kill it before eatin'. An' its food, of all the muck in the whole Bush is — moss!" And he laughed a short, unnatural laugh. "It's a moss-eater, is the Wendigo," he added, looking up excitedly into the faces of his companions. "Moss-eater," he repeated, with a string of the most outlandish oaths he could invent.

But Simpson now understood the true purpose of all this talk. What these two men, each strong and "experienced" in his own way, dreaded more than anything else was — silence. They were talking against time. They were also talking against darkness, against the invasion of panic, against the admission reflection might bring that they were in an enemy's country — against anything, in fact, rather than allow their inmost thoughts to assume control. He himself, already initiated by the awful vigil with terror, was beyond both of them in this respect. He had reached the stage where he was immune. But these two, the scoffing, analytical doctor, and the honest, dogged backwoodsman, each sat trembling in the depths of his being.

Así pasaron las horas; y así, con voces bajas y espíritus firmes, aunque estresados,el pequeño grupo de hombres, sentado en las fauces del bosque salvaje, hablaba ociosamente sobre la terrible y obsesiva leyenda. Era una competencia desigual, considerando todas las cosas, porque el bosque ya tenía la ventaja del primer ataque, y de un rehén. El destino de su camarada se cernía sobre ellos, oprimiéndolos cada vez más, hasta que ese peso se volvió insoportable.

Fue Hank, después de una larga y ominosa pausa, quien descargó primero toda su emoción contenida, de una manera muy inesperada, poniéndose en pie de un salto y dejando escapar un grito estremecedor, en medio de la noche. Parecía que ya no podía contenerse más. Para intensificar más aun su grito, se dio palmadas en su boca, entrecortando así su grito.

"Esto es para Défago", dijo, mirando a los otros dos con una risa extraña y desafiante, "porque creo" –se pueden omitir los juramentos intercalados–, "que mi viejo compañero no está lejos de nosotros en este preciso momento".

La vehemencia y descontrol de Hank hizo que Simpson también se pusiera en pie con asombro, y hasta el médico ser perturbó lo suficiente como para dejar caer su pipa de entre sus labios. La expresión de Hank era fantasmal, pero Cathcart se veía débil y vacilante. Entonces un brillo de furia se mostró en sus ojos, y él también, aunque con una deliberación nacida de su habitual autocontrol, se puso de pie y se enfrentó al excitado guía. Porque esto era inadmisible, tonto, peligroso, y él tenía la intención de cortarlo de raíz.

Solo se puede especular sobre lo que podría haber sucedido en los siguientes minutos, pero nunca saberlo con certeza, porque en el instante de profundo silencio que siguió a la voz rugiente de Hank,

Thus the hours passed; and thus, with lowered voices and a kind of taut inner resistance of spirit, this little group of humanity sat in the jaws of the wilderness and talked foolishly of the terrible and haunting legend. It was an unequal contest, all things considered, for the wilderness had already the advantage of first attack — and of a hostage. The fate of their comrade hung over them with a steadily increasing weight of oppression that finally became insupportable.

It was Hank, after a pause longer than the preceding ones that no one seemed able to break, who first let loose all this pent-up emotion in very unexpected fashion, by springing suddenly to his feet and letting out the most ear-shattering yell imaginable into the night. He could not contain himself any longer, it seemed. To make it carry even beyond an ordinary cry he interrupted its rhythm by shaking the palm of his hand before his mouth.

"That's for Défago," he said, looking down at the other two with a queer, defiant laugh, "for it's my belief"— the sandwiched oaths may be omitted — "that my ole partner's not far from us at this very minute."

There was a vehemence and recklessness about his performance that made Simpson, too, start to his feet in amazement, and betrayed even the doctor into letting the pipe slip from between his lips. Hank's face was ghastly, but Cathcart's showed a sudden weakness — a loosening of all his faculties, as it were. Then a momentary anger blazed into his eyes, and he too, though with deliberation born of habitual self-control, got upon his feet and faced the excited guide. For this was unpermissible, foolish, dangerous, and he meant to stop it in the bud.

What might have happened in the next minute or two one may speculate about, yet never definitely know, for in the instant of profound silence that followed Hank's roaring voice, and as though in an-

y como si en respuesta a ello, algo pasó a través de la oscuridad del cielo con una velocidad terrible —algo que, por necesidad, era muy grande, ya que desplazó mucho aire—, mientras que entre los árboles se escuchó un débil y ventoso grito de una voz humana, que llamaba en tonos de indescriptible angustia y súplica:

"¡Oh, oh! ¡Esta altura abrasadora! ¡Oh oh Mis pies de fuego! ¡Mis ardientes pies de fuego!".

Con toda la cara completamente blanca, Hank miró estúpidamente a su alrededor, como un niño. El Dr. Cathcart lanzó una especie de grito ininteligible, dirigiéndose al mismo momento, con un movimiento instintivo de terror ciego, hacia la protección de la tienda, y luego se detuvo en el acto, como si estuviera congelado. El único de los tres que retuvo un poco de autocontrol fue Simpson. Su propio horror era demasiado profundo como para permitir cualquier reacción inmediata. Había oído ese grito antes.

Se volvió hacia sus perturbados compañeros y dijo, casi con calma.

"Ese es exactamente el grito que escuché, ¡las mismas palabras que usó!".

Luego, levantando la cara hacia el cielo, gritó en voz alta: "¡Défago, Défago! ¡Ven aquí a nosotros! ¡Baja!".

Y antes de que hubiera tiempo para que alguien tomara una acción definitiva, de una manera u otra, llegó el sonido de algo cayendo pesadamente entre los árboles, golpeando las ramas en el camino hacia abajo, y aterrizando con un terrible golpe sobre la tierra congelada. El choque y el ruido fueron realmente terribles.

"¡Ese es él, que el buen Dios nos asista!". Dijo Hank con un susurro, medio ahogado, su mano iba automáticamente hacia el cuchillo de caza en su cinturón. "¡Y él viene! ¡Está viniendo!", agregó, con una risa irracional de horror, mientras los sonidos de fuertes pisadas que crujían sobre la nieve se volvieron claramente audi-

swer to it, something went past through the darkness of the sky overhead at terrific speed — something of necessity very large, for it displaced much air, while down between the trees there fell a faint and windy cry of a human voice, calling in tones of indescribable anguish and appeal:

"Oh, oh! This fiery height! Oh, oh! My feet of fire! My burning feet of fire!"

White to the very edge of his shirt, Hank looked stupidly about him like a child. Dr. Cathcart uttered some kind of unintelligible cry, turning as he did so with an instinctive movement of blind terror towards the protection of the tent, then halting in the act as though frozen. Simpson, alone of the three, retained his presence of mind a little. His own horror was too deep to allow of any immediate reaction. He had heard that cry before.

Turning to his stricken companions, he said almost calmly —

"That's exactly the cry I heard — the very words he used!"

Then, lifting his face to the sky, he cried aloud, "Défago, Défago! Come down here to us! Come down —!"

And before there was time for anybody to take definite action one way or another, there came the sound of something dropping heavily between the trees, striking the branches on the way down, and landing with a dreadful thud upon the frozen earth below. The crash and thunder of it was really terrific.

"That's him, s'help me the good Gawd!" came from Hank in a whispering cry half choked, his hand going automatically toward the hunting knife in his belt. "And he's coming! He's coming!" he added, with an irrational laugh of horror, as the sounds of heavy footsteps crunching over the snow became distinctly audible, ap-

bles, acercándose a través de la oscuridad hacia el círculo de luz.

Y mientras las pisadas, con su movimiento tambaleante, se acercaban más y más hacia ellos, los tres hombres se pararon alrededor del fuego, inmóviles y mudos. El Dr. Cathcart tenía la apariencia de un hombre repentinamente marchito; sus ojos completamente paralizados. Hank, terriblemente afectado, parecía estar al borde de una acción violenta; sin embargo, no hizo nada. Él también parecía tallado en piedra. Estaban despavoridos, como niños que no sabían que hacer. La imagen era horrible. Y, mientras tanto, todavía invisibles, los pasos se acercaban, crujiendo sobre la nieve congelada. La espera era interminable, parecía que no iba a llegar nunca; ese acercamiento metódico y despiadado parecía una pesadilla.

VIII

Finalmente, una figura salió de las tinieblas, acercándose a la zona incierta, donde el brillo del fuego y las sombras se mezclaban, a menos de tres metros de distancia, luego se detuvo un momento, mirándolos fijamente. Pero comenzó a avanzar nuevamente con un movimiento espasmódico, como si fuera un muñeco de titiritero, acercándose más hasta que el resplandor del fuego lo iluminó completamente. Vieron que era un hombre, y que ese hombre, parecía ser Défago.

Sus caras expresaron claramente el horror que sentían, tres pares de ojos brillaban como si vieran a través de las fronteras de la visión normal hacia lo desconocido.

Défago avanzó, su paso vacilante e incierto. Se dirigió directamente hacia ellos, luego se volvió bruscamente y miró de cerca la cara de Simpson. Unas palabras brotaron de sus labios.

proaching through the blackness towards the circle of light.

And while the steps, with their stumbling motion, moved nearer and nearer upon them, the three men stood round that fire, motionless and dumb. Dr. Cathcart had the appearance of a man suddenly withered; even his eyes did not move. Hank, suffering shockingly, seemed on the verge again of violent action; yet did nothing. He, too, was hewn of stone. Like stricken children they seemed. The picture was hideous. And, meanwhile, their owner still invisible, the footsteps came closer, crunching the frozen snow. It was endless — too prolonged to be quite real — this measured and pitiless approach. It was accursed.

VIII

Then at length the darkness, having thus laboriously conceived, brought forth — a figure. It drew forward into the zone of uncertain light where fire and shadows mingled, not ten feet away; then halted, staring at them fixedly. The same instant it started forward again with the spasmodic motion as of a thing moved by wires, and coming up closer to them, full into the glare of the fire, they perceived then that — it was a man; and apparently that this man was — Défago.

Something like a skin of horror almost perceptibly drew down in that moment over every face, and three pairs of eyes shone through it as though they saw across the frontiers of normal vision into the Unknown.

Défago advanced, his tread faltering and uncertain; he made his way straight up to them as a group first, then turned sharply and peered close into the face of Simpson. The sound of a voice issued from his lips.

"Aquí estoy, jefe Simpson. Escuché a alguien que me llamaba". Era una voz débil y seca, resoplante y sin aliento como si hablar le costara un inmenso esfuerzo. "Estuve de viaje, a través del fuego del infierno, nada especial". Y se echó a reír, inclinando su cabeza hacia la cara del otro.

Pero esa risa despertó al grupo que lo miraba, con las caras pintadas blancas de miedo. Hank saltó hacia Défago y comenzó a lanzar un torrente de juramentos tan exagerados que Simpson no supo en qué idioma los decía, pero pensó que era lengua india o alguna otra jerga. Solo se sintió muy agradecido de que Hank se hubiera interpuesto entre él y Défago, extraordinariamente agradecido. El Dr. Cathcart, aunque con más calma y tranquilidad, se movió detrás de él, avanzando pesadamente.

Simpson no recuerda claramente lo que realmente se dijo y hizo en los siguientes momentos, porque los ojos de ese rostro detestable y abatido que lo miraba tan de cerca perturbaron sus sentidos. Simplemente se quedó quieto. Él no dijo nada. No tenía la voluntad entrenada de los hombres mayores que los movía a actuar, pese a su turbación. Los vio moverse como si estuvieran detrás de un cristal que distorsionaba su realidad; parecía un sueño perverso. Sin embargo, por atrás del torrente de las frases sin sentido de Hank, recuerda haber escuchado el tono autoritario de su tío, duro y forzado, diciendo varias cosas acerca de la comida y el calor, las mantas, el whisky y el resto... y, además, ese penetrante olor, extraño, vil, pero dulcemente desconcertante, asaltó sus fosas nasales durante todo ese tiempo.

Sin embargo, el fue quien –aunque menos experimentado y capaz que las otros-, supo expresar la terrible duda que estaba en el pensamiento y el corazón de cada uno de ellos.

"Here I am, Boss Simpson. I heered someone calling me." It was a faint, dried up voice, made wheezy and breathless as by immense exertion. "I'm havin' a reg'lar hellfire kind of a trip, I am." And he laughed, thrusting his head forward into the other's face.

But that laugh started the machinery of the group of waxwork figures with the wax-white skins. Hank immediately sprang forward with a stream of oaths so farfetched that Simpson did not recognize them as English at all, but thought he had lapsed into Indian or some other lingo. He only realized that Hank's presence, thrust thus between them, was welcome — uncommonly welcome. Dr. Cathcart, though more calmly and leisurely, advanced behind him, heavily stumbling.

Simpson seems hazy as to what was actually said and done in those next few seconds, for the eyes of that detestable and blasted visage peering at such close quarters into his own utterly bewildered his senses at first. He merely stood still. He said nothing. He had not the trained will of the older men that forced them into action in defiance of all emotional stress. He watched them moving as behind a glass that half destroyed their reality; it was dreamlike; perverted. Yet, through the torrent of Hank's meaningless phrases, he remembers hearing his uncle's tone of authority — hard and forced — saying several things about food and warmth, blankets, whisky and the rest... and, further, that whiffs of that penetrating, unaccustomed odor, vile yet sweetly bewildering, assailed his nostrils during all that followed.

It was no less a person than himself, however — less experienced and adroit than the others though he was — who gave instinctive utterance to the sentence that brought a measure of relief into the ghastly situation by expressing the doubt and thought in each one's heart.

"Eres tú, ¿no es así, Défago?", preguntó en voz baja, con palabras entrecortadas por el miedo.

Y enseguida Cathcart estalló con una fuerte respuesta antes de que el otro tuviera tiempo de mover los labios. "¡Por supuesto que lo es! ¡Por supuesto que lo es! ¿No puedes verlo? ¡Está casi muerto de agotamiento, frío y terror! ¿No es eso suficiente para cambiar a un hombre más allá de todo reconocimiento?". Lo dijo para convencer, no tanto a los demás, como a sí mismo. El énfasis excesivo solo demostró eso. Y todo el tiempo, mientras hablaba y se movía, sostenía un pañuelo contra su nariz. Ese olor extraño impregnaba todo el campamento.

Pero el "Défago" que estaba sentado, acurrucado junto al gran fuego, envuelto en mantas, bebiendo whisky caliente y sosteniendo la comida en sus manos desgastadas, no se parecía más al guía que habían visto hace un par de días, que la imagen de un hombre de sesenta años a un retrato de su juventud temprana. Nada puede describir realmente esa caricatura espantosa, esa parodia, disfrazada como Défago, iluminada por la luz del fuego. Simpson recuerda vagamente, y con horror, que su rostro era más animal que humano, su cara no tenía las proporciones normales, su piel estaba suelta y colgando, como si hubiera estado sometida a presiones y tensiones extraordinarias. Le hizo pensar vagamente en los rostros pintados en una vejiga henchida de aire, que cambian su expresión a medida que se hinchan, y cuando colapsan emiten un sonido que parece la débil imitación de una voz. Tanto la cara como la voz le sugirieron tal abominable analogía. Pero Cathcart, mucho tiempo después, tratando de describir lo indescriptible, afirma que, parecían ser una cara y un cuerpo que habían estado en alturas tan rarificadas que, al eliminarse el peso de la atmósfera, toda su estructura amenazaba con volar en pedazos y volverse incoherente...

"It is — YOU, isn't it, Défago?" he asked under his breath, horror breaking his speech.

And at once Cathcart burst out with the loud answer before the other had time to move his lips. "Of course it is! Of course it is! Only — can't you see — he's nearly dead with exhaustion, cold and terror! Isn't that enough to change a man beyond all recognition?" It was said in order to convince himself as much as to convince the others. The overemphasis alone proved that. And continually, while he spoke and acted, he held a handkerchief to his nose. That odor pervaded the whole camp.

For the "Défago" who sat huddled by the big fire, wrapped in blankets, drinking hot whisky and holding food in wasted hands, was no more like the guide they had last seen alive than the picture of a man of sixty is like a daguerreotype of his early youth in the costume of another generation. Nothing really can describe that ghastly caricature, that parody, masquerading there in the firelight as Défago. From the ruins of the dark and awful memories he still retains, Simpson declares that the face was more animal than human, the features drawn about into wrong proportions, the skin loose and hanging, as though he had been subjected to extraordinary pressures and tensions. It made him think vaguely of those bladder faces blown up by the hawkers on Ludgate Hill, that change their expression as they swell, and as they collapse emit a faint and wailing imitation of a voice. Both face and voice suggested some such abominable resemblance. But Cathcart long afterwards, seeking to describe the indescribable, asserts that thus might have looked a face and body that had been in air so rarified that, the weight of atmosphere being removed, the entire structure threatened to fly asunder and become —incoherent...

Fue Hank, angustiado y tembloroso con un desgarrador despliegue emocional, que no podía contener ni entender, el que expresó claramente lo que todos sentían sin dar más vueltas. Se alejó un poco del fuego, aparentemente para que la luz no lo deslumbrara demasiado, y protegiendo sus ojos por un momento, con ambas manos, gritó con una voz fuerte que mezclaba la ira y el afecto:

"¡No eres Défago! ¡Tú no eres Défago en absoluto! ¡No me importa, maldita sea, pero ese no eres tú, mi viejo amigo de veinte años!". Miró a la figura acurrucada como si quisiera destruirla con sus ojos. "Y si tú lo eres, limpiaré el suelo del infierno con un trozo de algodón en la punta de un escarbadientes, ¡que me ayude el buen Dios!", agregó, con un violento estallido de horror y disgusto.

Era imposible silenciarlo. Se quedó allí gritando como alguien poseído, horrible de ver, terrible de escuchar, porque era la verdad. Lo repitió de cincuenta maneras diferentes, cada una más extravagante que la anterior. Los bosques resonaban con su eco. En un momento, parecía que quería lanzarse sobre el "intruso", porque su mano se movía continuamente hacia el largo cuchillo de caza en su cinturón.

Pero al final no hizo nada, y toda la tempestad se terminó muy pronto, entre sollozos. La voz de Hank se quebró repentinamente, se desplomó en el suelo, y Cathcart, de alguna u otra manera, finalmente lo persuadió para que entrara en la tienda y se quedara tranquilo. El resto del asunto fue presenciado por él desde detrás del lienzo, con su cara blanca y aterrorizada asomando por la grieta de la entrada de la tienda.

Luego, el Dr. Cathcart, seguido de cerca por su sobrino, que hasta ahora había mantenido su coraje mejor que todos ellos, se adelantó con aire decidido y se paró frente a la figura de Défago, acurrucada junto al fuego. Lo miró directamente

It was Hank, though all distraught and shaking with a tearing volume of emotion he could neither handle nor understand, who brought things to a head without much ado. He went off to a little distance from the fire, apparently so that the light should not dazzle him too much, and shading his eyes for a moment with both hands, shouted in a loud voice that held anger and affection dreadfully mingled:

"You ain't Défaygo! You ain't Défaygo at all! I don't give a — damn, but that ain't you, my ole pal of twenty years!" He glared upon the huddled figure as though he would destroy him with his eyes. "An' if it is I'll swab the floor of hell with a wad of cotton wool on a toothpick, s'help me the good Gawd!" he added, with a violent fling of horror and disgust.

It was impossible to silence him. He stood there shouting like one possessed, horrible to see, horrible to hear —because it was the truth. He repeated himself in fifty different ways, each more outlandish than the last. The woods rang with echoes. At one time it looked as if he meant to fling himself upon "the intruder," for his hand continually jerked towards the long hunting knife in his belt.

But in the end he did nothing, and the whole tempest completed itself very shortly with tears. Hank's voice suddenly broke, he collapsed on the ground, and Cathcart somehow or other persuaded him at last to go into the tent and lie quiet. The remainder of the affair, indeed, was witnessed by him from behind the canvas, his white and terrified face peeping through the crack of the tent door flap.

Then Dr. Cathcart, closely followed by his nephew who so far had kept his courage better than all of them, went up with a determined air and stood opposite to the figure of Défago huddled over the

a la cara y habló. Al principio su voz era firme.

"Défago, cuéntanos qué te pasó, solo un poco, para que podamos saber como ayudarte mejor", dijo con un tono de autoridad, casi de mando. Y hasta ese punto era comando. Pero cuando la figura que tenía al frente lo miró con una expresión tan miserable, tan terrible y tan poco humana, el doctor se apartó de él como si estuviera espiritualmente impuro. Simpson, observando de cerca, detrás de él, dice que tuvo la impresión de una máscara que estaba a punto de caerse, que escondía algo oscuro y diabólico, revelado en su desnudez absoluta. "¡Explícate, hombre, explícate!", gritó Cathcart, a quien el terror le atenazaba la garganta. "¡Ninguno de nosotros puede soportar esto por más tiempo...!". Era el grito del instinto sobre la razón.

Y luego, "Défago", con una sonrisa inexpresiva, respondió con esa voz débil y apagada, que parecía estar por convertirse en un sonido completamente distinto.

"He visto a esa cosa, el gran Wendigo", susurró, olfateando el aire como un animal. "También estuve con él...".

No se puede saber si el pobre diablo habría dicho más o si el Dr. Cathcart habría continuado con ese interrogatorio imposible, porque en ese momento se escuchó la voz de Hank gritando en tonos altos, nunca antes escuchados, desde atrás del lienzo que ocultaba todo menos sus ojos aterrorizados.

"¡Sus pies! ¡Oh, Dios, sus pies! ¡Miren sus grandes pies cambiados!

Défago seguía sentado, pero se había movido de tal manera que, por primera vez, sus piernas estaban a plena luz y sus pies eran visibles. Sin embargo, Simpson no tuvo tiempo de ver lo que Hank señalaba. Y a Hank nunca le ha parecido oportuno dar más explicaciones. En ese mismo instante, con un salto como el de un tigre asustado, Cathcart se lanzó sobre él, en-

fire. He looked him squarely in the face and spoke. At first his voice was firm.

"Défago, tell us what's happened — just a little, so that we can know how best to help you?" he asked in a tone of authority, almost of command. And at that point, it was command. At once afterwards, however, it changed in quality, for the figure turned up to him a face so piteous, so terrible and so little like humanity, that the doctor shrank back from him as from something spiritually unclean. Simpson, watching close behind him, says he got the impression of a mask that was on the verge of dropping off, and that underneath they would discover something black and diabolical, revealed in utter nakedness. "Out with it, man, out with it!" Cathcart cried, terror running neck and neck with entreaty. "None of us can stand this much longer...!" It was the cry of instinct over reason.

And then "Défago," smiling whitely, answered in that thin and fading voice that already seemed passing over into a sound of quite another character —

"I seen that great Wendigo thing," he whispered, sniffing the air about him exactly like an animal. "I been with it too —"

Whether the poor devil would have said more, or whether Dr. Cathcart would have continued the impossible cross examination cannot be known, for at that moment the voice of Hank was heard yelling at the top of his voice from behind the canvas that concealed all but his terrified eyes. Such a howling was never heard.

"His feet! Oh, Gawd, his feet! Look at his great changed — feet!"

Défago, shuffling where he sat, had moved in such a way that for the first time his legs were in full light and his feet were visible. Yet Simpson had no time, himself, to see properly what Hank had seen. And Hank has never seen fit to tell. That same instant, with a leap like that of a frightened tiger, Cathcart was upon him, bundling the folds of blanket about his legs with such

volviendo los pliegues de la manta alrededor de sus piernas con tal velocidad que el joven estudiante apenas pudo vislumbrar algo oscuro y extrañamente masivo donde los pies envueltos en mocasines deberían haber estado. Ni siquiera está seguro de haber visto eso.

Luego, antes de que el médico tuviera tiempo de hacer más, o de que Simpson tuviera tiempo para pensar siquiera una pregunta, y mucho menos para formularla, Défago estaba de pie frente a ellos, balanceándose con dolor y dificultad, mostrando en su rostro informe y retorcido una expresión tan oscura y maliciosa que era, en el verdadero sentido, monstruosa.

"Ahora también ustedes los vieron", jadeó, "¡vieron mis ardientes pies de fuego! Y ahora –a menos que puedan salvarme y evitar...– ya casi es tiempo de...

Su lastimosa y suplicante voz fue interrumpida por un sonido que era como el rugido del viento que venía del lago. Los árboles sacudieron sus ramas enredadas en lo alto. El fuego resplandeciente inclinó sus llamas como antes de un estallido. Y algo barrió con un ruido terrible el pequeño campamento y pareció rodearlo por completo en un solo momento. Défago sacudió las mantas que se aferraban de su cuerpo, se volvió hacia el bosque que había detrás, y con el mismo movimiento tambaleante con el que había llegado, se había ido, antes de que nadie pudiera mover un músculo para evitarlo. Se fue con una torpe, pero asombrosa rapidez que no dio tiempo para hacer nada. La oscuridad lo tragó completamente; y menos de una docena de segundos después, sobre el rugido de los árboles que se balanceaban y el aullido del viento repentino, los tres hombres, observando y escuchando con corazones acongojados, escucharon un grito que parecía caer sobre ellos desde la gran altura del cielo.

"¡Oh, oh! ¡Esta altura ardiente! ¡Oh oh mis pies de fuego! ¡Mis ardientes pies de fuego ...!". Luego se extinguió, en un espacio indecible y silencioso.

speed that the young student caught little more than a passing glimpse of something dark and oddly massed where moccasined feet ought to have been, and saw even that but with uncertain vision.

Then, before the doctor had time to do more, or Simpson time to even think a question, much less ask it, Défago was standing upright in front of them, balancing with pain and difficulty, and upon his shapeless and twisted visage an expression so dark and so malicious that it was, in the true sense, monstrous.

"Now you seen it too," he wheezed, "you seen my fiery, burning feet! And now — that is, unless you kin save me an' prevent — it's 'bout time for —"

His piteous and beseeching voice was interrupted by a sound that was like the roar of wind coming across the lake. The trees overhead shook their tangled branches. The blazing fire bent its flames as before a blast. And something swept with a terrific, rushing noise about the little camp and seemed to surround it entirely in a single moment of time. Défago shook the clinging blankets from his body, turned towards the woods behind, and with the same stumbling motion that had brought him — was gone: gone, before anyone could move muscle to prevent him, gone with an amazing, blundering swiftness that left no time to act. The darkness positively swallowed him; and less than a dozen seconds later, above the roar of the swaying trees and the shout of the sudden wind, all three men, watching and listening with stricken hearts, heard a cry that seemed to drop down upon them from a great height of sky and distance —

"Oh, oh! This fiery height! Oh, oh! My feet of fire! My burning feet of fire...!" then died away, into untold space and silence.

El Dr. Cathcart, repentinamente maestro de sí mismo y, por lo tanto, de los demás, detuvo violentamente a Hank, tomándolo por el brazo, cuando intentaba precipitarse de cabeza en el matorral.

"Pero quiero saber, ¡tú!", gritó el guía. "¡Quiero ver! ¡Ese no era él en absoluto, pero un ... demonio que ha tomado su lugar...!".

De alguna manera u otra, Cathcart admite que nunca supo como logró mantenerlo en la tienda y pacificarlo. El médico, al parecer, había llegado a reaccionar y de nuevo tenía control de sus energías. Ciertamente él pudo "manejar" a Hank admirablemente. Sin embargo, era su sobrino, tan maravillosamente controlado, el que le daba más motivos de ansiedad, ya que la tensión acumulativa le había producido una condición de histeria lacrimosa que hacía necesario aislarlo en una cama de ramas y mantas, tan alejado de Hank como fuera posible.

Y allí él yacía, mientras aquella noche de pesadilla transcurría, gimoteando sentencias confusas, enterrado entre los pliegues de su manta. Frases confusas sobre la velocidad, la altura y el fuego se mezclaban extrañamente con sus recuerdos bíblicos del aula. "¡Las personas con rostros rotos, todos en llamas, vienen a un ritmo terrible, horrible, hacia el campamento!". Gimió por un minuto; y enseguida se sentó y miró fijamente al bosque, escuchando atentamente y susurrando: "Qué terribles en el bosque son los pies de aquellos que". Su tío lo confortaba y trataba de encauzar sus pensamientos en otra dirección.

Su histeria, afortunadamente, demostró ser temporal. El sueño lo curó, tal como curó a Hank.

El Dr. Cathcart mantuvo su vigilia hasta que llegaron los primeros signos de la luz del día, poco después de las cinco en punto. Su cara era del color de la tiza, y había extraños rubores debajo de sus ojos.

Dr. Cathcart — suddenly master of himself, and therefore of the others — was just able to seize Hank violently by the arm as he tried to dash headlong into the Bush.

"But I want ter know — you!" shrieked the guide. "I want ter see! That ain't him at all, but some — devil that's shunted into his place...!"

Somehow or other — he admits he never quite knew how he accomplished it — he managed to keep him in the tent and pacify him. The doctor, apparently, had reached the stage where reaction had set in and allowed his own innate force to conquer. Certainly he "managed" Hank admirably. It was his nephew, however, hitherto so wonderfully controlled, who gave him most cause for anxiety, for the cumulative strain had now produced a condition of lachrymose hysteria which made it necessary to isolate him upon a bed of boughs and blankets as far removed from Hank as was possible under the circumstances.

And there he lay, as the watches of that haunted night passed over the lonely camp, crying startled sentences, and fragments of sentences, into the folds of his blanket. A quantity of gibberish about speed and height and fire mingled oddly with biblical memories of the classroom. "People with broken faces all on fire are coming at a most awful, awful, pace towards the camp!" he would moan one minute; and the next would sit up and stare into the woods, intently listening, and whisper, "How terrible in the wilderness are — are the feet of them that —" until his uncle came across the change the direction of his thoughts and comfort him.

The hysteria, fortunately, proved but temporary. Sleep cured him, just as it cured Hank.

Till the first signs of daylight came, soon after five o'clock, Dr. Cathcart kept his vigil. His face was the color of chalk, and there were strange flushes beneath the eyes. An appalling terror of the soul

Su voluntad luchó con un terror atroz del alma, a lo largo de esas horas de silencio. Esos fueron algunos de los signos exteriores...

Al amanecer, él mismo encendió el fuego, hizo el desayuno y despertó a los demás, y a las siete ya estaban en el camino de regreso al campamento: tres hombres perplejos y afligidos, pero cada uno a su manera había reducido su agitación interior, para recuperar un equilibrio más menos estable.

battled with his will all through those silent hours. These were some of the outer signs...

At dawn he lit the fire himself, made breakfast, and woke the others, and by seven they were well on their way back to the home camp — three perplexed and afflicted men, but each in his own way having reduced his inner turmoil to a condition of more or less systematized order again.

IX

Hablaron poco, y solo de las cosas más sanas y comunes, porque sus mentes estaban cargadas de pensamientos dolorosos que exigían una explicación, pero nadie se atrevía a mencionarlos. Hank, que era el más "primitivo", fue el primero en encontrarse a sí mismo, porque también era el más sencillo. En el Dr. Cathcart, la racionalidad batalló con un ataque de fuerzas extrañas. Hasta el día de hoy, posiblemente no esté muy seguro de ciertas cosas. De todos modos, le tomó más tiempo "encontrarse a sí mismo".

Simpson, el estudiante de teología, fue quien se explicó todo a mismo del mejor modo, aunque no fuera el más científico. Ahí fuera, en el corazón de los bosques salvajes, no hollados por el hombre, seguramente habían presenciado algo crudo y esencialmente primitivo. Algo que había sobrevivido de alguna manera al avance de la humanidad, y hecho una aterradora aparición, revelando un tipo vida monstruosa e inmadura. Lo imaginaba como un resabio de las edades prehistóricas, cuando las supersticiones, gigantescas y groseras, todavía oprimían los corazones de los hombres; cuando las fuerzas de la naturaleza aún no habían sido domadas, y los poderes del universo primigenio todavía perduraban. Hasta el día de hoy, piensa en lo que llamó años más tarde en un sermón: "Potencias salvajes y formidables

IX

They talked little, and then only of the most wholesome and common things, for their minds were charged with painful thoughts that clamored for explanation, though no one dared refer to them. Hank, being nearest to primitive conditions, was the first to find himself, for he was also less complex. In Dr. Cathcart "civilization" championed his forces against an attack singular enough. To this day, perhaps, he is not quite sure of certain things. Anyhow, he took longer to "find himself."

Simpson, the student of divinity, it was who arranged his conclusions probably with the best, though not most scientific, appearance of order. Out there, in the heart of unreclaimed wilderness, they had surely witnessed something crudely and essentially primitive. Something that had survived somehow the advance of humanity had emerged terrifically, betraying a scale of life still monstrous and immature. He envisaged it rather as a glimpse into prehistoric ages, when superstitions, gigantic and uncouth, still oppressed the hearts of men; when the forces of nature were still untamed, the Powers that may have haunted a primeval universe not yet withdrawn. To this day he thinks of what he termed years later in a sermon "savage and formidable Potencies lurking behind the souls of men, not evil perhaps in them-

que se esconden detrás de las almas de los hombres, posiblemente no malignas en sí mismas, pero instintivamente hostiles a la humanidad tal y como existe".

Nunca discutió el asunto en detalle con su tío, porque había una barrera entre ambos, debida a sus diferentes concepciones del mundo. Sólo una vez, años después, algo los llevó a la frontera del tema, de un solo detalle del tema, más bien...

"¿Ni siquiera puedes decirme cómo eran?", preguntó; y la respuesta, aunque concebida con sabiduría, no fue alentadora: "Es mucho mejor que ni siquiera intentes saber o descubrir eso".

"Bueno, ¿y el olor...?", insistió el sobrino. "¿Qué piensas de eso?".

El doctor Cathcart lo miró y arqueó las cejas.

"Los olores", respondió, "no son tan fáciles de comunicar telepáticamente como los sonidos y las imágenes. Entiendo tanto o tan poco como tú".

Sus explicaciones no solían ser tan sencillas. Eso fue todo.

***

Al final del día, fríos, agotados y hambrientos, los compañeros llegaron al final de su largo viaje y se arrastraron hasta un campamento que, al primer vistazo, parecía vacío. No había fuego, y Punk no se adelantó para darles la bienvenida. La capacidad emocional de los tres estaba demasiado gastada para expresar sorpresa o molestia; pero el grito de afecto espontáneo que brotó de los labios de Hank, mientras corría delante de ellos hacia los restos de la fogata, les indicó que aún no había terminado ese asombroso asunto. Y ambos, Cathcart y su sobrino, confesaron después, que cuando lo vieron arrodillarse en su emoción y abrazar algo que se reclinaba, moviéndose suavemente, junto a las cenizas apagadas, sintieron en sus huesos que este "algo" era Défago, el verdadero Défago había regresado.

Y así era, en efecto.

selves, yet instinctively hostile to humanity as it exists."

With his uncle he never discussed the matter in detail, for the barrier between the two types of mind made it difficult. Only once, years later, something led them to the frontier of the subject — of a single detail of the subject, rather —

"Can't you even tell me what —they were like?" he asked; and the reply, though conceived in wisdom, was not encouraging, "It is far better you should not try to know, or to find out."

"Well — that odor...?" persisted the nephew. "What do you make of that?"

Dr. Cathcart looked at him and raised his eyebrows.

"Odors," he replied, "are not so easy as sounds and sights of telepathic communication. I make as much, or as little, probably, as you do yourself."

He was not quite so glib as usual with his explanations. That was all.

***

At the fall of day, cold, exhausted, famished, the party came to the end of the long portage and dragged themselves into a camp that at first glimpse seemed empty. Fire there was none, and no Punk came forward to welcome them. The emotional capacity of all three was too over-spent to recognize either surprise or annoyance; but the cry of spontaneous affection that burst from the lips of Hank, as he rushed ahead of them towards the fire-place, came probably as a warning that the end of the amazing affair was not quite yet. And both Cathcart and his nephew confessed afterwards that when they saw him kneel down in his excitement and embrace something that reclined, gently moving, beside the extinguished ashes, they felt in their very bones that this "something" would prove to be Défago — the true Défago, returned.

And so, indeed, it was.

Agotado hasta el punto de la demencia, el canadiense francés, o lo que quedaba de él, hurgaba entre las cenizas, tratando de hacer un fuego. Su cuerpo estaba agachado, los débiles dedos obedecían, débilmente, el hábito instintivo de toda una vida con ramitas y fósforos. Pero ya no había ninguna mente para dirigir esa simple operación. La mente había huido más allá del recuerdo. Y con ella, también, había huido la memoria. No solo los acontecimientos recientes, sino toda la vida anterior, se habían borrado.

Esta vez era el hombre real, aunque increíble y horriblemente encogido. En su rostro no había expresión de ningún tipo: miedo, bienvenida o reconocimiento. No parecía saber quién era el que lo abrazaba, ni quién lo alimentaba, lo calentaba y le hablaba con palabras de consuelo y alivio. Desamparado y roto, fuera del alcance de la ayuda humana, el hombrecillo hacía mansamente lo que le pedían. Aquello que lo había distinguía como individuo se había desvanecido para siempre.

En cierto modo, fue más terriblemente conmovedor que cualquier otra cosa que hubieran visto hasta ese momento, esa sonrisa de idiota cuando sacaba pedazos de musgo basto de sus mejillas hinchadas y les dijo que era "un maldito devorador de musgo"; los continuos vómitos de incluso la comida más simple; y, lo peor de todo, la voz pálida e infantil con la que se quejaba, diciendo que le dolían los pies, "arden con fuego", lo que era bastante natural, porque cuando el Dr. Cathcart los examinó, descubrió que ambos estaban terriblemente congelados. Debajo de los ojos había leves indicios de sangrado reciente.

Los detalles de cómo sobrevivió a la exposición prolongada, dónde había estado, o cómo cubrió la gran distancia de un campamento al otro, incluido el inmenso recorrido bordeando el lago a pie, porque no tenía una canoa, todo esto se desconoce. Su memoria se había desvanecido por

It is soon told. Exhausted to the point of emaciation, the French Canadian — what was left of him, that is — fumbled among the ashes, trying to make a fire. His body crouched there, the weak fingers obeying feebly the instinctive habit of a lifetime with twigs and matches. But there was no longer any mind to direct the simple operation. The mind had fled beyond recall. And with it, too, had fled memory. Not only recent events, but all previous life was a blank.

This time it was the real man, though incredibly and horribly shrunken. On his face was no expression of any kind whatever — fear, welcome, or recognition. He did not seem to know who it was that embraced him, or who it was that fed, warmed and spoke to him the words of comfort and relief. Forlorn and broken beyond all reach of human aid, the little man did meekly as he was bidden. The "something" that had constituted him "individual" had vanished for ever.

In some ways it was more terribly moving than anything they had yet seen — that idiot smile as he drew wads of coarse moss from his swollen cheeks and told them that he was "a damned moss-eater"; the continued vomiting of even the simplest food; and, worst of all, the piteous and childish voice of complaint in which he told them that his feet pained him — "burn like fire" — which was natural enough when Dr. Cathcart examined them and found that both were dreadfully frozen. Beneath the eyes there were faint indications of recent bleeding.

The details of how he survived the prolonged exposure, of where he had been, or of how he covered the great distance from one camp to the other, including an immense detour of the lake on foot since he had no canoe — all this remains unknown. His memory had vanished com-

completo. Y antes del final del invierno, cuyo comienzo fue testigo de este extraño suceso, Défago, desprovisto de mente, memoria y alma, se había ido con él. Se demoró solo unas pocas semanas.

Y lo que Punk pudo aportar a la historia no arrojó más luz sobre ella. Estaba limpiando los peces en la orilla del lago alrededor de las cinco de la tarde, es decir, una hora, antes de que regresara el equipo de búsqueda, cuando vio que la sombra del guía se abría camino débilmente hacia el campamento. Delante de él, declara, llegó el leve aroma a cierto olor singular.

Ese mismo instante el viejo Punk se fue a su casa. Cubrió todo el viaje en tres días, como solo la sangre india podía haberlo hecho. El terror de toda una raza lo condujo. Él sabía lo que significaba eso. Défago había "visto el Wendigo".

pletely. And before the end of the winter whose beginning witnessed this strange occurrence, Défago, bereft of mind, memory and soul, had gone with it. He lingered only a few weeks.

And what Punk was able to contribute to the story throws no further light upon it. He was cleaning fish by the lake shore about five o'clock in the evening — an hour, that is, before the search party returned — when he saw this shadow of the guide picking its way weakly into camp. In advance of him, he declares, came the faint whiff of a certain singular odor.

That same instant old Punk started for home. He covered the entire journey of three days as only Indian blood could have covered it. The terror of a whole race drove him. He knew what it all meant. Défago had "seen the Wendigo."

La pata del mono / The Monkey's Paw

W.W. Jacobs

I

Afuera, la noche era fría y húmeda, pero en la pequeña sala de Laburnam Villa, las persianas estaban cerradas y el fuego ardía intensamente. Padre e hijo estaban jugando al ajedrez; el primero, tenía ideas propias sobre el juego, tan radicales que ponía a su rey en gran peligro, sin ninguna necesidad; lo que provocaba comentarios de la anciana de pelo blanco que tejía tranquilamente junto al fuego.

"Escuchen el viento", dijo el Sr. White, quien, después de haber cometido un error fatal, quería distraer a su hijo para que no lo viera.

"Lo escucho", dijo este último, observando seriamente el tablero mientras estiraba su mano. "Jaque".

"No creo que venga esta noche", dijo su padre, con la mano sobre el tablero.

"Mate", respondió el hijo.

"Esto es lo peor de vivir tan lejos", vociferó el Sr. White, con una violencia repentina e inesperada; "De todos los lugares bestiales, fangosos, y remotos, este es el peor. El camino es un pantano y la carretera es un torrente. No sé en qué están pensando. Supongo que creen que no importa, porque solo quedan dos casas en el camino".

I

Without, the night was cold and wet, but in the small parlor of Laburnam Villa the blinds were drawn and the fire burned brightly. Father and son were at chess, the former, who possessed ideas about the game involving radical changes, putting his king into such sharp and unnecessary perils that it even provoked comment from the white-haired old lady knitting placidly by the fire.

"Hark at the wind," said Mr. White, who, having seen a fatal mistake after it was too late, was amiably desirous of preventing his son from seeing it.

"I'm listening," said the latter, grimly surveying the board as he stretched out his hand. "Check."

"I should hardly think that he'd come to-night," said his father, with his hand poised over the board.

"Mate," replied the son.

"That's the worst of living so far out," bawled Mr. White, with sudden and unlooked-for violence; "of all the beastly, slushy, out-of-the-way places to live in, this is the worst. Pathway's a bog, and the road's a torrent. I don't know what people are thinking about. I suppose because only two houses in the road are let, they think it doesn't matter."

"No importa, querido", dijo su esposa con dulzura. "Quizás ganes el siguiente".

El Sr. White levantó la vista bruscamente, justo a tiempo para interceptar una mirada de complicidad entre madre e hijo. Las palabras murieron en sus labios, y escondió una sonrisa culpable en su delgada barba gris.

"Ahí viene", dijo Herbert White, cuando escuchó el golpe del portón y unos pasos que se acercaban a la puerta.

El anciano se levantó rápidamente, y al abrir la puerta, lo oyeron condolerse con el recién llegado. El recién llegado también se condolió consigo mismo, de modo que la Sra. White dijo: "¡Tut, tut!", y tosió suavemente cuando su esposo entró en la habitación, seguido por un hombre alto, corpulento y rubicundo, de ojos salientes.

"Sargento Mayor Morris", dijo, presentándose.

El sargento mayor les dio la mano y, tomando el asiento que se le ofrecía junto al fuego, observó plácidamente a su anfitrión, mientras este sacaba whisky y vasos y ponía una pequeña olla de cobre sobre el fuego.

Al tercer vaso, le brillaron los ojos y comenzó a hablar, mientras el pequeño círculo familiar contemplaba con gran interés a este visitante de lugares distantes, mientras cuadraba sus anchos hombros en la silla y hablaba de escenas salvajes y de valientes hazañas. De guerras, plagas y pueblos extraños.

"Veintiún años de eso", dijo el Sr. White, sonriendo a su esposa e hijo. "Cuando se fue, era apenas un muchacho. Ahora mírenlo".

"No parece haber sufrido mucho daño", dijo la Sra. White, cortésmente.

"Me gustaría ir a la India yo mismo", dijo el anciano, "solo para mirar un poco, ya saben".

"Está mejor donde se encuentra", dijo el sargento mayor, sacudiendo la ca-

"Never mind, dear," said his wife, soothingly; "perhaps you'll win the next one."

Mr. White looked up sharply, just in time to intercept a knowing glance between mother and son. The words died away on his lips, and he hid a guilty grin in his thin grey beard.

"There he is," said Herbert White, as the gate banged to loudly and heavy footsteps came toward the door.

The old man rose with hospitable haste, and opening the door, was heard condoling with the new arrival. The new arrival also condoled with himself, so that Mrs. White said, "Tut, tut!" and coughed gently as her husband entered the room, followed by a tall, burly man, beady of eye and rubicund of visage.

"Sergeant-Major Morris," he said, introducing him.

The sergeant-major shook hands, and taking the proffered seat by the fire, watched contentedly while his host got out whiskey and tumblers and stood a small copper kettle on the fire.

At the third glass his eyes got brighter, and he began to talk, the little family circle regarding with eager interest this visitor from distant parts, as he squared his broad shoulders in the chair and spoke of wild scenes and doughty deeds; of wars and plagues and strange peoples.

"Twenty-one years of it," said Mr. White, nodding at his wife and son. "When he went away he was a slip of a youth in the warehouse. Now look at him."

"He don't look to have taken much harm," said Mrs. White, politely.

"I'd like to go to India myself," said the old man, "just to look round a bit, you know."

"Better where you are," said the sergeant-major, shaking his head. He put

beza. Dejó el vaso vacío, suspiró suavemente y volvió a sacudirlo.

"Me gustaría ver esos viejos templos, faquires y malabaristas", dijo el anciano. "¿Qué fue lo que empezó a contarme el otro día sobre la pata de un mono o algo así, Morris?".

"Nada", dijo el soldado, apresuradamente. "Al menos nada que valga la pena escuchar".

"¿La pata del mono?". Dijo la Sra. White con curiosidad.

"Bueno, es solo algo de lo que podríamos llamar magia, tal vez", dijo el sargento mayor, con brusquedad.

Sus tres oyentes se inclinaron hacia adelante con entusiasmo. El visitante, distraídamente, se llevó el vaso vacío a los labios y luego lo dejó de nuevo. Su anfitrión lo llenó por él.

"Miren", dijo el sargento mayor, buscando a tientas en el bolsillo, "es solo una pata pequeña y corriente, sacada de una momia".

Sacó algo del bolsillo y se lo ofreció. La Sra. White retrocedió con una mueca, pero su hijo, tomándola, la examinó con curiosidad.

"¿Y qué tiene de especial?", preguntó el Sr. White cuando la tomó de su hijo, y después de examinarla, la puso sobre la mesa.

"Un viejo faquir le puso un hechizo", dijo el sargento mayor, "un hombre muy santo. Quería demostrar que el destino gobernaba las vidas de las personas, y que aquellos que lo interferían solo se hacían daño a sí mismos. Le puso un hechizo para que tres hombres distintos pudieran obtener, cada uno de ellos, tres deseos".

Habló tan seriamente que sus oyentes sintieron que sus risas desentonaban.

"Bueno, ¿por qué no pide los tres deseos, señor?", dijo Herbert White.

El soldado lo miró como los hombres maduros ven a la presuntuosa juven-

down the empty glass, and sighing softly, shook it again.

"I should like to see those old temples and fakirs and jugglers," said the old man. "What was that you started telling me the other day about a monkey's paw or something, Morris?"

"Nothing," said the soldier, hastily. "Leastways nothing worth hearing."

"Monkey's paw?" said Mrs. White, curiously.

"Well, it's just a bit of what you might call magic, perhaps," said the sergeant-major, offhandedly.

His three listeners leaned forward eagerly. The visitor absent-mindedly put his empty glass to his lips and then set it down again. His host filled it for him.

"To look at," said the sergeant-major, fumbling in his pocket, "it's just an ordinary little paw, dried to a mummy."

He took something out of his pocket and proffered it. Mrs. White drew back with a grimace, but her son, taking it, examined it curiously.

"And what is there special about it?" inquired Mr. White as he took it from his son, and having examined it, placed it upon the table.

"It had a spell put on it by an old fakir," said the sergeant-major, "a very holy man. He wanted to show that fate ruled people's lives, and that those who interfered with it did so to their sorrow. He put a spell on it so that three separate men could each have three wishes from it."

His manner was so impressive that his hearers were conscious that their light laughter jarred somewhat.

"Well, why don't you have three, sir?" said Herbert White, cleverly.

The soldier regarded him in the way that middle age is wont to regard presump-

tud. "Ya lo hice", dijo en voz baja, y su cara manchada palideció.

"¿Y realmente le concedieron los tres deseos?", preguntó la Sra. White.

"Así es", dijo el sargento mayor, y su vaso golpeó contra sus dientes fuertes.

"¿Y alguien más lo ha hecho?", insistió la anciana.

"Sí, el primer hombre tuvo sus tres deseos", fue la respuesta; "No sé cuáles fueron los dos primeros, pero el tercero fue pedir su muerte. Así es como obtuve la pata".

Su tono eran tan grave que un pesado silencio cayó sobre el grupo.

"Si ya tuvo sus tres deseos, no le servirá de nada ahora, Morris", dijo por fin el anciano. "¿Porqué la guarda?".

El soldado negó con la cabeza. "Por un capricho, supongo", dijo, lentamente. "Tenía alguna idea de venderla, pero no creo que lo haga. Ya ha causado suficiente daño. Además, la gente no va a comprarla. Algunos piensan que es un cuento de hadas, y los que están interesados, quieren probarla primero y pagarme después".

"Si pudiera tener otros tres deseos", dijo el anciano, mirándolo fijamente, "¿los pediría?".

"No lo sé", dijo el otro. "No lo sé".

Tomó la pata y, colocándola entre el índice y el pulgar, la arrojó de repente al fuego. White, con un leve grito, se agachó y la sacó del fuego inmediatamente.

"Mejor que se queme", dijo solemnemente el soldado.

"Si no la quiere, Morris", dijo el otro, "démela".

"No lo haré", dijo su amigo, obstinadamente. "La tiré al fuego. Si la guarda, no me culpe por lo que le pase. Póngala de nuevo en el fuego como un hombre sensato".

El otro negó con la cabeza y examinó su nueva posesión de cerca. "¿Cómo lo hace?", preguntó.

tuous youth. "I have," he said, quietly, and his blotchy face whitened.

"And did you really have the three wishes granted?" asked Mrs. White.

"I did," said the sergeant-major, and his glass tapped against his strong teeth.

"And has anybody else wished?" persisted the old lady.

"The first man had his three wishes. Yes," was the reply; "I don't know what the first two were, but the third was for death. That's how I got the paw."

His tones were so grave that a hush fell upon the group.

"If you've had your three wishes, it's no good to you now, then, Morris," said the old man at last. "What do you keep it for?"

The soldier shook his head. "Fancy, I suppose," he said, slowly. "I did have some idea of selling it, but I don't think I will. It has caused enough mischief already. Besides, people won't buy. They think it's a fairy tale; some of them, and those who do think anything of it want to try it first and pay me afterward."

"If you could have another three wishes," said the old man, eyeing him keenly, "would you have them?"

"I don't know," said the other. "I don't know."

He took the paw, and dangling it between his forefinger and thumb, suddenly threw it upon the fire. White, with a slight cry, stooped down and snatched it off.

"Better let it burn," said the soldier, solemnly.

"If you don't want it, Morris," said the other, "give it to me."

"I won't," said his friend, doggedly. "I threw it on the fire. If you keep it, don't blame me for what happens. Pitch it on the fire again like a sensible man."

The other shook his head and examined his new possession closely. "How do you do it?" he inquired.

"Sosténgala en su mano derecha y exprese su deseo en voz alta", dijo el sargento mayor, "pero le advierto de las consecuencias".

"Suena como de las Mil y una noches", dijo la Sra. White, mientras se levantaba y comenzaba a preparar la cena. "¿No crees que podrías desear cuatro pares de manos para mí?".

Su esposo sacó el talismán del bolsillo, y luego los tres se echaron a reír cuando el sargento mayor, con una expresión de alarma en su rostro, lo cogió del brazo.

"Si va a pedir algo", dijo, con brusquedad, "pida algo sensato".

El Sr. White la dejó en el bolsillo y, colocando sillas, hizo un gesto a su amigo para que se acercara a la mesa. Durante la cena, se olvidaron un poco del talismán, y luego los tres se sentaron a escuchar cautelosamente una segunda entrega de las aventuras del soldado en la India.

"Si la historia sobre la pata del mono no es más veraz que las otras que nos ha contado", dijo Herbert, después que la puerta se cerró detrás de su huésped, justo a tiempo para que tomara el último tren, "no tendremos mucho que hacer con ella".

"¿Le diste algo por eso, padre?", Preguntó la Sra. White, mirando a su esposo de cerca.

"Solo un poco", dijo él, enrojeciéndose ligeramente. "Él no lo quería, pero lo hice tomarlo. Y él trató de convencerme de nuevo de que la tire".

"Probablemente", dijo Herbert, con fingido horror. "Bueno, vamos a ser ricos, famosos y felices. Para empezar pide ser un emperador, padre; así tu mujer dejará de mandarte".

Corrió alrededor de la mesa, perseguido por si difamada madre, armada con un reposacabezas.

El Sr. White sacó la pata de su bolsillo y la miró dubitativamente. "En realidad no sé qué pedir", dijo lentamente. "Me parece que tengo todo lo que quiero".

"Hold it up in your right hand and wish aloud," said the sergeant-major, "but I warn you of the consequences."

"Sounds like the Arabian Nights," said Mrs. White, as she rose and began to set the supper. "Don't you think you might wish for four pairs of hands for me?"

Her husband drew the talisman from pocket, and then all three burst into laughter as the sergeant-major, with a look of alarm on his face, caught him by the arm.

"If you must wish," he said, gruffly, "wish for something sensible."

Mr. White dropped it back in his pocket, and placing chairs, motioned his friend to the table. In the business of supper the talisman was partly forgotten, and afterward the three sat listening in an enthralled fashion to a second instalment of the soldier's adventures in India.

"If the tale about the monkey's paw is not more truthful than those he has been telling us," said Herbert, as the door closed behind their guest, just in time for him to catch the last train, "we sha'nt make much out of it."

"Did you give him anything for it, father?" inquired Mrs. White, regarding her husband closely.

"A trifle," said he, coloring slightly. "He didn't want it, but I made him take it. And he pressed me again to throw it away."

"Likely," said Herbert, with pretended horror. "Why, we're going to be rich, and famous and happy. Wish to be an emperor, father, to begin with; then you can't be henpecked."

He darted round the table, pursued by the maligned Mrs. White armed with an antimacassar.

Mr. White took the paw from his pocket and eyed it dubiously. "I don't know what to wish for, and that's a fact," he said, slowly. "It seems to me I've got all I want."

"Si solo pagaras la hipoteca de la casa, serías bastante feliz, ¿no?", dijo Herbert, con la mano en el hombro. "Bien, pide doscientas libras, así podrás pagarla".

Su padre, sonriendo avergonzado por su propia credulidad, levantó el talismán, mientras su hijo, con una cara solemne, algo empañada por un guiño a su madre, se sentó al piano y tocó unos impresionantes acordes.

"Deseo doscientas libras", dijo el anciano claramente.

Una fuerte ruido del piano saludó sus palabras, interrumpidas por un estremecedor grito del anciano. Su esposa y su hijo corrieron hacia él.

"Se movió", gritó, con una mirada de disgusto al objeto que yacía en el suelo.

"Cuando pedí el deseo, se retorció en mi mano como una serpiente".

"Bueno, no veo el dinero", dijo su hijo cuando lo recogió y lo puso sobre la mesa, "y apuesto a que nunca lo veré".

"Debe haber sido tu fantasía, padre", dijo su esposa, mirándolo con ansiedad.

Sacudió la cabeza. "No importa, sin embargo; aunque no pasó nada, me asustó".

Se sentaron de nuevo junto al fuego, mientras los dos hombres terminaban sus pipas. Afuera, el viento era más fuerte que nunca, y el anciano comenzó a moverse nerviosamente ante el sonido de una puerta que golpeaba las escaleras. Un silencio inusual y deprimente se apoderó de los tres, finalmente la vieja pareja se levantó para retirarse por la noche.

"Espero que encuentres el dinero atado en una bolsa grande en el medio de tu cama", dijo Herbert, mientras él les daba las buenas noches, "y algo horrible en cuclillas encima del guardarropa mirándote mientras te pones en el bolsillo tus ganancias mal habidas".

Ya solo, el señor White se sentó en la oscuridad, mirando el fuego agonizante y

"If you only cleared the house, you'd be quite happy, wouldn't you?" said Herbert, with his hand on his shoulder. "Well, wish for two hundred pounds, then; that 'll just do it."

His father, smiling shamefacedly at his own credulity, held up the talisman, as his son, with a solemn face, somewhat marred by a wink at his mother, sat down at the piano and struck a few impressive chords.

"I wish for two hundred pounds," said the old man distinctly.

A fine crash from the piano greeted the words, interrupted by a shuddering cry from the old man. His wife and son ran toward him.

"It moved," he cried, with a glance of disgust at the object as it lay on the floor.

"As I wished, it twisted in my hand like a snake."

"Well, I don't see the money," said his son as he picked it up and placed it on the table, "and I bet I never shall."

"It must have been your fancy, father," said his wife, regarding him anxiously.

He shook his head. "Never mind, though; there's no harm done, but it gave me a shock all the same."

They sat down by the fire again while the two men finished their pipes. Outside, the wind was higher than ever, and the old man started nervously at the sound of a door banging upstairs. A silence unusual and depressing settled upon all three, which lasted until the old couple rose to retire for the night.

"I expect you'll find the cash tied up in a big bag in the middle of your bed," said Herbert, as he bade them good-night, "and something horrible squatting up on top of the wardrobe watching you as you pocket your ill-gotten gains."

He sat alone in the darkness, gazing at the dying fire, and seeing faces in it. The last face was so horrible and so simian that

viendo caras en las brasas. El último rostro era tan horrible y simiesco que lo perturbó. Se veía tan claro, que, con una risita nerviosa, tomó de la mesa un vaso que contenía un poco de agua para arrojarla sobre el fuego. Su mano agarró la pata del mono, y con un pequeño escalofrío se limpió la mano en su abrigo y se fue a la cama.

he gazed at it in amazement.' It got so vivid that, with a little uneasy laugh, he felt on the table for a glass containing a little water to throw over it. His hand grasped the monkey's paw, and with a little shiver he wiped his hand on his coat and went up to bed.

II

La mañana siguiente, la luz del sol invernal, derramándose sobre la mesa del desayuno, parecía reírse de sus temores. Había un aire de esplendor prosaico en la habitación, que había faltado la noche anterior, y la pequeña pata sucia y arrugada fue lanzada en el aparador con un descuido que no mostraba una gran creencia en sus virtudes.

"Supongo que todos los viejos soldados son iguales", dijo la Sra. White. "¡Qué idea nuestra, escuchar esas bobadas! ¿Quién puede creer hoy día, que mágicamente obtendrá sus deseos? Y si fuera posible, ¿cómo podrían herirte doscientas libras, padre?".

"Podrían caer sobre su cabeza desde el cielo", dijo el frívolo Herbert.

"Morris dijo que las cosas sucedían naturalmente", dijo su padre "y que podría, si así lo deseara, atribuirlo al azar".

"Bueno, no robes el dinero antes de que regrese", dijo Herbert mientras se levantaba de la mesa. "Me temo que te convertirás en un hombre malvado y avaricioso, y tendremos que repudiarte".

Su madre se echó a reír y, siguiéndolo hasta la puerta, lo miró ir por el camino; y volviendo a la mesa del desayuno, estaba muy feliz a costa de la credulidad de su marido. Todo lo cual no le impidió correr hacia la puerta cuando llamó del cartero, ni le impidió referirse un poco a cuanto amaba la bebida el sargento mayor retirado, cuando descubrió que el correo traía el recibo de un sastre.

II

In the brightness of the wintry sun next morning as it streamed over the breakfast table he laughed at his fears. There was an air of prosaic wholesomeness about the room which it had lacked on the previous night, and the dirty, shriveled little paw was pitched on the sideboard with a carelessness which betokened no great belief in its virtues.

"I suppose all old soldiers are the same," said Mrs. White. "The idea of our listening to such nonsense! How could wishes be granted in these days? And if they could, how could two hundred pounds hurt you, father?"

"Might drop on his head from the sky," said the frivolous Herbert.

"Morris said the things happened so naturally," said' his father, "that you might if you so wished attribute it to coincidence."

"Well, don't break into the money before I come back," said Herbert as he rose from the table. "I'm afraid it'll turn you into a mean, avaricious man, and we shall have to disown you."

His mother laughed, and following him to the door, watched him down the road; and returning to the breakfast table, was very happy at the expense of her husband's credulity. All of which did not prevent her from scurrying to the door at the postman's knock, nor prevent her from referring somewhat shortly to retired sergeant-majors of bibulous habits when she found that the post brought a tailor's bill.

"Herbert tendrá algunas cosas graciosas más que decir, cuando vuelva a casa", dijo, mientras se sentaban a la mesa.

"Eso supongo", dijo el Sr. White, sirviéndose un poco de cerveza. "Pero realmente, la cosa se movió en mi mano; te lo juro".

"Pensaste que lo hizo", dijo la anciana con dulzura.

"Te digo que sí", respondió el otro. "No pensé en ello; Yo acababa de... ¿Qué es lo que pasa?".

Su esposa no respondió. Estaba observando los movimientos misteriosos de un hombre afuera de la casa, quien, mirando de manera indecisa hacia la casa, parecía estar tratando de decidirse a entrar. Pensando en las doscientas libras, notó que el extraño estaba bien vestido y llevaba un sombrero de seda nuevo reluciente. Tres veces se detuvo en la puerta, y luego siguió caminando. La cuarta vez se detuvo con la mano sobre ella, hasta que, con una resolución repentina, la abrió y caminó por el sendero. La Sra. White desató rápidamente las cuerdas de su delantal, y lo puso debajo del cojín de su silla.

Ella hizo entrar al extraño, que parecía incómodo. Este la miraba furtivamente, y la escuchó con aspecto preocupado, mientras la anciana se disculpaba por el aspecto de la habitación y el abrigo de su marido, una prenda que solía reservar para el jardín. Luego esperó tan pacientemente como su sexo lo permitía, para que él se explicara, pero al principio estaba extrañamente silencioso.

"Se me pidió que viniera aquí", dijo al fin, y se agachó y recogió un trozo de algodón de sus pantalones. "Vengo de 'Maw y Meggins' ".

La anciana comenzó. "¿Ocurre algo?" Preguntó ella sin aliento. ¿Le ha pasado algo a Herbert? ¿Qué pasó? ¿Qué pasó?".

"Herbert will have some more of his funny remarks, I expect, when he comes home," she said, as they sat at dinner.

"I dare say," said Mr. White, pouring himself out some beer; "but for all that, the thing moved in my hand; that I'll swear to."

"You thought it did," said the old lady soothingly.

"I say it did," replied the other. "There was no thought about it; I had just ... What's the matter?"

His wife made no reply. She was watching the mysterious movements of a man outside, who, peering in an undecided fashion at the house, appeared to be trying to make up his mind to enter. In mental connection with the two hundred pounds, she noticed that the stranger was well dressed, and wore a silk hat of glossy newness. Three times he paused at the gate, and then walked on again. The fourth time he stood with his hand upon it, and then with sudden resolution flung it open and walked up the path. Mrs. White at the same moment placed her hands behind her, and hurriedly unfastening the strings of her apron, put that useful article of apparel beneath the cushion of her chair.

She brought the stranger, who seemed ill at ease, into the room. He gazed at her furtively, and listened in a preoccupied fashion as the old lady apologized for the appearance of the room, and her husband's coat, a garment which he usually reserved for the garden. She then waited as patiently as her sex would permit, for him to broach his business, but he was at first strangely silent.

"I— was asked to call," he said at last, and stooped and picked a piece of cotton from his trousers. "I come from 'Maw and Meggins.'"

The old lady started. "Is anything the matter?" she asked, breathlessly. "Has anything happened to Herbert? What is it? What is it?"

Su marido se interpuso. "Tranquila, madre", dijo apresuradamente. "Siéntate, y no saques conclusiones apresuradas. No ha traído malas noticias, estoy seguro, señor", y miró al otro ansiosamente.

"Lo siento", comenzó el visitante.

"¿Está herido?" Preguntó la madre, salvajemente.

El visitante hizo una reverencia de asentimiento. "Muy herido", dijo en voz baja, "pero ya no tiene ningún dolor".

"¡Oh, gracias a Dios!", Dijo la anciana, juntando las manos. "¡Gracias a Dios por eso! Gracias".

Se interrumpió de repente cuando entendió el siniestro significado de esa frase, y vio la terrible confirmación de sus miedos en la cara sombría del otro. Ella contuvo el aliento y, volviéndose hacia su marido de mente más lenta, puso su mano temblorosa sobre la suya. Hubo un largo silencio.

"Fue atrapado en la maquinaria", dijo el visitante en voz baja.

"Atrapado en la maquinaria", repitió el Sr. White, aturdido. "Sí".

Se quedó mirando fijamente a la ventana y, tomando la mano de su esposa entre las suyas, la presionó como solía hacer en sus viejos días de cortejo, casi cuarenta años antes.

"Él era el único que nos quedaba", dijo, volviéndose suavemente hacia el visitante. "Es difícil".

El otro tosió, y levantándose, caminó lentamente hacia la ventana. "La empresa quiere que exprese su sincera simpatía con ustedes en su gran pérdida", dijo, sin mirar a su alrededor. "Le ruego que entiendan que solo soy un empleado y que simplemente obedezco órdenes".

No hubo respuesta; el rostro de la anciana estaba blanco, sus ojos miraban fijamente y su respiración era inaudible; en la cara del marido había una mirada como la que su amigo, el sargento, podría haber tenido la primera vez que entró en acción.

Her husband interposed. "There, there, mother," he said, hastily. "Sit down, and don't jump to conclusions. You've not brought bad news, I'm sure, sir;" and he eyed the other wistfully.

"I'm sorry —" began the visitor.

"Is he hurt?" demanded the mother, wildly.

The visitor bowed in assent. "Badly hurt," he said, quietly, "but he is not in any pain."

"Oh, thank God!" said the old woman, clasping her hands. "Thank God for that! Thank —"

She broke off suddenly as the sinister meaning of the assurance dawned upon her and she saw the awful confirmation of her fears in the other's perverted face. She caught her breath, and turning to her slower-witted husband, laid her trembling old hand upon his. There was a long silence.

"He was caught in the machinery," said the visitor at length in a low voice.

"Caught in the machinery," repeated Mr. White, in a dazed fashion, "yes."

He sat staring blankly out at the window, and taking his wife's hand between his own, pressed it as he had been wont to do in their old courting-days nearly forty years before.

"He was the only one left to us," he said, turning gently to the visitor. "It is hard."

The other coughed, and rising, walked slowly to the window. "The firm wished me to convey their sincere sympathy with you in your great loss," he said, without looking round. "I beg that you will understand I am only their servant and merely obeying orders."

There was no reply; the old woman's face was white, her eyes staring, and her breath inaudible; on the husband's face was a look such as his friend the sergeant might have carried into his first action.

"Debo decir que Maw y Meggins deniegan toda responsabilidad", continuó el otro. "No admiten ninguna responsabilidad en absoluto, pero en consideración a los servicios de su hijo, desean presentarle cierta suma como compensación".

El señor White dejó caer la mano de su esposa y, poniéndose de pie, miró con horror al visitante. Sus labios secos formaron las palabras, "¿Cuánto?".

"Doscientas libras", fue la respuesta.

Inconsciente del chillido de su esposa, el anciano sonrió levemente, extendió las manos como si estuviera ciego, y cayó sin sentido, como un trapo, al suelo.

III

En el enorme cementerio nuevo, a unos tres kilómetros de distancia, los ancianos enterraron a su hijo y regresaron a una casa llena de sombras y silencio. Todo terminó tan rápido que al principio casi no podían darse cuenta, y permanecieron en un estado de expectativa como si algo más estuviera por suceder, algo que aligerara su carga, demasiado pesada para que sus viejos corazones la soportaran.

Pero los días pasaron, y la expectativa dio lugar a la resignación —la desesperada resignación de los viejos, erróneamente llamada apatía. A veces apenas intercambiaban una palabra, porque ahora no tenían nada de lo que hablar, y sus días eran largos hasta el hartazgo.

Aproximadamente una semana después, el anciano se despertó repentinamente en la noche, extendió la mano y se encontró solo. La habitación estaba en la oscuridad, y el sonido de un llanto apagado venía desde la ventana. Se levantó en la cama y escuchó.

"Vuelve", dijo, con ternura. "Tendrás frío".

"Mi hijo tiene más frío", dijo la anciana, y lloró de nuevo.

"I was to say that Maw and Meggins disclaim all responsibility," continued the other. "They admit no liability at all, but in consideration of your son's services, they wish to present you with a certain sum as compensation."

Mr. White dropped his wife's hand, and rising to his feet, gazed with a look of horror at his visitor. His dry lips shaped the words, "How much?"

"Two hundred pounds," was the answer.

Unconscious of his wife's shriek, the old man smiled faintly, put out his hands like a sightless man, and dropped, a senseless heap, to the floor.

III

In the huge new cemetery, some two miles distant, the old people buried their dead, and came back to a house steeped in shadow and silence. It was all over so quickly that at first they could hardly realize it, and remained in a state of expectation as though of something else to happen — something else which was to lighten this load, too heavy for old hearts to bear.

But the days passed, and expectation gave place to resignation — the hopeless resignation of the old, sometimes miscalled, apathy. Sometimes they hardly exchanged a word, for now they had nothing to talk about, and their days were long to weariness.

It was about a week after that the old man, waking suddenly in the night, stretched out his hand and found himself alone. The room was in darkness, and the sound of subdued weeping came from the window. He raised himself in bed and listened.

"Come back," he said, tenderly. "You will be cold."

"It is colder for my son," said the old woman, and wept afresh.

El sonido de los sollozos se apagó en sus oídos. La cama estaba caliente, y sus ojos cargados de sueño. Se quedó dormido, hasta que el grito salvaje de su esposa lo despertó.

"¡La pata!" Gritó salvajemente. "¡La pata del mono!".

Se puso en pie alarmado. "¿Dónde? ¿Dónde está? ¿Qué pasa?".

Ella vino tropezando a través de la habitación hacia él. "La quiero", dijo en voz baja. "No la has destruído?".

"Está en el salón, en el estante", respondió, maravillado. "¿Por qué?".

Ella lloró y se echó a reír, se inclinó y le besó en la mejilla.

"Recién se me ocurrió", dijo histéricamente. "¿Por qué no lo pensé antes? ¿Por qué no lo pensaste?".

"¿Pensar en qué?" preguntó él.

"Los otros dos deseos", respondió ella, rápidamente.

"Sólo hemos pedido uno.

¿No fue eso suficiente?", exigió, con fiereza.

"No", gritó ella triunfalmente. "Tendremos uno más. Baja y tráela rápidamente, voy a pedir que nuestro hijo viva de nuevo".

El hombre se sentó en la cama, tirando a un lado las sábanas, temblando. "¡Dios mío, estás loca!", gritó, horrorizado.

"Consíguela", dijo ella entre jadeos. "Hazlo rápido, y pide... ¡Oh, mi niño, mi niño!".

Su esposo encendió la vela con una cerilla. "Vuelve a la cama", dijo, débilmente. "No sabes lo que estás diciendo".

"Se nos concedió el primer deseo", dijo febrilmente la anciana. "¿Por qué no el segundo?".

"Una coincidencia", balbuceó el anciano.

"Ve a buscarla y pide", exclamó su esposa, temblando de emoción.

El anciano se volvió y la miró, y su voz tembló. "Ha estado muerto diez días, y

The sound of her sobs died away on his ears. The bed was warm, and his eyes heavy with sleep. He dozed fitfully, and then slept until a sudden wild cry from his wife awoke him with a start.

"The paw!" she cried wildly. "The monkey's paw!"

He started up in alarm. "Where? Where is it? What's the matter?"

She came stumbling across the room toward him. "I want it," she said, quietly. "You've not destroyed it?"

"It's in the parlor, on the bracket," he replied, marveling. "Why?"

She cried and laughed together, and bending over, kissed his cheek.

"I only just thought of it," she said, hysterically. "Why didn't I think of it before? Why didn't you think of it?"

"Think of what?" he questioned.

"The other two wishes," she replied, rapidly.

"We've only had one."

"Was not that enough?" he demanded, fiercely.

"No," she cried, triumphantly; "we'll have one more. Go down and get it quickly, and wish our boy alive again."

The man sat up in bed and flung the bedclothes from his quaking limbs. "Good God, you are mad!" he cried, aghast.

"Get it," she panted; "get it quickly, and wish — Oh, my boy, my boy!"

Her husband struck a match and lit the candle. "Get back to bed," he said, unsteadily. "You don't know what you are saying."

"We had the first wish granted," said the old woman, feverishly; "why not the second?"

"A coincidence," stammered the old man.

"Go and get it and wish," cried his wife, quivering with excitement.

The old man turned and regarded her, and his voice shook. "He has been

además él, no te lo diría, pero... solo pude reconocerlo por su ropa. Si entonces estaba demasiado terrible como para que lo vieras, ¿ahora cómo estará?.

"Tráelo de vuelta", gritó la anciana, y lo arrastró hacia la puerta. "¿Crees que temo al niño que he amamantado?".

Bajó en la oscuridad y se dirigió al salón y luego a la repisa de la chimenea. El talismán estaba en su lugar, y un miedo horrible de que el nuevo deseo pudiera traer a su hijo mutilado ante él, antes de que pudiera escapar de la habitación, se apoderó de él, y contuvo el aliento al descubrir que no podía encontrar la puerta... Con el ceño frío por el sudor, recorrió la mesa y recorrió a tientas la pared hasta que se encontró en el pequeño corredor con la maldita cosa en su mano.

Incluso el rostro de su esposa pareció cambiar cuando entró en la habitación. Estaba pálida y expectante, y tenía un aspecto extraño. Él le tuvo miedo.

"¡Expresa el deseo!", gritó con voz fuerte.

"Es tonto y malvado", vaciló.

"¡El deseo!", repitió su esposa.

Levantó la mano. "Deseo que mi hijo vuelva a estar vivo".

El talismán cayó al suelo, y él lo miró con temor. Luego se hundió temblando en una silla, mientras la anciana, con ojos ardientes, caminó hacia la ventana y levantó la persiana.

Se quedó sentado hasta que se sintió congelado por el frío, mirando de vez en cuando a la figura de la anciana que se asomaba por la ventana. El extremo de la vela, que se había quemado por debajo del borde de soporte, arrojaba sombras titilantes en el techo y las paredes, hasta que, con un gran parpadeo, se apagó. El anciano, con una indecible sensación de alivio ante el fracaso del talismán, volvió a su cama y, un minuto o dos después, la anciana se acercó, silenciosa y apáticamente a su lado.

dead ten days, and besides he — I would not tell you else, but — I could only recognize him by his clothing. If he was too terrible for you to see then, how now?"

"Bring him back," cried the old woman, and dragged him toward the door. "Do you think I fear the child I have nursed?"

He went down in the darkness, and felt his way to the parlor, and then to the mantelpiece. The talisman was in its place, and a horrible fear that the unspoken wish might bring his mutilated son before him ere he could escape from the room seized upon him, and he caught his breath as he found that he had lost the direction of the door. His brow cold with sweat, he felt his way round the table, and groped along the wall until he found himself in the small passage with the unwholesome thing in his hand.

Even his wife's face seemed changed as he entered the room. It was white and expectant, and to his fears seemed to have an unnatural look upon it. He was afraid of her.

"Wish!" she cried, in a strong voice.

"It is foolish and wicked," he faltered.

"Wish!" repeated his wife.

He raised his hand. "I wish my son alive again."

The talisman fell to the floor, and he regarded it fearfully. Then he sank trembling into a chair as the old woman, with burning eyes, walked to the window and raised the blind.

He sat until he was chilled with the cold, glancing occasionally at the figure of the old woman peering through the window. The candle-end, which had burned below the rim of the china candlestick, was throwing pulsating shadows on the ceiling and walls, until, with a flicker larger than the rest, it expired. The old man, with an unspeakable sense of relief at the failure of the talisman, crept back to his bed, and a minute or two afterward the old woman came silently and apathetically beside him.

Ninguno habló, pero permanecieron en silencio escuchando el tictac del reloj. Una escalera crujió, y un ratón se escurrió ruidosamente dentro de la pared. La oscuridad era opresiva y, después de yacer por un tiempo, tratando de juntar coraje, tomó la caja de cerillas y, prendiendo una, bajó a buscar una vela.

Al pie de la escalera, el fósforo se apagó, y se detuvo para prender otro. En ese mismo instante sonó un golpe en la puerta principal, tan silencioso y sigiloso como para ser apenas audible.

Las cerillas cayeron de su mano y se derramaron en el corredor. Permaneció inmóvil, con la respiración suspendida hasta que se repitió el golpe. Luego se dio la vuelta y huyó rápidamente a su habitación, y cerró la puerta detrás de él. Un tercer golpe sonó a través de la casa.

"¿Qué es eso?", Gritó la anciana, comenzando.

"Una rata", dijo el anciano en tono tembloroso, "una rata. Me pasó en las escaleras.

Su esposa se sentó en la cama escuchando. Un fuerte golpe resonó por toda la casa.

"¡Es Herbert!", gritó ella. "¡Es Herbert!".

Corrió hacia la puerta, pero su marido estaba delante de ella y, al cogerla por el brazo, la abrazó con fuerza.

"¿Qué vas a hacer?", Susurró con voz ronca.

Es mi chico ¡Es Herbert! —gritó ella, forcejeando con él. "Olvidé que estaba a tres kilómetros de distancia. ¿Para qué me abrazas? Déjalo ir. Debo abrir la puerta.

"Por el amor de Dios, no lo dejes entrar", gritó el anciano, temblando.

"Tienes miedo a tu propio hijo", exclamó ella, luchando. "Déjame ir. Ya voy, Herbert, ya voy".

Hubo otro golpe, y otro. La anciana, con un sacudón repentino, se soltó y salió corriendo de la habitación. Su esposo la siguió hasta el descansillo y la llamó supli-

Neither spoke, but lay silently listening to the ticking of the clock. A stair creaked, and a squeaky mouse scurried noisily through the wall. The darkness was oppressive, and after lying for some time screwing up his courage, he took the box of matches, and striking one, went downstairs for a candle.

At the foot of the stairs the match went out, and he paused to strike another; and at the same moment a knock, so quiet and stealthy as to be scarcely audible, sounded on the front door.

The matches fell from his hand and spilled in the passage. He stood motionless, his breath suspended until the knock was repeated. Then he turned and fled swiftly back to his room, and closed the door behind him. A third knock sounded through the house.

"What's that?" cried the old woman, starting up.

"A rat," said the old man in shaking tones — "a rat. It passed me on the stairs."

His wife sat up in bed listening. A loud knock resounded through the house.

"It's Herbert!" she screamed. "It's Herbert!"

She ran to the door, but her husband was before her, and catching her by the arm, held her tightly.

"What are you going to do?" he whispered hoarsely.

"It's my boy; it's Herbert!" she cried, struggling mechanically. "I forgot it was two miles away. What are you holding me for? Let go. I must open the door.

"For God's sake don't let it in," cried the old man, trembling.

"You're afraid of your own son," she cried, struggling. "Let me go. I'm coming, Herbert; I'm coming."

There was another knock, and another. The old woman with a sudden wrench broke free and ran from the room. Her husband followed to the landing, and

cantemente, mientras ella se apresuraba a bajar las escaleras. Escuchó el ruido de la cadena al descorrerse y el perno inferior que se destrababa lenta y rígidamente. Luego la voz de la anciana, tensa y jadeante.

"El cerrojo", gritó ella, en voz alta. "Baja. No puedo alcanzarlo".

Pero su marido estaba sobre sus manos y rodillas, palpando a tientas en el suelo, en busca de la pata. Si solo pudiera encontrarla antes de que entrara la cosa que estaba afuera. Los golpes volvieron a resonar por toda la casa, y escuchó el raspado de una silla cuando su esposa la puso en el pasillo, contra la puerta. Escuchó el chirrido del cerrojo cuando se deslizaba lentamente, y en el mismo momento encontró la pata del mono, y pidió frenéticamente su tercer y último deseo.

Los golpes cesaron repentinamente, aunque sus ecos aún llenaban la casa. Oyó que la silla se retiraba y la puerta se abrió. Un viento frío se precipitó por la escalera, y el largo y desconsolado alarido de decepción y desdicha de su esposa le dio valor para correr hacia su lado, y luego hasta la puerta, más allá. La lámpara de la calle que parpadeaba enfrente brillaba en una calle tranquila y desierta.

called after her appealingly as she hurried downstairs. He heard the chain rattle back and the bottom bolt drawn slowly and stiffly from the socket. Then the old woman's voice, strained and panting.

"The bolt," she cried, loudly. "Come down. I can't reach it."

But her husband was on his hands and knees groping wildly on the floor in search of the paw. If he could only find it before the thing outside got in. A perfect fusillade of knocks reverberated through the house, and he heard the scraping of a chair as his wife put it down in the passage against the door. He heard the creaking of the bolt as it came slowly back, and at the same moment he found the monkey's paw, and frantically breathed his third and last wish.

The knocking ceased suddenly, although the echoes of it were still in the house. He heard the chair drawn back, and the door opened. A cold wind rushed up the staircase, and a long loud wail of disappointment and misery from his wife gave him courage to run down to her side, and then to the gate beyond. The street lamp flickering opposite shone on a quiet and deserted road.

Calle M. Le Prince, N° 252 / N° 252 Rue M. le Prince

Ralph Adams Cram

Cuando en mayo de 1886, finalmente llegué a París, naturalmente me puse en contacto con un viejo amigo mío, Eugene Marie d'Ardeche, quien había abandonado Boston hace un año o algo más, al recibir la noticia de la muerte de una tía, que le había dejado los bienes que ella poseía. Supongo que este golpe de suerte lo sorprendió, porque las relaciones entre la tía y el sobrino nunca habían sido cordiales. A juzgar por los comentarios de Eugene sobre la dama, esta era, al parecer, una persona un tanto malvada, prácticamente una bruja, con una inclinación por la magia negra, al menos eso era lo que se decía de ella.

El porqué le dejó todos sus bienes a d'Ardeche, era un misterio, a menos que ella pensara que el interés que su sobrino tenía en el budismo y el ocultismo, pudieran hacer que un día, alcanzara el mismo nivel que ella, en su poco santa iluminación satánica. Muchas veces, d'Ardeche la había criticado, considerándola una anciana malvada, aunque él mismo a veces se dejaba llevar por ese estado de exaltación entusiasta que suele acompañar a ciertas fantasías pueriles sobre el ocultismo. Pero a pesar de su actitud distante y crítica, Mlle. Blaye de Tartas lo nombró su único heredero, provocando la ira violenta de un cuestionable viejo amigo, conocido como

When in May, 1886, I found myself at last in Paris, I naturally determined to throw myself on the charity of an old chum of mine, Eugene Marie d'Ardeche, who had forsaken Boston a year or more ago on receiving word of the death of an aunt who had left him such property as she possessed. I fancy this windfall surprised him not a little, for the relations between the aunt and nephew had never been cordial, judging from Eugene's remarks touching the lady, who was, it seems, a more or less wicked and witch-like old person, with a penchant for black magic, at least such was the common report.

Why she should leave all her property to d'Ardeche, no one could tell, unless it was that she felt his rather hobbledehoy tendencies towards Buddhism and occultism might some day lead him to her own unhallowed height of questionable illumination. To be sure d'Ardeche reviled her as a bad old woman, being himself in that state of enthusiastic exaltation which sometimes accompanies a boyish fancy for occultism; but in spite of his distant and repellent attitude, Mlle. Blaye de Tartas made him her sole heir, to the violent wrath of a questionable old party known to infamy as the Sar Torrevieja, the "King of the Sorcerers." This malevolent old por-

Sar Torrevieja, el "Rey de los Hechiceros". Este malévolo y portentoso viejo, cuya cara gris y astuta se veía a menudo en la calle M. le Prince durante la vida de Mlle. de Tartas, al parecer, esperaba gozar de su modesta fortuna después de su muerte; y cuando resultó que ella solo le había dejado el contenido de su sombría y vieja casa en el Barrio Latino, legándole a su sobrino de América la propia casa y todas sus otras posesiones, el Sar procedió a retirar todo del lugar, y luego lo maldijo de manera detallada y exhaustiva, junto con todos aquellos que fueran a vivir allí.

Después de eso desapareció.

Este pequeño relato fue la última noticia que recibí de Eugene, pero conocía la dirección de la casa, 252 de la calle M. le Prince. Entonces, después de pasar un día o dos recorriendo París para familiarizarme con la ciudad, crucé el Sena para buscar a Eugene y pedirle que me mostrara su ciudad.

Todos los que conocen el Barrio Latino, también conocen la calle M. le Prince, que nace en la loma que está cerca de los Jardines de Luxemburgo. Está llena de casas y rincones extraños –o al menos lo estaba el '86–, y ciertamente el número 252 era, cuando lo encontré, tan raro como cualquier otro. No era más que una puerta, un arco negro de piedra vieja entre dos casas nuevas pintadas de amarillo. El efecto de ese trozo de mampostería del siglo XVII, con sus puertas viejas y sucias y su farol, asomándose, desgastado y tenebroso sobre la estrecha acera, en su marco de yeso fresco, era siniestro en extremo.

Pensé que quizás fuera la dirección equivocada; porque era bastante evidente que nadie vivía detrás de esas telarañas. Entré por la puerta de uno de las nuevas casas y le pregunté al conserje.

No, el señor d'Ardeche no vivía allí, aunque era el propietario de la mansión; él mismo residía en Meudon, en la casa de campo de la difunta Mlle. de Tartas. ¿Le gustaría a Monsieur tener su dirección?

tent, whose gray and crafty face was often seen in the Rue M. le Prince during the life of Mlle. de Tartas had, it seems, fully expected to enjoy her small wealth after her death; and when it appeared that she had left him only the contents of the gloomy old house in the Quartier Latin, giving the house itself and all else of which she died possessed to her nephew in America, the Sar proceeded to remove everything from the place, and then to curse it elaborately and comprehensively, together with all those who should ever dwell therein.

Whereupon he disappeared.

This final episode was the last word I received from Eugene, but I knew the number of the house, 252 Rue M. le Prince. So, after a day or two given to a first cursory survey of Paris, I started across the Seine to find Eugene and compel him to do the honors of the city.

Every one who knows the Latin Quarter knows the Rue M. le Prince, running up the hill towards the Garden of the Luxembourg. It is full of queer houses and odd corners,—or was in '86,—and certainly No. 252 was, when I found it, quite as queer as any. It was nothing but a doorway, a black arch of old stone between and under two new houses painted yellow. The effect of this bit of seventeenth-century masonry, with its dirty old doors, and rusty broken lantern sticking gaunt and grim out over the narrow sidewalk, was, in its frame of fresh plaster, sinister in the extreme.

I wondered if I had made a mistake in the number; it was quite evident that no one lived behind those cobwebs. I went into the doorway of one of the new hôtels and interviewed the concierge.

No, M. d'Ardeche did not live there, though to be sure he owned the mansion; he himself resided in Meudon, in the country house of the late Mlle. de Tartas. Would Monsieur like the number and the street?

A Monsieur le gustaría mucho, así que tomé la tarjeta donde el conserje anotó la dirección, y luego comencé a dirigirme hacia el río para tomar un barco de vapor para Meudon. Por una de esas coincidencias que ocurren tan a menudo, siendo bastante inexplicables, no había dado veinte pasos por la calle antes de encontrarme cara a cara con Eugene d'Ardeche. En tres minutos estábamos sentados en el pequeño y extraño jardín del Chien Bleu, bebiendo vermut y ajenjo, y hablando de todo un poco.

"¿No vives en la casa de tu tía?" Le pregunté finalmente.

"No, pero si esto sigue así, tendré que hacerlo. Meudon me gusta mucho más, y la casa es perfecta, está completamente amueblada y no tiene nada más reciente que el siglo pasado. Debes venir conmigo esta noche y verla. Hasta tengo una excelente habitación para mi Buda. Pero hay algo malo en esta casa de enfrente. Ningún inquilino se queda en ella, ni siquiera por cuatro días. Ya tuve tres, en los últimos seis meses, pero ahora las historias se hicieron públicas y cualquier hombre preferiría alquilar El Tribunal de Cuentas antes que vivir en la casa del N° 252. Es notorio que la casa está embrujada de la peor manera".

Me reí y pedí más vermú.

"Ríete todo lo que quieras. Pero definitivamente está embrujada, o al menos lo suficiente como para mantenerla vacía, y lo gracioso es que nadie sabe como es que está embrujada. Nunca vieron ni oyeron nada. Hasta donde puedo saber, la gente simplemente se horroriza en esa casa, y quedan tan mal que acaban en el hospital. Uno de los ex-inquilinos todavía sigue en el Hospital Bicêtre. Así que la casa sigue vacía, y como es bastante grande, tengo que pagar bastantes impuestos. No sé qué hacer al respecto. Creo que se la daré a ese hijo del pecado, Torrevieja, o me iré y viviré en ella. Estoy seguro que los fantasmas no me van a importunar para nada".

Monsieur would like them extremely, so I took the card that the concierge wrote for me, and forthwith started for the river, in order that I might take a steamboat for Meudon. By one of those coincidences which happen so often, being quite inexplicable, I had not gone twenty paces down the street before I ran directly into the arms of Eugene d'Ardeche. In three minutes we were sitting in the queer little garden of the Chien Bleu, drinking vermouth and absinthe, and talking it all over.

"You do not live in your aunt's house?" I said at last, interrogatively.

"No, but if this sort of thing keeps on I shall have to. I like Meudon much better, and the house is perfect, all furnished, and nothing in it newer than the last century. You must come out with me to-night and see it. I have got a jolly room fixed up for my Buddha. But there is something wrong with this house opposite. I can't keep a tenant in it,—not four days. I have had three, all within six months, but the stories have gone around and a man would as soon think of hiring the Cour des Comptes to live in as No. 252. It is notorious. The fact is, it is haunted the worst way."

I laughed and ordered more vermouth.

"That is all right. It is haunted all the same, or enough to keep it empty, and the funny part is that no one knows how it is haunted. Nothing is ever seen, nothing heard. As far as I can find out, people just have the horrors there, and have them so bad they have to go to the hospital afterwards. I have one ex-tenant in the Bicêtre now. So the house stands empty, and as it covers considerable ground and is taxed for a lot, I don't know what to do about it. I think I'll either give it to that child of sin, Torrevieja, or else go and live in it myself. I shouldn't mind the ghosts, I am sure."

"¿Alguna vez te quedaste allí?".

"No, pero siempre tuve la intención de hacerlo, y de hecho, hoy vine aquí para ver a un par de pillos que conozco, Fargeau y Duchesne, médicos en el Hospital Clínico en el Parc Mont Souris. Prometieron que alguna noche, la pasarían conmigo en la casa de mi tía, que aquí la llaman, deberías saber, "la Boca del Infierno", y pensé que tal vez lo harían esta semana, si pueden pedir licencia del servicio. Acompáñame a verlos, y luego podemos cruzar el río y almorzar en Véfour; puedes recoger tus cosas en el Chatham y nos dirigiremos a Meudon, donde, por supuesto, pasarás la noche en mi casa".

El plan me pareció perfecto, así que fuimos al hospital, encontramos a Fargeau, quien declaró que él y Duchesne estaban listos para cualquier cosa, cuanto más cerca de la verdadera "Boca del Infierno" mejor. El jueves siguiente ambos estarían fuera de servicio por la noche, y ese día se unirían en un intento para burlar al diablo y aclarar el misterio del Nº 252.

"¿Nos acompaña monsieur l'Américain?" preguntó Fargeau.

"¿Por qué no?, por supuesto", le respondí, "tengo la intención de ir, y no puedes rechazarme, d'Ardeche; no voy a aceptar un no por respuesta. Esta es una gran oportunidad para que me hagas los honores de tu ciudad de una manera impecable. Muéstrame un verdadero fantasma en vivo, y perdonaré a París por haber perdido el Jardín Mabille".

Así fue resuelto.

Más tarde, bajamos a Meudon y cenamos en la terraza de la villa, que era todo lo que había dicho d'Ardeche, y aún más, su atmósfera era completamente siglo XVII. En la cena, Eugene me contó más acerca de su difunta tía y de los extraños sucesos ocurridos en la vieja casa.

Mlle. Blaye vivía, al parecer, completamente sola, excepto por una sirvienta de

"Did you ever stay there?"

"No, but I have always intended to, and in fact I came up here to-day to see a couple of rake-hell fellows I know, Fargeau and Duchesne, doctors in the Clinical Hospital beyond here, up by the Parc Mont Souris. They promised that they would spend the night with me some time in my aunt's house,—which is called around here, you must know, 'la Bouche d'Enfer,'—and I thought perhaps they would make it this week, if they can get off duty. Come up with me while I see them, and then we can go across the river to Véfour's and have some luncheon, you can get your things at the Chatham, and we will go out to Meudon, where of course you will spend the night with me."

The plan suited me perfectly, so we went up to the hospital, found Fargeau, who declared that he and Duchesne were ready for anything, the nearer the real "bouche d'enfer" the better; that the following Thursday they would both be off duty for the night, and that on that day they would join in an attempt to outwit the devil and clear up the mystery of No. 252.

"Does M. l'Américain go with us?" asked Fargeau.

"Why of course," I replied, "I intend to go, and you must not refuse me, d'Ardeche; I decline to be put off. Here is a chance for you to do the honors of your city in a manner which is faultless. Show me a real live ghost, and I will forgive Paris for having lost the Jardin Mabille."

So it was settled.

Later we went down to Meudon and ate dinner in the terrace room of the villa, which was all that d'Ardeche had said, and more, so utterly was its atmosphere that of the seventeenth century. At dinner Eugene told me more about his late aunt, and the queer goings on in the old house.

Mlle. Blaye lived, it seems, all alone, except for one female servant of her own

su misma edad; una criatura taciturna y severa, con rasgos bretones masivos y una lengua bretona, cada vez que ella se atrevía a usarla. Nunca se vio a nadie entrar por la puerta del número 252, excepto Jeanne, la sirvienta y el Sar Torrevieja; este último, entraba en la casa constantemente, aunque nadie sabía de donde venía, y siempre lo veían entrar, pero nunca lo vieron salir. De hecho, los vecinos, durante once años habían visto cómo el viejo hechicero, casi todos los días visitaba la casa, pero declararon que jamás se le había visto salir de la misma. Una vez decidieron mantener una guardia estricta, el vigilante, nada menos que el Maître Garceau del Chien Bleu, después de mantener la vista fija en la puerta desde las diez de la mañana, cuando el Sar entró, hasta las cuatro de la tarde, período durante el cual la puerta no se había abierto (él lo sabía, porque había pegado un sello de diez centavos sobre la juntura de las puertas, y el sello no había sido roto) casi se desmayó cuando la siniestra figura de Torrevieja se deslizó perversamente a su lado, con un seco "¡Perdón, Monsieur!", y volvió a entrar por la puerta negra.

Esto era curioso, ya que el N° 252 estaba completamente rodeado de casas, y sus únicas ventanas se abrían hacia un patio, que nadie podía llegar a ver desde las casas de la calle M. le Prince y la calle de l'Ecole, y ese misterio era uno de los más notorios del barrio latino.

Una vez al año la austeridad del lugar se interrumpía, y los habitantes de todo el barrio se quedaban con la boca abierta viendo la profusión de carros que llegaban hasta el N° 252, muchos de ellos privados, no pocos con escudos en los paneles de sus puertas. De todos ellos descendían figuras femeninas cubiertas con velos y hombres con los collares de sus abrigos subidos. Luego se escuchaban extraños tonos musicales, y quienes tenían casas contiguas al número 252, se hacían populares por una noche, ya que al colocar la oreja contra una pared contigua, se podía escuchar

age; a severe, taciturn creature, with massive Breton features and a Breton tongue, whenever she vouchsafed to use it. No one ever was seen to enter the door of No. 252 except Jeanne the servant and the Sar Torrevieja, the latter coming constantly from none knew whither, and always entering, never leaving. Indeed, the neighbors, who for eleven years had watched the old sorcerer sidle crab-wise up to the bell almost every day, declared vociferously that never had he been seen to leave the house. Once, when they decided to keep absolute guard, the watcher, none other than Maître Garceau of the Chien Bleu, after keeping his eyes fixed on the door from ten o'clock one morning when the Sar arrived until four in the afternoon, during which time the door was unopened (he knew this, for had he not gummed a ten-centime stamp over the joint and was not the stamp unbroken) nearly fell down when the sinister figure of Torrevieja slid wickedly by him with a dry "Pardon, Monsieur!" and disappeared again through the black doorway.

This was curious, for No. 252 was entirely surrounded by houses, its only windows opening on a courtyard into which no eye could look from the hôtels of the Rue M. le Prince and the Rue de l'Ecole, and the mystery was one of the choice possessions of the Latin Quarter.

Once a year the austerity of the place was broken, and the denizens of the whole quarter stood open-mouthed watching many carriages drive up to No. 252, many of them private, not a few with crests on the door panels, from all of them descending veiled female figures and men with coat collars turned up. Then followed curious sounds of music from within, and those whose houses joined the blank walls of No. 252 became for the moment popular, for by placing the ear against the wall strange music could distinctly be heard, and the sound of monotonous chanting

claramente una música extraña, y, de tanto en tanto, el sonido de monótonos cantos. Al amanecer, el último huésped se habría marchado y, durante un año más, la casa de Mlle De Tartas permanecería ominosamente silenciosa.

Eugene declaró que creía que era una celebración de la "Noche de Walpurgis", y ciertamente las apariencias favorecían tal fantasía.

"Es algo muy extraño", dijo, "el hecho de que todos los vecinos de la calle juran que hace aproximadamente un mes, mientras yo estaba en Concarneau para una visita, escucharon nuevamente música y voces, al igual que cuando mi venerada tía aún vivía. La casa estaba perfectamente vacía, como les digo, por lo que es muy posible que esa buena gente tuviera una alucinación".

Debo reconocer que estas historias no me tranquilizaron nada; de hecho, a medida que se acercaba el jueves, empecé a lamentar un poco mi determinación de pasar la noche en esa casa. Sin embargo, mi vanidad me impidió hacerme atrás; además, al ver la perfecta sangre fría que mostraban los dos médicos, que el martes hicieron una visita a Meudon para hacer algunos preparativos, me juré a mí mismo que moriría de miedo antes que faltar a mi promesa. Supongo que yo creía un poco en los fantasmas; ahora que soy mayor, estoy seguro de que creo en ellos, de hecho hay pocas cosas en las que no pueda creer. Debido a que me habían pasado dos o tres cosas inexplicables y, aunque esto sucedió antes de mi aventura con Rendel en Pæstum, tenía una fuerte predisposición a creer ciertas cosas –comúnmente no aceptadas en esa época–, aunque no pudiera explicarlas.

Bueno, para llegar a la memorable noche del 12 de junio, habíamos hecho los preparativos y, después de depositar una gran bolsa en el interior de las puertas del número 252, fuimos al Chien Bleu, donde Fargeau y Duchesne llegaron poco des-

voices now and then. By dawn the last guest would have departed, and for another year the hôtel of Mlle. de Tartas was ominously silent.

Eugene declared that he believed it was a celebration of "Walpurgisnacht," and certainly appearances favored such a fancy.

"A queer thing about the whole affair is," he said, "the fact that every one in the street swears that about a month ago, while I was out in Concarneau for a visit, the music and voices were heard again, just as when my revered aunt was in the flesh. The house was perfectly empty, as I tell you, so it is quite possible that the good people were enjoying an hallucination."

I must acknowledge that these stories did not reassure me; in fact, as Thursday came near, I began to regret a little my determination to spend the night in the house. I was too vain to back down, however, and the perfect coolness of the two doctors, who ran down Tuesday to Meudon to make a few arrangements, caused me to swear that I would die of fright before I would flinch. I suppose I believed more or less in ghosts, I am sure now that I am older I believe in them, there are in fact few things I can not believe. Two or three inexplicable things had happened to me, and, although this was before my adventure with Rendel in Pæstum, I had a strong predisposition to believe some things that I could not explain, wherein I was out of sympathy with the age.

Well, to come to the memorable night of the twelfth of June, we had made our preparations, and after depositing a big bag inside the doors of No. 252, went across to the Chien Bleu, where Fargeau and Duchesne turned up promptly, and we

pués, y nos sentamos para disfrutar la mejor cena que Père Garceau podía ofrecer.

Recuerdo que me pareció que la conversación no era de buen gusto. Comenzó con varias historias de faquires indios y malabarismos orientales, temas que Eugene conocía muy bien, después pasaron a los horrores del gran motín de Sepoy, y de ahí a reminiscencias de la sala de disección. Para entonces, habíamos bebido una buena cantidad, y Duchesne se lanzó a un relato fotográfico y zolaesco de la única vez –según él dijo– que fue poseído por el pánico; una noche, hace muchos años, cuando por accidente quedó encerrado en la sala de disección de la Loucine, junto con varios cadáveres de una naturaleza bastante desagradable. Me aventuré a protestar un poco contra esos macabros temas, el resultado fue un carnaval perfecto de horrores, de modo que cuando finalmente bebimos nuestra última crema de cacao y no dirigimos a "la Boca del Infierno", mis nervios se encontraban en una condición un poco frágil.

Eran las diez cuando llegamos a la calle. Fuertes ráfagas de viento cálido y oprimente soplaban por la ciudad, y masas de nubes flotaban en el cielo purpúreo; en resumen, era una noche desagradable, una de esas noches que hacen que uno se sienta completamente agotado, cuando uno quiere, si está en su casa, no hacer nada más que beber julepes de menta y fumar cigarrillos.

Eugene abrió la puerta chirriante e intentó encender una de las linternas; pero las ráfagas de viento apagaban la mecha; finalmente tuvimos que cerrar las puertas exteriores antes de que pudiéramos prender una luz. Por fin pudimos encender todas las linternas y comencé a mirar a mi alrededor con curiosidad. Estábamos en un pasaje largo y abovedado, que parecía ser parte sendero peatonal, parte calzada para carros, perfectamente desnudo, excepto por la basura de la calle que el viento había llevado hasta allí. Más allá había

sat down to the best dinner Père Garceau could create.

I remember I hardly felt that the conversation was in good taste. It began with various stories of Indian fakirs and Oriental jugglery, matters in which Eugene was curiously well read, swerved to the horrors of the great Sepoy mutiny, and thus to reminiscences of the dissecting-room. By this time we had drunk more or less, and Duchesne launched into a photographic and Zolaesque account of the only time (as he said) when he was possessed of the panic of fear; namely, one night many years ago, when he was locked by accident into the dissecting-room of the Loucine, together with several cadavers of a rather unpleasant nature. I ventured to protest mildly against the choice of subjects, the result being a perfect carnival of horrors, so that when we finally drank our last crème de cacao and started for "la Bouche d'Enfer," my nerves were in a somewhat rocky condition.

It was just ten o'clock when we came into the street. A hot dead wind drifted in great puffs through the city, and ragged masses of vapor swept the purple sky; an unsavory night altogether, one of those nights of hopeless lassitude when one feels, if one is at home, like doing nothing but drink mint juleps and smoke cigarettes.

Eugene opened the creaking door, and tried to light one of the lanterns; but the gusty wind blew out every match, and we finally had to close the outer doors before we could get a light. At last we had all the lanterns going, and I began to look around curiously. We were in a long, vaulted passage, partly carriageway, partly footpath, perfectly bare but for the street refuse which had drifted in with eddying winds. Beyond lay the courtyard, a curious place rendered more curious still by the fitful moonlight and the flashing of four

un patio, un lugar extraño de por sí, que se volvía aún más curioso por el extraño efecto de la luz de la luna y el destello de nuestras linternas. Era claro que ese lugar había sido un noble palacio. Enfrente de nosotros se levantaba la parte más antigua, una construcción de tres pisos de la época de Francisco I, cubierta a medias por una vid de glicina. Las alas laterales eran más modernas, del siglo XVII, pero de mal aspecto, mientras que hacia la calle no se veía más que una pared plana e ininterrumpida.

El gran patio vacío, lleno de trozos de papel arrastrados por el viento, fragmentos de cajas de embalaje y paja, se veía misterioso, con luces destellantes y sombras impresionantes, mientras grandes masas de nubes desflecadas, flotaban por encima, tapando y revelando las estrellas, todo en absoluto silencio, ni siquiera los sonidos de la calle llegaban a este lugar, parecido a una prisión, raro y misterioso en extremo. Debo confesar que ya empecé a sentirme un poco espantado, pero con la curiosa falta de lógica que a menudo se da en el caso de aquellos que se están asustando deliberadamente a sí mismos, no pude pensar en nada más tranquilizador que esos deliciosos versos de Lewis Carroll:

¡Buen sitio para el Snark!
¡Buen sitio para el Snark!, ya lo dije
dos veces,
esto servirá para animar la
tripulación.
¡Buen sitio para el Snark! ya lo dije
tres veces.
Y lo que digo tres veces es verdad.

que repetía una y otra vez en mi cerebro con febril insistencia.

Incluso los estudiantes de medicina dejaron de bromear, y estaban estudiando los alrededores con gravedad.

"Lo que es indudable", dijo Fargeau, "es que cualquier cosa podría ocurrir aquí sin la menor posibilidad de que lo descubran. ¿Alguna vez viste un lugar tan per-

dark lanterns. The place had evidently been once a most noble palace. Opposite rose the oldest portion, a three-story wall of the time of Francis I., with a great wisteria vine covering half. The wings on either side were more modern, seventeenth century, and ugly, while towards the street was nothing but a flat unbroken wall.

The great bare court, littered with bits of paper blown in by the wind, fragments of packing cases, and straw, mysterious with flashing lights and flaunting shadows, while low masses of torn vapor drifted overhead, hiding, then revealing the stars, and all in absolute silence, not even the sounds of the streets entering this prison-like place, was weird and uncanny in the extreme. I must confess that already I began to feel a slight disposition towards the horrors, but with that curious inconsequence which so often happens in the case of those who are deliberately growing scared, I could think of nothing more reassuring than those delicious verses of Lewis Carroll's:

Just the place for a Snark! I have said it twice,
That alone should encourage the crew.
Just the place for a Snark! I have said it thrice,
What I tell you three times is true.

which kept repeating themselves over and over in my brain with feverish insistence.

Even the medical students had stopped their chaffing, and were studying the surroundings gravely.

"There is one thing certain," said Fargeau, "anything might have happened here without the slightest chance of dis-

fecto para cometer un crimen con impunidad?".

"Cualquier cosa podría suceder aquí ahora, con la misma certeza de impunidad", continuó Duchesne, encendiendo su pipa, el chasquido del fósforo nos alarmó a todos. "D'Ardeche, tu finada parienta, sin duda, estaba bien acomodada; aquí tenía todo bien montado para sus experimentos tradicionales en demonología".

"Maldito sea, si no creo que esas tradiciones están más o menos basadas en hechos reales", dijo Eugene. "Nunca antes había visto este patio en estas condiciones, pero ahora podría creer cualquier cosa. ¡Qué fue eso!".

"Nada más que un portazo", dijo Duchesne en voz alta.

"Bueno, desearía no escuchar portazos en casas que han estado abandonadas durante once meses".

"Aunque nos irrite", y Duchesne deslizó su brazo por el mío; "debemos tomar las cosas como vengan. Recuerda que debemos tratar no solo con la basura espectral que dejó tu tía, sino también con la maldición extrema de ese gato infernal de Torrevieja. ¡Vamos! Entremos antes que llegue la hora en que los muertos con sábanas chillan y farfullan en los corredores solitarios. Enciendan sus pipas, el tabaco es una protección segura contra 'esos putos cadáveres'; préndanlas y sigamos adelante".

Abrimos la puerta del pasillo y entramos en un vestíbulo de piedra abovedada, lleno de polvo y telarañas.

"No hay nada en este piso", dijo Eugene, "excepto las habitaciones de los sirvientes y las oficinas, y no creo que haya nada de malo por aquí. Nunca escuché que lo hubiera, de ninguna manera. Subamos las escaleras".

Por lo que pudimos ver, la casa aparentemente no ofrecía nada interesante en su interior, toda la obra era del siglo XVIII, solo la fachada del edificio princi-

covery. Did ever you see such a perfect place for lawlessness?"

"And anything might happen here now, with the same certainty of impunity," continued Duchesne, lighting his pipe, the snap of the match making us all start. "D'Ardeche, your lamented relative was certainly well fixed; she had full scope here for her traditional experiments in demonology."

"Curse me if I don't believe that those same traditions were more or less founded on fact," said Eugene. "I never saw this court under these conditions before, but I could believe anything now. What's that!"

"Nothing but a door slamming," said Duchesne, loudly.

"Well, I wish doors wouldn't slam in houses that have been empty eleven months."

"It is irritating," and Duchesne slipped his arm through mine; "but we must take things as they come. Remember we have to deal not only with the spectral lumber left here by your scarlet aunt, but as well with the supererogatory curse of that hell-cat Torrevieja. Come on! let's get inside before the hour arrives for the sheeted dead to squeak and gibber in these lonely halls. Light your pipes, your tobacco is a sure protection against 'your whoreson dead bodies'; light up and move on."

We opened the hall door and entered a vaulted stone vestibule, full of dust, and cobwebby.

"There is nothing on this floor," said Eugene, "except servants' rooms and offices, and I don't believe there is anything wrong with them. I never heard that there was, any way. Let's go up stairs."

So far as we could see, the house was apparently perfectly uninteresting inside, all eighteenth-century work, the façade of the main building being, with the ves-

pal, con el vestíbulo, eran de la época de Francisco I.

"El lugar se quemó durante el Terror", dijo Eugene, "pero mi tío abuelo, de quien lo heredó Mlle. de Tartas, era un buen y verdadero Realista; se fue a España después de la Revolución y no regresó hasta la subida de Carlos X, cuando él restauró la dinastía, y luego murió, enormemente viejo. Esto explica por qué todo es tan nuevo".

El viejo hechicero español a quien Mlle. De Tartas había dejado su propiedad personal, había hecho su trabajo a fondo. La casa estaba absolutamente vacía, incluso se habían llevado los armarios y estanterías empotrados. Pasamos de una habitación a otra, encontrando todas completamente desmanteladas, solo quedaban las ventanas y las puertas con sus revestimientos, los pisos de parquet y las repisas de las chimeneas, del Renacimiento.

"Me siento mejor", comentó Fargeau. "La casa puede estar encantada, pero no lo parece, ciertamente es el lugar más respetable que se pueda imaginar".

"Sólo espera," contestó Eugene. "Estos son solo los salones de aparato, que mi tía rara vez usaba, excepto, quizás, en su "Noche de Walpurgis" anual. Sube las escaleras y te mostraré una mejor puesta en escena".

En este piso, las habitaciones que dan al patio, las habitaciones para dormir, eran bastante pequeñas, ("son las peores habitaciones, todas parecidas", dijo Eugene). Cuatro de ellas, todas de aspecto tan común como las de abajo. Un corredor corría detrás de ellas, conectándose con otro corredor lateral, y allí se abría una puerta, distinta de las demás puertas, ya que estaba cubierta por un paño verde, algo apolillado. Eugene seleccionó una llave del montón que llevaba, abrió la puerta y, con cierta dificultad, la hizo girar hacia adentro; era tan pesada como la puerta de una caja fuerte.

tibule, the only portion of the Francis I. work.

"The place was burned during the Terror," said Eugene, "for my great-uncle, from whom Mlle. de Tartas inherited it, was a good and true Royalist; he went to Spain after the Revolution, and did not come back until the accession of Charles X., when he restored the house, and then died, enormously old. This explains why it is all so new."

The old Spanish sorcerer to whom Mlle. de Tartas had left her personal property had done his work thoroughly. The house was absolutely empty, even the wardrobes and bookcases built in had been carried away; we went through room after room, finding all absolutely dismantled, only the windows and doors with their casings, the parquet floors, and the florid Renaissance mantels remaining.

"I feel better," remarked Fargeau. "The house may be haunted, but it don't look it, certainly; it is the most respectable place imaginable."

"Just you wait," replied Eugene. "These are only the state apartments, which my aunt seldom used, except, perhaps, on her annual 'Walpurgisnacht.' Come up stairs and I will show you a better mise en scène."

On this floor, the rooms fronting the court, the sleeping-rooms, were quite small,—("They are the bad rooms all the same," said Eugene,)—four of them, all just as ordinary in appearance as those below. A corridor ran behind them connecting with the wing corridor, and from this opened a door, unlike any of the other doors in that it was covered with green baize, somewhat moth-eaten. Eugene selected a key from the bunch he carried, unlocked the door, and with some difficulty forced it to swing inward; it was as heavy as the door of a safe.

"Ahora estamos", dijo, "en el mismo umbral del infierno; estas habitaciones eran las más impías de las impías de mi tía escarlata. Nunca las alquilé con el resto de la casa, pero las mantengo como una curiosidad. Ojalá Torrevieja se hubiera mantenido al margen; lamentablemente las saqueó, tal como hizo con el resto de la casa, y no queda nada más que las paredes, el techo y el piso. Sin embargo, son algo digno de verse y pueden sugerir lo que debe haber sido su estado anterior. Entren y tiemblen".

El primer apartamento era una especie de antesala, un cubo de unos veinte pies en cada dirección, sin ventanas ni puertas, excepto aquella por la que entramos y otra a la derecha. Las paredes, el piso y el techo estaban cubiertos con una laca negra, brillantemente pulida, que convertía la luz de nuestras linternas en mil intrincados reflejos. Era como el interior de una enorme caja japonesa, casi vacía. De ahí pasamos a otra habitación, y aquí casi dejamos caer nuestras linternas. La sala era circular, de unos treinta pies de diámetro, cubierta por una cúpula hemisférica; las paredes y el techo eran de color azul oscuro, con estrellas doradas; y cubriendo todo el piso, y a través de la cúpula, se extendía una figura colosal, en laca roja, de una mujer desnuda arrodillada, con las piernas extendidas a lo largo del piso, a cada lado, su cabeza tocando el dintel de la puerta por la que habíamos entrado, sus brazos formando los lados, con los antebrazos extendidos y estirándose a lo largo de las paredes hasta que se encontraban con sus largos pies. Creo que era la cosa más asombrosa, deforme, absolutamente aterradora, que alguna vez vi. Del ombligo colgaba un gran objeto blanco, como el legendario huevo de Roc de las Mil y Una Noches. El piso era de laca roja, y en él estaba incrustado un pentagrama del tamaño de la habitación, hecho de anchas tiras de bronce. En el centro de este pentagrama había un disco circular de piedra negra, con una ligera

"We are now," he said, "on the very threshold of hell itself; these rooms in here were my scarlet aunt's unholy of unholies. I never let them with the rest of the house, but keep them as a curiosity. I only wish Torrevieja had kept out; as it was, he looted them, as he did the rest of the house, and nothing is left but the walls and ceiling and floor. They are something, however, and may suggest what the former condition must have been. Tremble and enter."

The first apartment was a kind of anteroom, a cube of perhaps twenty feet each way, without windows, and with no doors except that by which we entered and another to the right. Walls, floor, and ceiling were covered with a black lacquer, brilliantly polished, that flashed the light of our lanterns in a thousand intricate reflections. It was like the inside of an enormous Japanese box, and about as empty. From this we passed to another room, and here we nearly dropped our lanterns. The room was circular, thirty feet or so in diameter, covered by a hemispherical dome; walls and ceiling were dark blue, spotted with gold stars; and reaching from floor to floor across the dome stretched a colossal figure in red lacquer of a nude woman kneeling, her legs reaching out along the floor on either side, her head touching the lintel of the door through which we had entered, her arms forming its sides, with the fore arms extended and stretching along the walls until they met the long feet. The most astounding, misshapen, absolutely terrifying thing, I think, I ever saw. From the navel hung a great white object, like the traditional roe's egg of the Arabian Nights. The floor was of red lacquer, and in it was inlaid a pentagram the size of the room, made of wide strips of brass. In the centre of this pentagram was a circular disk of black stone, slightly saucer-shaped, with a small outlet in the middle.

indentación que sugería un plato, con un pequeño desagüe en el centro.

El efecto de la habitación era simplemente aplastante, con esa gigantesca figura roja agazapada sobre todo, con sus ojos fijos en uno, sin importar su posición. Ninguno de nosotros habló, tan opresivo era ese lugar.

La tercera habitación tenía las mismas dimensiones de la primera, pero en lugar de ser negra, tenía sus paredes, techo y piso completamente cubiertos por placas de bronce, –ahora opacadas, cubriéndose de verdín, pero aún brillantes bajo la luz de la linterna. En el medio se alzaba un altar oblongo de pórfido, sus dimensiones más largas en el eje de la suite de habitaciones, y en un extremo, frente a las puertas, un pedestal de basalto negro.

Esto era todo. Tres habitaciones más extrañas que éstas, incluso estando vacías, serían difíciles de imaginar. En Egipto, o en la India, no estarían completamente fuera de lugar, pero aquí en París, en una casa vulgar, en la calle M. le Prince, eran increíbles.

Volvimos sobre nuestros pasos, Eugene cerró la puerta de hierro con su tapicería cubierta, entramos en una de las cámaras delanteras y nos sentamos, mirándonos los unos a los otros.

"Tu tía era una persona divertida", dijo Fargeau. "Una vieja divertida, con gustos amables; me alegro de no pasar la noche en esas habitaciones".

"¿Qué crees que ella hacía ahí?", preguntó Duchesne. "Conozco algunas cosas sobre las artes oscuras, pero esa serie de salas es demasiado para mí".

"Mi impresión es", dijo d'Ardeche, "que la sala de bronce era una especie de santuario que contenía alguna imagen sobre el pedestal de basalto, mientras que la piedra que estaba enfrente, realmente era un altar, qué cosa sacrificaban, ni siguiera quiero adivinarlo. La sala redonda puede haber sido usada para invocaciones y conjuros. El pentagrama sugiere eso. De cual-

The effect of the room was simply crushing, with this gigantic red figure crouched over it all, the staring eyes fixed on one, no matter what his position. None of us spoke, so oppressive was the whole thing.

The third room was like the first in dimensions, but instead of being black it was entirely sheathed with plates of brass, walls, ceiling, and floor,—tarnished now, and turning green, but still brilliant under the lantern light. In the middle stood an oblong altar of porphyry, its longer dimensions on the axis of the suite of rooms, and at one end, opposite the range of doors, a pedestal of black basalt.

This was all. Three rooms, stranger than these, even in their emptiness, it would be hard to imagine. In Egypt, in India, they would not be entirely out of place, but here in Paris, in a commonplace hôtel, in the Rue M. le Prince, they were incredible.

We retraced our steps, Eugene closed the iron door with its baize covering, and we went into one of the front chambers and sat down, looking at each other.

"Nice party, your aunt," said Fargeau. "Nice old party, with amiable tastes; I am glad we are not to spend the night in those rooms."

"What do you suppose she did there?" inquired Duchesne. "I know more or less about black art, but that series of rooms is too much for me."

"My impression is," said d'Ardeche, "that the brazen room was a kind of sanctuary containing some image or other on the basalt base, while the stone in front was really an altar,—what the nature of the sacrifice might be I don't even guess. The round room may have been used for invocations and incantations. The pentagram looks like it. Any way it is all just about as

quier manera, es tan extraño y *fin de siècle* como puedas imaginar. Mira, son casi las doce, vamos a prepararnos, si es que vamos a cazar esa cosa".

Las cuatro cámaras en ese piso de la antigua casa eran las que se decía que estaban embrujadas, las alas eran bastante inocentes y también, por lo que sabíamos, los pisos de abajo. Se dispuso que cada uno de nosotros ocupara una habitación, dejando las puertas abiertas con las luces encendidas, y ante el más mínimo grito o golpe, todos debíamos ir de inmediato a la habitación de la que provenía el sonido de advertencia. Aunque las habitaciones no se comunicaban directamente entre ellas, como todas sus puertas se abrían al mismo pasillo, cualquier sonido sería claramente audible.

Me tocó la última habitación, y la examiné cuidadosamente.

Parecía bastante inocente, un dormitorio parisino, bastante común, bastante alto, con acabados en madera pintada de blanco, con una pequeña repisa de mármol, un suelo polvoriento con incrustaciones de arce y cerezo, paredes empapeladas con un diseño común, aparentemente bastante nuevo, y dos ventanas profundamente empotradas, mirando al patio.

Abrí una ventana con alguna dificultad, y me senté en el asiento de la ventana con la linterna a mi lado, apuntada hacia la única puerta de la habitación.

El viento había decrecido, y todo estaba muy tranquilo y caluroso. En lo alto, las nubes luminosas se estaban acumulando densamente, ya no las movían las rachas de viento. Las grandes masas de hojas de glicinia, mostrando un segundo florecimiento de flores púrpuras aquí y allá, colgaban flácidamente sobre la ventana, en el aire perezoso. Pude oír el sonido de un coche de alquiler tardío en las calles de abajo, más allá de los techos de las casas vecinas. Volví a llenar mi pipa y esperé.

Durante un tiempo, las voces de mis compañeros en las otras habitaciones me

queer and fin de siècle as I can well imagine. Look here, it is nearly twelve, let's dispose of ourselves, if we are going to hunt this thing down."

The four chambers on this floor of the old house were those said to be haunted, the wings being quite innocent, and, so far as we knew, the floors below. It was arranged that we should each occupy a room, leaving the doors open with the lights burning, and at the slightest cry or knock we were all to rush at once to the room from which the warning sound might come. There was no communication between the rooms to be sure, but, as the doors all opened into the corridor, every sound was plainly audible.

The last room fell to me, and I looked it over carefully.

It seemed innocent enough, a commonplace, square, rather lofty Parisian sleeping-room, finished in wood painted white, with a small marble mantel, a dusty floor of inlaid maple and cherry, walls hung with an ordinary French paper, apparently quite new, and two deeply embrasured windows looking out on the court.

I opened the swinging sash with some trouble, and sat down in the window seat with my lantern beside me trained on the only door, which gave on the corridor.

The wind had gone down, and it was very still without,—still and hot. The masses of luminous vapor were gathering thickly overhead, no longer urged by the gusty wind. The great masses of rank wisteria leaves, with here and there a second blossoming of purple flowers, hung dead over the window in the sluggish air. Across the roofs I could hear the sound of a belated fiacre in the streets below. I filled my pipe again and waited.

For a time the voices of the men in the other rooms were a companionship,

hicieron compañía, y al principio les grité de vez en cuando, pero mi voz resonaba con un eco bastante desagradable a través de los largos pasillos, y tenía una forma sugerente de reverberar alrededor del ala izquierda, saliendo por una ventana rota en su extremo como si fuera la voz de otro hombre. Pronto abandoné mis intentos de conversación y me dediqué a la tarea de mantenerme despierto.

No fue fácil; ¿Por qué comí esa ensalada de lechuga en Père Garceau's? No fue una buena idea. Me estaba dando un sueño irresistible, y la vigilia era absolutamente necesaria. Sin duda, era gratificante saber que podía dormir, que tenía suficiente tranquilidad de ánimo y coraje como para hacerlo, pero debía mantenerme despierto en aras de la ciencia. Sin embargo el sueño me parecía más deseable que nunca antes. Casi medio centenar de veces di cabezadas, solo para despertarme con un sobresalto y encontrar mi pipa apagada. Tampoco el esfuerzo de volver a encenderla me ayudaba. Prendí mecánicamente a mi fósforo, y con la primera bocanada se apagó de nuevo. Era muy desagradable. Me levanté y caminé por la habitación. Estaba muy agarrotado. Mi mala posición casi me había dormido las dos piernas. Apenas pude pararme. Me sentí entumecido, como si tuviera frío. Ya no escuchaba ningún sonido de las otras habitaciones, ni de afuera. Me hundí en el asiento de mi ventana. ¡Qué oscuro se estaba poniendo! Subí la linterna. Esa pipa otra vez, ¡como se apagaba obstinadamente! y mi último fósforo se había terminado. La linterna, también, ¿se estaba apagando? Levanté mi mano para subirla de nuevo. La sentí pesada como el plomo, y cayó a mi lado.

Entonces me desperté enteramente. Recordé la historia de "The Haunters and the Haunted". Este era el Horror. Intenté levantarme, gritar. Mi cuerpo era pesado como plomo, mi lengua estaba paralizada. Apenas podía mover mis ojos. Y la luz se

and at first I shouted to them now and then, but my voice echoed rather unpleasantly through the long corridors, and had a suggestive way of reverberating around the left wing beside me, and coming out at a broken window at its extremity like the voice of another man. I soon gave up my attempts at conversation, and devoted myself to the task of keeping awake.

It was not easy; why did I eat that lettuce salad at Père Garceau's? I should have known better. It was making me irresistibly sleepy, and wakefulness was absolutely necessary. It was certainly gratifying to know that I could sleep, that my courage was by me to that extent, but in the interests of science I must keep awake. But almost never, it seemed, had sleep looked so desirable. Half a hundred times, nearly, I would doze for an instant, only to awake with a start, and find my pipe gone out. Nor did the exertion of relighting it pull me together. I struck my match mechanically, and with the first puff dropped off again. It was most vexing. I got up and walked around the room. It was most annoying. My cramped position had almost put both my legs to sleep. I could hardly stand. I felt numb, as though with cold. There was no longer any sound from the other rooms, nor from without. I sank down in my window seat. How dark it was growing! I turned up the lantern. That pipe again, how obstinately it kept going out! and my last match was gone. The lantern, too, was that going out? I lifted my hand to turn it up again. It felt like lead, and fell beside me.

Then I awoke,—absolutely. I remembered the story of "The Haunters and the Haunted." This was the Horror. I tried to rise, to cry out. My body was like lead, my tongue was paralyzed. I could hardly move my eyes. And the light was going out.

estaba apagando. No había ninguna duda al respecto. Se volvía más y más oscuro. Poco a poco el patrón del empapelado fue siendo tragando por la noche que avanzaba. Un hormigueo corría por mis nervios entumecidos, mi brazo derecho se durmió y se deslizó desde mi regazo hasta mi costado, y no pude levantarlo, se balanceaba incontrolado. Un estridente y agudo zumbido llenó mi cabeza, como las cigarras en una ladera en septiembre. La oscuridad venía rápido.

Sí, eso era. Algo me estaba sometiendo, en cuerpo y mente, con una lenta parálisis. Físicamente ya estaba como muerto. Si solo pudiera mantener mi mente lúcida, mi conciencia, todavía podría resistir, ¿pero podría? ¿Podría resistir el horror loco de este silencio, la oscuridad cada vez mayor, el entumecimiento progresivo? Sabía que, como el hombre en la historia de fantasmas, esa era mi única protección.

El fin había llegado. Mi cuerpo estaba como muerto, ya no respondía, ya no podía mover mis ojos. Estaban fijos apuntando al lugar donde se veía la puerta, que ahora solo aparecía como una oscuridad más profunda.

Total oscuridad, con un último parpadeo la linterna se había apagado. Permanecía sentado esperando; mi mente todavía estaba activa, pero ¿cuánto duraría? Había un límite incluso para la resistencia al pánico total causado por el horror.

Entonces comenzó el fin. Dos ojos blancos se acercaban en la oscuridad aterciopelada, lechosos, opalescentes, pequeños, muy lejanos, ojos entusiastas, como los de una pesadilla. Más hermosos de lo que puedo describir, unos copos ígneos, blancos se movían desde el perímetro hacia adentro, desapareciendo en el centro de los ojos, como un flujo interminable de ópalos de agua en un túnel circular. No podría movido mis ojos, aún de haber podido hacerlo. Ellos devoraban las cosas bellas y temerosas, crecieron lentamente, se hicieron más grandes, fijos en mí, avan-

There was no question about that. Darker and darker yet; little by little the pattern of the paper was swallowed up in the advancing night. A prickling numbness gathered in every nerve, my right arm slipped without feeling from my lap to my side, and I could not raise it,—it swung helpless. A thin, keen humming began in my head, like the cicadas on a hillside in September. The darkness was coming fast.

Yes, this was it. Something was subjecting me, body and mind, to slow paralysis. Physically I was already dead. If I could only hold my mind, my consciousness, I might still be safe, but could I? Could I resist the mad horror of this silence, the deepening dark, the creeping numbness? I knew that, like the man in the ghost story, my only safety lay here.

It had come at last. My body was dead, I could no longer move my eyes. They were fixed in that last look on the place where the door had been, now only a deepening of the dark.

Utter night: the last flicker of the lantern was gone. I sat and waited; my mind was still keen, but how long would it last? There was a limit even to the endurance of the utter panic of fear.

Then the end began. In the velvet blackness came two white eyes, milky, opalescent, small, far away,—awful eyes, like a dead dream. More beautiful than I can describe, the flakes of white flame moving from the perimeter inward, disappearing in the centre, like a never ending flow of opal water into a circular tunnel. I could not have moved my eyes had I possessed the power: they devoured the fearful, beautiful things that grew slowly, slowly larger, fixed on me, advancing, growing more beautiful, the white flakes of light sweeping more swiftly into the blazing

zando, haciéndose aún más bellos, los copos blancos de luz barriendo más rápidamente los vórtices ardientes, una terrible
fascinación se profundizaba en su insana
intensidad a medida que los ojos blancos y
vibrantes se acercaban, se agrandaban.

Como una horrible e implacable
máquina mortal, los ojos del Horror desconocido se hincharon y se expandieron
hasta que estuvieron cerca de mí, enormes, terribles, y sentí un aliento lento,
frío y húmedo impulsado con regularidad
mecánica contra mi cara, envolviéndome
en su niebla fétida, como un nicho mor-
tuorio.

El miedo ordinario siempre se asocia a un terror físico, pero estando en
presencia de esta cosa indescriptible, yo
experimentaba el terror total y terrible de
la mente, el miedo loco de una pesadilla
prolongada y fantasmal. Una y otra vez
traté de chillar, de hacer ruido, pero físicamente estaba completamente muerto.
Solo podía sentirme furioso ante el terror
de una muerte horrible. Los ojos estaban
cerca de mí, su movimiento era tan rápido
que parecían no ser más que palpitantes
llamas, el aliento mortal me rodeaba como
las profundidades del mar más profundo.

De repente, una boca húmeda y helada, como la de un pez sepia muerto, sin
forma, como gelatina, cayó sobre la mía.
El horror comenzó lentamente a sorber mi
vida, envolviéndome con enormes y tem-
blorosos pliegues de jalea palpitante, pero
mi voluntad volvió, mi cuerpo se despertó
con la reacción del miedo final, y pelee con
la muerte sin nombre que me envolvía.

¿Qué era aquello con lo que estaba
peleando? Mis brazos se hundieron a través de la masa no resistente que me estaba
congelando. Una y otra vez, nuevos pliegues de gelatina fría me rodeaban, aplas-
tándome con la fuerza de titanes. Luché
para apartar mi boca de esta cosa horrible
que la sellaba, pero, si alguna vez lo con-
seguía, para tomar una sola bocanada de
aire, la masa húmeda y succionadora se

vortices, the awful fascination deepening
in its insane intensity as the white, vibrat-
ing eyes grew nearer, larger.

Like a hideous and implacable engine of death the eyes of the unknown
Horror swelled and expanded until they
were close before me, enormous, terrible,
and I felt a slow, cold, wet breath propelled
with mechanical regularity against my
face, enveloping me in its fetid mist, in its
charnel-house deadliness.

With ordinary fear goes always a
physical terror, but with me in the presence of this unspeakable Thing was only
the utter and awful terror of the mind, the
mad fear of a prolonged and ghostly nightmare. Again and again I tried to shriek, to
make some noise, but physically I was utterly dead. I could only feel myself go mad
with the terror of hideous death. The eyes
were close on me,—their movement so
swift that they seemed to be but palpitating flames, the dead breath was around me
like the depths of the deepest sea.

Suddenly a wet, icy mouth, like that
of a dead cuttle-fish, shapeless, jelly-like,
fell over mine. The horror began slowly to
draw my life from me, but, as enormous
and shuddering folds of palpitating jelly
swept sinuously around me, my will came
back, my body awoke with the reaction of
final fear, and I closed with the nameless
death that enfolded me.

What was it that I was fighting? My
arms sunk through the unresisting mass
that was turning me to ice. Moment by moment new folds of cold jelly swept round
me, crushing me with the force of Titans.
I fought to wrest my mouth from this awful Thing that sealed it, but, if ever I succeeded and caught a single breath, the wet,
sucking mass closed over my face again
before I could cry out. I think I fought for

cerraba sobre mi cara de nuevo antes de que pudiera gritar. Creo que luché durante horas, desesperadamente, locamente, en un silencio más espantoso que cualquier sonido, luché hasta que sentí la muerte final a mi lado, hasta que el recuerdo de toda mi vida se precipitó sobre mí como una inundación, hasta que ya no tuve fuerzas para apartar mi cara de aquel infernal *succubus*, hasta que después de un último esfuerzo mecánico caí y me abandoné a la muerte.

Entonces oí una voz que decía: "Si él está muerto, nunca podré perdonarme; yo tuve la culpa".

Otra respondió: "No está muerto, sé que podemos salvarlo si solo llegamos al hospital a tiempo. ¡Maneje como un demonio, cochero! Veinte francos para usted, si llega en tres minutos".

Luego se hizo de noche otra vez, y no sentí nada, hasta que de repente me desperté y miré alrededor. Yacía en una sala de hospital, muy blanca y soleada, con unas flores de lis amarillas junto a la cabecera de la cama, y una alta Hermana de la Merced, estaba sentada a mi lado.

Para contar la historia en pocas palabras, estaba en el Hôtel Dieu, donde mis compañeros me habían llevado esa terrible noche del 12 de junio. Pregunté por Fargeau o Duchesne, quienes llegaron más tarde, y sentados junto a la cama me contaron todo lo que ignoraba.

Parece que se habían sentado, cada uno en su habitación, hora tras hora, sin escuchar nada, muy aburridos y decepcionados. Poco después de las dos, Fargeau, que estaba en la habitación contigua a la mía, me llamó para preguntarme si estaba despierto. No respondí y, después de gritar una o dos veces, tomó su linterna y fue a investigar. ¡La puerta estaba cerrada por dentro! Enseguida llamó a d'Ardeche y Duchesne, y juntos se lanzaron contra la puerta, que se resistió. Dentro de la habitación se escuchaban pasos irregulares que iban de aquí para allá, y una respi-

hours, desperately, insanely, in a silence that was more hideous than any sound,— fought until I felt final death at hand, until the memory of all my life rushed over me like a flood, until I no longer had strength to wrench my face from that hellish succubus, until with a last mechanical struggle I fell and yielded to death.

Then I heard a voice say, "If he is dead, I can never forgive myself; I was to blame."

Another replied, "He is not dead, I know we can save him if only we reach the hospital in time. Drive like hell, cocher! twenty francs for you, if you get there in three minutes."

Then there was night again, and nothingness, until I suddenly awoke and stared around. I lay in a hospital ward, very white and sunny, some yellow fleurs-de-lis stood beside the head of the pallet, and a tall sister of mercy sat by my side.

To tell the story in a few words, I was in the Hôtel Dieu, where the men had taken me that fearful night of the twelfth of June. I asked for Fargeau or Duchesne, and by and by the latter came, and sitting beside the bed told me all that I did not know.

It seems that they had sat, each in his room, hour after hour, hearing nothing, very much bored, and disappointed. Soon after two o'clock Fargeau, who was in the next room, called to me to ask if I was awake. I gave no reply, and, after shouting once or twice, he took his lantern and came to investigate. The door was locked on the inside! He instantly called d'Ardeche and Duchesne, and together they hurled themselves against the door. It resisted. Within they could hear irregular footsteps dashing here and there, with heavy breathing. Although frozen with

ración pesada. Aunque congelados por el terror, se esforzaron por derribar la puerta y finalmente lo lograron, usando una gran losa de mármol que formaba el estante de la repisa de la habitación de Fargeau. Cuando la puerta se abrió, fueron lanzados contra las paredes del corredor, como por si fueran propulsados por una explosión, las linternas se apagaron, y se encontraron en un silencio y oscuridad absolutos.

Tan pronto como se recuperaron del shock, entraron en la habitación y tropezaron con mi cuerpo en medio del cuarto. Encendieron una de las linternas y vieron la cosa más extraña que se pueda imaginar. El piso y las paredes, hasta una altura de unos seis pies chorreaban con algo que parecía agua estancada, espesa, pegajosa y repugnante. En cuanto a mí, estaba empapado con el mismo líquido maldito. El olor a almizcle era nauseabundo. Me sacaron de la habitación, me desnudaron, me envolvieron en sus abrigos y me llevaron de urgencia al hospital, pensando que quizás estaba muerto. Poco después de la salida del sol, d'Ardeche salió del hospital, habiéndose asegurado de que, con el tiempo, yo me iba a recuperar completamente; con Fargeau subió a examinar a la luz del día los rastros de la casi fatal aventura nocturna. Llegaron demasiado tarde. Los coches autobomba de los bomberos cruzaron la calle cuando ellos pasaban por la Academia. Un vecino se acercó a d'Ardeche y le dijo: "¡Oh, señor! ¡Qué desgracia, pero qué fortuna! Es verdad, la Boca del Infierno, disculpe, quiero decir la residencia de la lamentada Mlle. De Tartas, se quemó, pero no del todo, solo el edificio antiguo. Las alas se salvaron, y eso se debe a los valientes bomberos. Monsieur los recordará, sin duda".

Y eso es lo que había pasado. Ya fuera porque una linterna olvidada, volcada en la excitación, había hecho el trabajo, o causado por alguna influencia sobrenatural, era cierto que "la Boca del Infierno" ya no existía. Un último autobomba estaba

terror, they fought to destroy the door and finally succeeded by using a great slab of marble that formed the shelf of the mantel in Fargeau's room. As the door crashed in, they were suddenly hurled back against the walls of the corridor, as though by an explosion, the lanterns were extinguished, and they found themselves in utter silence and darkness.

As soon as they recovered from the shock, they leaped into the room and fell over my body in the middle of the floor. They lighted one of the lanterns, and saw the strangest sight that can be imagined. The floor and walls to the height of about six feet were running with something that seemed like stagnant water, thick, glutinous, sickening. As for me, I was drenched with the same cursed liquid. The odor of musk was nauseating. They dragged me away, stripped off my clothing, wrapped me in their coats, and hurried to the hospital, thinking me perhaps dead. Soon after sunrise d'Ardeche left the hospital, being assured that I was in a fair way to recovery, with time, and with Fargeau went up to examine by daylight the traces of the adventure that was so nearly fatal. They were too late. Fire engines were coming down the street as they passed the Académie. A neighbor rushed up to d'Ardeche: "O Monsieur! what misfortune, yet what fortune! It is true la Bouche d'Enfer—I beg pardon, the residence of the lamented Mlle. de Tartas,—was burned, but not wholly, only the ancient building. The wings were saved, and for that great credit is due the brave firemen. Monsieur will remember them, no doubt."

It was quite true. Whether a forgotten lantern, overturned in the excitement, had done the work, or whether the origin of the fire was more supernatural, it was certain that "the Mouth of Hell" was no more. A last engine was pumping slowly as

bombeando lentamente cuando d'Ardeche se acercó; media docena de mangueras se estiraban a través de la puerta, y adentro, solo el frente estilo Francisco I permanecía de pie, aún cubierto con los tallos negros de las glicinas. Más allá había un gran hueco, donde el humo poco denso se estaba levantando lentamente. Todos los pisos habían desaparecido, y las extrañas salas de Mlle. Blaye de Tartas solo eran un recuerdo.

Visité con d'Ardeche el lugar el año pasado, pero en lugar de las antiguas murallas sólo había un edificio nuevo y ordinario, fresco y respetable; sin embargo, las maravillosas historias de la antigua "Boca del Infierno" aún perduran en el barrio, y seguirán allí, no lo dudo, hasta el Día del Juicio Final.

d'Ardeche came up; half a dozen limp, and one distended, hose stretched through the porte cochère, and within only the façade of Francis I. remained, draped still with the black stems of the wisteria. Beyond lay a great vacancy, where thin smoke was rising slowly. Every floor was gone, and the strange halls of Mlle. Blaye de Tartas were only a memory.

With d'Ardeche I visited the place last year, but in the stead of the ancient walls was then only a new and ordinary building, fresh and respectable; yet the wonderful stories of the old Bouche d'Enfer still lingered in the quarter, and will hold there, I do not doubt, until the Day of Judgment.

El pie de la momia /
The Mummy's Foot
Théophile Gautier

Había entrado, en un estado de ánimo ocioso, en la tienda de uno de esos vendedores de curiosidades llamados *marchands de bric-à-brac* en ese argot parisino que es perfectamente ininteligible en otros lugares de Francia.

Sin duda, usted ha mirado de vez en cuando por las ventanas de algunas de estas tiendas, que se han vuelto tan numerosas ahora que está de moda comprar muebles anticuados, y que todo pequeño corredor de bolsa cree que debe tener su sala de la edad media.

Hay una cosa que se aplica por igual a la tienda del comerciante en hierro viejo, el almacén del tapicero, el laboratorio del alquimista y el estudio del pintor: en todas estos lugares sombríos donde los postigos filtran una prudente media luz, lo más manifiestamente antiguo es el polvo. Las telarañas son más auténticas que los encajes, y los viejos muebles de peral en exhibición son en realidad más nuevos que la caoba que llegó ayer desde Estados Unidos.

El almacén de mi distribuidor de *bric-à-brac* era una confusa mescolanza. Todas las edades y las naciones parecían haberse reunido allí. Una lámpara etrusca de arcilla roja estaba sobre un gabine-

I had entered, in an idle mood, the shop of one of those curiosity venders who are called *marchands de bric-à-brac* in that Parisian argot which is so perfectly unintelligible elsewhere in France.

You have doubtless glanced occasionally through the windows of some of these shops, which have become so numerous now that it is fashionable to buy antiquated furniture, and that every petty stockbroker thinks he must have his *chambre au moyen âge*.

There is one thing there which clings alike to the shop of the dealer in old iron, the ware-room of the tapestry maker, the laboratory of the chemist, and the studio of the painter: in all those gloomy dens where a furtive daylight filters in through the window-shutters the most manifestly ancient thing is dust. The cobwebs are more authentic than the guimp laces, and the old pear-tree furniture on exhibition is actually younger than the mahogany which arrived but yesterday from America.

The warehouse of my *bric-à-brac* dealer was a veritable Capharnaum. All ages and all nations seemed to have made their rendezvous there. An Etruscan lamp of red clay stood upon a Boule cabinet,

te Boule, con paneles de ébano, con rayas brillantes de líneas de latón incrustado; un canapé de la corte de Luis XV, extendía despreocupadamente sus patas de ciervo, debajo de una mesa maciza de la época de Luis XIII, con pesados soportes en espiral de roble y dibujos tallados de quimeras y follaje entremezclados.

Sobre los estantes denticulados de varios aparadores, brillaban inmensos platos japoneses con diseños en rojo y azul aliviados por la eclosión dorada, lado a lado con obras esmaltadas de Bernard Palissy, que representaban serpientes, ranas y lagartos en relieve.

De armarios abiertos escapaban cascadas de sedas chinas lustrosas plateadas y olas de oropel, tamizado de cuentas, que un rayo de sol oblicuo hacía brillar, mientras que retratos de todas las épocas, en marcos más o menos deslustrados, sonreían a través de su barniz amarillo.

Una armadura damasquinada de Milán brillaba en una esquina; amorcillos y ninfas de porcelana, leones guardianes chinos, jarrones de céladon y loza craquelada, tazas sajonas y antiguas de Sèvres sobrecargaban las estanterías y los rincones.

El tendero me seguía de cerca por el tortuoso pasillo, entre los montones de muebles, alejando con su mano el vuelo atrevido de los faldones de mi abrigo, observando mis codos con la incómoda atención de un anticuario y un usurero.

El comerciante tenía un rostro muy singular; un inmenso cráneo, pulido como una rodilla, rodeado por una delgada aureola de pelo blanco, que resaltaba el tinte de color salmón de su tez de manera aún más sorprendente, y le prestaba el falso aspecto de un patriarca bonachón, lo que era contrarrestado, sin embargo, por el centelleo de sus dos ojitos amarillos, que temblaban en sus órbitas como dos Luises de oro sobre el azogue. La curva de su nariz presentaba una silueta aquilina, que suge-

with ebony panels, brightly striped by lines of inlaid brass; a duchess of the court of Louis XV nonchalantly extended her fawn-like feet under a massive table of the time of Louis XIII, with heavy spiral supports of oak, and carven designs of chimeras and foliage intermingled.

Upon the denticulated shelves of several sideboards glittered immense Japanese dishes with red and blue designs relieved by gilded hatching, side by side with enamelled works by Bernard Palissy, representing serpents, frogs, and lizards in relief.

From disembowelled cabinets escaped cascades of silver-lustrous Chinese silks and waves of tinsel, which an oblique sunbeam shot through with luminous beads, while portraits of every era, in frames more or less tarnished, smiled through their yellow varnish.

The striped breastplate of a damascened suit of Milanese armor glittered in one corner; loves and nymphs of porcelain, Chinese grotesques, vases of céladon and crackle-ware, Saxon and old Sèvres cups encumbered the shelves and nooks of the apartment.

The dealer followed me closely through the tortuous way contrived between the piles of furniture, warding off with his hand the hazardous sweep of my coat-skirts, watching my elbows with the uneasy attention of an antiquarian and a usurer.

It was a singular face, that of the merchant; an immense skull, polished like a knee, and surrounded by a thin aureole of white hair, which brought out the clear salmon tint of his complexion all the more strikingly, lent him a false aspect of patriarchal bonhomie, counteracted, however, by the scintillation of two little yellow eyes which trembled in their orbits like two louis-d'or upon quicksilver. The curve of his nose presented an aquiline silhouette, which suggested the Oriental

ría el tipo oriental o judío. Sus manos, finas, delgadas, llenas de nervios que se proyectaban como cuerdas sobre el tablero de un violín, y armadas con garras como las de las alas de los murciélagos, temblaban con un temblor senil; pero esas manos, agitadas convulsivamente, se volvían más firmes que las pinzas de acero o las garras de las langostas cuando levantaban cualquier artículo precioso: una copa de ónix, un vaso veneciano o una bandeja de cristal de Bohemia. Este extraño anciano tenía un aspecto tan completamente rabínico y cabalístico que hace tres siglos habría sido quemado por el mero testimonio de su rostro.

"¿No me va a comprar algo hoy, señor? Observe este kriss malayo con una hoja ondulada como una llama. Mire esos surcos creados para que la sangre corra, esos dientes inclinados hacia atrás para arrancar las entrañas al retirar el arma. Es un buen tipo de arma para un brazo feroz, y se verá bien en su colección. Esta espada a dos manos es muy hermosa, es obra de Josepe de la Hera; y este espadín de vaina calada, ¡qué excelente ejemplar de artesanía!".

"No; tengo suficientes armas e instrumentos de matanza. Quiero una pequeña figura, algo que quede bien como pisapapeles, porque no puedo soportar esos bronces de pacotilla que venden los papeleros, y que se pueden encontrar en el escritorio de todos".

El viejo gnomo buscó entre sus productos antiguos, y finalmente expuso ante mí algunos bronces antiguos, o que pretendían serlo, fragmentos de malaquita, pequeños ídolos hindúes o chinos, una especie de juguetes en piedra de jade, representando las encarnaciones de Brahma o Visnú, maravillosamente apropiados para el oficio divino de sostener papeles y cartas en su lugar.

Estaba dudando entre un dragón de porcelana, constelado de verrugas, su boca formidable con colmillos erizados de

or Jewish type. His hands—thin, slender, full of nerves which projected like strings upon the finger-board of a violin, and armed with claws like those on the terminations of bats' wings—shook with senile trembling; but those convulsively agitated hands became firmer than steel pincers or lobsters' claws when they lifted any precious article—an onyx cup, a Venetian glass, or a dish of Bohemian crystal. This strange old man had an aspect so thoroughly rabbinical and cabalistic that he would have been burnt on the mere testimony of his face three centuries ago.

"Will you not buy something from me to-day, sir? Here is a Malay kreese with a blade undulating like flame. Look at those grooves contrived for the blood to run along, those teeth set backward so as to tear out the entrails in withdrawing the weapon. It is a fine character of ferocious arm, and will look well in your collection. This two-handed sword is very beautiful. It is the work of Josepe de la Hera; and this colichemarde, with its fenestrated guard—what a superb specimen of handicraft!"

"No; I have quite enough weapons and instruments of carnage. I want a small figure, something which will suit me as a paper-weight, for I cannot endure those trumpery bronzes which the stationers sell, and which may be found on everybody's desk."

The old gnome foraged among his ancient wares, and finally arranged before me some antique bronzes, so-called at least; fragments of malachite, little Hindoo or Chinese idols, a kind of poussah-toys in jade-stone, representing the incarnations of Brahma or Vishnoo, and wonderfully appropriate to the very undivine office of holding papers and letters in place.

I was hesitating between a porcelain dragon, all constelled with warts, its mouth formidable with bristling tusks

cerdas e hileras de dientes, y un pequeño fetiche mexicano abominable, que representaba al dios Witziliputzili al natural, cuando vi un pie encantador, que al principio confundí con un fragmento de alguna antigua Venus.

Tenía esos hermosos tonos rojizos y bronceados que le dan al bronce florentino ese aspecto cálido y vital, muy preferible al aspecto gris verdoso de los bronces comunes, que podrían confundirse fácilmente con estatuas en un estado de putrefacción. Los destellos satinados jugaban sobre sus formas redondeadas, sin duda pulidas por los besos amorosos de veinte siglos, ya que parecía un bronce corintio, una obra de la mejor era del arte, quizás moldeada por el propio Lisipo.

"Ese pie me servirá", le dije al comerciante, quien me miró con un aire irónico y saturnino, y me alcanzó el objeto deseado, para que pudiera examinarlo más a fondo.

Me sorprendió su ligereza. No era un pie de metal, sino un pie de carne, un pie embalsamado, el pie de una momia. Al examinarlo aún más de cerca, se hicieron perceptibles el grano de la piel, y las líneas casi imperceptibles impresas en él por la textura de los vendajes. Los dedos de los pies eran delgados y delicados, terminados en uñas perfectamente formadas, puras y transparentes como las ágatas. El dedo gordo del pie, ligeramente separado del resto, proporcionaba un alegre contraste, a la posición de los otros dedos, siguiendo el estilo antiguo, y le otorgaba una ligereza aérea, la gracia de la pata de un pájaro. La planta del pie, apenas rayada por unas pocas líneas cruzadas casi imperceptibles, proporcionaba evidencia de que nunca había tocado la tierra, y solo había entrado en contacto con las esteras más finas del Nilo y las alfombras más suaves de piel de pantera.

"Ja, ja, ja, ¡usted quiere el pie de la princesa Hermontis!" exclamó el comerciante, con una extraña risita, fijando en

and ranges of teeth, and an abominable little Mexican fetich, representing the god Vitziliputzili au naturel, when I caught sight of a charming foot, which I at first took for a fragment of some antique Venus.

It had those beautiful ruddy and tawny tints that lend to Florentine bronze that warm living look so much preferable to the gray-green aspect of common bronzes, which might easily be mistaken for statues in a state of putrefaction. Satiny gleams played over its rounded forms, doubtless polished by the amorous kisses of twenty centuries, for it seemed a Corinthian bronze, a work of the best era of art, perhaps moulded by Lysippus himself.

"That foot will be my choice," I said to the merchant, who regarded me with an ironical and saturnine air, and held out the object desired that I might examine it more fully.

I was surprised at its lightness. It was not a foot of metal, but in sooth a foot of flesh, an embalmed foot, a mummy's foot. On examining it still more closely the very grain of the skin, and the almost imperceptible lines impressed upon it by the texture of the bandages, became perceptible. The toes were slender and delicate, and terminated by perfectly formed nails, pure and transparent as agates. The great toe, slightly separated from the rest, afforded a happy contrast, in the antique style, to the position of the other toes, and lent it an aerial lightness—the grace of a bird's foot. The sole, scarcely streaked by a few almost imperceptible cross lines, afforded evidence that it had never touched the bare ground, and had only come in contact with the finest matting of Nile rushes and the softest carpets of panther skin.

"Ha, ha, you want the foot of the Princess Hermonthis!" exclaimed the merchant, with a strange giggle, fixing his

mí sus ojos de búho. "¡Ja, ja, ja! ¡Para usarlo de pisapapeles! ¡Una idea original! ¡Una idea artística! El viejo Faraón seguramente se habría sorprendido si alguien le hubiera dicho que el pie de su adorada hija se usaría como un pisapapeles después que él hizo ahuecar una montaña de granito, como un receptáculo para su triple ataúd, pintado y dorado, cubierto con jeroglíficos y hermosas pinturas del Juicio de las Almas", continuó el pequeño y extraño comerciante, apenas audible, como si hablara para sí mismo.

"¿Cuánto me cobrará por este fragmento de momia?".

"Ah, el precio más alto que pueda obtener, ya que es una pieza excelente. Si tuviera el otro pie, no lo conseguiría por menos de quinientos francos. ¡La hija de un faraón! Nada es más raro".

"Seguro que no es un artículo común, pero aún así, ¿cuánto quiere? En primer lugar, permítame advertirle que toda mi riqueza consiste en solo cinco luises. Puedo comprar cualquier cosa que cueste cinco luises, pero nada más caro. Aunque buscara en los bolsillos de mi chaleco y en sus más secretos recovecos, no podría encontrar más".

"¡Cinco luises por el pie de la princesa Hermontis! Eso es muy poco, muy poco, de verdad. Es un pie auténtico", murmuró el mercader, sacudiendo la cabeza e impartiendo un peculiar movimiento giratorio a sus ojos. "Bueno, tómelo, y le daré las vendas de regalo", agregó, envolviendo el pie en un antiguo trapo de damasco. "¡Muy bien! Damasco real; damasco indio que nunca se ha vuelto a teñir. Es fuerte y, sin embargo suave", murmuró, acariciando el tejido deshilachado con los dedos, repitiendo el hábito adquirido por los comerciantes que lo impulsaba a alabar incluso objetos de tan poco valor, que él mismo consideraba que solo merecían ser dados gratuitamente.

owlish eyes upon me. "Ha, ha, ha! For a paper-weight! An original idea!—artistic idea! Old Pharaoh would certainly have been surprised had some one told him that the foot of his adored daughter would be used for a paper-weight after he had had a mountain of granite hollowed out as a receptacle for the triple coffin, painted and gilded, covered with hieroglyphics and beautiful paintings of the Judgment of Souls," continued the queer little merchant, half audibly, as though talking to himself.

"How much will you charge me for this mummy fragment?"

"Ah, the highest price I can get, for it is a superb piece. If I had the match of it you could not have it for less than five hundred francs. The daughter of a Pharaoh! Nothing is more rare."

"Assuredly that is not a common article, but still, how much do you want? In the first place let me warn you that all my wealth consists of just five louis. I can buy anything that costs five louis, but nothing dearer. You might search my vest pockets and most secret drawers without even finding one poor five-franc piece more."

"Five louis for the foot of the Princess Hermonthis! That is very little, very little, indeed. 'Tis an authentic foot," muttered the merchant, shaking his head, and imparting a peculiar rotary motion to his eyes. "Well, take it, and I will give you the bandages into the bargain," he added, wrapping the foot in an ancient damask rag. "Very fine! Real damask—Indian damask which has never been redyed. It is strong, and yet it is soft," he mumbled, stroking the frayed tissue with his fingers, through the trade-acquired habit which moved him to praise even an object of such little value that he himself deemed it only worth the giving away.

Puso las monedas de oro en una especie de bolso de limosna medieval que colgaba de su cinturón, repitiendo:

"¡El pie de la princesa Hermontis se usará como un pisapapeles!".

Luego, volviendo sus ojos fosforescentes sobre mí, exclamó con voz estridente como el llanto de un gato que se ha tragado una espina de pescado:

"El viejo Faraón no estará contento. ¡Amaba a su hija, el querido hombre!".

"Habla como si fuera un contemporáneo suyo. ¡Seguro que tiene edad suficiente! Pero no se remonta a las pirámides de Egipto", respondí riendo desde el umbral.

Me fui a casa, encantado por mi adquisición.

Con la idea de darle un uso provechoso lo antes posible, puse el pie de la divina princesa Hermontis sobre un montón de papeles garabateados con versos, en sí mismos un mosaico indescifrable de textos descartados; artículos recién comenzados; cartas olvidadas y colocadas en el cajón de la mesa en lugar del buzón, un error que cometen a menudo las personas distraídas. El efecto era encantador, extraño y romántico.

Muy satisfecho con aquel adorno, bajé a la calle con la gravedad y el orgullo adecuados para uno que siente que tiene –sobre todos los transeúntes con los que se cruza–, la gran ventaja de poseer un fragmento de la princesa Hermontis, hija del Faraón.

Miré a todos los que no poseían, como yo, un pisapapeles tan auténticamente egipcio, como gente muy ridícula, y me pareció que la ocupación adecuada de todo hombre sensato debería consistir en el mero hecho de tener el pie de una momia sobre su escritorio.

Felizmente me encontré con algunos amigos, cuya presencia me distrajo de mi enamoramiento con mi nueva adquisi-

He poured the gold coins into a sort of mediæval alms-purse hanging at his belt, repeating:

"The foot of the Princess Hermonthis to be used for a paper-weight!"

Then turning his phosphorescent eyes upon me, he exclaimed in a voice strident as the crying of a cat which has swallowed a fish-bone:

"Old Pharaoh will not be well pleased. He loved his daughter, the dear man!"

"You speak as if you were a contemporary of his. You are old enough, goodness knows! but you do not date back to the Pyramids of Egypt," I answered, laughingly, from the threshold.

I went home, delighted with my acquisition.

With the idea of putting it to profitable use as soon as possible, I placed the foot of the divine Princess Hermonthis upon a heap of papers scribbled over with verses, in themselves an undecipherable mosaic work of erasures; articles freshly begun; letters forgotten, and posted in the table drawer instead of the letter-box, an error to which absent-minded people are peculiarly liable. The effect was charming, bizarre, and romantic.

Well satisfied with this embellishment, I went out with the gravity and pride becoming one who feels that he has the ineffable advantage over all the passers-by whom he elbows, of possessing a piece of the Princess Hermonthis, daughter of Pharaoh.

I looked upon all who did not possess, like myself, a paper-weight so authentically Egyptian as very ridiculous people, and it seemed to me that the proper occupation of every sensible man should consist in the mere fact of having a mummy's foot upon his desk.

Happily I met some friends, whose presence distracted me in my infatuation with this new acquisition. I went to dinner

ción. Fui a cenar con ellos, porque no podría haber cenado conmigo mismo.

Cuando volví esa noche, con mi cerebro ligeramente confundido por unas copas de vino, un vago olor a perfume oriental estimuló delicadamente mis nervios olfativos. El calor de la habitación había calentado el natrón, el betún y la mirra con que los embalsamadores, habían bañado el cadáver de la princesa. Era un perfume a la vez dulce y penetrante, un perfume que cuatro mil años no habían podido disipar.

El sueño de Egipto era la eternidad. Sus aromas tienen la solidez del granito y duran por siempre.

Pronto bebí profundamente de la taza negra del sueño. Durante unas horas, todo permaneció opaco para mí. El olvido y la nada me inundaron con sus oscuras olas.

Sin embargo, la luz amaneció gradualmente en la oscuridad de mi mente. Los sueños comenzaron a tocarme suavemente en su vuelo silencioso.

Los ojos de mi alma se abrieron, y vi mi cámara tal como era en realidad. Podría haberme creído despierto, si no fuera por una vaga conciencia que me aseguró que dormía y que algo fantástico estaba por suceder.

El olor de la mirra había aumentado en intensidad, y sentí un ligero dolor de cabeza, que naturalmente atribuí a las varias copas de champán que habíamos bebido en honor de los dioses desconocidos y nuestras futuras fortunas.

Miré a través de mi habitación con un sentimiento de expectativa, pero no vi nada que lo justificara. Cada mueble estaba en su lugar. La lámpara, suavemente sombreada por su globo de cristal esmerilado, ardía sobre su soporte; los bocetos en acuarela brillaban bajo su copa bohemia; las cortinas colgaban lánguidamente; todo tenía un aspecto de sueño tranquilo.

Sin embargo, después de unos momentos todo este tranquilo interior pare-

with them, for I could not very well have dined with myself.

When I came back that evening, with my brain slightly confused by a few glasses of wine, a vague whiff of Oriental perfume delicately titillated my olfactory nerves. The heat of the room had warmed the natron, bitumen, and myrrh in which the paraschistes, who cut open the bodies of the dead, had bathed the corpse of the princess. It was a perfume at once sweet and penetrating, a perfume that four thousand years had not been able to dissipate.

The Dream of Egypt was Eternity. Her odors have the solidity of granite and endure as long.

I soon drank deeply from the black cup of sleep. For a few hours all remained opaque to me. Oblivion and nothingness inundated me with their sombre waves.

Yet light gradually dawned upon the darkness of my mind. Dreams commenced to touch me softly in their silent flight.

The eyes of my soul were opened, and I beheld my chamber as it actually was. I might have believed myself awake but for a vague consciousness which assured me that I slept, and that something fantastic was about to take place.

The odor of the myrrh had augmented in intensity, and I felt a slight headache, which I very naturally attributed to several glasses of champagne that we had drunk to the unknown gods and our future fortunes.

I peered through my room with a feeling of expectation which I saw nothing to justify. Every article of furniture was in its proper place. The lamp, softly shaded by its globe of ground crystal, burned upon its bracket; the water-color sketches shone under their Bohemian glass; the curtains hung down languidly; everything wore an aspect of tranquil slumber.

After a few moments, however, all this calm interior appeared to become dis-

ció perturbarse. El entablado crujió furtivamente; los leños que yacían bajo las cenizas lanzaron de repente un chorro de gas azul y los discos de las páteras parecían grandes ojos metálicos, observando, como yo, las cosas que iban a suceder.

Mis ojos cayeron accidentalmente sobre el escritorio donde había colocado el pie de la princesa Hermontis.

En lugar de quedarse quieto, como era debido en un pie que había sido embalsamado hace cuatro mil años, comenzó a actuar de manera nerviosa, se contrajo y saltó sobre los papeles como una rana asustada. Uno hubiera imaginado que repentinamente se había puesto en contacto con una batería galvánica. Podía escuchar claramente el sonido seco producido por su pequeño talón, duro como el casco de una gacela.

Quedé bastante descontento con mi adquisición, en la medida en que quería que mis pisapapeles tuvieran una disposición sedentaria, me pareció muy poco natural que los pies caminaran sin piernas, y comencé a experimentar un sentimiento muy parecido al miedo.

De repente, vi los pliegues de la cortina de mi cama agitarse, y escuché el sonido de un golpe, como el causado por una persona que salta sobre un pie en el suelo. Debo confesar que, sentí calor y frío, alternativamente, que sentí un extraño viento que me soplaba en la espalda y mis cabellos, erizándose, hicieron que mi gorra de dormir saliera despedida.

Las cortinas de la cama se abrieron y contemplé la figura más extraña que se pueda imaginar.

Era una muchacha de tez marrón café oscuro, como la bayadera de Amani, una belleza perfecta en el más puro estilo egipcio. Sus ojos eran almendrados y oblicuos, con las cejas tan negras que parecían azules; su nariz estaba exquisitamente cincelada, era casi griega en su delicadeza de contorno; y, de hecho, podría haber sido tomada por una estatua de bronce de

turbed. The woodwork cracked stealthily, the ash-covered log suddenly emitted a jet of blue flame, and the disks of the pateras seemed like great metallic eyes, watching, like myself, for the things which were about to happen.

My eyes accidentally fell upon the desk where I had placed the foot of the Princess Hermonthis.

Instead of remaining quiet, as behooved a foot which had been embalmed for four thousand years, it commenced to act in a nervous manner, contracted itself, and leaped over the papers like a startled frog. One would have imagined that it had suddenly been brought into contact with a galvanic battery. I could distinctly hear the dry sound made by its little heel, hard as the hoof of a gazelle.

I became rather discontented with my acquisition, inasmuch as I wished my paper-weights to be of a sedentary disposition, and thought it very unnatural that feet should walk about without legs, and I commenced to experience a feeling closely akin to fear.

Suddenly I saw the folds of my bed-curtain stir, and heard a bumping sound, like that caused by some person hopping on one foot across the floor. I must confess I became alternately hot and cold, that I felt a strange wind chill my back, and that my suddenly rising hair caused my night-cap to execute a leap of several yards.

The bed-curtains opened and I beheld the strangest figure imaginable before me.

It was a young girl of a very deep coffee-brown complexion, like the bayadere Amani, and possessing the purest Egyptian type of perfect beauty. Her eyes were almond-shaped and oblique, with eyebrows so black that they seemed blue; her nose was exquisitely chiselled, almost Greek in its delicacy of outline; and she might indeed have been taken for a Corin-

thian statue of bronze but for the prominence of her cheek-bones and the slightly African fullness of her lips, which compelled one to recognize her as belonging beyond all doubt to the hieroglyphic race which dwelt upon the banks of the Nile.

Her arms, slender and spindle-shaped like those of very young girls, were encircled by a peculiar kind of metal bands and bracelets of glass beads; her hair was all twisted into little cords, and she wore upon her bosom a little idol-figure of green paste, bearing a whip with seven lashes, which proved it to be an image of Isis; her brow was adorned with a shining plate of gold, and a few traces of paint relieved the coppery tint of her cheeks.

As for her costume, it was very odd indeed.

Fancy a pagne, or skirt, all formed of little strips of material bedizened with red and black hieroglyphics, stiffened with bitumen, and apparently belonging to a freshly unbandaged mummy.

In one of those sudden flights of thought so common in dreams I heard the hoarse falsetto of the *bric-à-brac* dealer, repeating like a monotonous refrain the phrase he had uttered in his shop with so enigmatical an intonation:

"Old Pharaoh will not be well pleased. He loved his daughter, the dear man!"

One strange circumstance, which was not at all calculated to restore my equanimity, was that the apparition had but one foot; the other was broken off at the ankle!

She approached the table where the foot was starting and fidgetting about more than ever, and there supported herself upon the edge of the desk. I saw her eyes fill with pearly gleaming tears.

Although she had not as yet spoken, I fully comprehended the thoughts which

Corinto, si no fuera por la prominencia de sus pómulos y la plenitud ligeramente africana de sus labios, lo que me obligó a reconocerla como perteneciente, más allá de toda duda, a la raza pintada en los jeroglíficos, que habitaba a orillas del Nilo.

Sus brazos, delgados y torneados como un huso, como los de las muchachas jóvenes, estaban rodeados por un peculiar tipo de bandas de metal y brazaletes de cuentas de vidrio; su cabello estaba entrelazado en pequeñas trenzas, y llevaba sobre su pecho una figura pequeña de un ídolo de pasta verde, que portaba un látigo de siete colas, y que reconocí como la imagen de Isis; su frente estaba adornada con un brillante plato de oro, y algunos rastros de pintura aliviaban el tinte cobrizo de sus mejillas.

En cuanto a su vestimenta, era muy extraña.

Imagínense un taparrabo, o una falda, formada por pequeñas bandas pintadas con jeroglíficos rojos y negros, endurecidas con betún, y que aparentemente pertenecían a una momia recién vendada.

En uno de esos repentinos vuelos del pensamiento tan comunes en los sueños, escuché el ronco falsete del comerciante de baratijas, repitiendo como un monótono estribillo la frase que había pronunciado en su tienda con una entonación tan enigmática:

"El viejo Faraón no estará contento. ¡Amaba a su hija, el querido hombre!".

Una circunstancia tan extraña, que no estaba del todo calculada para restablecer mi ecuanimidad, era que la aparición no tenía más que un pie; ¡el otro estaba roto a la altura del tobillo!

Se acercó a la mesa donde el pie se agitaba y saltaba más que nunca, y se apoyó en el borde del escritorio. Vi sus ojos llenos de lágrimas brillantes perladas.

Aunque todavía no había hablado, comprendí plenamente los pensamientos

que la agitaban. Se miró el pie, porque en realidad era el suyo, con una expresión exquisitamente graciosa de coqueta tristeza, pero el pie saltó y corrió de aquí para allá, como si estuviera impulsado por resortes de acero.

Dos o tres veces extendió su mano para agarrarlo, pero no pudo lograrlo.

Luego la princesa Hermontis y su pie, que parecía estar dotado de una vida especial propia, comenzaron un fantástico diálogo en la lengua copta más antigua, como se podría haber hablado hace treinta siglos en la tierra de Ser. Por suerte esa noche entendía perfectamente el Copto.

La princesa Hermontis gritó, con una voz dulce y vibrante, como los tonos de una campana de cristal:

"Bueno, mi querido pie, siempre huyes de mí, pero siempre te cuidé bien. Te bañé con agua perfumada en un tazón de alabastro; te alisé el talón con piedra pómez mezclada con aceite de palma; tus uñas eran cortadas con tijeras doradas y eran pulidas con un diente de hipopótamo. Tuve la precaución de seleccionar sandalias para ti, eran la envidia de todas las jóvenes de Egipto, pintadas, bordadas y rematadas en los dedos de los pies. Tú llevabas en tu dedo gordo el símbolo del sagrado Escarabajo, y soportabas uno de los cuerpos más livianos que puede desear un pie perezoso".

El pie respondió en un tono de enfado y disgusto:

"Sabes bien que ya no te pertenezco. Me compraron y me pagaron. El viejo comerciante sabía muy bien lo que hacía. Te guardó rencor por haberte negado a casarte con él. Te ha jugado una mala pasada. El Árabe que violó tu ataúd real en los pozos subterráneos de la necrópolis de Tebas fue enviado por él. Deseaba evitar que estuvieras presente en la reunión de las naciones sombrías en las ciudades inferiores. Tienes cinco piezas de oro para mi rescate?

agitated her. She looked at her foot—for it was indeed her own—with an exquisitely graceful expression of coquettish sadness, but the foot leaped and ran hither and thither, as though impelled on steel springs.

Twice or thrice she extended her hand to seize it, but could not succeed.

Then commenced between the Princess Hermonthis and her foot—which appeared to be endowed with a special life of its own—a very fantastic dialogue in a most ancient Coptic tongue, such as might have been spoken thirty centuries ago in the syrinxes of the land of Ser. Luckily I understood Coptic perfectly well that night.

The Princess Hermonthis cried, in a voice sweet and vibrant as the tones of a crystal bell:

"Well, my dear little foot, you always flee from me, yet I always took good care of you. I bathed you with perfumed water in a bowl of alabaster; I smoothed your heel with pumice-stone mixed with palm oil; your nails were cut with golden scissors and polished with a hippopotamus tooth; I was careful to select tatbebs for you, painted and embroidered and turned up at the toes, which were the envy of all the young girls in Egypt. You wore on your great toe rings bearing the device of the sacred Scarabæus, and you supported one of the lightest bodies that a lazy foot could sustain."

The foot replied in a pouting and chagrined tone:

"You know well that I do not belong to myself any longer. I have been bought and paid for. The old merchant knew what he was about. He bore you a grudge for having refused to espouse him. This is an ill turn which he has done you. The Arab who violated your royal coffin in the subterranean pits of the necropolis of Thebes was sent thither by him. He desired to prevent you from being present at the reunion of the shadowy nations in the cities below. Have you five pieces of gold for my ransom?"

"¡Ay, no! Mis joyas, mis anillos, mis bolsos de oro y plata, todo me lo robaron", respondió la princesa Hermontis con un sollozo.

Yo entonces le dije "princesa, nunca retuve el pie de nadie injustamente. Aunque no tienes los cinco luises que me costó, te lo entregaré con mucho gusto. Debería sentirme desgraciado al pensar que yo fui la causa de que una persona tan amable como la princesa Hermontis está coja".

Dije este discurso en un tono galante y trovador, que debió de sorprender a la hermosa muchacha egipcia.

Me dirigió una mirada de profunda gratitud y sus ojos brillaron con destellos azulados.

Tomó el pie, que esta vez se rindió voluntariamente, como una mujer a punto de ponerse su zapatito, y lo ajustó a su pierna con mucha habilidad.

Una vez terminada la operación, dio unos pasos por la habitación, como para asegurarse de que ya no estaba coja.

"¡Ah, qué contento estará mi padre! El que fue tan infeliz debido a mi mutilación, y que desde el momento de mi nacimiento puso a trabajar a toda una nación para enterrarme en una tumba profunda, donde podría conservarme intacta hasta el último día, ¡cuando las almas serán pesadas en la balanza de Anubis! Ven conmigo a ver mi padre. Él te recibirá con amabilidad, porque me has devuelto el pie".

Pensé que esta proposición era lo suficientemente natural. Me vestí con una bata con un patrón de flores grandes, que me prestaba un aspecto muy faraónico, me calcé rápidamente unas babuchas turcas e informé a la princesa Hermontis que estaba listo para seguirla.

Antes de comenzar, Hermontis desprendió de su cuello el pequeño ídolo de pasta verde y lo colocó sobre las hojas de papel que cubrían la mesa.

"Alas, no! My jewels, my rings, my purses of gold and silver were all stolen from me," answered the Princess Hermonthis, with a sob.

"Princess," I then exclaimed, "I never retained anybody's foot unjustly. Even though you have not got the five louis which it cost me, I present it to you gladly. I should feel unutterably wretched to think that I were the cause of so amiable a person as the Princess Hermonthis being lame."

I delivered this discourse in a royally gallant, troubadour tone which must have astonished the beautiful Egyptian girl.

She turned a look of deepest gratitude upon me, and her eyes shone with bluish gleams of light.

She took her foot, which surrendered itself willingly this time, like a woman about to put on her little shoe, and adjusted it to her leg with much skill.

This operation over, she took a few steps about the room, as though to assure herself that she was really no longer lame.

"Ah, how pleased my father will be! He who was so unhappy because of my mutilation, and who from the moment of my birth set a whole nation at work to hollow me out a tomb so deep that he might preserve me intact until that last day, when souls must be weighed in the balance of Amenthi! Come with me to my father. He will receive you kindly, for you have given me back my foot."

I thought this proposition natural enough. I arrayed myself in a dressing-gown of large-flowered pattern, which lent me a very Pharaonic aspect, hurriedly put on a pair of Turkish slippers, and informed the Princess Hermonthis that I was ready to follow her.

Before starting, Hermonthis took from her neck the little idol of green paste, and laid it on the scattered sheets of paper which covered the table.

"Es justo", observó sonriendo, "que te deje algo a cambio de tu pisapapeles".

Ella me dio su mano, que se sentía suave y fría, como la piel de una serpiente, y partimos.

Viajamos durante algún tiempo, con la velocidad de una flecha, a través de una extensión fluida y grisácea, en la que siluetas semi-formadas revoloteaban rápidamente alrededor de nosotros.

Por un instante solo vimos cielo y mar.

Unos momentos más tarde, unos obeliscos comenzaron a elevarse en la distancia; pilones y vastos tramos de escalones, custodiados por esfinges, se perfilaban claramente en el horizonte.

Habíamos llegado a nuestro destino.

La princesa me condujo a una montaña de granito de color rosa, frente a la cual aparecía una abertura tan estrecha y baja que hubiera sido difícil distinguirla de las fisuras en la roca, si su ubicación no hubiera estado marcada por dos estelas, forjadas con esculturas.

Hermontis encendió una antorcha y abrió camino delante de mí.

Atravesamos corredores excavados a través de la roca viva. Sus paredes, cubiertas de jeroglíficos y pinturas de procesiones alegóricas, bien podrían haber ocupado para su creación miles de brazos durante milenios. Esos corredores de longitud interminable desembocaban en cámaras cuadradas, en medio de las cuales se habían construido pozos, a través de los cuales descendíamos por escaleras de caracol. Esos pozos nos condujeron nuevamente a otras cámaras, abriéndose a otros corredores, también decorados con gavilanes pintados, serpientes enrolladas en círculos, los símbolos de *tau* y *pedum* –obras de arte prodigiosas que ningún ojo vivo podría examinar–, leyendas interminables de granito que solo los muertos tienen tiempo para leer por toda la eternidad.

"It is only fair," she observed, smilingly, "that I should replace your paperweight."

She gave me her hand, which felt soft and cold, like the skin of a serpent, and we departed.

We passed for some time with the velocity of an arrow through a fluid and grayish expanse, in which half-formed silhouettes flitted swiftly by us, to right and left.

For an instant we saw only sky and sea.

A few moments later obelisks commenced to tower in the distance; pylons and vast flights of steps guarded by sphinxes became clearly outlined against the horizon.

We had reached our destination.

The princess conducted me to a mountain of rose-colored granite, in the face of which appeared an opening so narrow and low that it would have been difficult to distinguish it from the fissures in the rock, had not its location been marked by two stelæ wrought with sculptures.

Hermonthis kindled a torch and led the way before me.

We traversed corridors hewn through the living rock. Their walls, covered with hieroglyphics and paintings of allegorical processions, might well have occupied thousands of arms for thousands of years in their formation. These corridors of interminable length opened into square chambers, in the midst of which pits had been contrived, through which we descended by cramp-irons or spiral stairways. These pits again conducted us into other chambers, opening into other corridors, likewise decorated with painted sparrow-hawks, serpents coiled in circles, the symbols of the tau and pedum—prodigious works of art which no living eye can ever examine—interminable legends of granite which only the dead have time to read through all eternity.

Por fin nos encontramos en una sala tan vasta, tan enorme, tan inconmensurable, que el ojo no podía alcanzar sus límites. Filas de columnas monstruosas se extendían por todos lados, más allá de lo puede alcanzar la vista. Entre ellas brillaban estrellas lívidas de llamas amarillentas; puntos de luz que revelaban profundidades incalculables en la oscuridad que se extendía más allá.

La princesa Hermontis, que aún sostenía mi mano, y saludó gentilmente a las momias que conocía.

Mis ojos se acostumbraron a la tenue penumbra, y pude ver las cosas con más claridad.

Contemplé a los reyes de las razas subterráneas, sentados sobre tronos, grandes ancianos, secos, marchitos, arrugados como pergaminos, ennegrecidos con nafta y betún, todos vestidos de oro, y con placas en sus pechos y gargantas, que brillaban con piedras preciosas. Sus ojos miraban fijamente como los ojos de los esfinges, y sus largas barbas estaban blanqueadas por la nieve de los siglos. Detrás de ellos estaban sus pueblos, en la postura rígida y restringida impuesta por el arte egipcio, preservando eternamente la actitud prescrita por el código hierático. Detrás de estos pueblos, los gatos, íbices y cocodrilos que eran sus contemporáneos –de aspecto monstruoso por las fajas que los envolvían –, maullaban, batían sus alas o extendían sus mandíbulas con una risita sauriana.

Todos los faraones estaban allí: Keops, Kefrén, Psamético, Sesostris, Amenhotep, todos los gobernantes oscuros de las pirámides y siringes. En tronos aún más altos se sentaban Cronos y Xisuthros, que era contemporáneo con el diluvio, y Tubalcaín, que reinó antes que él.

La barba del rey Xisuthros había crecido tanto que daba siete veces la vuelta a la mesa de granito, sobre la cual se apoyaba, pensativo y soñoliento.

Más atrás, a través de una nube polvorienta, contemplé vagamente a los

At last we found ourselves in a hall so vast, so enormous, so immeasurable, that the eye could not reach its limits. Files of monstrous columns stretched far out of sight on every side, between which twinkled livid stars of yellowish flame; points of light which revealed further depths incalculable in the darkness beyond.

The Princess Hermonthis still held my hand, and graciously saluted the mummies of her acquaintance.

My eyes became accustomed to the dim twilight, and objects became discernible.

I beheld the kings of the subterranean races seated upon thrones—grand old men, though dry, withered, wrinkled like parchment, and blackened with naphtha and bitumen—all wearing pshents of gold, and breast-plates and gorgets glittering with precious stones, their eyes immovably fixed like the eyes of spinxes, and their long beards whitened by the snow of centuries. Behind them stood their peoples, in the stiff and constrained posture enjoined by Egyptian art, all eternally preserving the attitude prescribed by the hieratic code. Behind these nations, the cats, ibixes, and crocodiles contemporary with them—rendered monstrous of aspect by their swathing bands—mewed, flapped their wings, or extended their jaws in a saurian giggle.

All the Pharaohs were there—Cheops, Chephrenes, Psammetichus, Sesostris, Amenotaph—all the dark rulers of the pyramids and syrinxes. On yet higher thrones sat Chronos and Xixouthros, who was contemporary with the deluge, and Tubal Cain, who reigned before it.

The beard of King Xixouthros had grown seven times around the granite table, upon which he leaned, lost in deep reverie, and buried in dreams.

Farther back, through a dusty cloud, I beheld dimly the seventy-two pread-

setenta y dos reyes preadamitas, con sus setenta y dos pueblos, que murieron para siempre.

Después de permitirme contemplar este espectáculo desconcertante por unos momentos, la princesa Hermontis me presentó a su padre, el Faraón, quien me favoreció con un gracioso asentimiento.

"¡He recuperado mi pie! ¡He recuperado mi pie!" gritó la princesa, dando palmadas con sus pequeñas manos, con manifestaciones de loca alegría. "Fue este caballero quien me lo devolvió".

Las razas de Kemi, las razas de Nahasi, todas las naciones negras, bronceadas y de color cobre, repitieron a coro:

"¡La princesa Hermontis ha recuperado su pie!".

Incluso el mismo Xisuthros se veía visiblemente afectado.

Levantó sus pesados párpados, se acarició el bigote con los dedos y me dirigió una mirada cargada con el peso de los siglos.

"¡Por Oms, el perro del infierno, y por Tmei, la hija del Sol y de la Verdad, este es un muchacho valiente y digno!", exclamó el Faraón, señalándome con su cetro, que terminaba en una flor de loto.

"¿Qué recompensa deseas?".

Lleno de esa audacia que dan los sueños, en los que nada parece imposible, le pedí la mano de la princesa Hermontis. Su mano me pareció una recompensa antitética muy apropiada por haberle devuelto el pie.

El Faraón abrió de par en par sus grandes ojos de cristal con asombro ante mi ingeniosa petición.

"¿De qué país vienes y cuál es tu edad?".

"Soy un francés y tengo veintisiete años, venerable faraón".

"¡Veintisiete años, y desea casarse con la princesa Hermontis, que tiene treinta siglos!". Gritaron a la vez todos los tronos y todos los círculos de las naciones.

amite kings, with their seventy-two peoples, forever passed away.

After permitting me to gaze upon this bewildering spectacle a few moments, the Princess Hermonthis presented me to her father Pharaoh, who favored me with a most gracious nod.

"I have found my foot again! I have found my foot!" cried the princess, clapping her little hands together with every sign of frantic joy. "It was this gentleman who restored it to me."

The races of Kemi, the races of Nahasi—all the black, bronzed, and copper-colored nations repeated in chorus:

"The Princess Hermonthis has found her foot again!"

Even Xixouthros himself was visibly affected.

He raised his heavy eyelids, stroked his mustache with his fingers, and turned upon me a glance weighty with centuries.

"By Oms, the dog of Hell, and Tmeï, daughter of the Sun and of Truth, this is a brave and worthy lad!" exclaimed Pharaoh, pointing to me with his sceptre, which was terminated with a lotus-flower.

"What recompense do you desire?"

Filled with that daring inspired by dreams in which nothing seems impossible, I asked him for the hand of the Princess Hermonthis. The hand seemed to me a very proper antithetic recompense for the foot.

Pharaoh opened wide his great eyes of glass in astonishment at my witty request.

"What country do you come from, and what is your age?"

"I am a Frenchman, and I am twenty-seven years old, venerable Pharaoh."

"Twenty-seven years old, and he wishes to espouse the Princess Hermonthis who is thirty centuries old!" cried out at once all the Thrones and all the Circles of Nations.

Solo la propia Hermontis no parecía pensar que mi petición fuera irrazonable.

"Si al menos tuvieras dos mil años de antigüedad", contestó el antiguo rey, "de buen grado te daría la princesa, pero la desproporción es demasiado grande; además, tenemos que dar a nuestras hijas maridos que durarán bastante. Ustedes no sabes como preservarse a sí mismos por más tiempo. Incluso aquellos que murieron hace solo quince siglos ya no son más que un puñado de polvo. He aquí, mi carne es sólida como basalto, ¡mis huesos son barras de acero!

"Estaré presente el último día del mundo con el mismo cuerpo y las mismas características que tuve durante mi vida. Mi hija Hermontis durará más que una estatua de bronce.

"Para ese entonces las últimas partículas de tu polvo habrán sido dispersas por los vientos, e incluso la misma Isis, que fue capaz de encontrar los átomos de Osiris, difícilmente podría recomponer tu ser.

"Mira lo vigoroso que sigo siendo y lo poderoso que es mi alcance", agregó, estrechando mi mano al estilo inglés con una fuerza que enterró mis anillos en la carne de mis dedos.

Me apretó tan fuerte que me desperté, y encontré a mi amigo Alfredo, que me sacudía del brazo para levantarme.

"¡Oh, durmiente eterno! ¿Debo arrastrarte hasta la mitad de la calle, y hacer explotar fuegos artificiales en tus oídos? Ya llegó la tarde. ¿No recuerdas tu promesa de ir conmigo a ver los cuadros españoles del Sr. Aguado?".

"¡Dios! Me olvidé de todo, absolutamente todo", contesté, vistiéndome apresuradamente. "Iremos allí de inmediato. Tengo las entradas sobre mi escritorio".

Comencé a buscarlas, pero imagínense mi asombro cuando en lugar del pie de la momia que había comprado la noche anterior, ¡vi el pequeño ídolo de pasta verde que la princesa Hermontis me había dejado en su lugar!

Only Hermonthis herself did not seem to think my request unreasonable.

"If you were even only two thousand years old," replied the ancient king, "I would willingly give you the princess, but the disproportion is too great; and, besides, we must give our daughters husbands who will last well. You do not know how to preserve yourselves any longer. Even those who died only fifteen centuries ago are already no more than a handful of dust. Behold, my flesh is solid as basalt, my bones are bars of steel!

"I will be present on the last day of the world with the same body and the same features which I had during my lifetime. My daughter Hermonthis will last longer than a statue of bronze.

"Then the last particles of your dust will have been scattered abroad by the winds, and even Isis herself, who was able to find the atoms of Osiris, would scarce be able to recompose your being.

"See how vigorous I yet remain, and how mighty is my grasp," he added, shaking my hand in the English fashion with a strength that buried my rings in the flesh of my fingers.

He squeezed me so hard that I awoke, and found my friend Alfred shaking me by the arm to make me get up.

"Oh, you everlasting sleeper! Must I have you carried out into the middle of the street, and fireworks exploded in your ears? It is afternoon. Don't you recollect your promise to take me with you to see M. Aguado's Spanish pictures?"

"God! I forgot all, all about it," I answered, dressing myself hurriedly. "We will go there at once. I have the permit lying there on my desk."

I started to find it, but fancy my astonishment when I beheld, instead of the mummy's foot I had purchased the evening before, the little green paste idol left in its place by the Princess Hermonthis!

La pirámide brillante / The Shining Pyramid

Arthur Machen

I
El signo de la punta de flecha

"¿Obsesionado, dijiste?".

"Sí, obsesionado. ¿No te acuerdas, cuando te vi hace tres años, me contaste sobre tu lugar en el oeste rodeado de bosques antiguos, y colinas agrestes, y el terreno accidentado? Tu descripción siempre permaneció grabada en mi mente, como una imagen que aún puedo ver mientras me siento en mi escritorio y escucho el ruido del tráfico de la calle, en medio del remolino de Londres. ¿Pero cuándo llegaste?

"En realidad, Dyson, acabo de bajar del tren. Llegué a la estación temprano esta mañana y tomé el tren de las 10.45".

"Bueno, estoy muy contento de que hayas venido a verme. ¿Cómo te ha ido desde la última vez que nos vimos? Supongo que aún no existe ninguna señora Vaughan...".

"No", dijo Vaughan, "todavía soy un ermitaño, como tú. No he hecho nada más que holgazanear".

Vaughan encendió su pipa y se sentó en el brazo del sillón, inquieto y mirando a su alrededor de una manera un tanto con-

I
The Arrow-Head Character

"Haunted, you said?"

"Yes, haunted. Don't you remember, when I saw you three years ago, you told me about your place in the west with the ancient woods hanging all about it, and the wild, domed hills, and the ragged land? It has always remained a sort of enchanted picture in my mind as I sit at my desk and hear the traffic rattling in the Street in the midst of whirling London. But when did you come up?"

"The fact is, Dyson, I have only just got out of the train. I drove to the station early this morning and caught the 10.45."

"Well, I am very glad you looked in on me. How have you been getting on since we last met? There is no Mrs. Vaughan, I suppose?"

"No," said Vaughan, "I am still a hermit, like yourself. I have done nothing but loaf about."

Vaughn had lit his pipe and sat in the elbow chair, fidgeting and glancing about him in a somewhat dazed and rest-

fusa e inquieta. Dyson había girado su silla en redondo cuando su visitante entró y estaba sentado, con un brazo cómodamente reclinado sobre su escritorio, que estaba lleno de manuscritos desordenados.

"¿Y todavía te estás ocupando de la vieja tarea?", Dijo Vaughan, señalando la pila de papeles y los abarrotados casilleros.

"Sí, la vana búsqueda de la literatura, tan ociosa como la alquimia e igualmente fascinante. Pero has venido a la ciudad por un tiempo, supongo; ¿qué te gustaría hacer esta noche?".

"Bueno, prefería que pasaras unos días conmigo en el oeste. Te haría mucho bien. Estoy seguro".

"Eres muy amable, Vaughan, pero me resulta difícil irme de Londres en septiembre. Doré no podría haber diseñado nada más maravilloso y místico que la calle Oxford, como la vi la otra noche; la puesta del sol en llamas, la neblina azul que transmuta una simple calle en una carretera que conduce "lejos hasta ciudad espiritual".

"Sin embargo, me gustaría que vinieras. Disfrutarías vagando por nuestras colinas. ¿Este barullo se escucha todo el día y la noche? Me desconcierta bastante; me pregunto cómo puedes trabajar en medio de este ruido. Estoy seguro de que te deleitarías con la gran tranquilidad de mi antiguo hogar entre los bosques".

Vaughan volvió a encender su pipa y miró ansiosamente a Dyson para ver si sus incentivos habían tenido algún efecto, pero el hombre de letras negó con la cabeza, sonriendo, y juró en su corazón ser fiel a las calles ciudadanas.

"No puedes tentarme", dijo.

"Bueno, puede que tengas razón. Quizás, después de todo, me equivoqué al hablar de la paz del país. Allí, cuando ocurre una tragedia, es como una piedra arrojada a un estanque; los círculos de la perturbación siguen ampliándose, y parece que el agua nunca volverá a estar quieta".

less manner. Dyson had wheeled round his chair when his visitor entered and sat with one arm fondly reclining on the desk of his bureau, and touching the litter of manuscript.

"And you are still engaged in the old task?" said Vaughan, pointing to the pile of papers and the teeming pigeon-holes.

"Yes, the vain pursuit of literature, as idle as alchemy, and as entrancing. But you have come to town for some time I suppose; what shall we do to-night?"

"Well, I rather wanted you to try a few days with me down in the west. It would do you a lot of good. I'm sure."

"You are very kind, Vaughan, but London in September is hard to leave. Doré could not have designed anything more wonderful and mystic than Oxford Street as I saw it the other evening; the sunset flaming, the blue haze transmuting the plain street into a road 'far in the spiritual city.'"

"I should like you to come down though. You would enjoy roaming over our hills. Does this racket go on all day and night? It quite bewilders me; I wonder how you can work through it. I am sure you would revel in the great peace of my old home among the woods."

Vaughan lit his pipe again, and looked anxiously at Dyson to see if his inducements had had any effect, but the man of letters shook his head, smiling, and vowed in his heart a firm allegiance to the streets.

"You cannot tempt me," he said.

'Well, you may be right. Perhaps, after all, I was wrong to speak of the peace of the country. There, when a tragedy does occur, it is like a stone thrown into a pond; the circles of disturbance keep on widening, and it seems as if the water would never be still again."

"¿Alguna vez sucedió alguna tragedia donde te encuentras?".

"Bueno, no sé si puedo llamarla así.
Pero todos estábamos bastante preocu-
pados por algo que sucedió hace un mes;
puede o no haber sido una tragedia en el
sentido habitual de la palabra".

"¿Qué fue lo que ocurrió?".

"Bueno, el hecho es que una chica
desapareció de una manera que parece al-
tamente misteriosa. Sus padres, la familia
Trevor, son agricultores acomodados, y su
hija mayor, Annie, era la belleza del pue-
blo; ella era realmente muy hermosa. Una
tarde decidió que iría a ver a su tía, una
viuda que cultiva su propia tierra, y como
las dos casas están separadas por unas cinco o seis millas, les dijo a sus padres que
tomaría el atajo de las colinas. Ella nunca
llegó a la casa de su tía, y nunca la volvieron a ver. Eso es, contado en pocas palabras".

"¡Qué cosa tan extraordinaria! Supongo que no habrá minas abandonadas,
¿hay alguna en las colinas? No creo que
haya caído por un precipicio".

"No; el camino que la muchacha
debe de haber tomado no tenía trampas
de ningún tipo; es solo un camino solitario sobre la ladera de la colina, agreste y
desnuda. Incluso está lejos de cualquier
carretera. Uno podría caminar por millas
sin encontrarse con un alma, pero es perfectamente seguro".

"¿Y qué dice la gente al respecto?".

"Oh, tonterías. No tienes idea de lo
supersticiosa que es la gente del campo en
lugares apartados como el mío. Son tan
supersticiosos como los irlandeses, que ya
es bastante, e incluso más aún".

"¿Pero qué dicen?".

"Oh, suponen que la pobre muchacha se 'fue con las hadas' o que ha sido
'raptada por las hadas'. ¡Cada cosas!", continuó, "si no fuera una tragedia daría risa".

Dyson parecía un poco interesado.

"Have you ever any tragedies where
you are?"

"I can hardly say that. But I was a
good deal disturbed about a month ago by
something that happened; it may or may
not have been a tragedy in the usual sense
of the word."

"What was the occurrence?"

"Well, the fact is a girl disappeared
in a way which seems highly mysterious.
Her parents, people of the name of Trevor,
are well-to-do farmers, and their eldest
daughter Annie was a sort of village beauty; she was really remarkably handsome.
One afternoon she thought she would go
and see her aunt, a widow who farms her
own land, and as the two houses are only
about five or six miles apart, she started
off, telling her parents she would take the
short cut over the hills. She never got to
her aunt's, and she never was seen again.
That's putting it in a few words."

"What an extraordinary thing! I suppose there are no disused mines, are there,
on the hills? I don't think you quite run to
anything so formidable as a precipice?"

"No; the path the girl must have
taken had no pitfalls of any description; it
is just a track over wild, bare hillside, far,
even from a byroad. One may walk for
miles without meeting a soul, but it is perfectly safe."

"And what do people say about it?"

"Oh, they talk nonsense — among
themselves. You have no notion as to how
superstitious English cottagers are in out-
of-the-way parts like mine. They are as
bad as the Irish, every whit, and even more
secretive."

"But what do they say?"

"Oh, the poor girl is supposed to
have 'gone with the fairies,' or to have been
'taken by the fairies.' Such stuff!" he went
on, "one would laugh if it were not for the
real tragedy of the case."

Dyson looked somewhat interested.

"Sí", dijo, "las hadas ciertamente parecen algo extraño en estos días. ¿Pero qué dice la policía? ¿Supongo que no aceptan la hipótesis del cuento de hadas?".

"No; pero parecen estar bastante despistados. Lo que temo es que Annie Trevor haya sido raptada por algunos sinvergüenzas que la interceptaron en medio de su camino. Tú sabes, Castletown es un gran puerto marítimo, y algunos de los peores marineros extranjeros a veces abandonan sus barcos y se desplazan por el país. No hace muchos años un marinero español llamado García asesinó a una familia entera por un saqueo que no valía seis peniques. Algunos de estos tipos no son humanos, y mucho me temo que la pobre muchacha haya sufrido un final terrible".

"¿Pero fue visto por ahí algún marinero extranjero?".

"No; nada de eso; y, por supuesto, las personas del campo se dan cuenta rápidamente de cualquier persona cuya apariencia y vestimenta sale un poco fuera de lo común. Pero todavía creo que mi teoría es la única explicación posible".

"No hay suficientes datos como para seguir adelante", dijo Dyson, pensativo. "Supongo que no se habrá tratado de una historia de amor, o algo por el estilo".

"Oh, no hay indicio de tal cosa. Estoy seguro de que si Annie estuviera viva, se las habría arreglado para informar a su madre que ella estaba viva".

"Sin duda, sin duda. Aún así, es casi imposible que ella esté viva y, sin embargo, no pueda comunicarse con sus amigos. Pero todo esto debe haberte molestado mucho.

"Así fue, odio los misterios, y especialmente los que pueden ocultar una historia espantosa. Pero francamente, Dyson, prefiero hablar de otra cosa; no vine aquí para contarte todo esto.

"Por supuesto que no", dijo Dyson, un poco sorprendido por la actitud de

"Yes," he said, "'fairies' certainly strike a little curiously on the ear in these days. But what do the police say? I presume they do not accept the fairy-tale hypothesis?"

"No; but they seem quite at fault. What I am afraid of is that Annie Trevor must have fallen in with some scoundrels on her way. Castletown is a large seaport, you know, and some of the worst of the foreign sailors occasionally desert their ships and go on the tramp up and down the country. Not many years ago a Spanish sailor named Garcia murdered a whole family for the sake of plunder that was not worth sixpence. They are hardly human, some of these fellows, and I am dreadfully afraid the poor girl must have come to an awful end."

"But no foreign sailor was seen by anyone about the country?"

"No; there is certainly that; and of course country people are quick to notice anyone whose appearance and dress are a little out of the common. Still it seems as if my theory were the only possible explanation."

"There are no data to go upon," said Dyson, thoughtfully. "There was no question of a love affair, or anything of the kind, I suppose?"

"Oh, no, not a hint of such a thing. I am sure if Annie were alive she would have contrived to let her mother know of her safety."

"No doubt, no doubt. Still it is barely possible that she is alive and yet unable to communicate with her friends. But all this must have disturbed you a good deal."

"Yes, it did; I hate a mystery, and especially a mystery which is probably the veil of horror. But frankly, Dyson, I want to make a clean breast of it; I did not come here to tell you all this."

"Of course not," said Dyson, a little surprised at Vaughan's uneasy manner.

Vaughan. "Viniste a charlar sobre temas más alegres".

"No, no lo hice. Lo que te he contado sucedió hace un mes, pero algo que probablemente me afecte más personalmente ocurrió en los últimos días, y para ser sincero, vine a la ciudad con la idea de que podrías ser capaz de ayudarme. Recuerdas ese curioso caso del que me hablaste en nuestra última reunión; algo sobre un fabricante de gafas".

"Oh, sí, lo recuerdo. Estaba bastante orgulloso de mi perspicacia en ese momento; incluso hoy en día, la policía no tiene idea de porqué estaban buscando esas gafas amarillas en particular. Pero, Vaughan, realmente pareces bastante alterado; espero que no haya sido nada serio?".

"No, creo que he estado exagerando, y quiero que me tranquilices. Pero lo que sucedió es muy extraño".

"¿Y qué pasó?".

"Estoy seguro de que te reirás de mí, pero esta es la historia. Debes saber que hay un camino, un derecho de paso, que atraviesa mi propiedad, y para ser precisos, cerca de la pared de la huerta. No es usado por muchas personas; cada tanto lo atraviesa un leñador, y cinco o seis niños que van a la escuela en la aldea pasan dos veces por día. Bueno, hace unos días estaba dando un paseo por el lugar, antes del desayuno, y me paré a llenar mi pipa, justo al lado de las grandes puertas en la pared del jardín. Te aclaro que el bosque llega hasta unos pocos pies de la pared, y el sendero del que te hablé corre justo a la sombra de los árboles. Me quedé fumando, mirando al suelo, porque estaba cómodo en ese lugar agradable, protegido del viento que soplaba fuerte. Entonces algo me llamó la atención. Justo debajo de la pared, sobre la hierba corta; había una serie de pequeños pedernales dispuestos en un patrón; algo como esto...".: Vaughan tomó un lápiz y un trozo de papel y dibujó unas cuantas rayas.

"You came to have a chat on more cheerful topics."

"No, I did not. What I have been telling you about happened a month ago, but something which seems likely to affect me more personally has taken place within the last few days, and to be quite plain, I came up to town with the idea that you might be able to help me. You recollect that curious case you spoke to me about on our last meeting; something about a spectacle-maker."

"Oh, yes, I remember that. I know I was quite proud of my acumen at the time; even to this day the police have no idea why those peculiar yellow spectacles were wanted. But, Vaughan, you really look quite put out; I hope there is nothing serious?"

"No, I think I have been exaggerating, and I want you to reassure me. But what has happened is very odd."

"And what has happened?"

"I am sure that you will laugh at me, but this is the story. You must know there is a path, a right of way, that goes through my land, and to be precise, close to the wall of the kitchen garden. It is not used by many people; a woodman now and again finds it useful, and five or six children who go to school in the village pass twice a day. Well, a few days ago I was taking a walk about the place before breakfast, and I happened to stop to fill my pipe just by the large doors in the garden wall. The wood, I must tell you, comes to within a few feet of the wall, and the track I spoke of runs right in the shadow of the trees. I thought the shelter from a brisk wind that was blowing rather pleasant, and I stood there smoking with my eyes on the ground. Then something caught my attention. Just under the wall, on the short grass; a number of small flints were arranged in a pattern; something like this": and Mr. Vaughan caught at a pencil and piece of paper, and dotted down a few strokes.

"Ya ves", continuó, "creo que había doce pequeñas piedras dispuestas ordenadamente en línea y espaciadas a distancias regulares, como lo muestra mi dibujo. Eran piedras puntiagudas, y las puntas estaban orientadas con precisión, de una manera determinada".

"Ya veo", dijo Dyson, sin mucho interés, "no hay duda de que los niños que mencionaste habían estado jugando allí al volver de la escuela. Como sabes, a los niños les gusta mucho hacer ese tipo de figuras, con conchas de ostras, pedernales, flores, o con lo que tengan a mano".

"Así lo pensé; pero me di cuenta de que esos pedernales estaban dispuestos en una especie de patrón y después me fui. Pero a la mañana siguiente estaba recorriendo el mismo camino, como es mi costumbre, y otra vez vi en el mismo lugar una figura hecha con pedernales. Esta vez tenía un patrón aún más extraño; era algo así como los rayos de una rueda, todos unidos en un centro común, y ese centro formado por algo que parecía un cuenco; todo hecho con pedernales".

"Tienes razón", dijo Dyson, "eso parece bastante extraño. Aún así, es razonable pensar que los responsables de esas fantasías en piedra fueron los niños que van a la escuela".

"Bueno, pensé que iba a olvidarme del asunto. Los niños pasan por la puerta todas las tardes a las cinco y media, y cuando pasé por ahí a las seis, encontré el dibujo tal como lo había visto esa mañana. Al día siguiente, me levanté a eso de las siete menos cuarto, y descubrí que todo había cambiado. Había una pirámide formada con pedernales sobre la hierba. Vi pasar a los niños una hora y media después, iban corriendo por el lugar sin mirar ni a un lado ni al otro. Por la noche, los vi volver a sus casas, y esta mañana, cuando llegué a la puerta a las seis en punto, me esperaba una media luna".

"Entonces, la serie de dibujos es la siguiente: primero la línea ordenada regu-

"You see," he went on, "there were, I should think, twelve little stones neatly arranged in lines, and spaced at equal distances, as I have shown it on the paper. They were pointed stones, and the points were very carefully directed one way."

"Yes," said Dyson, without much interest, "no doubt the children you have mentioned had been playing there on their way from school. Children, as you know, are very fond of making such devices with oyster shells or flints or flowers, or with whatever comes in their way."

"So I thought; I just noticed these flints were arranged in a sort of pattern and then went on. But the next morning I was taking the same round, which, as a matter of fact, is habitual with me, and again I saw at the same spot a device in flints. This time it was really a curious pattern; something like the spokes of a wheel, all meeting at a common center, and this center formed by a device which looked like a bowl; all, you understand done in flints."

"You are right," said Dyson, "that seems odd enough. Still it is reasonable that your half-a-dozen school children are responsible for these fantasies in stone."

"Well, I thought I would set the matter at rest. The children pass the gate every evening at half-past five, and I walked by at six, and found the device just as I had left it in the morning. The next day I was up and about at a quarter to seven, and I found the whole thing had been changed. There was a pyramid outlined in flints upon the grass. The children I saw going by an hour and a half later, and they ran past the spot without glancing to right or left. In the evening I watched them going home, and this morning when I got to the gate at six o'clock there was a thing like a half moon waiting for me."

"So then the series runs thus: firstly ordered lines, then, the device of the

larmente, después, la figura con las los rayos alrededor del cuenco central, le siguió
la pirámide, y finalmente, esta mañana, la
media luna. Ese es el orden, ¿no es cierto?".

"Sí, eso es correcto. ¿Pero sabes que
me hizo sentir muy incómodo? Supongo
que parece absurdo, pero no puedo evitar
pensar que hay algún tipo de comunica-
ción encubierta, y ese tipo de cosa es muy
inquietante".

"Pero, ¿qué tienes que temer? ¿Tienes algún enemigo?

"No; pero tengo algunas piezas de
plata sumamente valiosas".

"Entonces, ¿estás pensando en los la-
drones?", Dijo Dyson, aparentemente más
interesado, "pero debes conocer a tus vecinos. ¿Hay algún personaje sospechoso?".

"No que yo sepa. Pero recuerda lo
que te conté de los marineros.

"¿Puedes confiar en tus sirvientes?".

"Oh, completamente. Guardo la
plata en una cámara acorazada. Solo el
mayordomo, que es un viejo sirviente de
la familia, sabe dónde se guarda la llave.
No hay nada de malo en eso. Sin embargo,
todo el mundo sabe que tengo mucha plata vieja, y a la gente del campo le encanta
chismorrear. De esa manera, la información puede haberse hecho pública y llegado a los oídos de gente indeseable".

"Sí, pero te diré que la teoría del ladrón me parece poco convincente. ¿Quién
está comunicándose con quién? Me parece que tu teoría no explica los hechos
satisfactoriamente. ¿Como se te ocurrió
relacionar la plata con las figuras dibuja-
das con pedernales, o como sea que las
llames?".

"Fue la figura del cuenco", dijo
Vaughan. "Resulta que tengo una ponchera muy grande y muy valiosa de la época
Carlos II. El grabado es realmente exqui-
sito, y la ponchera vale mucho dinero. El
diseño que te describí tenía exactamente la
misma forma que mi ponchera".

spokes and the bowl, then the pyramid,
and finally, this morning, the half moon.
That is the order, isn't it?"

"Yes; that is right. But do you know
it has made me feel very uneasy? I suppose
it seems absurd, but I can't help thinking
that some kind of signaling is going on
under my nose, and that sort of thing is
disquieting."

"But what have you to dread? You
have no enemies?"

"No; but I have some very valuable
old plate."

"You are thinking of burglars then?"
said Dyson, with an accent of considerable
interest, "but you must know your neighbors. Are there any suspicious characters
about?"

"Not that I am aware of. But you remember what I told you of the sailors."

"Can you trust your servants?"

"Oh, perfectly. The plate is preserved
in a strong room; the butler, an old family servant, alone knows where the key is
kept. There is nothing wrong there. Still,
everybody is aware that I have a lot of old
silver, and all country folks are given to
gossip. In that way information may have
got abroad in very undesirable quarters."

"Yes, but I confess there seems something a little unsatisfactory in the burglar
theory. Who is signaling to whom? I cannot see my way to accepting such an explanation. What put the plate into your head
in connection with these flints signs, or
whatever one may call them?"

"It was the figure of the Bowl," said
Vaughan. "I happen to possess a very large
and very valuable Charles II punch-bowl.
The chasing is really exquisite, and the
thing is worth a lot of money. The sign I
described to you was exactly the same
shape as my punch-bowl."

"Bueno, esa es una extraña coincidencia. Pero que hay de las otras figuras ¿no tienes nada en forma de pirámide?".

"Ah, esto te va a parecer más raro todavía. Verás, guardo la ponchera, junto con un juego de cucharas antiguas, poco comunes, en un cofre de caoba de forma piramidal. Los cuatro lados se inclinan hacia arriba, se hace más estrecho en la parte superior".

"Confieso que todo esto es muy interesante", dijo Dyson. "Sigamos entonces. ¿Qué pasa con las otras figuras? ¿Qué tal el Ejército, como podríamos llamar la primer figura, y la Luna Creciente o la Media Luna?".

"Ah, no puedo relacionar esas dos figuras con nada. Aún así, ya ves que tengo algunos motivos para estar interesado en estos extraños signos. Me molestaría mucho perder alguna de mis antiguas piezas de plata. Casi todas las piezas han estado en la familia por generaciones. Y no puedo quitarme de la cabeza que algunos canallas quieren robarme, y se comunican entre ellos todas las noches".

"Francamente", dijo Dyson, "no puedo sacar nada en claro de todo eso. Estoy en la oscuridad, tanto como tú. Tu teoría parece ciertamente la única explicación posible y, sin embargo, las dificultades son inmensas".

Se reclinó en su silla y los dos hombres se miraron, perplejos y con el ceño fruncido ante un problema tan extraño.

"A propósito", dijo Dyson, después de una larga pausa, "¿que tipo de formación geológica hay en tu zona?".

Vaughan levantó la vista, bastante sorprendido por la pregunta.

"Creo que es antigua piedra arenisca roja y piedra caliza", dijo. "Estamos más lejos de las capas carbonosas, ya sabes".

"Pero seguramente no hay pedernales ni en la piedra arenisca ni en la piedra caliza?".

"A queer coincidence certainly. But the other figures or devices: you have nothing shaped like a pyramid?"

"Ah, you will think that queerer. As it happens, this punch-bowl of mine, together with a set of rare old ladles, is kept in a mahogany chest of a pyramidal shape. The four sides slope upwards, the narrow towards the top."

"I confess all this interests me a good deal," said Dyson. "let us go on then. What about the other figures; how about the Army, as we may call the first sign, and the Crescent or Half moon?"

"Ah, there is no reference that I can make out of these two. Still, you see I have some excuse for curiosity at all events. I should be very vexed to lose any of the old plate; nearly all the pieces have been in the family for generations. And I cannot get it out of my head that some scoundrels mean to rob me, and are communicating with one another every night."

"Frankly," said Dyson, "I can make nothing of it; I am as much in the dark as yourself. Your theory seems certainly the only possible explanation, and yet the difficulties are immense."

He leaned back in his chair, and the two men faced each other, frowning, and perplexed by so bizarre a problem.

"By the way," said Dyson, after a long pause, "what is your geological formation down there?"

Mr. Vaughan looked up, a good deal surprised by the question.

"Old red sandstone and limestone, I believe," he said. "We are just beyond the coal measures, you know."

"But surely there are no flints either in the sandstone or the limestone?"

"No, nunca vi ningún pedernal en los campos. Confieso que me pareció un poco curioso".

"¡Debería haberlo pensado! Es muy importante. Por cierto, ¿qué tamaño tienen los pedernales usados en esos signos?".

"Traje uno conmigo; Lo tomé esta mañana.

"De la media luna?"

"Exactamente. Aquí está".

Le entregó un pedernal pequeño, que se estrechaba en la punta, de unas tres pulgadas de largo.

La cara de Dyson mostró su emoción cuando tomó el objeto de mano de Vaughan.

"Me parece", dijo, después de un momento de pausa, "que tienes unos vecinos muy extraños en tu condado. No creo que tengan ningún plan para robar tu ponchera. ¿Sabes que esto es una punta de flecha de pedernal de gran antigüedad, y no solo eso, sino que es una punta de flecha de un tipo único? He visto ejemplares de distintas partes del mundo, pero ciertas características de esta cosa son bastante peculiares". Dejó la pipa y sacó un libro de un cajón.

"Tenemos el tiempo justo para tomar el tren de las 5.45 para Castletown", dijo.

II
Los ojos en la pared

Dyson aspiró profundamente el aire de las colinas y sintió todo el encanto de la escena a su alrededor. Era muy temprano en la mañana, y él estaba en la terraza, en la parte delantera de la casa.

Los antepasados de Vaughan habían levantado la casa en la ladera más baja de una gran colina, al abrigo de un bosque antiguo y profundo, que ceñía la propiedad por tres de sus lados, en el cuarto lado, al sudoeste, el terreno descendía suavemente, hacia el valle, donde un arroyo

"No, I never see any flints in the fields. I confess that did strike me as a little curious."

"I should think so! It is very important. By the way, what size were the flints used in making these devices?"

"I happen to have brought one with me; I took it this morning."

"From the Half moon?"

"Exactly. Here it is."

He handed over a small flint, tapering to a point, and about three inches in length.

Dyson's face blazed up with excitement as he took the thing from Vaughan.

"Certainly," he said, after a moment's pause, "you have some curious neighbors in your country. I hardly think they can harbor any designs on your punch-bowl. Do you know this is a flint arrowhead of vast antiquity, and not only that, but an arrow-head of a unique kind? I have seen specimens from all parts of the world, but there are features about this thing that are quite peculiar." He laid down his pipe, and took out a book from a drawer.

"We shall just have time to catch the 5.45 to Castletown," he said.

II
The Eyes on the Wall

Mr. Dyson drew in a long breath of the air of the hills and felt all the enchantment of the scene about him. It was very early morning, and he stood on the terrace in the front of the house.

Vaughan's ancestor had built on the lower slope of a great hill, in the shelter of a deep and ancient wood that gathered on three sides about the house, and on the fourth side, the southwest, the land fell gently away and sank to the valley, where a brook wound in and out in mystic esses,

serpenteaba formando eses; alisos oscuros y relucientes seguían el curso de la corriente. En la terraza, bien resguardada, el viento no soplaba, y más allá, los árboles estaban inmóviles. Solo un sonido rompía el silencio, Dyson escuchaba el murmullo lejano del arroyo, la canción del agua clara y brillante borboteando sobre las piedras, susurrando y murmurando mientras se hundía en charcos oscuros y profundos.

Al otro lado del arroyo, justo debajo de la casa, se alzaba un puente de piedra gris, abovedado y reforzado, un fragmento de la Edad Media, y luego, más allá del puente, las colinas se levantaban, vastas y redondeadas como bastiones, cubiertas aquí y allá con bosques oscuros y matorrales; pero las alturas estaban completamente desnudas de árboles, mostrando solo césped gris y parches de helecho, tocados aquí y allá con el oro de frondas desvanecidas; Dyson miró hacia el norte y el sur, y solo vio el muro de las colinas, los bosques antiguos y el arroyo que serpenteaba entre ellos. Todo se veía gris e indistinto por la niebla matinal, bajo un cielo plomizo, envuelto en una atmósfera de silencio y encanto.

La voz del Vaughan rompió el silencio.

"Pensé que estarías demasiado cansado para levantarte tan temprano", dijo. "Veo que estás admirando las vistas. Es muy bonito, ¿verdad? Aunque supongo que el viejo Meyrick Vaughan no pensó mucho en el paisaje cuando construyó la casa aquí. Un lugar raro, gris y antiguo, ¿verdad?".

"Sí, y cómo encaja con el entorno; parece formar una sola pieza con las colinas grises y el puente gris más abajo".

"Me temo que te he hecho venir con falsos pretextos, Dyson", dijo Vaughan, mientras comenzaban a bajar de la terraza. "He estado en el lugar, y no queda ninguna señal".

"Ah. Bueno, si no te parece mal, podríamos ir ahora a verlo".

and the dark and gleaming alders tracked the stream's course to the eye. On the terrace in the sheltered place no wind blew, and far beyond, the trees were still. Only one sound broke in upon the silence, and Dyson heard the noise of the brook singing far below, the song of clear and shining water rippling over the stones, whispering and murmuring as it sank to dark deep pools.

Across the stream, just below the house, rose a grey stone bridge, vaulted and buttressed, a fragment of the Middle Ages, and then beyond the bridge the hills rose again, vast and rounded like bastions, covered here and there with dark woods and thickets of undergrowth, but the heights were all bare of trees, showing only grey turf and patches of bracken, touched here and there with the gold of fading fronds; Dyson looked to the north and south, and still he saw the wall of the hills, and the ancient woods, and the stream drawn in and out between them; all grey and dim with morning mist beneath a grey sky in a hushed and haunted air.

Mr. Vaughan's voice broke in upon the silence.

"I thought you would be too tired to be about so early," he said. "I see you are admiring the view. It is very pretty, isn't it, though I suppose old Meyrick Vaughan didn't think much about the scenery when he built the house. A queer grey, old place, isn't it?"

"Yes, and how it fits into the surroundings; it seems of a piece with the grey hills and the grey bridge below."

"I am afraid I have brought you down on false pretenses, Dyson," said Vaughan, as they began to walk up and down the terrace. "I have been to the place, and there is not a sign of anything this morning."

"Ah, indeed. Well, suppose we go round together."

Caminaron por el césped y recorrieron un camino a través de los arbustos de encina, hasta la parte trasera de la casa. Allí tomaron el sendero que conducía al valle y a las alturas sobre el bosque, hasta llegar a la pared del jardín, junto a la puerta.

"Aquí estaba, ya ves", dijo Vaughan, señalando un lugar en el césped. "Estaba de pie justo donde estás parado ahora, cuando vi por primera vez los pedernales".

"Entiendo. Esa mañana vistes el Ejército, como yo lo llamo; luego el Cuenco, luego la Pirámide y, ayer, la Media Luna. Qué piedra tan rara es esa", continuó, señalando un bloque de piedra caliza que se elevaba sobre el césped justo debajo de la pared. "Parece una especie de pilar enano, pero supongo que es natural".

"Oh, sí, creo que sí. Sin embargo, me parece que lo trajeron aquí porque estamos parados sobre la arenisca roja. Sin duda, se usó como piedra fundamental para algún edificio antiguo".

"Muy probablemente", Dyson estaba mirando atentamente a su alrededor, estudiando el terreno desde el suelo a la pared, y desde la pared al bosque profundo, que casi colgaba sobre el jardín, y le daba sombra al lugar, incluso en la mañana.

"Mira aquí", dijo Dyson, al cabo de un rato, "ciertamente esta vez fueron los niños. Mira eso". Estaba agachado mirando la superficie roja opaca de los ladrillos blandos de la pared.

Vaughan se acercó y miró fijamente donde el dedo de Dyson apuntaba, pero apenas pudo distinguir una marca débil en el rojo más profundo.

"¿Qué es?", dijo. "No me doy cuenta de que es eso".

"Mira un poco más de cerca. ¿No ves que es un bosquejo del ojo humano?".

"Ah, ahora veo lo que quieres decir. Mi vista no es muy aguda. Sí, así es, eso simboliza un ojo sin duda, tal como dices. Creía que los niños aprendían a dibujar en la escuela".

They walked across the lawn and went by a path through the ilex shrubbery to the back of the house. There Vaughan pointed out the track leading down to the valley and up to the heights above the wood, and presently they stood beneath the garden wall, by the door.

"Here, you see, it was," said Vaughan, pointing to a spot on the turf. "I was standing just where you are now that morning I first saw the flints."

"Yes, quite so. That morning it was the Army, as I call it; then the Bowl, then the Pyramid, and, yesterday, the Half moon. What a queer old stone that is," he went on, pointing to a block of limestone rising out of the turf just beneath the wall. 'It looks like a sort of dwarf pillar, but I suppose it is natural.'

"Oh, yes, I think so. I imagine it was brought here, though, as we stand on the red sandstone. No doubt it was used as a foundation stone for some older building."

"Very likely," Dyson was peering about him attentively, looking from the ground to the wall, and from the wall to the deep wood that hung almost over the garden and made the place dark even in the morning.

"Look here," said Dyson at length, "it is certainly a case of children this time. Look at that." He was bending down and staring at the dull red surface of the mellowed bricks of the wall.

Vaughan came up and looked hard where Dyson's finger was pointing, and could scarcely distinguish a faint mark in deeper red.

"What is it?" he said. "I can make nothing of it."

"Look a little more closely. Don't you see it is an attempt to draw the human eye?"

"Ah, now I see what you mean. My sight is not very sharp. Yes, so it is, it is meant for an eye, no doubt, as you say. I thought the children learnt drawing at school."

"Bueno, es un ojo bastante extraño. Fíjate en forma de almendra que tiene, como si fuera el ojo de un chino".

Dyson miró pensativamente el trabajo del artista primitivo, y escudriñó nuevamente la pared, arrodillándose para revisarla minuciosamente.

"Me gustaría mucho", dijo al fin, "saber cómo un niño en este lugar apartado puede tener alguna idea de la forma del ojo mongol. Tú sabes que el niño promedio tiene una impresión muy clara del tema; dibuja un círculo, o algo así como un círculo, y pone un punto en el medio, aunque no creo que ningún niño imagine que el ojo tiene esa forma; es sólo una convención del arte infantil. Pero esta cosa en forma de almendra me desconcierta mucho. Tal vez haya sido inspirada por las caras de chinos que se ven grabadas en las latas de té, en la tienda de comestibles. Sin embargo, eso no me parece muy probable".

"Pero, ¿por qué estás tan seguro de que fue hecho por un niño?".

"¡Por qué! Mira la altura. Estos ladrillos antiguos tienen poco más de dos pulgadas de espesor; hay veinte filas desde el suelo hasta el boceto; serían unos tres pies y medio. Ahora, imagina que fueras a dibujar algo en esta pared. Tu lápiz, si tuvieras uno, tocaría la pared en algún lugar, más o menos al nivel con tus ojos, es decir, a más de cinco pies del suelo. Parece, por lo tanto, una deducción muy simple, concluir que este ojo en la pared fue dibujado por un niño de unos diez años".

"Sí, no había pensado en eso. Por supuesto que uno de los niños debe de haberlo hecho".

"Supongo que sí; y, sin embargo, como dije, en esas dos líneas hay algo muy poco infantil, y el globo ocular es un óvalo. En mi opinión, la cosa tiene un aire extraño y arcaico; y un toque que no es del todo agradable. No puedo evitar pensar que si pudiéramos ver la cara completa, dibujada por la misma mano, no sería del

"Well, it is an odd eye enough. Do you notice the peculiar almond shape; almost like the eye of a Chinaman?"

Dyson looked meditatively at the work of the undeveloped artist, and scanned the wall again, going down on his knees in the minuteness of his inquisition.

"I should like very much," he said at length, "to know how a child in this out of the way place could have any idea of the shape of the Mongolian eye. You see the average child has a very distinct impression of the subject; he draws a circle, or something like a circle, and put a dot in the center. I don't think any child imagines that the eye is really made like that; it's just a convention of infantile art. But this almond-shaped thing puzzles me extremely. Perhaps it may be derived from a gilt Chinaman on a tea-canister in the grocer's shop. Still that's hardly likely."

"But why are you so sure it was done by a child?"

"Why! Look at the height. These old-fashioned bricks are little more than two inches thick; there are twenty courses from the ground to the sketch if we call it so; that gives a height of three and a half feet. Now, just imagine you are going to draw something on this wall. Exactly; your pencil, if you had one, would touch the wall somewhere on the level with your eyes, that is, more than five feet from the ground. It seems, therefore, a very simple deduction to conclude that this eye on the wall was drawn by a child about ten years old."

"Yes, I had not thought of that. Of course one of the children must have done it."

"I suppose so; and yet as I said, there is something singularly unchildlike about those two lines, and the eyeball itself, you see, is almost an oval. To my mind, the thing has an odd, ancient air; and a touch that is not altogether pleasant. I cannot help fancying that if we could see a whole face from the same hand it would not be

todo agradable. Sin embargo, esto no tiene sentido, y al fin y al cabo no estamos avanzando en nuestras investigaciones. Es extraño que la serie de figuras de pedernal haya tenido un final tan repentino".

Los dos hombres volvieron a la casa y, cuando entraban en el porche, el cielo gris se abrió y vieron un destello de sol sobre la colina gris que tenían ante ellos.

Durante todo el día, Dyson recorrió, pensativo, los campos y bosques que rodeaban la casa. Estaba completamente desconcertado por las circunstancias triviales que pretendía dilucidar; volvió a sacar la punta de flecha de pedernal del bolsillo, girándola y examinándola con profunda atención. Había algo en la cosa que era completamente diferente de los especímenes que había visto en museos y colecciones privadas; la forma era de un tipo distinto, y alrededor del borde había una línea de pequeños puntos perforados, que parecían ser decorativos. Quién, pensó Dyson, podía tener algo así en un lugar tan remoto; ¿y quién, poseyendo esos pedernales antiguos, podía haberlos utilizado de esa manera fantástica, para diseñar figuras sin sentido, bajo el muro del jardín de Vaughan? El matiz absurdo de todo el asunto lo irritaba indeciblemente; y su mente imaginó una teoría tras otra, solo para rechazarlas inmediatamente, se sentía fuertemente tentado a tomar el próximo tren de regreso a la ciudad. Había visto los platos de plata que Vaughan atesoraba, y la ponchera, la gema de la colección, con mucha atención; y lo que vio, sumado a su entrevista con el mayordomo, lo convencieron de que un complot para robar la cámara acorazada estaba fuera de los límites de su investigación. El cofre en el que se guardaba el cuenco, una sólido pieza de caoba que evidentemente databa de principios de siglo, ciertamente sugería una pirámide, y Dyson se sintió tentado, al principio, a hacer un trabajo detectivesco, pero después de pensar un poco, con

altogether agreeable. However, that is nonsense, after all, and we are not getting farther in our investigations. It is odd that the flint series has come to such an abrupt end."

The two men walked away towards the house, and as they went in at the porch there was a break in the grey sky, and a gleam of sunshine on the grey hill before them.

All the day Dyson prowled meditatively about the fields and woods surrounding the house. He was thoroughly and completely puzzled by the trivial circumstances he proposed to elucidate, and now he again took the flint arrowhead from his pocket, turning it over and examining it with deep attention. There was something about the thing that was altogether different from the specimens he had seen at the museums and private collections; the shape was of a distinct type, and around the edge there was a line of little punctured dots, apparently a suggestion of ornament. Who, thought Dyson, could possess such things in so remote a place; and who, possessing the flints, could have put them to the fantastic use of designing meaningless figures under Vaughan's garden wall? The rank absurdity of the whole affair offended him unutterably; and as one theory after another rose in his mind only to be rejected, he felt strongly tempted to take the next train back to town. He had seen the silver plate which Vaughan treasured, and had inspected the punch-bowl, the gem of the collection, with close attention; and what he saw and his interview with the butler convinced him that a plot to rob the strong box was out of the limits of enquiry. The chest in which the bowl was kept, a heavy piece of mahogany, evidently dating from the beginning of the century, was certainly strongly suggestive of a pyramid, and Dyson was at first inclined to the inept maneuvers of the detective, but a little sober thought convinced him of the impossibil-

sensatez, se convenció de la imposibilidad de la hipótesis del robo, y buscó con furia alguna alternativa más satisfactoria. Le preguntó a Vaughan si había gitanos en el vecindario y escuchó que no habían sido vistos por años. Esto lo sorprendió mucho, ya que conocía el hábito gitano de grabar extraños jeroglíficos a lo largo de su camino, y se había exaltado mucho cuando se le ocurrió la idea. Estaba frente a Vaughan, junto a la anticuada chimenea, cuando hizo la pregunta, y se recostó en su silla, disgustado por la destrucción de su teoría.

"Es extraño", dijo Vaughan, "pero aquí los gitanos nunca nos molestan. De vez en cuando, los granjeros encuentran rastros de fogatas en la parte más salvaje de las colinas, pero nadie parece saber quienes son los que las hacen".

"Seguramente eso sugiere gitanos".

"No, no en lugares como esos. Los reparadores y vendedores de cacharros, gitanos y vagabundos de todo tipo siguen las carreteras y no van mucho más allá de las granjas".

"Bueno, todo eso no me dice nada. Vi pasar a los niños esta tarde y, como dices, pasaron corriendo. Así que no tendremos más ojos en la pared en todo caso".

"No, uno estos días los espiaré y descubriré quién es el artista".

A la mañana siguiente, cuando Vaughan caminaba por su recorrido habitual desde el césped hasta la parte de atrás de la casa, encontró que Dyson ya lo estaba esperando, junto a la puerta del jardín, y se veía muy excitado, porque le hizo gestos imperiosos con la mano mientras gesticulaba violentamente.

"¿Qué pasa?", preguntó Vaughan. "¿Los pedernales otra vez?".

"No; pero mira aquí, mira la pared. Ahí; ¿No lo ves?".

"¡Hay otro de esos ojos!".

"Exactamente. Dibujado, a poca distancia del primero, casi al mismo nivel, pero ligeramente más abajo".

ity of the burglary hypothesis, and he cast wildly about for something more satisfying. He asked Vaughan if there were any gipsies in the neighborhood, and heard that the Romany had not been seen for years. This dashed him a good deal, as he knew the gipsy habit of leaving queer hieroglyphics on the line of march, and had been much elated when the thought occurred to him. He was facing Vaughan by the old-fashioned hearth when he put the question, and leaned back in his chair in disgust at the destruction of his theory.

"It is odd," said Vaughan, "but the gipsies never trouble us here. Now and then the farmers find traces of fires in the wildest part of the hills, but nobody seems to know who the fire-lighters are."

"Surely that looks like gipsies?"

"No, not in such places as those. Tinkers and gipsies and wanderers of all sorts stick to the roads and don't go very far from the farmhouses."

"Well, I can make nothing of it. I saw the children going by this afternoon, and, as you say, they ran straight on. So we shall have no more eyes on the wall at all events."

"No, I must waylay them one of these days and find out who is the artist."

The next morning when Vaughan strolled in his usual course from the lawn to the back of the house he found Dyson already awaiting him by the garden door, and evidently in a state of high excitement, for he beckoned furiously with his hand, and gesticulated violently.

"What is it?" asked Vaughan. "The flints again?"

"No; but look here, look at the wall. There; don't you see it?"

"There's another of those eyes!"

"Exactly. Drawn, you see, at a little distance from the first, almost on the same level, but slightly lower."

"¿Quién diablos será el autor? Los niños no pudieron haberlo hecho; no estaban allí anoche, y no pasarán por otra hora. ¿Qué puede significar?".

"Creo que el mismísimo demonio está en el fondo de todo esto", dijo Dyson. "Por supuesto, uno no puede resistirse a la conclusión de que estos ojos almendrados infernales deben atribuirse al mismo autor que armó las figuras con las cabezas de flecha; pero no tengo idea de adonde nos puede llevar esto. Por mi parte, tengo que controlar bien mi imaginación, o me volveré completamente loco".

"Vaughan", dijo, mientras se alejaban de la pared, "¿te ha sorprendido que hay un detalle, un detalle muy curioso, en común entre las figuras hechas con los pedernales y los ojos dibujados en la pared?".

"¿De qué se trata?", preguntó Vaughan, cuya cara dejaba ver la sombra un temor indefinido.

"Es esto. Sabemos que las figuras del Ejército, el Cuenco, la Pirámide y la Media Luna deben haberse hecho por la noche. Es de suponer que estaban destinadas a ser vistas durante la noche. Bueno, precisamente el mismo razonamiento se aplica a esos ojos en la pared".

"No entiendo muy bien tu punto".

"Oh, por supuesto. Las últimas noches fueron muy oscuras, y nubladas, lo he notado desde que llegué aquí. Además, aquellos árboles que sobresalen dejarían esa pared a la sombra, incluso en una noche clara".

"¿Bien?".

"Lo que me llamó la atención fue esto. Qué vista tan peculiarmente aguda deben tener los autores, sean quienes sean, deben ser capaces de colocar cabezas de flecha en un orden intrincado en la sombra más negra del bosque, y dibujar los ojos en la pared sin dejar rastro de errores, ni una línea falsa".

"He leído acerca de personas confinadas en mazmorras durante muchos

"What on earth is one to make of it? It couldn't have been done by the children; it wasn't there last night, and they won't pass for another hour. What can it mean?"

"I think the very devil is at the bottom of all this," said Dyson. "Of course, one cannot resist the conclusion that these infernal almond eyes are to be set down to the same agency as the devices in the arrow-heads; and where that conclusion is to lead us is more than I can tell. For my part, I have to put a strong check on my imagination, or it would run wild."

"Vaughan," he said, as they turned away from the wall, "has it struck you that there is one point — a very curious point — in common between the figures done in flints and the eyes drawn on the wall?"

"What is that?" asked Vaughan, on whose face there had fallen a certain shadow of indefinite dread.

"It is this. We know that the signs of the Army, the Bowl, the Pyramid, and the Half moon must have been done at night. Presumably they were meant to be seen at night. Well, precisely the same reasoning applies to those eyes on the wall."

"I do not quite see your point."

"Oh, surely. The nights are dark just now, and have been very cloudy, I know, since I came down. Moreover, those overhanging trees would throw that wall into deep shadow even on a clear night."

"Well?"

"What struck me was this. What very peculiarly sharp eyesight, they, whoever 'they' are, must have to be able to arrange arrow-heads in intricate order in the blackest shadow of the wood, and then draw the eyes on the wall without a trace of bungling, or a false line."

"I have read of persons confined in dungeons for many years who have been

años que han llegado a ver bastante bien en la oscuridad", dijo Vaughan.

"Sí", dijo Dyson, "como el abad de Monte Cristo. Pero es un detalle singular".

III
La búsqueda del cuenco

"¿Quién era ese viejo que te saludó recién, tocando su sombrero?", preguntó Dyson, cuando llegaron a la curva del camino cerca de la casa.

"Oh, ese era el viejo Trevor. Se ve muy quebrantado, pobre viejo.

"¿Quién es Trevor?".

"¿No te acuerdas? Te conté la historia esa tarde que fui a tus habitaciones, sobre una chica llamada Annie Trevor, que desapareció de la manera más inexplicable hace unas cinco semanas. Ese era su padre".

"Sí, sí, ahora recuerdo. A decir verdad, lo había olvidado por completo. ¿Y no se ha oído nada de la niña?".

"Nada de nada. La policía no sabe que hacer".

"Me temo que no le presté mucha atención a los detalles que me contaste. ¿Por dónde se fue la niña?".

"Su camino la llevaría a través de esas colinas salvajes sobre la casa, el punto más cercano del camino debe estar a unas dos millas de aquí".

"¿Está cerca de esa pequeña aldea que vi ayer?".

"¿Te refieres a Croesyceiliog, de dónde vinieron los niños? No, está más al norte".

"Ah, nunca fui por ahí".

Entraron en la casa y Dyson se encerró en su habitación, lleno de dudas, pero con la sombra de una sospecha que crecía dentro de él y que durante un tiempo lo obsesionó, una idea indefinida y fantástica, que no llegaba a tomar una forma definitiva. Estaba sentado junto a la ventana abierta, mirando hacia el valle y vio, como

able to see quite well in the dark," said Vaughan.

"Yes," said Dyson, "there was the abbé in Monte Cristo. But it is a singular point."

III
The Search for the Bowl

"Who was that old man that touched his hat to you just now?" said Dyson, as they came to the bend of the lane near the house.

"Oh, that was old Trevor. He looks very broken, poor old fellow."

"Who is Trevor?"

"Don't you remember? I told you the story that afternoon I came to your rooms — about a girl named Annie Trevor, who disappeared in the most inexplicable manner about five weeks ago. That was her father."

"Yes, yes, I recollect now. To tell the truth I had forgotten all about it. And nothing has been heard of the girl?"

"Nothing whatever. The police are quite at fault."

"I am afraid I did not pay very much attention to the details you gave me. Which way did the girl go?"

"Her path would take her right across those wild hills above the house: the nearest point in the track must be about two miles from here."

"Is it near that little hamlet I saw yesterday?"

"You mean Croesyceiliog, where the children came from? No; it goes more to the north."

"Ah, I have never been that way."

They went into the house, and Dyson shut himself up in his room, sunk deep in doubtful thought, but yet with the shadow of a suspicion growing within him that for a while haunted his brain, all vague and fantastic, refusing to take definite form. He was sitting by the open window and looking out on the valley and saw, as if in a

en una cuadro, la forma serpenteante del arroyo, el puente gris y las vastas colinas que se alzaban más allá; todo quieto y sin que un solo soplo de viento moviera las ramas del místico bosque. El sol de la tarde brillaba cálido sobre los helechos, y más abajo, una niebla ligera y blanca comenzaba a salir del arroyo. Dyson permaneció sentado junto a la ventana mientras el día se oscurecía y las enormes colinas se veían como baluartes poco definidos, y los bosques se volvían más oscuros y sombríos; la fantasía que lo había fascinado ya no parecía del todo imposible. Pasó el resto de la velada sumido en una especie de ensueño, prácticamente sin oír lo que Vaughan le decía; y cuando tomó su vela en el pasillo, se detuvo un momento, antes de despedirse de su amigo.

"Necesito descansar bien", dijo. "Tengo trabajo que hacer mañana".

"Un poco de escritura, quieres decir?".

"No. Voy a buscar el Cuenco".

"¡El Cuenco! Si te refieres a mi ponchera, seguro que está en el cofre".

"No me refiero a la ponchera. Puedo garantizarte que tu plata nunca estuvo en peligro. No; no te molestaré con ninguna suposición. Con toda probabilidad tendremos algo mucho más fuerte que las suposiciones en poco tiempo. Buenas noches, Vaughan".

A la mañana siguiente, Dyson partió después del desayuno. Tomó el sendero junto a la pared del jardín y notó que ahora había ocho de los extraños ojos almendrados, tenuemente delineados en el ladrillo.

"Seis días más", se dijo a sí mismo, pero mientras pensaba en la teoría que había formado, se sintió desanimado, pese a su fuerte convicción en una fantasía tan increíble. Caminó a través del bosque sombrío, y finalmente llegó a la ladera desnuda, y subió más y más alto sobre el césped resbaladizo, manteniéndose bien hacia el norte, siguiendo las indicaciones

picture, the intricate winding of the brook, the grey bridge, and the vast hills rising beyond; all still and without a breath of wind to stir the mystic hanging woods, and the evening sunshine glowed warm on the bracken, and down below a faint mist, pure white, began to rise from the stream. Dyson sat by the window as the day darkened and the huge bastioned hills loomed vast and vague, and the woods became dim and more shadowy: and the fancy that had seized him no longer appeared altogether impossible. He passed the rest of the evening in a reverie, hardly hearing what Vaughan said; and when he took his candle in the hall, he paused a moment before bidding his friend good-night.

"I want a good rest," he said. "I have got some work to do to-morrow."

"Some writing, you mean?"

"No. I am going to look for the Bowl."

"The Bowl! If you mean my punch-bowl, that is safe in the chest."

"I don't mean the punch-bowl. You may take my word for it that your plate has never been threatened. No; I will not bother you with any suppositions. We shall in all probability have something much stronger than suppositions before long. Good-night, Vaughan."

The next morning Dyson set off after breakfast. He took the path by the garden wall, and noted that there were now eight of the weird almond eyes dimly outlined on the brick.

"Six days more," he said to himself, but as he thought over the theory he had formed, he shrank, in spite of strong conviction, from such a wildly incredible fancy. He struck up through the dense shadows of the wood, and at length came out on the bare hillside, and climbed higher and higher over the slippery turf, keeping well to the north, and following the indications

que le dio Vaughan. A medida que avanzaba, parecía que se elevaba cada vez más por encima del mundo de la humanidad y las cosas comunes; a su derecha podía ver la franja que formaba un huerto y un humo azul que se elevaba como un pilar; allí estaba la aldea desde donde los niños iban a la escuela; y esa era la única señal de vida, porque los bosques encerraban y ocultaban la vieja casa gris de Vaughan. Cuando llegó a lo que parecía ser la cima de la colina, se dio cuenta por primera vez de la desolación y la extrañeza de ese lugar; no veía nada más que un cielo gris y una colina gris, una planicie alta y vasta que parecía extenderse eternamente, y el leve vislumbre de una montaña, de cúspide azulada, muy lejos al norte. Por fin llegó hasta el camino, que casi no era visible, y por su ubicación y lo que Vaughan le había dicho, supo que era el sendero que debía de haber tomado Annie Trevor, la niña perdida. Siguió el sendero sobre la cima desnuda de la colina, notando las grandes rocas de piedra caliza que brotaban del césped, sombrías y desagradables, de un aspecto tan prohibitivo como un ídolo de los mares del sur; hasta que, de repente, se detuvo, asombrado, porque había encontrado lo que buscaba.

Casi sin advertencia, el suelo se hundía repentinamente, formando un hoyo. La depresión circular bien podría haber sido un anfiteatro romano, estaba rodeada por feos peñascos de piedra caliza, como si fueran una pared rota. Dyson caminó alrededor del hoyo, tomó nota de la posición de las piedras y finalmente emprendió el camino de regreso.

"Esto es muy extraño", pensó para sí mismo, "el Cuenco está descubierto, pero ¿dónde está la Pirámide?".

"Mi querido Vaughan", dijo, cuando regresó, "Puedo decirte que encontré el Cuenco, pero eso es todo lo que te diré por ahora. Tenemos seis días de absoluta inacción ante nosotros; realmente no hay nada más que hacer por ahora".

given him by Vaughan. As he went on, he seemed to mount ever higher above the world of human life and customary things; to his right he looked at a fringe of orchard and saw a faint blue smoke rising like a pillar; there was the hamlet from which the children came to school, and there the only sign of life, for the woods embowered and concealed Vaughan's old grey house. As he reached what seemed the summit of the hill, he realized for the first time the desolate loneliness and strangeness of the land; there was nothing but grey sky and grey hill, a high, vast plain that seemed to stretch on for ever and ever, and a faint glimpse of a blue-peaked mountain far away and to the north. At length he came to the path, a slight track scarcely noticeable, and from its position and by what Vaughan had told him he knew that it was the way the lost girl, Annie Trevor, must have taken. He followed the path on the bare hill-top, noticing the great limestone rocks that cropped out of the turf, grim and hideous, and of an aspect as forbidding as an idol of the South Seas; and suddenly he halted, astonished, although he had found what he searched for.

Almost without warning the ground shelved suddenly away on all sides, and Dyson looked down into a circular depression, which might well have been a Roman amphitheater, and the ugly crags of limestone rimmed it round as if with a broken wall. Dyson walked round the hollow, and noted the position of the stones, and then turned on his way home.

"This," he thought to himself, "is more than curious. The Bowl is discovered, but where is the Pyramid?"

"My dear Vaughan," he said, when he got back, "I may tell you that I have found the Bowl, and that that is all I shall tell you for the present. We have six days of absolute inaction before us; there is really nothing to be done."

IV
El secreto de la pirámide

"Acabo dar una vuelta por el jardín", dijo Vaughan una mañana. "He estado contando esos ojos infernales, y vi que ahora hay catorce de ellos. Por el amor de Dios, Dyson, dime cuál es el significado de todo esto".

"Si tratara de hacerlo me arrepentiría. Puede que haya adivinado algunas cosas, pero, por principio, siempre me guardo mis conjeturas para mí mismo. Además, realmente no vale la pena anticipar eventos. ¿Recordarás que te dije que teníamos seis días de inacción por delante? Bueno, este es el sexto día, y el último día ocioso. Te propongo que esta noche demos un paseo".

"¡Un paseo! ¿Eso es todo lo que te propones hacer?".

"Bueno, puedes llegar a descubrir algunas cosas muy curiosas. Para ser claros, quiero que salgas conmigo hacia las colinas, esta tarde, a las nueve en punto. Es posible que tengamos que estar fuera toda la noche, así que sería mejor que te abrigues bien y traigas algo de ese brandy".

"¿Es una broma?", Preguntó Vaughan, quien estaba desconcertado por los extraños eventos y conjeturas aún más raras de su amigo.

"No, no creo que debas tomarlo como una broma. A menos que esté muy equivocado, encontraremos una explicación muy seria del rompecabezas. ¿Puedo contar contigo?".

"Muy bien. ¿Por dónde quieres ir?".

"Por el camino del que me hablaste; el camino que se supone tomó Annie Trevor.

Vaughan palideció ante la mención del nombre de la niña.

"No creía que estabas sobre esa pista", dijo. "Pensé que era el asunto de esas figuras en pedernal y de los ojos en la pared, lo que te ocupaba. Ya no sirve hablar más de eso, pero iré contigo".

IV
The Secret of the Pyramid

"I have just been round the garden," said Vaughan one morning. "I have been counting those infernal eyes, and I find there are fourteen of them. For heaven's sake, Dyson, tell me what the meaning of it all is."

"I should be very sorry to attempt to do so. I may have guessed this or that, but I always make it a principle to keep my guesses to myself. Besides, it is really not worth while anticipating events; you will remember my telling you that we had six days of inaction before us? Well, this is the sixth day, and the last of idleness. To-night, I propose we take a stroll."

"A stroll! Is that all the action you mean to take?"

"Well, it may show you some very curious things. To be plain, I want you to start with me at nine o'clock this evening for the hills. We may have to be out all night, so you had better wrap up well, and bring some of that brandy."

"Is it a joke?" asked Vaughan, who was bewildered with strange events and strange surmises.

"No, I don't think there is much joke in it. Unless I am much mistaken we shall find a very serious explanation of the puzzle. You will come with me, I am sure?"

"Very good. Which way do you want to go?"

"By the path you told me of; the path Annie Trevor is supposed to have taken."

Vaughan looked white at the mention of the girl's name.

"I did not think you were on that track," he said. "I thought it was the affair of those devices in flint and of the eyes on the wall that you were engaged on. It's no good saying any more, but I will go with you."

A las nueve menos cuarto de la noche, los dos hombres salieron, tomaron el camino a través del bosque y subieron por la ladera. Era una noche oscura y pesada, el cielo estaba completamente nublado y el valle lleno de niebla, y todo el tiempo parecían caminar en un mundo de sombras y penumbras, casi sin hablar, temerosos de romper el silencio encantado. Por fin llegaron a la empinada ladera, y en lugar del bosque oprimente, se extendía el largo trecho de césped y, más arriba, las fantásticas rocas de piedra caliza, que hacían la oscuridad más horrorosa. El suspiro del viento cruzaba la montaña siguiendo hasta el mar, y su paso enfrió sus corazones. Parecían haber caminado por horas y más horas, pero el tenue contorno de la colina aún se extendía ante ellos, y las rocas demacradas todavía se alzaban en la oscuridad, cuando de repente Dyson susurró, conteniendo el aliento, y acercándose a su compañero:

"Aquí", dijo, "nos detendremos. Todavía no creo que haya nada".

"Conozco el lugar", dijo Vaughan, después de un momento. "He estado a menudo durante el día. La gente del campo tiene miedo de venir aquí, creo; se supone que es un castillo de las hadas, o algo por el estilo. Pero ¿por qué demonios venimos aquí?".

"Habla un poco más bajo", dijo Dyson. "No nos servirá de nada si nos escuchan".

"¡Escucharnos aquí! No hay un alma a menos de tres millas de nosotros".

"Posiblemente no; de hecho, debería decir que ciertamente no. Pero podría haber un cuerpo algo más cerca".

"No te entiendo en absoluto", dijo Vaughan, bajando su voz para satisfacer a Dyson, "pero ¿por qué hemos venido aquí?".

"Bueno, ves que este hueco delante de nosotros es el Cuenco. Creo que es mejor que no hablemos ni siquiera en susurros".

At a quarter to nine that evening the two men set out, taking the path through the wood, and up the hill-side. It was a dark and heavy night, the sky was thick with clouds, and the valley full of mist, and all the way they seemed to walk in a world of shadow and gloom, hardly speaking, and afraid to break the haunted silence. They came out at last on the steep hill-side, and instead of the oppression of the wood there was the long, dim sweep of the turf, and higher, the fantastic limestone rocks hinted horror through the darkness, and the wind sighed as it passed across the mountain to the sea, and in its passage beat chill about their hearts. They seemed to walk on and on for hours, and the dim outline of the hill still stretched before them, and the haggard rocks still loomed through the darkness, when suddenly Dyson whispered, drawing his breath quickly, and coming close to his companion:

"Here," he said, "we will lie down. I do not think there is anything yet."

"I know the place," said Vaughan, after a moment. "I have often been by in the daytime. The country people are afraid to come here, I believe; it is supposed to be a fairies' castle, or something of the kind. But why on earth have we come here?"

"Speak a little lower," said Dyson. "It might not do us any good if we are overheard."

"Overheard here! There is not a soul within three miles of us."

"Possibly not; indeed, I should say certainly not. But there might be a body somewhat nearer."

"I don't understand you in the least," said Vaughan, whispering to humor Dyson, "but why have we come here?"

"Well, you see this hollow before us is the Bowl. I think we had better not talk even in whispers."

Se tendieron sobre la hierba; atrás de las rocas que rodeaban el Cuenco; de vez en cuando, Dyson, usando su sombrero oscuro para disimular su cara, se asomaba a espiar, sin atreverse a observar en forma prolongada, después, apoyaba una oreja en el suelo para escuchar; y así pasaron las horas, la noche parecía estar cada vez más oscura, y el leve suspiro del viento era lo único que se escuchaba.

La pesadez del silencio, esta vigilancia de un terror indefinido, impacientó a Vaughan porque para él no había que ver en ese lugar, y comenzó a pensar que toda la vigilia era una triste farsa.

"¿Cuánto tiempo más va a durar esto?", le susurró a Dyson, y este, que había estado conteniendo el aliento en la agonía de la vigilancia, puso su boca en la oreja de Vaughan y dijo:

"¿Vas a escuchar?", haciendo pausas entre cada sílaba, con el mismo tono que un sacerdote utiliza para pronunciar las terribles palabras.

Vaughan se estiró hacia delante, preguntándose qué iba a escuchar. Al principio no sentía nada, y luego escuchó un ruido suave, que venía del Cuenco; era un sonido débil, casi indescriptible, como si alguien sostuviera la lengua contra el paladar y expulsara el aliento. Escuchó con avidez, y al instante el ruido se hizo más fuerte, convirtiéndose en un silbido estridente y horrible, como si el pozo debajo de él ardiera con un calor hirviente, y Vaughan, incapaz de permanecer en suspenso por más tiempo, tapó parte de su cara con su gorra, imitando a Dyson, y miró hacia el hueco de abajo.

El Cuenco se agitaba y bullía como un caldero infernal. Todos sus lados y el fondo se agitaban y se retorcían, mostrando formas vagas e inquietas que se movían de un lado a otro sin que se escucharan sus pasos, y se reunían aquí y allá y parecían hablarse en horribles siseos, como el silbido de las serpientes, que él había oído. Era como si el dulce césped y la tierra limpia se

They lay full length upon the turf; the rock between their faces and the Bowl, and now and again, Dyson, slouching his dark, soft hat over his forehead, put out the glint of an eye, and in a moment drew back, not daring to take a prolonged view. Again he laid an ear to the ground and listened, and the hours went by, and the darkness seemed to blacken, and the faint sigh of the wind was the only sound.

Vaughan grew impatient with this heaviness of silence, this watching for indefinite terror; for to him there was no shape or form of apprehension, and he began to think the whole vigil a dreary farce.

"How much longer is this to last?" he whispered to Dyson, and Dyson who had been holding his breath in the agony of attention put his mouth to Vaughan's ear and said:

"Will you listen?" with pauses between each syllable, and in the voice with which the priest pronounces the awful words.

Vaughan caught the ground with his hands, and stretched forward, wondering what he was to hear. At first there was nothing, and then a low and gentle noise came very softly from the Bowl, a faint sound, almost indescribable, but as if one held the tongue against the roof of the mouth and expelled the breath. He listened eagerly and presently the noise grew louder, and became a strident and horrible hissing as if the pit beneath boiled with fervent heat, and Vaughan, unable to remain in suspense any longer, drew his cap half over his face in imitation of Dyson, and looked down to the hollow below.

It did, in truth, stir and seethe like an infernal caldron. The whole of the sides and bottom tossed and writhed with vague and restless forms that passed to and fro without the sound of feet, and gathered thick here and there and seemed to speak to one another in those tones of horrible sibilance, like the hissing of snakes, that he had heard. It was as if the sweet turf

hubieran metamorfoseado repentinamente con un asqueroso crecimiento. Vaughan no podía apartar su rostro, aunque sentía que el dedo de Dyson lo tocaba, pero él vio esa masa temblorosa y también vio, borrosamente, que había cosas semejantes a rostros y miembros humanos, y sin embargo sabía en el fondo de su alma que ninguna cosa humana, con alma, se movía entre toda esa hueste que se agitaba y siseaba en el hoyo. Miró atónito, ahogando los sollozos de horror, y notó que las formas repugnantes se acumulaban más densamente en torno a un objeto que solo veía vagamente, en medio de la hondonada, y el silbido de sus palabras se volvió más venenoso, y vio en la luz incierta las abominables extremidades, vagas y, sin embargo, demasiado claras, retorcidas y entrecruzadas, y pensó que escuchaba, muy tenuemente, un gemido humano atravesando el ruido de las voces no humanas. En su corazón algo parecía susurrar, una y otro vez "el gusano de la corrupción, el gusano que no muere", y grotescamente, se perfiló en su imaginación la imagen de un pedazo de despojos pútridos que se agitaban de un lado al otro, rodeado de hinchadas y horribles cosas reptantes. El retorcimiento de las oscuras extremidades continuaba, parecían agrupadas alrededor de la oscura forma en medio del hueco, mientras el sudor goteaba y se desprendía de la frente de Vaughan, y caía frío sobre su mano, bajo su cara.

Entonces, en solo un instante, la masa repugnante pareció derretirse y caer a los lados del Cuenco, y por un momento Vaughan vio, en medio del hoyo el movimiento de brazos humanos.

Pero una chispa brilló debajo, un fuego se encendió, y mientras la voz de una mujer gritaba, en un grito agudo de total angustia y terror, una gran pirámide de fuego surgió, como el estallido de una fuente confinada, y lanzó una llama de fuego que iluminó toda la montaña. En ese instante, Vaughan vio las miríadas que

and the cleanly earth had suddenly become quickened with some foul writhing growth. Vaughan could not draw back his face, though he felt Dyson's finger touch him, but he peered into the quaking mass and saw faintly that there were things like faces and human limbs, and yet he felt his inmost soul chill with the sure belief that no fellow soul or human thing stirred in all that tossing and hissing host. He looked aghast, choking back sobs of horror, and at length the loathsome forms gathered thickest about some vague object in the middle of the hollow, and the hissing of their speech grew more venomous, and he saw in the uncertain light the abominable limbs, vague and yet too plainly seen, writhe and intertwine, and he thought he heard, very faint, a low human moan striking through the noise of speech that was not of man. At his heart something seemed to whisper ever "the worm of corruption, the worm that dieth not," and grotesquely the image was pictured to his imagination of a piece of putrid offal stirring through and through with bloated and horrible creeping things. The writhing of the dusky limbs continued, they seemed clustered round the dark form in the middle of the hollow, and the sweat dripped and poured off Vaughan's forehead, and fell cold on his hand beneath his face.

Then, it seemed done in an instant, the loathsome mass melted and fell away to the sides of the Bowl, and for a moment Vaughan saw in the middle of the hollow the tossing of human arms.

But a spark gleamed beneath, a fire kindled, and as the voice of a woman cried out loud in a shrill scream of utter anguish and terror, a great pyramid of flame spired up like a bursting of a pent fountain, and threw a blaze of light upon the whole mountain. In that instant Vaughan saw the myriads beneath; the things made

pululaban en el hoyo; las cosas con forma de hombres pero atrofiadas como niños, horriblemente deformadas, los rostros con los ojos de almendra ardiendo con malos e indescriptibles deseos; la espantosa masa de carne desnuda y amarilla; finalmente, como por arte de magia, el lugar quedó vacío, mientras el fuego rugía y crepitaba, y las llamas brillaban.

"Viste la Pirámide", dijo Dyson en su oído, "la Pirámide de fuego".

in the form of men but stunted like children hideously deformed, the faces with the almond eyes burning with evil and unspeakable lusts; the ghastly yellow of the mass of naked flesh and then as if by magic the place was empty, while the fire roared and crackled, and the flames shone abroad.

"You have seen the Pyramid," said Dyson in his ear, "the Pyramid of fire."

V
La pequeña gente

"¿Entonces reconoces la cosa?".

"Ciertamente. Es el broche que Annie Trevor usaba los domingos; recuerdo el diseño. Pero ¿donde lo encontraste? ¿No quieres decir que descubriste a la chica?".

"Mi querido Vaughan, me pregunto si no habrás adivinado dónde encontré el broche. ¿No te has olvidado todavía de la noche pasada?".

"Dyson", dijo el otro, hablando muy en serio, "esta mañana lo estuve considerando en mi mente, mientras estabas fuera. He pensado en lo que vi, o tal vez debería decir sobre lo que pensé que vi, y la única conclusión a la que puedo llegar es que la cosa no puede ser recordada. He vivido sobria y honestamente, como los hombres debemos vivir, en el temor de Dios, y todo lo que puedo hacer es creer que sufrí una alucinación monstruosa, alguna fantasmagoría de mis sentidos desconcertados. Sabes que volvimos a casa juntos en silencio, ni una palabra pasó entre nosotros sobre lo que creí ver. ¿No habíamos convenido guardar silencio sobre el tema? Cuando salí a caminar bajo el apacible sol de la mañana, pensé que toda la tierra parecía estar llena de alabanzas, y al pasar por ese muro noté que no había nuevas señales marcadas, y borré las que quedaban. El misterio terminó, y de

V
The Little People

"Then you recognize the thing?"

"Certainly. It is a brooch that Annie Trevor used to wear on Sundays; I remember the pattern. But where did you find it? You don't mean to say that you have discovered the girl?"

"My dear Vaughan, I wonder you have not guessed where I found the brooch. You have not forgotten last night already?"

"Dyson," said the other, speaking very seriously, "I have been turning it over in my mind this morning while you have been out. I have thought about what I saw, or perhaps I should say about what I thought I saw, and the only conclusion I can come to is this, that the thing won't bear recollection. As men live, I have lived soberly and honestly, in the fear of God, all my days, and all I can do is believe that I suffered from some monstrous delusion, from some phantasmagoria of the bewildered senses. You know we went home together in silence, not a word passed between us as to what I fancied I saw; had we not better agree to keep silence on the subject? When I took my walk in the peaceful morning sunshine, I thought all the earth seemed full of praise, and passing by that wall I noticed there were no more signs recorded, and I blotted out those that remained. The mystery is over, and we can

nuevo podemos vivir tranquilos. Creo que un poco de veneno me afectó durante las últimas semanas; caminé al borde de la locura, pero ahora estoy cuerdo".

Vaughan había hablado con seriedad, se inclinó hacia delante en su silla y miró a Dyson con una expresión de súplica.

"Mi querido Vaughan", dijo el otro, después de una pausa, "¿de qué sirve eso? Es demasiado tarde para negar lo que vivimos; fuimos demasiado lejos. Además, sabes tan bien como yo que no hay ningún engaño en esto; desearía estar equivocado con todo mi corazón. Pero para hacerme justicia a mí mismo, debo contarte toda la historia, hasta donde la conozco".

"Muy bien", dijo Vaughan con un suspiro, "si debes hacerlo, debes hacerlo".

"Entonces", dijo Dyson, "comenzaremos por el final, si te parece bien. Encontré este broche que acabas de identificar, en el lugar que hemos llamado el Cuenco. Había un montón de cenizas grises, como si un fuego hubiera estado ardiendo, de hecho, las brasas todavía estaban calientes, y este broche estaba tirado en el suelo, justo fuera del alcance de las llamas. Debe haberse caído accidentalmente del vestido de la persona que lo llevaba puesto. No, no me interrumpas; podemos saltar ahora al principio, ya que hemos visto el final. Volvamos al día en que viniste a verme a mi habitación en Londres. Hasta donde puedo recordar, poco después de que entraras, mencionaste, de una manera un tanto casual, que un incidente desafortunado y misterioso había ocurrido en tu parte del país; una niña llamada Annie Trevor había ido a ver a un pariente y había desaparecido. Confieso libremente que lo que dijiste no me interesó mucho; hay muchas razones que pueden hacer extremadamente conveniente para un hombre y más especialmente para una mujer, abandonar el círculo de sus relaciones y amigos. Supongo que, si tuviéramos que consultar a la policía, uno encontraría que en Londres, alguien desaparece misteriosamente

live quietly again. I think some poison has been working for the last few weeks; I have trod on the verge of madness, but I am sane now."

Mr. Vaughan had spoken earnestly, and bent forward in his chair and glanced at Dyson with something of entreaty.

"My dear Vaughan," said the other, after a pause, "what's the use of this? It is much too late to take that tone; we have gone too deep. Besides you know as well as I that there is no delusion in the case; I wish there were with all my heart. No, in justice to myself I must tell you the whole story, so far as I know it."

"Very good," said Vaughan with a sigh, "if you must, you must."

"Then," said Dyson, "we will begin with the end if you please. I found this brooch you have just identified in the place we have called the Bowl. There was a heap of grey ashes, as if a fire had been burning, indeed, the embers were still hot, and this brooch was lying on the ground, just outside the range of the flame. It must have dropped accidentally from the dress of the person who was wearing it. No, don't interrupt me; we can pass now to the beginning, as we have had the end. Let us go back to that day you came to see me in my rooms in London. So far as I can remember, soon after you came in you mentioned, in a somewhat casual manner, that an unfortunate and mysterious incident had occurred in your part of the country; a girl named Annie Trevor had gone to see a relative, and had disappeared. I confess freely that what you said did not greatly interest me; there are so many reasons which may make it extremely convenient for a man and more especially a woman to vanish from the circle of their relations and friends. I suppose, if we were to consult the police, one would find that in London somebody disappears mysteriously every other week, and the officers would, no doubt, shrug their shoulders, and tell

cada dos semanas, y los oficiales, sin duda, se encogerían de hombros y te dirían que, según la ley de los promedios, no podía ser de otra manera. Así que fui muy descuidado y negligente con tu historia, y además, hay otra razón para mi falta de interés; tu cuento era inexplicable.

Tú solo podías sugerir un marinero sinvergüenza o un vagabundo, pero descarté esa explicación inmediatamente, por muchas razones, pero principalmente porque siempre se descubre al delincuente ocasional, el aficionado en el crimen brutal, especialmente si elige al campo como el escenario de sus actividades. Recordarás el caso de ese García que mencionaste; entró en una estación de ferrocarril el día después del asesinato, con los pantalones cubiertos de sangre y su botín atado en un paquete. Así que rechazando eso, tú única sugerencia, todo el relato se volvió, como digo, inexplicable y, por lo tanto, profundamente aburrido. ¿Alguna vez te preocupas por problemas que sabes que son insolubles?

¿Alguna vez pensaste mucho en el viejo rompecabezas de Aquiles y la tortuga? Por supuesto que no, porque sabías que era una búsqueda desesperada, y cuando me contaste la historia de una chica de campo que había desaparecido, simplemente la puse en la categoría de insoluble y no pensé más en ese asunto. Finalmente resultó que me había equivocado; pero si lo recuerdas, inmediatamente pasaste a otro tema que te interesaba más intensamente, porque te afectaba personalmente, no necesito repasar el relato tan particular de los signos de pedernal; al principio pensé que todo era trivial, probablemente un juego de niños, si no era un engaño de algún tipo; pero al ver la punta de flecha mi interés se despertó. Me di cuenta que ese no era un asunto común, y excitó mi curiosidad; y tan pronto como vine aquí, me puse a trabajar para encontrar la solución, repitiéndome una y otra vez los signos que habías descrito. Primero

you that by the law of averages it could not be otherwise. So I was very culpably careless to your story, and besides, here is another reason for my lack of interest; your tale was inexplicable. You could only suggest a blackguard sailor on the tramp, but I discarded the explanation immediately.

"For many reasons, but chiefly because the occasional criminal, the amateur in brutal crime, is always found out, especially if he selects the country as the scene of his operations. You will remember the case of that Garcia you mentioned; he strolled into a railway station the day after the murder, his trousers covered with blood, and the works of the Dutch clock, his loot, tied in a neat parcel. So rejecting this, your only suggestion, the whole tale became, as I say, inexplicable, and, therefore, profoundly uninteresting. Yes, therefore, it is a perfectly valid conclusion. Do you ever trouble your head about problems which you know to be insoluble?

Did you ever bestow much thought on the old puzzle of Achilles and the tortoise? Of course not, because you knew it was a hopeless quest, and so when you told me the story of a country girl who had disappeared I simply placed the whole thing down in the category of the insoluble, and thought no more about the matter. I was mistaken, so it has turned out; but if you remember, you immediately passed on to an affair which interested you more intensely, because personally, I need not go over the very singular narrative of the flint signs, at first I thought it all trivial, probably some children's game, and if not that a hoax of some sort; but your showing me the arrow-head awoke my acute interest. Here, I saw, there was something widely removed from the commonplace, and matter of real curiosity; and as soon as I came here I set to work to find the solution, repeating to myself again and again the signs you had described. First came

vino el signo que hemos acordado llamar el Ejército; una serie de pedernales serrados, todos apuntando en la misma dirección. Luego, líneas, como los radios de una rueda, que convergen hacia la figura de un Cuenco, después el triángulo o la Pirámide y, por último, la Media Luna.

Confieso que había agotado las conjeturas posibles, en mis esfuerzos por revelar este misterio, y como entenderás, era un problema doble o más bien triple. Porque no solo tenía que preguntarme: ¿qué significan estos signos?, pero también, ¿quién puede ser el responsable de su diseño? Y también, ¿quién puede tener cosas tan valiosas, conocer su valor, y sin embargo tirarlas por el camino? Esa línea de pensamiento me llevó a suponer que la persona o las personas en cuestión no conocían el valor de esas puntas de flecha únicas y, sin embargo, esto no me llevó muy lejos, ya que un hombre bien educado podría fácilmente ignorar ese tema. Luego vino la complicación del ojo dibujado en la pared, y recuerda que no pudimos evitar la conclusión de que en los dos casos la misma agencia era responsable. La peculiar posición de esos ojos en la pared me hizo indagar si existía un enano en cualquier lugar del vecindario, pero descubrí que no existía y sabía que los niños que pasan todos los días no tenían nada que ver con ese asunto.

Sin embargo, me sentí convencido de que quienquiera que hubiera dibujado los ojos debía tener una altura de tres pies y medio a cuatro pies, ya que, como señalé en ese momento, cualquiera que dibuje en una superficie perpendicular, elige por instinto un lugar aproximadamente al nivel de su rostro. Por otra parte, estaba la cuestión de la forma peculiar de los ojos; ese marcado carácter mongol del cual un compatriota inglés no podía tener idea, y para confundir todo aún más, el hecho evidente de que el diseñador o los diseñadores debían de poder ver prácticamente en la oscuridad. Como comentaste, un

the sign we have agreed to call the Army; a number of serried lines of flints, all pointing in the same way. Then the lines, like the spokes of a wheel, all converging towards the figure of a Bowl, then the triangle or Pyramid, and last of all the Half moon.

I confess that I exhausted conjecture in my efforts to unveil this mystery, and as you will understand it was a duplex or rather triplex problem. For I had not merely to ask myself: what do these figures mean? but also, who can possibly be responsible for the designing of them? And again, who can possibly possess such valuable things, and knowing their value thus throw them down by the wayside? This line of thought led me to suppose that the person or persons in question did not know the value of unique flint arrow-heads, and yet this did not lead me far, for a well-educated man might easily be ignorant on such a subject. Then came the complication of the eye on the wall, and you remember that we could not avoid the conclusion that in the two cases the same agency was at work. The peculiar position of these eyes on the wall made me inquire if there was such a thing as a dwarf anywhere in the neighborhood, but I found that there was not, and I knew that the children who pass by every day had nothing to do with the matter.

Yet I felt convinced that whoever drew the eyes must be from three and a half to four feet high, since, as I pointed out at the time, anyone who draws on a perpendicular surface chooses by instinct a spot about level with his face. Then again, there was the question of the peculiar shape of the eyes; that marked Mongolian character of which the English countryman could have no conception, and for a final cause of confusion the obvious fact that the designer or designers must be able practically to see in the dark. As you remarked, a man who has been confined for many years in an extremely dark cell

hombre que ha estado recluido durante muchos años en una celda o una mazmorra extremadamente oscura podría adquirir ese poder; pero desde los días de Edmundo Dantés, ¿dónde se encontraría una prisión así en Europa? Quizás el individuo que buscaba era un marinero que había estado preso durante un período considerable en alguna horrible prisión china, y aunque parecía improbable, no era del todo imposible que un marinero o, digamos, un hombre empleado en un barco, fuera un enano. Pero, ¿cómo explicar que mi marinero imaginario estuviera en posesión de puntas de flecha prehistóricas?

Y, aún asumiendo que así fuera, ¿cuál era el significado y el objeto de esos misteriosos signos de sílex y los ojos en forma de almendra? Tu teoría de un plan para robar tu plata, me pareció bastante insostenible casi desde el principio, y confieso que estaba totalmente despistado, sin poder encontrar una hipótesis de trabajo válida. Fue un mero accidente el que me puso sobre la pista correcta; cuando pasamos por delante del pobre Trevor, tu mención de su nombre y de la desaparición de su hija, me hizo recordar esa historia que había olvidado o que no había escuchado con atención. Entonces me dije a mí mismo, aquí hay otro problema, posiblemente sin interés por sí mismo; pero ¿y si resulta que está en relación con todos los enigmas que me torturan? Me encerré en mi habitación y traté de descartar todos los prejuicios de mi mente, y repasé todo de nuevo, asumiendo por el bien de mi teoría, que la desaparición de Annie Trevor tenía alguna conexión con los signos de pedernal y los ojos en la pared. Esta suposición no me llevó muy lejos, y estaba a punto de abandonar todo el problema con desesperación, cuando se me ocurrió un posible significado del Cuenco.

Como sabes, en Surrey hay un 'cuenco del diablo', y vi que el símbolo podía referirse a alguna característica física de esta zona. Juntando los dos extremos, decidí

or dungeon might acquire that power; but since the days of Edmond Dantés, where would such a prison be found in Europe? A sailor, who had been immured for a considerable period in some horrible Chinese oubliette, seemed the individual I was in search of, and though it looked improbable, it was not absolutely impossible that a sailor or, let us say, a man employed on shipboard, should be a dwarf. But how to account for my imaginary sailor being in possession of prehistoric arrow-heads?

And the possession granted, what was the meaning and object of these mysterious signs of flint, and the almond-shaped eyes? Your theory of a contemplated burglary I saw, nearly from the first, to be quite untenable, and I confess I was utterly at a loss for a working hypothesis. It was a mere accident which put me on the track; we passed poor old Trevor, and your mention of his name and of the disappearance of his daughter, recalled the story which I had forgotten, or which remained unheeded. Here, then, I said to myself, is another problem, uninteresting, it is true, by itself; but what if it prove to be in relation with all these enigmas which torture me? I shut myself in my room, and endeavored to dismiss all prejudice from my mind, and I went over everything de novo, assuming for theory's sake that the disappearance of Annie Trevor had some connection with the flint signs and the eyes on the wall. This assumption did not lead me very far, and I was on the point of giving the whole problem up in despair, when a possible significance of the Bowl struck me.

As you know there is a 'Devil's Punch-bowl' in Surrey, and I saw that the symbol might refer to some feature in the country. Putting the two extremes togeth-

buscar el Cuenco cerca del camino que había tomado la niña perdida, y ya sabes cómo lo encontré. Interpreté la señal por lo que sabía y leí el primero, el Ejército, de esta forma:

"Hay que reunirse en el Cuenco dentro de una quincena (es decir, la Media Luna) para ver la Pirámide o para construir la Pirámide".

Los ojos, dibujados uno por uno, día tras día, evidentemente contaban los días, y supe que habría catorce y no más. Hasta aquí el camino parecía bastante simple; no me molestaría en indagar sobre la naturaleza de la asamblea, o sobre quién se reuniría en el lugar más solitario y temido de estas colinas solitarias.

En Irlanda, en China o en el oeste de América, la pregunta habría sido contestada fácilmente; un encuentro de los descontentos, el encuentro de una sociedad secreta; los vigilantes convocados para informar; la cosa sería la simplicidad misma; pero en este rincón tranquilo de Inglaterra, habitado por gente apacible, no me fue posible contemplar tales suposiciones ni por un momento. Pero sabía que debería tener la oportunidad de ver y observar la asamblea, y por eso no me preocupé por realizar más investigaciones inútiles. En lugar de razonar, una fantasía salvaje entró en mi mente; recordé lo que la gente había dicho sobre la desaparición de Annie Trevor, que había sido tomada por las hadas.

Te digo, Vaughan, soy un hombre tan cuerdo como tú, mi cerebro no es, confío, un mero espacio vacío que admite cualquier salvaje fantasía, hice todo lo posible para ahuyentar esa fantasía. Esa idea vino del antiguo nombre de las hadas 'la gente pequeña', y la muy probable creencia de que ellas representan una tradición de los habitantes prehistóricos turanios de la zona, que vivían en cuevas; y luego me di cuenta, con un sobresalto que yo estaba buscando un ser de menos de cuatro pies de altura, acostumbrado a vivir en la oscu-

er, I determined to look for the Bowl near the path which the lost girl had taken, and you know how I found it. I interpreted the sign by what I knew, and read the first, the Army, thus:

'there is to be a gathering or assembly at the Bowl in a fortnight (that is the Half moon) to see the Pyramid, or to build the Pyramid.'

The eyes, drawn one by one, day by day, evidently checked off the days, and I knew that there would be fourteen and no more. Thus far the way seemed pretty plain; I would not trouble myself to inquire as to the nature of the assembly, or as to who was to assemble in the loneliest and most dreaded place among these lonely hills.

In Ireland or China or the West of America the question would have been easily answered; a muster of the disaffected, the meeting of a secret society; vigilantes summoned to report: the thing would be simplicity itself; but in this quiet corner of England, inhabited by quiet folk, no such suppositions were possible for a moment. But I knew that I should have an opportunity of seeing and watching the assembly, and I did not care to perplex myself with hopeless research; and in place of reasoning a wild fancy entered into judgment: I remembered what people had said about Annie Trevor's disappearance, that she had been 'taken by the fairies.'

I tell you, Vaughan, I am a sane man as you are, my brain is not, I trust, mere vacant space to let to any wild improbability, and I tried my best to thrust the fantasy away. And the hint came of the old name of fairies, 'the little people,' and the very probable belief that they represent a tradition of the prehistoric Turanian inhabitants of the country, who were cave dwellers: and then I realized with a shock that I was looking for a being under four feet in height, accustomed to live in darkness, possessing stone instruments, and familiar

ridad, poseyendo instrumentos de piedra y familiarizado con los rasgos mongoles. Te digo, Vaughan, que no me atrevería a sugerirte cosas tan fantásticas, si no fuera porque tú mismo las viste anoche con tus ojos, y te digo que podría dudar de la evidencia de mis sentidos, si no hubieran sido confirmados por los tuyos. Pero tú y yo no podemos mirarnos cara a cara y pretender que fue una ilusión; mientras yacías en el césped a mi lado sentí que tu carne se encogía y temblaba, y vi tus ojos a la luz de la llama. Y así te acabo de explicar, sin ninguna vergüenza lo que pensaba anoche cuando atravesamos el bosque, subimos la colina y nos escondimos atrás de las rocas".

"Hubo una cosa que debería haber sido más evidente, pero me desconcertó hasta el final. Te dije cómo leí el signo de la pirámide; la asamblea debía ver una pirámide, y el verdadero significado del símbolo se me escapó hasta el último momento. La antigua derivación de πυρ 'fuego', aunque falsa, debería haberme puesto en la pista, pero nunca se me ocurrió.

"Creo que necesito decirte muy poco más. Tú sabes que estábamos bastante indefensos, incluso si hubiéramos previsto lo que iba a pasar. Ah, ¿el lugar particular donde se mostraban estos signos? Sí, esa es una pregunta curiosa. Pero esta casa está, por lo que puedo juzgar, en una situación bastante central entre las colinas; y posiblemente –no sé si alguien podría saberlo–, ese extraño pilar de piedra caliza junto a la pared de tu jardín marcara un lugar de reunión, usado antes de que los celtas pusieran un pie en Gran Bretaña. Pero hay una cosa que debo agregar: no me arrepiento de nuestra incapacidad para rescatar a la desgraciada niña. Viste la apariencia de esas cosas que se juntaban y se retorcían en el Cuenco; puedes estar seguro de que lo que estaba atado en medio de ellos ya no era adecuado para la tierra".

"¿De modo que...?" dijo Vaughan.

with the Mongolian cast of features! I say this, Vaughan, that I should be ashamed to hint at such visionary stuff to you, if it were not for that which you saw with your very eyes last night, and I say that I might doubt the evidence of my senses, if they were not confirmed by yours. But you and I cannot look each other in the face and pretend delusion; as you lay on the turf beside me I felt your flesh shrink and quiver, and I saw your eyes in the light of the flame. And so I tell you without any shame what was in my mind last night as we went through the wood and climbed the hill, and lay hidden beneath the rock.

"There was one thing that should have been most evident that puzzled me to the very last. I told you how I read the sign of the Pyramid; the assembly was to see a pyramid, and the true meaning of the symbol escaped me to the last moment. The old derivation from 'up, fire,' though false, should have set me on the track, but it never occurred to me.

"I think I need say very little more. You know we were quite helpless, even if we had foreseen what was to come. Ah, the particular place where these signs were displayed? Yes, that is a curious question. But this house is, so far as I can judge, in a pretty central situation amongst the hills; and possibly, who can say yes or no, that queer, old limestone pillar by your garden wall was a place of meeting before the Celt set foot in Britain. But there is one thing I must add: I don't regret our inability to rescue the wretched girl. You saw the appearance of those things that gathered thick and writhed in the Bowl; you may be sure that what lay bound in the midst of them was no longer fit for earth."

"So?" said Vaughan.

"De modo que ella se hundió en la Pirámide de Fuego", dijo Dyson, "y ellos volvieron nuevamente al inframundo, a sus hogares situados debajo de las colinas".

"So she passed in the Pyramid of Fire," said Dyson, "and they passed again to the underworld, to the places beneath the hills."

La litera de arriba /
The Upper Berth
F. Marion Crawford

I

Alguien pidió un cigarro. Habíamos hablado mucho, y la conversación comenzó a languidecer; el humo del tabaco se había metido en las pesadas cortinas, y el vino se había metido en nuestros cerebros, embotándolos, y ya era perfectamente evidente que, a menos que alguien hiciera algo para despertar nuestros espíritus oprimidos, la reunión pronto alcanzaría su natural conclusión, y nosotros, los invitados, volveríamos rápidamente a nuestras casa y nuestras camas. Nadie había dicho nada especialmente notable; quizás nadie tenía nada interesante que contar. Jones nos había dado todos los detalles de su última aventura cinegética en Yorkshire. El Sr. Tompkins, de Boston, había explicado detalladamente los métodos de trabajo, que aplicados debidamente, habían permitido a los ferrocarriles de Atchison, Topeka y Santa Fé, no solo extender su territorio, sino aumentar su influencia departamental y transportar ganado sin que se murieran de hambre antes de ser entregados en su destino; pero también como durante años lograron engañar a los pasajeros, que compraban sus boletos

I

Somebody asked for the cigars. We had talked long, and the conversation as beginning to languish; the tobacco smoke had got into the heavy curtains, he wine had got into those brains which were liable to become heavy, and it was already perfectly evident that, unless somebody did something to rouse our oppressed spirits, the meeting would soon come to its natural conclusion, and we, the guests, would speedily go home to bed, and most certainly to sleep. No one had said anything very remarkable; it may be that no one had anything very remarkable to say. Jones had given us every particular of his last hunting adventure in Yorkshire. Mr. Tompkins, of Boston, had explained at elaborate length those working principles, by the due and careful maintenance of which the Atchison, Topeka, and Santa Fé Railroad not only extended its territory, increased its departmental influence, and transported live stock without starving them to death before the day of actual delivery, but, also, had for years succeeded in deceiving those passengers who bought its tickets into the fallacious belief that the corpora-

con la falaz creencia de que la corporación mencionada, realmente podía transportar vidas humanas sin destruirlas. El signor Tombola se había esforzado por persuadirnos, con argumentos, que no nos tomamos la molestia de discutir, que la unidad de su país no se parecía en nada al torpedo moderno promedio, cuidadosamente planeado, construido con la habilidad de los mejores arsenales europeos, pero, destinado a ser dirigido por manos débiles hacia una región donde indudablemente explotaría, sin ser visto u oído, en los desiertos ilimitados del caos político.

No es necesario entrar en más detalles. La conversación había asumido proporciones que habrían aburrido a Prometeo en su roca, que habrían llevado a Tántalo a la distracción, y que habrían impulsado a Ixión a buscar la relajación en los diálogos simples pero instructivos de Herr Ollendorff, en lugar de someterse al mal aún mayor, de escuchar nuestra charla. Nos habíamos sentado en la mesa durante horas; estábamos aburridos, estábamos cansados, y nadie mostraba signos de animación.

Alguien pidió un cigarro, lo que, instintivamente, atrajo la atención de todos. Brisbane era un hombre de treinta y cinco años de edad, notable por aquellas cualidades que atraen principalmente la atención de otros hombres. Era un hombre fuerte. A simple vista sus proporciones externas no mostraban nada extraordinario, aunque su tamaño estaba por encima de la media. Tenía un poco más de seis pies de altura, y sus hombros eran moderadamente anchos; no parecía ser robusto, pero, por otro lado, ciertamente no era delgado; Su pequeña cabeza se apoyaba en un cuello fuerte y musculoso; sus manos amplias y musculosas parecían poseer la habilidad peculiar de romper nueces sin la ayuda de un casca nueces y, al verlo de perfil, uno no podía dejar de notar la extraordinaria anchura de las mangas de su camisa y el grosor inusual de su pecho. Era uno de

tion aforesaid was really able to transport human life without destroying it. Signor Tombola had endeavored to persuade us, by arguments which we took no trouble to oppose, that the unity of his country in no way resembled the average modern torpedo, carefully planned, constructed with all the skill of the greatest European arsenals, but, when constructed, destined to be directed by feeble hands into a region where it must undoubtedly explode, unseen, unfeared, and unheard, into the illimitable wastes of political chaos.

It is unnecessary to go into further details. The conversation had assumed proportions which would have bored Prometheus on his rock, which would have driven Tantalus to distraction, and which would have impelled Ixion to seek relaxation in the simple but instructive dialogues of Herr Ollendorff, rather than submit to the greater evil of listening to our talk. We had sat at table for hours; we were bored, we were tired, and nobody showed signs of moving.

Somebody called for cigars. We all instinctively looked towards the speaker. Brisbane was a man of five-and-thirty years of age, and remarkable for those gifts which chiefly attract the attention of men. He was a strong man. The external proportions of his figure presented nothing extraordinary to the common eye, though his size was above the average. He was a little over six feet in height, and moderately broad in the shoulder; he did not appear to be stout, but, on the other hand, he was certainly not thin; his small head was supported by a strong and sinewy neck; his broad, muscular hands appeared to possess a peculiar skill in breaking walnuts without the assistance of the ordinary cracker, and, seeing him in profile, one could not help remarking the extraordinary breadth of his sleeves, and the unusual thickness of his chest. He was one

esos hombres que comúnmente son conocidos como engañosos; es decir, que aunque se veía bastante fuerte, en realidad era mucho más fuerte de lo que parecía. No necesito decir mucho de sus rasgos. Su cabeza era pequeña, su cabello fino, sus ojos azules, su nariz era grande, tenía un bigote pequeño y una mandíbula cuadrada. Todos conocen a Brisbane, y cuando pidió un cigarro, todos lo miraron.

"Es algo muy extraño", dijo Brisbane.

Todos dejaron de hablar. La voz de Brisbane no era ruidosa, pero poseía la peculiar cualidad de ser penetrante, cortó la conversación como un cuchillo. Todos escucharon. Brisbane, percibiendo que había atraído la atención general, encendió su cigarro con gran ecuanimidad.

"Es algo muy curioso", continuó, "eso de los fantasmas. La gente siempre pregunta si alguien ha visto un fantasma. Yo lo he visto".

"¡Tonterías! ¿Qué, tú lo vistes? ¿No quieres decir eso, Brisbane? Bueno, para un hombre de tu inteligencia!".

Un coro de exclamaciones saludó la notable declaración de Brisbane. Todos pidieron cigarros, y Stubbs, el mayordomo, apareció repentinamente, desde las profundidades de la nada, con una botella fresca de champán seco. La situación estaba salvada; Brisbane iba a contar una historia.

Soy un viejo marino, dijo Brisbane, y como tengo que cruzar el Atlántico con bastante frecuencia, tengo mis favoritos. La mayoría de los hombres tienen sus favoritos. He visto a un hombre esperar por tres cuartos de hora, en un bar de Broadway, hasta que llegó el coche de alquiler que él prefería. Creo que el encargado del bar ganaba al menos un tercio de sus ingresos gracias a los gustos de ese hombre. Tengo la costumbre de preferir ciertos barcos cuando debo cruzar ese estanque de patos. Puede ser un prejuicio, pero nunca fui defraudado, excepto una vez. Lo re-

of those men who are commonly spoken of among men as deceptive; that is to say, that though he looked exceedingly strong he was in reality very much stronger than he looked. Of his features I need say little. His head was small, his hair is thin, his eyes are blue, his nose is large, he has a small moustache, and a square jaw. Everybody knows Brisbane, and when he asked for a cigar everybody looked at him.

"It is a very singular thing," said Brisbane.

Everybody stopped talking. Brisbane's voice was not loud, but possessed a peculiar quality of penetrating general conversation, and cutting it like a knife. Everybody listened. Brisbane, perceiving that he had attracted their general attention, lit his cigar with great equanimity.

"It is very singular," he continued, "that thing about ghosts. People are always asking whether anybody has seen a ghost. I have."

"Bosh! What, you? You don't mean to say so, Brisbane? Well, for a man of his intelligence!"

A chorus of exclamations greeted Brisbane's remarkable statement. Everybody called for cigars, and Stubbs, the butler, suddenly appeared from the depths of nowhere with a fresh bottle of dry champagne. The situation was saved; Brisbane was going to tell a story.

I am an old sailor, said Brisbane, and as I have to cross the Atlantic pretty often, I have my favorites. Most men have their favorites. I have seen a man wait in a Broadway bar for three-quarters of an hour for a particular car which he liked. I believe the bar-keeper made at least one-third of his living by that man's preference. I have a habit of waiting for certain ships when I am obliged to cross that duck-pond. It may be a prejudice, but I was never cheated out of a good passage but once in my life. I remember it very well; it was a warm morning in June, and the Custom

cuerdo muy bien; era una mañana cálida de junio, y los funcionarios de la Casa de la Aduana, que esperaban a que llegara un vapor que ya estaba en camino de la Cuarentena, tenían un aspecto peculiarmente indefinido y reflexivo. Yo no llevaba mucho equipaje, nunca lo he hecho. Me mezclé con la multitud de pasajeros, porteadores e individuos oficiosos con abrigos azules y botones de bronce, que parecían surgir como hongos de la cubierta de un vapor amarrado, para ofrecer sus innecesarios servicios a los pasajeros. A menudo he notado con cierto interés la evolución espontánea de estos individuos. No están allí cuando llegas; cinco minutos después de que el piloto haya avisado "Pueden pasar!", ellos, o al menos sus abrigos azules y botones de bronce, han desaparecido de la cubierta y de la pasarela como si hubieran sido enviados a ese casillero que la tradición atribuye a Davy Jones. Pero, en el momento de comenzar, están allí, afeitados, vestidos de azul y hambrientos de propinas. Me apresuré a bordo. El Kamtschatka era uno de mis barcos favoritos. Digo "era", porque enfáticamente ya no lo es. No puedo concebir ningún incentivo que me pueda inducir a hacer otro viaje en él. Sí, sé lo que van a decir. Ese barco tiene un frente ancho y aplanado, que lo mantiene seco, y tiene una forma muy elegante. Tiene muchas ventajas, pero no volveré a cruzar el mar en ese barco. Disculpen la digresión. Subí a bordo Llamé a un camarero, cuya nariz roja y bigotes aún más rojos me resultaban familiares.

"Ciento cinco, litera inferior", dije, con el tono desenfadado propio de los hombres que no le dan más importancia a cruzar el Atlántico que a tomar un cóctel de whisky en Delmónico.

House officials, who were hanging about waiting for a steamer already on her way up from the Quarantine, presented a peculiarly hazy and thoughtful appearance. I had not much luggage — I never have. I mingled with the crowd of passengers, porters, and officious individuals in blue coats and brass buttons, who seemed to spring up like mushrooms from the deck of a moored steamer to obtrude their unnecessary services upon the independent passenger. I have often noticed with a certain interest the spontaneous evolution of these fellows. They are not there when you arrive; five minutes after the pilot has called 'Go ahead!' they, or at least their blue coats and brass buttons, have disappeared from deck and gangway as completely as though they had been consigned to that locker which tradition ascribes to Davy Jones.(Davy Jones' Locker is an idiom for the bottom of the sea. It is used as a euphemism for drowning or shipwrecks in which the sailors' and ships' remains are consigned to the bottom of the sea (to be sent to Davy Jones' Locker)) But, at the moment of starting, they are there, clean shaved, blue coated, and ravenous for fees. I hastened on board. The Kamtschatka was one of my favorite ships. I saw was, because she emphatically no longer is. I cannot conceive of any inducement which could entice me to make another voyage in her. Yes, I know what you are going to say. She is uncommonly clean in the run aft, she has enough bluffing off in the bows to keep her dry, and the lower berths are most of them double. She has a lot of advantages, but I won't cross in her again. Excuse the digression. I got on board. I hailed a steward, whose red nose and redder whiskers were equally familiar to me.

"One hundred and five, lower berth," said I, in the businesslike tone peculiar to men who think no more of crossing the Atlantic than taking a whisky cocktail at down-town Delmonico's.

El mayordomo tomó mi maleta, mi abrigo y mi manta. Nunca olvidaré la expresión en su rostro. No es que se pusiera pálido. Los más eminentes teólogos afirman que ni siquiera los milagros pueden cambiar el curso de la naturaleza. No vacilo en decir que si bien no se puso pálido; por su expresión, juzgué que estaba a punto de llorar, estornudar o dejar caer mi baúl. Como este último contenía dos botellas de jerez añejo particularmente bueno, que me regaló para mi viaje mi viejo amigo Snigginson van Pickyns, me puse bastante nervioso. Pero el mayordomo no hizo ninguna de esas cosas.

"Bueno, lo conduciré", dijo en voz baja, y se puso en camino.

Mientras mi Hermes me llevaba a las regiones más bajas, supuse que había tomado un poco de grog, pero no dije nada y lo seguí. El camarote ciento cinco estaba en el lado de babor, bien a popa. No había nada notable en su estado. La litera inferior, como la mayoría del Kamtschatka, era doble. Había mucho espacio; tenía los dispositivos habituales de higiene, calculados para transmitir la idea de lujo a la mente de un indio norteamericano; también tenía los habituales estantes ineficientes de madera marrón, en los que es más fácil guardar un paraguas de gran tamaño que un cepillo de dientes común. Sobre el poco atractivo colchón, se veían unas frazadas cuidadosamente dobladas, que un gran humorista moderno comparó acertadamente a un pastel frío de trigo. La cuestión de las toallas era dejada completamente a la imaginación del viajero. La garrafas de vidrio estaban llenas de un líquido transparente ligeramente teñido de marrón, que despedía un olor no muy agradable, que al llegar a las fosas nasales, suscitaba una reminiscencia lejana a maquinaria aceitada. Cortinas entreabiertas de colores tristes cerraban a medias la litera superior. La brumosa luz de junio arrojaba una tenue iluminación sobre la pequeña y desolada escena. ¡Argh! ¡Cómo odiaba ese camarote!

The steward took my portmanteau, greatcoat, and rug. I shall never forget the expression on his face. Not that he turned pale. It is maintained by the most eminent divines that even miracles cannot change the course of nature. I have no hesitation in saying that he did not turn pale; but, from his expression, I judged that he was either about to shed tears, to sneeze, or to drop my portmanteau. As the latter contained two bottles of particularly fine old sherry presented to me for my voyage by my old friend Snigginson van Pickyns, I felt extremely nervous. But the steward did none of these things.

"Well, I'm d — d!" said he in a low voice, and led the way.

I supposed my Hermes, as he led me to the lower regions, had had a little grog, but I said nothing, and followed him. One hundred and five was on the port side, well aft. There was nothing remarkable about the state-room. The lower berth, like most of those upon the Kamtschatka, was double. There was plenty of room; there was the usual washing apparatus, calculated to convey an idea of luxury to the mind of a North American Indian; there were the usual inefficient racks of brown wood, in which it is more easy to hand a large-sized umbrella than the common tooth-brush of commerce. Upon the uninviting mattresses were carefully bolded together those blankets which a great modern humorist has aptly compared to cold buckwheat cakes. The question of towels was left entirely to the imagination. The glass decanters were filled with a transparent liquid faintly tinged with brown, but from which an odor less faint, but not more pleasing, ascended to the nostrils, like a far-off seasick reminiscence of oily machinery. Sad-coloured curtains half-closed the upper berth. The hazy June daylight shed a faint illumination upon the desolate little scene. Ugh! how I hate that state-room!

El mayordomo depositó mi equipaje y me miró, como si quisiera retirarse, probablemente para buscar más pasajeros y propinas. Siempre es un buen comienzo, quedar en buenos términos con estos empleados y, por lo tanto, le di algunas monedas.

"Trataré de hacer que esté tan cómodo como sea posible", comentó, mientras ponía las monedas en su bolsillo. Sin embargo, su voz tenía una entonación dudosa que me sorprendió. Posiblemente su escala de honorarios había subido, y él no estaba satisfecho; pero en general me incliné a pensar que, como él mismo lo habría dicho, mejor era "pájaro en mano que cien volando". Me equivoqué, sin embargo, y juzgué mal a ese hombre.

II

No ocurrió nada especialmente digno de nota durante ese día. Salimos puntualmente del muelle, y fue muy agradable estar en camino, porque el clima era cálido y templado, y el movimiento del vapor producía una brisa refrescante. Todo el mundo sabe cómo es el primer día en el mar. Las personas caminan por la cubierta, se miran, y ocasionalmente se encuentran con conocidos que no sabían que estaban a bordo. Existe la incertidumbre habitual sobre si la comida será buena, mala o indiferente, hasta que las dos primeras comidas ponen ese interrogante más allá de toda duda; existe la incertidumbre habitual sobre el clima, hasta que el barco está bastante alejado de Fire Island. Las mesas están llenas al principio, y luego de repente se van vaciando. Las personas de rostro pálido saltan de sus asientos y se precipitan hacia la puerta, y los viejos marinos respiran más libremente cuando el mareado vecino se aleja a su lado, dejándole más espacio para sus codos y un comando ilimitado sobre la mostaza.

Un cruce del Atlántico es muy parecido a otro, y los que lo cruzamos a menu-

The steward deposited my traps and looked at me, as though he wanted to get away — probably in search of more passengers and more fees. It is always a good plan to start in favor with those functionaries, and I accordingly gave him certain coins there and then.

"I'll try and make yer comfortable all I can," he remarked, as he put the coins in his pocket. Nevertheless, there was a doubtful intonation in his voice which surprised me. Possibly his scale of fees had gone up, and he was not satisfied; but on the whole I was inclined to think that, as he himself would have expressed it, he was "the better for a glass". I was wrong, however, and did the man injustice.

II

Nothing especially worthy of mention occurred during that day. We left the pier punctually, and it was very pleasant to be fairly under way, for the weather was warm and sultry, and the motion of the steamer produced a refreshing breeze. Everybody knows what the first day at sea is like. People pace the decks and stare at each other, and occasionally meet acquaintances whom they did not know to be on board. There is the usual uncertainty as to whether the food will be good, bad, or indifferent, until the first two meals have put the matter beyond a doubt; there is the usual uncertainty about the weather, until the ship is fairly off Fire Island. The tables are crowded at first, and then suddenly thinned. Pale-faced people spring from their seats and precipitate themselves towards the door, and each old sailor breathes more freely as his sea-sick neighbor rushes from his side, leaving him plenty of elbow-room and an unlimited command over the mustard.

One passage across the Atlantic is very much like another, and we who cross

do no hacemos el viaje por el gusto de la novedad. Las ballenas y los icebergs siempre despiertan la atención, pero, después de todo, una ballena es muy parecida a otra, y rara vez se ve un iceberg de cerca. Para la mayoría de nosotros, el momento más placentero del día, a bordo de un barco oceánico, es cuando damos la última vuelta por la cubierta, fumamos nuestro último cigarro y, después de haber logrado cansarnos, nos sentimos en libertad de acostarnos con una conciencia limpia. En la primera noche de ese viaje, me sentí particularmente perezoso, y me fui a la cama a las diez y cinco, más temprano que mi horario habitual. Cuando entré, me sorprendió ver que iba a tener un compañero. Un baúl, muy parecido al mío yacía en la esquina opuesta, y en la litera superior se había depositado una manta cuidadosamente doblada, con un bastón y un paraguas. Me sentí un poco descontento, porque esperaba estar solo; pero me preguntaba quién sería mi compañero de cuarto, y decidí echarle un vistazo.

Antes de que hubiera estado mucho tiempo en la cama, entró mi compañero. Él era, por lo que podía ver, un hombre muy alto y delgado, muy pálido, con cabello arenoso y bigotes, con ojos grises incoloros. Su aspecto era bastante dudoso; el tipo de hombre que podrías ver en Wall Street, sin poder especificar precisamente lo que estaba haciendo allí; el tipo de hombre que frecuenta el Café Anglais, que siempre parece estar solo y que bebe champán; puedes encontrarte con él en un hipódromo, pero tampoco parece que esté haciendo nada allí. Demasiado bien vestido, un poco extraño. Hay tres o cuatro de su tipo en cada barco oceánico. Decidí que no me importaba conocerlo, y me fui a dormir diciéndome que estudiaría sus hábitos para evitarlo. Si él se levantaba temprano, yo me levantaría tarde; si él se acostaba tarde, yo me acostaría temprano. No me importaba conocerlo. Una vez que conoces a personas de ese tipo, siempre

very often do not make the voyage for the sake of novelty. Whales and icebergs are indeed always objects of interest, but, after all, one whale is very much like another whale, and one rarely sees an iceberg at close quarters. To the majority of us the most delightful moment of the day on board an ocean steamer is when we have taken our last turn on deck, have smoked our last cigar, and having succeeded in tiring ourselves, feel at liberty to turn in with a clear conscience. On that first night of the voyage I felt particularly lazy, and went to bed in one hundred and five rather earlier than I usually do. As I turned in, I was amazed to see that I was to have a companion. A portmanteau, very like my own, lay in the opposite corner, and in the upper berth had been deposited a neatly-folded rug, with a stick and umbrella. I had hoped to be alone, and I was disappointed; but I wondered who my room-mate was to be, and I determined to have a look at him.

Before I had been long in bed he entered. He was, as far as I could see, a very tall man, very thin, very pale, with sandy hair and whiskers and colorless grey eyes. He had about him, I thought, an air of rather dubious fashion; the sort of man you might see in Wall Street, without being able precisely to say what he was doing there — the sort of man who frequents the Café Anglais, who always seems to be alone and who drinks champagne; you might meet him on a racecourse, but he would never appear to be doing anything there either. A little over-dressed — a little odd. There are three or four of his kind on every ocean steamer. I made up my mind that I did not care to make his acquaintance, and I went to sleep saying to myself that I would study his habits in order to avoid him. If he rose early, I would rise late; if he went to bed late, I would go to bed early. I did not care to know him. If you once know people of that kind they

están apareciendo a tu alrededor. ¡Pobre compañero! No debí haberme tomado la molestia de tomar tantas precauciones, porque nunca lo volví a ver después de esa primera noche en el ciento cinco.

Estaba durmiendo profundamente cuando de repente me despertó un ruido fuerte. Juzgando por el sonido, mi compañero de cuarto debe haber bajado de un salto desde la litera superior al piso. Lo escuché abrir a tientas el pestillo y el cerrojo de la puerta, que se abrió casi de inmediato, y luego escuché sus pasos mientras corría a toda velocidad por el corredor, dejando la puerta abierta detrás de él. La nave cabeceaba un poco, y esperaba escucharlo tropezar o caer, pero corrió como si lo hiciera por su vida. La puerta giraba sobre sus goznes, siguiendo el movimiento de la embarcación, y el sonido me molestó. Me levanté y la cerré, y busqué a tientas mi camino a mi litera en la oscuridad. Me fui a dormir de nuevo; pero no tengo idea de cuánto tiempo dormí.

Cuando desperté todavía estaba bastante oscuro, pero sentí una sensación desagradable de frío, y me pareció que el aire estaba húmedo. Ustedes conocen el olor peculiar de una cabina mojada con agua de mar. Me cubrí lo mejor que pude y me dormí otra vez, planeando quejarme al día siguiente, con los epítetos más poderosos del idioma. Podía escuchar a mi compañero de cuarto moverse en la litera superior. Probablemente había regresado mientras yo dormía. Una vez pensé que lo escuchaba gemir, y supuse que estaba mareado. Eso es particularmente desagradable cuando uno está abajo. Sin embargo, me fui adormeciendo y dormí hasta la madrugada.

La nave estaba cabeceando pesadamente, mucho más que la noche anterior, y la luz gris que entraba por el ojo de buey cambiaba de tono con cada movimiento, de acuerdo con la orientación del costado de la embarcación, que al moverse apuntaba el ojo de buey hacia el mar o hacia

are always turning up. Poor fellow! I need not have taken the trouble to come to so many decisions about him, for I never saw him again after that first night in one hundred and five.

I was sleeping soundly when I was suddenly waked by a loud noise. To judge from the sound, my room-mate must have sprung with a single leap from the upper berth to the floor. I heard him fumbling with the latch and bolt of the door, which opened almost immediately, and then I heard his footsteps as he ran at full speed down the passage, leaving the door open behind him. The ship was rolling a little, and I expected to hear him stumble or fall, but he ran as though he were running for his life. The door swung on its hinges with the motion of the vessel, and the sound annoyed me. I got up and shut it, and groped my way back to my berth in the darkness. I went to sleep again; but I have no idea how long I slept.

When I awoke it was still quite dark, but I felt a disagreeable sensation of cold, and it seemed to me that the air was damp. You know the peculiar smell of a cabin which has been wet with sea-water. I covered myself up as well as I could and dozed off again, framing complaints to be made the next day, and selecting the most powerful epithets in the language. I could hear my room-mate turn over in the upper berth. He had probably returned while I was asleep. Once I thought I heard him groan, and I argued that he was sea-sick. That is particularly unpleasant when one is below. Nevertheless I dozed off and slept till early daylight.

The ship was rolling heavily, much more than on the previous evening, and the grey light which came in through the porthole changed in tint with every movement according as the angle of the vessel's side turned the glass seawards or skywards. It was very cold — unaccountably

el cielo. Hacía mucho frío, lo que era inexplicable en el mes de junio. Volví la cabeza, para mirar el ojo de buey, y para mi sorpresa vi que estaba completamente abierto y enganchado a la pared. Creo que maldije en voz alta. Entonces me levanté y lo cerré. Cuando me volví, eché un vistazo a la litera superior. Las cortinas estaban completamente cerradas; posiblemente mi compañero había sentido tanto frío como yo. Me pareció que ya había dormido lo suficiente. El camarote no era cómodo, aunque, por extraño que parezca, ya no podía oler la humedad que me había molestado en la noche. Mi compañero de cuarto todavía dormía, era una excelente oportunidad para evitarlo, así que me vestí de inmediato y salí a cubierta. El día era cálido y nublado, con un olor aceitoso en el agua. Cuando salí eran las siete en punto, mucho más tarde de lo que había imaginado. Me encontré con el médico, que estaba tomando su primera aspiración de aire matinal. Era un hombre joven del oeste de Irlanda, de gran tamaño, con cabello negro y ojos azules, que ya mostraba tendencia a engordar, tenía un aspecto feliz, despreocupado y saludable, que era bastante atractivo.

"Excelente mañana", comenté, a modo de introducción.

"Bueno", dijo él, mirándome con un aire de interés, "es un buen día y no es un buen día. No creo que sea una gran mañana".

"Bueno, no, no está tan bien", dije.

"Es lo que yo llamo un clima asqueroso", respondió el médico.

"Me pareció que anoche hacía mucho frío", comenté. "Sin embargo, cuando miré a mi alrededor, descubrí que el ojo de buey estaba completamente abierto. No lo había notado cuando me fui a la cama. Y el camarote también estaba húmedo.

"¡Húmedo!" Dijo él. "¿Dónde está?"

"Ciento cinco".

so for the month of June. I turned my head and looked at the porthole, and saw to my surprise that it was wide open and hooked back. I believe I swore audibly. Then I got up and shut it. As I turned back I glanced at the upper berth. The curtains were drawn close together; my companion had probably felt cold as well as I. It struck me that I had slept enough. The state-room was uncomfortable, though, strange to say, I could not smell the dampness which had annoyed me in the night. My roommate was still asleep — excellent opportunity for avoiding him, so I dressed at once and went on deck. The day was warm and cloudy, with an oily smell on the water. It was seven o'clock as I came out — much later than I had imagined. I came across the doctor, who was taking his first sniff of the morning air. He was a young man from the West of Ireland — a tremendous fellow, with black hair and blue eyes, already inclined to be stout; he had a happy-go-lucky, healthy look about him which was rather attractive.

"Fine morning," I remarked, by way of introduction.

"Well," said he, eyeing me with an air of ready interest, "it's a fine morning and it's not a fine morning. I don't think it's much of a morning."

"Well, no — it is not so very fine," said I.

"It's just what I call fuggly weather," replied the doctor.

"It was very cold last night, I thought," I remarked. "However, when I looked about, I found that the porthole was wide open. I had not noticed it when I went to bed. And the state-room was damp, too."

"Damp!" said he. "Whereabouts are you?"

"One hundred and five —"

Para mi sorpresa, el doctor se perturbó bastante, y me miró fijamente.

"¿Qué pasa?", pregunté.

"Oh, nada", respondió; "Sólo que todos los que viajaron en ese camarote en los últimos tres viajes se quejaron".

"También me quejaré", le dije. "Ciertamente no se ha aireado adecuadamente. ¡Es una vergüenza!".

"No creo que se puede hacer nada", respondió el médico. "Creo que hay algo... bueno, no es asunto mío asustar a los pasajeros".

"No tenga miedo de asustarme", le contesté. "Puedo soportar cualquier cantidad de humedad. Si me resfrío, lo vendré a ver".

Le ofrecí al médico un cigarro, que él tomó y examinó muy críticamente.

"No es tanto la humedad", remarcó. "Sin embargo, me atrevo a decir que la soportaría muy bien. ¿Tiene un compañero de cuarto?".

"Sí; "vaya un compañero, que sale corriendo en medio de la noche, y deja la puerta abierta".

De nuevo el doctor me miró con curiosidad. Luego encendió el cigarro y se puso serio.

"¿Volvió?", preguntó en seguida.

"Sí. Estaba dormido, pero me desperté y lo oí moverse. Entonces sentí frío y volví a dormir. Esta mañana encontré el ojo de buey abierto".

"Vea", dijo el doctor en voz baja. "No me importa mucho este barco. No me importa nada su reputación. Le digo lo que haré. Tengo un lugar de buen tamaño aquí arriba. Lo compartiré con usted, aunque no lo conozco para nada".

Me sorprendió mucho su proposición. No podía imaginar por qué debería interesarse tan repentinamente en mi bienestar. Sin embargo, su manera de hablar de la nave era peculiar.

"Usted es muy bueno, doctor", le dije. "Pero, realmente, creo que incluso ahora la

To my surprise the doctor started visibly, and stared at me.

"What is the matter?" I asked.

"Oh — nothing," he answered; "only everybody has complained of that stateroom for the last three trips."

"I shall complain too," I said. "It has certainly not been properly aired. It is a shame!"

"I don't believe it can be helped," answered the doctor. "I believe there is something — well, it is not my business to frighten passengers."

"You need not be afraid of frightening me," I replied. "I can stand any amount of damp. If I should get a bad cold I will come to you."

I offered the doctor a cigar, which he took and examined very critically.

"It is not so much the damp," he remarked. "However, I dare say you will get on very well. Have you a room-mate?"

"Yes; a deuce of a fellow, who bolts out in the middle of the night, and leaves the door open."

Again the doctor glanced curiously at me. Then he lit the cigar and looked grave.

"Did he come back?" he asked presently.

"Yes. I was asleep, but I waked up, and heard him moving. Then I felt cold and went to sleep again. This morning I found the porthole open."

"Look here," said the doctor quietly, "I don't care much for this ship. I don't care a rap for her reputation. I tell you what I will do. I have a good-sized place up here. I will share it with you, though I don't know you from Adam."

I was very much surprised at the proposition. I could not imagine why he should take such a sudden interest in my welfare. However, his manner as he spoke of the ship was peculiar.

"You are very good, doctor," I said. "But, really, I believe even now the cabin

cabina podría ser ventilada o limpiada, o algo así. ¿Por qué habla así del barco?".

"En mi profesión no somos supersticiosos, señor", contestó el doctor, "pero el mar hace que la gente lo sea. No quiero perjudicarlo, ni quiero asustarlo, pero si sigue mi consejo, se mudará conmigo. Lo prefiero a que verlo caer al agua –añadió con seriedad–, como sé que le pasará a usted o a cualquier otro hombre que duerma en el ciento cinco.

"¡Buen Dios! ¿Porqué?", pregunté.

"Simplemente porque en los últimos tres viajes las personas que durmieron allí cayeron por la borda", respondió con gravedad.

Esa información fue sorprendente, y sumamente desagradable. Miré con atención al médico para ver si estaba jugando conmigo, pero se veía perfectamente serio. Le agradecí calurosamente su oferta, pero le dije que tenía la intención de ser la excepción a la regla por la cual todos los que dormían en ese camarote en particular, caían por la borda. No dijo mucho, pero parecía tan serio como siempre, e insinuó que, antes de que terminara el viaje, probablemente debería reconsiderar su propuesta. Más tarde, fuimos a desayunar, y solo vimos unos pocos pasajeros. Me di cuenta de que uno o dos de los oficiales que desayunaban con nosotros parecían serios. Después del desayuno, entré en mi camarote para tomar un libro. Las cortinas de la litera superior todavía estaban cerradas. No se escuchaba nada. Posiblemente mi compañero de cuarto seguía durmiendo.

Cuando salí, me encontré con el camarero que se encargaba de mi sector. Me susurró que el capitán quería verme y luego se escabulló por el corredor como si estuviera muy ansioso por evitar cualquier pregunta. Fui hacia la cabina del capitán y lo encontré esperándome.

"Señor", dijo, "quiero pedirle un favor".

Le respondí que haría cualquier cosa para complacerlo.

could be aired, or cleaned out, or something. Why do you not care for the ship?"

"We are not superstitious in our profession, sir," replied the doctor, "but the sea makes people so. I don't want to prejudice you, and I don't want to frighten you, but if you will take my advice you will move in here. I would as soon see you overboard," he added earnestly, "as know that you or any other man was to sleep in one hundred and five."

"Good gracious! Why?" I asked.

"Just because on the last three trips the people who have slept there actually have gone overboard," he answered gravely.

The intelligence was startling and exceedingly unpleasant, I confess. I looked hard at the doctor to see whether he was making game of me, but he looked perfectly serious. I thanked him warmly for his offer, but told him I intended to be the exception to the rule by which every one who slept in that particular state-room went overboard. He did not say much, but looked as grave as ever, and hinted that, before we got across, I should probably reconsider his proposal. In the course of time we went to breakfast, at which only an inconsiderable number of passengers assembled. I noticed that one or two of the officers who breakfasted with us looked grave. After breakfast I went into my state-room in order to get a book. The curtains of the upper berth were still closely drawn. Not a word was to be heard. My room-mate was probably still asleep.

As I came out I met the steward whose business it was to look after me. He whispered that the captain wanted to see me, and then scuttled away down the passage as if very anxious to avoid any questions. I went toward the captain's cabin, and found him waiting for me.

"Sir," said he, "I want to ask a favor of you."

I answered that I would do anything to oblige him.

"Su compañero de cuarto ha desaparecido", dijo. "Se sabe que se acostó temprano anoche. ¿Notó algo raro en sus modales?".

La pregunta que me hizo, tal como la dijo, era una confirmación exacta de los temores que el médico había expresado media hora antes, y me sorprendió.

"¿No quiere decir que ha caído por la borda?", le pregunté.

"Me temo que sí", respondió el capitán.

"Esto es lo más extraordinario..." comencé.

"¿Por qué?", preguntó.

"¿Él fue el cuarto, entonces?", exclamé. En respuesta a otra pregunta del capitán, expliqué, sin mencionar al médico, que había escuchado la historia sobre el camarote ciento cinco. Pareció molestarle enterarse que yo lo sabía. Le conté lo ocurrido en la noche.

"Lo que dice", respondió, "coincide casi exactamente con lo que me contaron los compañeros de habitación de dos de los otros tres. Salen de la cama y corren por el pasillo. Dos fueron vistos saltar por la borda por el guarda nocturno; nos detuvimos y bajamos los botes, pero no pudimos encontrarlos. Sin embargo, nadie vio ni escuchó al hombre que se perdió la noche anterior, si es que está realmente perdido. El camarero, que es un tipo supersticioso, tal vez, y que esperaba que algo saliera mal, fue a buscarlo esta mañana y encontró su litera vacía, pero con la ropa tirada, tal como la había dejado. El mayordomo era el único hombre a bordo que lo conocía de vista, y lo ha estado buscando por todas partes. ¡Ha desaparecido! Ahora, señor, quiero rogarle que no mencione estos hechos a ninguno de los otros pasajeros; no quiero que el barco tenga mala reputación, y nada puede hacerle tanta mala fama a un transatlántico como una historia de suicidios. Usted tendrá la opción de elegir cualquiera de las cabinas

"Your room-mate had disappeared," he said. "He is known to have turned in early last night. Did you notice anything extraordinary in his manner?"

The question coming, as it did, in exact confirmation of the fears the doctor had expressed half an hour earlier, staggered me.

"You don't mean to say he has gone overboard?" I asked.

"I fear he has," answered the captain.

"This is the most extraordinary thing —" I began.

"Why?" he asked.

"He is the fourth, then?" I exclaimed. In answer to another question from the captain, I explained, without mentioning the doctor, that I had heard the story concerning one hundred and five. He seemed very much annoyed at hearing that I knew of it. I told him what had occurred in the night.

"What you say," he replied, "coincides almost exactly with what was told me by the room-mates of two of the other three. They bolt out of bed and run down the passage. Two of them were seen to go overboard by the watch; we stopped and lowered boats, but they were not found. Nobody, however, saw or heard the man who was lost last night — if he is really lost. The steward, who is a superstitious fellow, perhaps, and expected something to go wrong, went to look for him, this morning, and found his berth empty, but his clothes lying about, just as he had left them. The steward was the only man on board who knew him by sight, and he has been searching everywhere for him. He has disappeared! Now, sir, I want to beg you not to mention the circumstance to any of the passengers; I don't want the ship to get a bad name, and nothing hangs about an ocean-goer like stories of suicides. You shall have your choice of any one of the officers' cabins you like, includ-

de los oficiales que le gusten, incluida la mía, para el resto del pasaje. ¿La parece una oferta justa?".

"Mucho", dije yo; "y le estoy muy agradecido. Pero como estoy solo y tengo el camarote para mí, preferiría no moverme. Si el mayordomo se lleva las cosas de ese hombre desafortunado, me gustaría quedarme donde estoy. No diré nada sobre el asunto, y creo que puedo prometerle que no seguiré a mi compañero de cuarto".

El capitán trató de disuadirme de mi intención, pero preferí tener una camarote para mí mismo a ser el compañero de cualquier oficial de a bordo. No sé si actué tontamente, pero si hubiera seguido su consejo, no habría tenido nada más que contar. Solo habría quedado en mi memoria la desagradable coincidencia de varios suicidios de los hombres que habían dormido en esa cabina, pero eso habría sido todo.

Sin embargo ese no fue el fin del asunto, de ninguna manera. Decidí, obstinadamente, no perturbarme por esas historias, e incluso fui tan lejos como para discutir la cuestión con el capitán. Había algo malo en ese camarote, dije. Estaba bastante húmedo. El ojo de buey se había dejado abierto la noche anterior. Mi compañero de cuarto podría haber estado enfermo cuando subió a bordo, y podría haber delirado después de irse a la cama. Incluso, ahora podría estar escondido en algún lugar, a bordo, y podría llegar a ser encontrado más tarde. El lugar debía ser ventilado y el cierre del ojo de buey revisado. Si el capitán estaba de acuerdo, vería que hicieran de inmediato lo que yo creía necesario.

"Por supuesto que tiene el derecho de quedarse donde está si lo desea", respondió él, con tono petulante; "pero desearía que lo abandonara y me permitieras cerrar el lugar y terminar con esto".

No lo vi de la misma forma, y dejé al capitán, después de prometerle guardar

ing my own, for the rest of the passage. Is that a fair bargain?"

"Very," said I; "and I am much obliged to you. But since I am alone, and have the state-room to myself, I would rather not move. If the steward will take out that unfortunate man's things, I would as leave stay where I am. I will not say anything about the matter, and I think I can promise you that I will not follow my room-mate."

The captain tried to dissuade me from my intention, but I preferred having a state-room alone to being the chum of any officer on board. I do not know whether I aced foolishly, but if I had taken his advice I should have had nothing more to tell. There would have remained the disagreeable coincidence of several suicides occurring among men who had slept in the same cabin, but that would have been all.

That was not the end of the matter, however, by any means. I obstinately made up my mind that I would not be disturbed by such tales, and I even went so far as to argue the question with the captain. There was something wrong about the state-room, I said. It was rather damp. The porthole had been left open last night. My room-mate might have been ill when he came on board, and he might have become delirious after he went to bed. He might even now be hiding somewhere on board, and might be found later. The place ought to be aired and the fastening on the port looked to. If the captain would give me leave, I would see that what I thought necessary were done immediately.

"Of course you have a right to stay where you are if you please," he replied, rather petulantly; "but I wish you would turn out and let me lock the place up, and be done with it."

I did not see it in the same light, and left the captain, after promising to be si-

silencio sobre la desaparición de mi compañero. Este último no tenía conocidos a bordo, y nadie lo hechó de menos en el transcurso del día. Al anochecer, volví a encontrarme con el médico y él me preguntó si había cambiado de opinión. Le dije que no.

"Entonces lo hará en poco tiempo", dijo, con mucha gravedad.

III

A la noche jugamos whist y me fui a la cama tarde. Confesaré ahora que tuve una sensación desagradable cuando entré en mi camarote. No pude evitar pensar en el hombre alto que había visto la noche anterior, que ahora estaba muerto, ahogado, dando vueltas en el largo oleaje, doscientas o trescientas millas a popa. Recordé su rostro muy claramente mientras me desvestía, e incluso fui tan lejos como para abrir las cortinas de la litera superior, como para convencerme de que en realidad se había ido. También cerré la puerta del camarote. De repente, me di cuenta de que el ojo de buey estaba abierto y lo cerré de nuevo. Esto era más de lo que podía soportar. Me puse rápidamente la bata y fui a buscar a Robert, el camarero de mi sector. Recuerdo que estaba muy enojado, y cuando lo encontré, casi lo arrastré hasta la puerta del ciento cinco y lo empujé hacia el ojo de buey abierto.

"¿Qué diablos pretende, bribón, dejando ese ojo de buey abierto todas las noches? ¿No sabe que está en contra de las regulaciones? ¿No sabe que si el barco se inclina y el agua comienza entrar, diez hombres no podrían cerrarlo? ¡Le informaré al capitán, sinvergüenza, por poner en peligro la nave!".

Yo estaba sumamente enojado. El hombre tembló y palideció, y luego comenzó a cerrar la placa redonda de vidrio con sus pesadas agarraderas de bronce.

"¿Por qué no me contesta?", dije con brusquedad.

lent concerning the disappearance of my companion. The latter had had no acquaintances on board, and was not missed in the course of the day. Towards evening I met the doctor again, and he asked me whether I had changed my mind. I told him I had not.

"Then you will before long," he said, very gravely.

III

We played whist in the evening, and I went to bed late. I will confess now that I felt a disagreeable sensation when I entered my state-room. I could not help thinking of the tall man I had seen on the previous night, who was now dead, drowned, tossing about in the long swell, two or three hundred miles astern. His face rose very distinctly before me as I undressed, and I even went so far as to draw back the curtains of the upper berth, as though to persuade myself that he was actually gone. I also bolted the door of the state-room. Suddenly I became aware that the porthole was open, and fastened back. This was more than I could stand. I hastily threw on my dressing-gown and went in search of Robert, the steward of my passage. I was very angry, I remember, and when I found him I dragged him roughly to the door of one hundred and five, and pushed him towards the open porthole.

"What the deuce do you mean, you scoundrel, by leaving that port open every night? Don't you know it is against the regulations? Don't you know that if the ship heeled and the water began to come in, ten men could not shut it? I will report you to the captain, you blackguard, for endangering the ship!"

I was exceedingly wroth. The man trembled and turned pale, and then began to shut the round glass plate with the heavy brass fittings.

"Why don't you answer me?" I said roughly.

"Si eso le place, señor", vaciló Robert, "no hay nadie a bordo que pueda mantener este ojo de buey cerrado por la noche. Puede probarlo usted mismo, señor. No voy a seguir mucho más a bordo de este barco, señor; por cierto. Pero si yo fuera usted, señor, me iría a dormir con el cirujano, o algo así, eso haría. Mire, aquí, señor, ¿eso está ajustado de una forma que puede llamar segura, o no, señor? Inténtelo, señor, a ver si se mueve un ápice".

Probé el ojo de buey, y lo encontré perfectamente apretado.

"Bueno, señor", continuó Robert triunfante, "le apuesto mi reputación como camarero que en una hora estará abierto de nuevo; y trabado a la pared".

Examiné el gran tornillo y la tuerca de ajuste enroscada al mismo.

"Si lo encuentro abierto en la noche, Robert, le daré un soberano. No es posible. Se puede ir".

"¿Dijo un soberano, señor? Muy bien señor. Gracias, señor. Buenas noches señor. Que tenga una buena noche, señor, y toda clase de dulces sueños, señor ".

Robert se escabulló, encantado de ser liberado. Por supuesto, pensé que estaba tratando de excusar su negligencia con una historia tonta, con la intención de asustarme, y no le creí. Como resultado él consiguió su soberano, y yo pasé una noche muy desagradable.

Me fui a la cama, y cinco minutos después de enrollarme en mis mantas, el inexorable Robert apagó la luz que ardía constantemente detrás del cristal de la pared. Me quedé bastante quieto en la oscuridad tratando de dormir, pero no pude hacerlo. Había sido muy satisfactorio enojarme con el camarero, y esa distracción había desterrado esa sensación desagradable que había experimentado al principio, cuando pensé en el hombre ahogado que había sido mi compañero; pero ya no tenía sueño, y permanecí despierto durante algún tiempo, mirando de vez en cuando

"If you please, sir," faltered Robert, "there's nobody on board as can keep this 'ere port shut at night. You can try it yourself, sir. I ain't a-going to stop hany longer on board o' this vessel, sir; I ain't, indeed. But if I was you, sir, I'd just clear out and go and sleep with the surgeon, or something, I would. Look 'ere, sir, is that fastened what you may call securely, or not, sir? Try it, sir, see if it will move a hinch."

I tried the port, and found it perfectly tight.

"Well, sir," continued Robert triumphantly, "I wager my reputation as a A1 steward that in 'arf an hour it will be open again; fastened back, too, sir, that's the horful thing — fastened back!"

I examined the great screw and the looped nut that ran on it.

"If I find it open in the night, Robert, I will give you a sovereign. It is not possible. You may go."

"Soverin' did you say, sir? Very good, sir. Thank ye, sir. Good-night, sir. Pleasant repose, sir, and all manner of hinchantin' dreams, sir."

Robert scuttled away, delighted at being released. Of course, I thought he was trying to account for his negligence by a silly story, intended to frighten me, and I disbelieved him. The consequence was that he got his sovereign, and I spent a very peculiarly unpleasant night.

I went to bed, and five minutes after I had rolled myself up in my blankets the inexorable Robert extinguished the light that burned steadily behind the ground-glass pane near the door. I lay quite still in the dark trying to go to sleep, but I soon found that impossible. It had been some satisfaction to be angry with the steward, and the diversion had banished that unpleasant sensation I had at first experienced when I thought of the drowned man who had been my chum; but I was no longer sleepy, and I lay awake for some time, occasionally glancing at the porthole, which I could

el ojo de buey, que apenas podía ver desde donde yacía, y que, en la oscuridad, parecía un plato de sopa débilmente luminoso suspendido en la oscuridad. Creo que debo haber yacido allí por una hora y, según recuerdo, estaba dormitando cuando me despertó una ráfaga de aire frío, y el rocío del mar cayendo sobre mi cara. Me puse de pie, y, en la oscuridad, habiendo olvidado prevenirme contra movimiento de la nave, fui arrojado violentamente a través del camarote sobre el sofá que estaba debajo del ojo de buey. Sin embargo, me recuperé de inmediato y me puse de rodillas. ¡El ojo de buey estaba abierto de nuevo, trabado contra la pared!

Ahora bien, estas cosas eran reales. Estaba despierto cuando me levanté, y sin duda la caída debería de haberme despertado, si todavía estuviera adormilado. Además, me lastimé bastante los codos y las rodillas, y los moretones estaban allí a la mañana siguiente, para atestiguar el hecho, si yo mismo lo hubiera dudado. El ojo de buey estaba completamente abierto y trabado, algo tan inexplicable que recuerdo muy bien que sentí asombro en lugar de miedo cuando lo descubrí. Inmediatamente lo cerré de nuevo y atornillé la tuerca de bucle con toda mi fuerza. El camarote estaba muy oscuro. El ojo de buey se debía de haber abierto una hora después de que Robert lo hubiera cerrado por primera vez en mi presencia, y decidí observarlo para ver si se abría de nuevo. Esas agarraderas de bronce eran muy pesadas y de ninguna manera fáciles de mover; no podía creer que la abrazadera se hubiera girado sacudiendo el tornillo. Me quedé mirando a través del grueso cristal a las rayas blancas y grises del mar que formaban espuma debajo del costado del barco. Debo haber permanecido allí un cuarto de hora.

De repente, mientras estaba de pie, claramente oí que algo se movía detrás de mí en una de las literas, y un momento después, justo cuando me volvía instinti-

just see from where I lay, and which, in the darkness, looked like a faintly-luminous soup-plate suspended in blackness. I believe I must have lain there for an hour, and, as I remember, I was just dozing into sleep when I was roused by a draught of cold air, and by distinctly feeling the spray of the sea blown upon my face. I started to my feet, and not having allowed in the dark for the motion of the ship, I was instantly thrown violently across the stateroom upon the couch which was placed beneath the port-hole. I recovered myself immediately, however, and climbed upon my knees. The port-hole was again wide open and fastened back!

Now these things are facts. I was wide awake when I got up, and I should certainly have been waked by the fall had I still been dozing. Moreover, I bruised my elbows and knees badly, and the bruises were there on the following morning to testify to the fact, if I myself had doubted it. The porthole was wide open and fastened back — a thing so unaccountable that I remember very well feeling astonishment rather that fear when I discovered it. I at once closed the plate again, and screwed down the loop nut with all my strength. It was very dark in the state-room. I reflected that the port had certainly been opened within an hour after Robert had at first shut it in my presence, and I determined to watch it, and see whether it would open again. Those brass fittings are very heavy and by no means easy to move; I could not believe that the clamp had been turned by the shaking of the screw. I stood peering out through the thick glass at the alternate white and grey streaks of the sea that foamed beneath the ship's side. I must have remained there a quarter of an hour.

Suddenly, as I stood, I distinctly heard something moving behind me in one of the berths, and a moment afterwards, just as I turned instinctively to look

vamente para mirar (aunque, por supuesto, no podía ver nada en la oscuridad), escuché un débil gemido. Salté a través del camarote y aparté las cortinas de la litera superior, insertando mis manos para descubrir si había alguien allí. Estaba ocupada.

Recuerdo que la sensación que sentí cuando adelanté mis manos, fue como si las estuviera hundiendo en el aire de un sótano húmedo, y de detrás de las cortinas vino una ráfaga de viento que olía horriblemente a agua de mar estancada. Agarré algo que tenía la forma del brazo de un hombre, pero era suave, húmedo y helado. Pero de repente, mientras tiraba, la criatura saltó violentamente hacia mí, una masa húmeda y pegajosa, como me pareció, pesada y húmeda, pero dotada de una especie de fuerza sobrenatural. Trastabillé a lo largo del camarote, y en un instante, la puerta se abrió y la cosa salió corriendo. No había tenido tiempo de asustarme, y rápidamente me estaba recuperando, salté por la puerta y lo perseguí a toda velocidad, pero llegué demasiado tarde. Pude verlo diez metros por delante –estoy seguro de haberlo visto–, una sombra oscura que se movía en el pasaje débilmente iluminado, rápidamente, como la sombra de un caballo veloz cruzando las luces de un carruaje en medio de la noche. Pero desapareció en un momento, y me encontré aferrándome a la barandilla pulida que corría a lo largo del mamparo donde el corredor giraba hacia los otros camarotes. Mi cabello estaba de punta, y transpiración fría corría por mi cara. No me avergüenzo en lo más mínimo de confesar que estaba muy asustado.

Por un momento dudé de mis sentidos, pero me tranquilicé. Era absurdo, pensé. El queso galés que había comido en la cena me había caído mal. Yo había tenido una pesadilla. Regresé a mi camarote, entrando a desgana. Todo el lugar olía a agua de mar estancada, tal como cuando me había despertado la noche anterior. Tuve que usar mi fuerza de voluntad para

— though I could, of course, see nothing in the darkness — I heard a very faint groan. I sprang across the state-room, and tore the curtains of the upper berth aside, thrusting in my hands to discover if there were any one there. There was some one.

I remember that the sensation as I put my hands forward was as though I were plunging them into the air of a damp cellar, and from behind the curtains came a gust of wind that smelled horribly of stagnant sea-water. I laid hold of something that had the shape of a man's arm, but was smooth, and wet, and icy cold. But suddenly, as I pulled, the creature sprang violently forward against me, a clammy oozy mass, as it seemed to me, heavy and wet, yet endowed with a sort of supernatural strength. I reeled across the state-room, and in an instant the door opened and the thing rushed out. I had not had time to be frightened, and quickly recovering myself, I sprang through the door and gave chase at the top of my speed, but I was too late. Ten yards before me I could see — I am sure I saw it — a dark shadow moving in the dimly lighted passage, quickly as the shadow of a fast horse thrown before a dog-cart by the lamp on a dark night. But in a moment it had disappeared, and I found myself holding on to the polished rail that ran along the bulkhead where the passage turned towards the companion. My hair stood on end, and the cold perspiration rolled down my face. I am not ashamed of it in the least: I was very badly frightened.

Still I doubted my senses, and pulled myself together. It was absurd, I thought. The Welsh rare-bit I had eaten had disagreed with me. I had been in a nightmare. I made my way back to my state-room, and entered it with an effort. The whole place smelled of stagnant sea-water, as it had when I had waked on the previous evening. It required my utmost strength

decidirme a entrar, palpando entre mis cosas, buscando velas. Cuando encendí una linterna de lectura de ferrocarril que siempre llevo, en caso de que quiera leer después de que se hayan apagado las lámparas, percibí que el ojo de buey estaba abierto nuevamente, y una especie de horror frío comenzó a apoderarse de mí, algo que nunca antes había sentido, y que tampoco deseo volver a sentir. Pero prendí una luz y procedí a examinar la litera superior, esperando encontrarla empapada de agua de mar.

Pero me decepcionó. La cama había estado ocupada y el olor del mar era fuerte; pero la ropa de cama estaba tan seca como un hueso. Imaginé que Robert no había tenido el coraje de hacer la cama después del accidente de la noche anterior, y que todo había sido un mal sueño. Retiré las cortinas todo lo que pude y examiné el lugar con mucho cuidado. Estaba perfectamente seco. Pero el ojo de buey estaba abierto de nuevo. Con una especie de sordo desconcierto de horror, lo cerré y lo atornillé, y empujando mi pesado bastón a través del lazo de latón, lo torcí con todas mis fuerzas, hasta que el grueso metal comenzó a doblarse bajo la presión. Luego enganché mi linterna de lectura al terciopelo rojo en la cabecera del sofá y me senté para recuperarme lo mejor posible. Me quedé sentado toda la noche, sin poder pensar en descanso, sin poder pensar en absoluto. Pero el ojo de buey permaneció cerrado, y yo no creía que se abriría de nuevo sin la aplicación de una fuerza considerable.

Finalmente llegó el amanecer, me vestí lentamente, pensando en todo lo que había sucedido durante la noche. Era un hermoso día cuando subí a cubierta, contento de salir a la temprana y pura luz del sol, y de oler la brisa del agua azul, tan diferente del olor fétido y estancado de mi camarote. Instintivamente me volví a popa, hacia la cabina del cirujano. Allí estaba de pie, con una pipa en la boca, to-

to go in, and grope among my things for a box of wax lights. As I lighted a railway reading lantern which I always carry in case I want to read after the lamps are out, I perceived that the porthole was again open, and a sort of creeping horror began to take possession of me which I never felt before, nor wish to feel again. But I got a light and proceeded to examine the upper berth, expecting to find it drenched with sea-water.

But I was disappointed. The bed had been slept in, and the smell of the sea was strong; but the bedding was as dry as a bone. I fancied that Robert had not had the courage to make the bed after the accident of the previous night — it had all been a hideous dream. I drew the curtains back as far as I could and examined the place very carefully. It was perfectly dry. But the porthole was open again. With a sort of dull bewilderment of horror I closed it and screwed it down, and thrusting my heavy stick through the brass loop, wrenched it with all my might, till the thick metal began to bend under the pressure. Then I hooked my reading lantern into the red velvet at the head of the couch, and sat down to recover my senses if I could. I sat there all night, unable to think of rest — hardly able to think at all. But the porthole remained closed, and I did not believe it would now open again without the application of a considerable force.

The morning dawned at last, and I dressed myself slowly, thinking over all that had happened in the night. It was a beautiful day and I went on deck, glad to get out into the early, pure sunshine, and to smell the breeze from the blue water, so different from the noisome, stagnant odor of my state-room. Instinctively I turned aft, towards the surgeon's cabin. There he stood, with a pipe in his mouth, taking his

mando el aire de la mañana, precisamente tal como el día anterior.

"Buenos días", dijo en voz baja, pero mirándome con evidente curiosidad.

"Doctor, tenía toda la razón", dije. "Hay algo malo en ese lugar".

"Pensé que cambiaría de opinión", respondió él, triunfante. "Ha pasado una mala noche, ¿eh? ¿Quiere un estimulante? Tengo una receta excelente".

"No, gracias", exclamé. "Pero me gustaría contarle lo que pasó".

Luego traté de explicar con la mayor claridad posible lo que había ocurrido, sin omitir decir que me había asustado como nunca antes lo había estado en toda mi vida. Me concentré particularmente en el fenómeno del ojo de buey, que era un hecho del que estaba seguro, incluso si el resto había sido una ilusión. Lo había cerrado dos veces en la noche, y la segunda vez en realidad había doblado el bronce para apretarlo con mi bastón. Creo que insistí mucho en este punto.

"Parece que piensa que puedo dudar de su historia", dijo el doctor, sonriendo ante mi detallado informe del estado del ojo de buey. "No dudo en lo más mínimo. Le renuevo mi invitación. Traiga su equipaje y ocupe la mitad de mi camarote".

"Venga y tome la mitad del mío por una noche", le dije. "Ayúdeme a llegar al fondo de esto".

"Llegará al fondo de otra cosa si lo intenta", respondió el médico.

"¿Qué?" Pregunté.

"El fondo del mar. Voy a dejar este barco. No sería buena idea ir a su camarote".

"Entonces no me ayudará a descubrir...".

"Yo no", dijo el médico rápidamente. "Es mi deber mantener mi equilibrio mental, no ir a jugar con fantasmas y cosas extrañas".

morning airing precisely as on the preceding day.

"Good-morning," said he quietly, but looking at me with evident curiosity.

"Doctor, you were quite right," said I. "There is something wrong about that place."

"I thought you would change your mind," he answered, rather triumphantly. "You have had a bad night, eh? Shall I make you a pick-me-up? I have a capital recipe."

"No, thanks," I cried. "But I would like to tell you what happened."

I then tried to explain as clearly as possible precisely what had occurred, not omitting to state that I had been scared as I had never been scared in my whole life before. I dwelt particularly on the phenomenon of the porthole, which was a fact to which I could testify, even if the rest had been an illusion. I had closed it twice in the night, and the second time I had actually bent the brass in wrenching it with my stick. I believe I insisted a good deal on this point.

"You seem to think I am likely to doubt the story," said the doctor, smiling at my detailed account of the state of the porthole. "I do not doubt in the least. I renew my invitation to you. Bring your traps here, and take half my cabin."

"Come and take half of mine for one night," I said. "Help me to get at the bottom of this thing."

"You will get to the bottom of something else if you try," answered the doctor.

"What?" I asked.

"The bottom of the sea. I am going to leave this ship. It is not canny."

"Then you will not help me to find out —"

"Not I," said the doctor quickly. "It is my business to keep my wits aobut me — not to go fiddling about with ghosts and things."

"¿Realmente cree que es un fantasma?", le pregunté, con bastante desprecio. Pero mientras hablaba recordaba muy bien la horrible sensación de lo sobrenatural que se había apoderado de mí durante la noche. El doctor se volvió bruscamente hacia mí.

"¿Tiene alguna explicación razonable de estas cosas para ofrecer?", preguntó. "No; usted no la tiene. Bueno, dice que encontrará una explicación. Yo digo que no lo hará, señor, simplemente porque no hay ninguna".

"Pero, mi querido señor", le contesté, "¿es usted, un hombre de ciencia, el que me dice que esas cosas no pueden explicarse?".

"Lo hago", respondió con firmeza. "Y, si pudieran, no estaría preocupado por la explicación".

No me importaba pasar otra noche solo en mi camarote, y sin embargo estaba obstinadamente determinado a llegar a la raíz de los disturbios. No creo que haya muchos hombres que hubieran dormido allí solos, después de pasar dos de esas noches. Pero me decidí a probarlo, aún si no lograba que alguien compartiera la vigilancia conmigo. Evidentemente, el médico no estaba inclinado a hacer semejante experimento. Dijo que era un cirujano, y que en caso de que ocurriera algún accidente a bordo, debía estar siempre preparado. No podía permitir que sus nervios se perturbaran. Tal vez tenía razón, pero me inclino a pensar que su precaución se debía al miedo. En su consultorio, me informó que no había nadie a bordo que pudiera acompañarme en mis investigaciones, y después de un poco más de conversación, lo dejé. Poco después vi al capitán y le conté mi historia. Dije que si nadie pasaba la noche conmigo, solo le pedía que dejara la luz prendida toda la noche y lo intentaría solo.

"Muy bien", dijo, "le diré lo que haré. Yo mismo compartiré su vigilia, y veremos qué pasa. Es mi creencia que nosotros po-

"Do you really believe it is a ghost?" I enquired, rather contemptuously. But as I spoke I remembered very well the horrible sensation of the supernatural which had got possession of me during the night. The doctor turned sharply on me —

"Have you any reasonable explanation of these things to offer?" he asked. "No; you have not. Well, you say you will find an explanation. I say that you won't, sir, simply because there is not any."

"But, my dear sir," I retorted, "do you, a man of science, mean to tell me that such things cannot be explained?"

"I do," he answered stoutly. "And, if they could, I would not be concerned in the explanation."

I did not care to spend another night alone in the state-room, and yet I was obstinately determined to get at the root of the disturbances. I do not believe there are many men who would have slept there alone, after passing two such nights. But I made up my mind to try it, if I could not get any one to share a watch with me. The doctor was evidently not inclined for such an experiment. He said he was a surgeon, and that in case any accident occurred on board he must be always in readiness. He could not afford to have his nerves unsettled. Perhaps he was quite right, but I am inclined to think that his precaution was prompted by his inclination. On enquiry, he informed me that there was no one on board who would be likely to join me in my investigations, and after a little more conversation I left him. A little later I met the captain, and told him my story. I said that, if no one would spend the night with me, I would ask leave to have the light burning all night, and would try it alone.

"Look here," said he, "I will tell you what I will do. I will share your watch myself, and we will see what happens. It

demos descubrirlo. Puede haber algún polizón que se esconde a bordo, asustando a los pasajeros. Es posible que haya algo extraño en la carpintería de esa litera".

Sugerí llevar el carpintero del barco para examinar el lugar; pero me encantó la oferta del capitán de pasar la noche conmigo. En consecuencia, envió al trabajador y le ordenó que hiciera todo lo que yo le exigiera. Bajamos juntos. Hice retirar toda la ropa de cama de la litera superior, y examinamos el lugar a fondo para ver si había una tabla suelta en algún lugar, o un panel que pudiera abrirse o deslizarse. Probamos los tablones por todas partes, golpeamos ligeramente el piso, desenroscamos los accesorios de la litera inferior y la desarmamos. En resumen, no había ni un centímetro cuadrado del camarote done no se hubiera buscado o hurgado. Todo estaba en perfecto orden, y lo volvimos a poner en su lugar. Cuando estábamos terminando nuestro trabajo, Robert se acercó a la puerta y miró hacia adentro.

"Bueno, señor, ¿encontró algo, señor?", preguntó, con una sonrisa fantasmal.

"Tenía razón sobre el ojo de buey, Robert", dije, y le di el soberano prometido. El carpintero hizo su trabajo en silencio y con habilidad, siguiendo mis instrucciones. Cuando hubo terminado habló.

"Soy un hombre sencillo, señor", dijo. "Pero creo que es mejor que acabe de sacar sus cosas y me deje pasar media docena de tornillos de cuatro pulgadas a través de la puerta de esta cabina. Hasta ahora no salió nada bueno de esta cabina, señor, y eso es todo. Que yo sepa, aquí se perdieron cuatro vidas, en cuatro viajes. ¡Mejor que abandone, señor! ¡Mejor abandone!".

"Lo intentaré una noche más", le dije.

"Será mejor que lo abandone, señor –¡mejor que lo deje! es una mala idea", repitió el trabajador, metiendo sus herra-

is my belief that we can find out between us. There may be some fellow skulking on board, who steals a passage by frightening the passengers. It is just possible that there may be something queer in the carpentering of that berth."

I suggested taking the ship's carpenter below and examining the place; but I was overjoyed at the captain's offer to spend the night with me. He accordingly sent for the workman and ordered him to do anything I required. We went below at once. I had all the bedding cleared out of the upper berth, and we examined the place thoroughly to see if there was a board loose anywhere, or a panel which could be opened or pushed aside. We tried the planks everywhere, tapped the flooring, unscrewed the fittings of the lower berth and took it to pieces — in short, there was not a square inch of the stateroom which was not searched and tested. Everything was in perfect order, and we put everything back in its place. As we were finishing our work, Robert came to the door and looked in.

"Well, sir — find anything, sir?" he asked, with a ghastly grin.

"You were right about the porthole, Robert," I said, and I gave him the promised sovereign. The carpenter did his work silently and skillfully, following my directions. When he had done he spoke.

"I'm a plain man, sir," he said. "But it's my belief you had better just turn out your things, and let me run half a dozen four-inch screws through the door of this cabin. There's no good never came o' this cabin yet, sir, and that's all about it. There's been four lives lost out o' here to my own remembrance, and that is four trips. Better give it up, sir — better give it up!"

"I will try it for one night more," I said.

"Better give it up, sir — better give it up! It's a precious bad job," repeated the

mientas en su bolsa y saliendo de la cabina.

Pero mi ánimo había mejorado mucho ante la perspectiva de contar con la compañía del capitán, y decidí no dejar de llevar hasta el final este extraño asunto. Esa noche me abstuve de queso galés y grog, y ni siquiera me uní al juego habitual de whist. Quería estar muy seguro de mis nervios, y mi vanidad me estimulaba a quedar bien delante del capitán.

IV

El capitán era uno de esos especímenes espléndidamente duros y alegres de la humanidad marinera cuyo combinación de valor, resistencia y calma en la dificultad, los lleva, casi naturalmente, a alcanzar posiciones elevadas. No era un hombre que se dejara convencer por un relato ocioso, y el mero hecho de que estuviera dispuesto a unirse a mí en la investigación era una prueba de que pensaba que algo –que no podía explicarse según las teorías ordinarias, ni considerarse una superstición irrisoria– andaba muy mal. Hasta cierto punto, también su reputación estaba en juego, así como la reputación del navío. No es poca cosa perder pasajeros que saltan sobre borda, y él lo sabía.

Cerca de las diez de la noche, cuando estaba fumando su último cigarro, se acercó a mí y me apartó de los otros pasajeros que caminaban por la cubierta en la cálida noche.

"Este es un asunto serio, señor Brisbane", dijo. "Debemos preparar nuestras mentes para cualquier cosa que pueda pasar, ya sea ser decepcionados o pasar un momento difícil. Verá, no puedo permitirme tomar este asunto a la ligera, y le pediré que firme una declaración de todo lo que pase. Si no pasa nada esta noche, lo intentaremos de nuevo mañana y al día siguiente. ¿Está listo?".

workman, putting his tools in his bag and leaving the cabin.

But my spirits had risen considerably at the prospect of having the captain's company, and I made up my mind not to be prevented from going to the end of this strange business. I abstained from Welsh rare-bits and grog that evening, and did not even join in the customary game of whist. I wanted to be quite sure of my nerves, and my vanity made me anxious to make a good figure in the captain's eyes.

IV

The captain was one of those splendidly tough and cheerful specimens of seafaring humanity whose combined courage, hardihood, and calmness in difficulty leads them naturally into high positions of trust. He was not the man to be led away by an idle tale, and the mere fact that he was willing to join me in the investigation was proof that he thought there was something seriously wrong, which could not be accounted for on ordinary theories, nor laughed down as a common superstition. To some extent, too, his reputation was at stake, as well as the reputation of the ship. It is no light thing to lose passengers overboard, and he knew it.

About ten o'clock that evening, as I was smoking a last cigar, he came up to me, and drew me aside from the beat of the other passengers who were patrolling the deck in the warm darkness.

"This is a serious matter, Mr. Brisbane," he said. "We must make up our minds either way — to be disappointed or to have a pretty rough time of it. You see I cannot afford to laugh at the affair, and I will ask you to sign your name to a statement of whatever occurs. If nothing happens tonight we will try it again tomorrow and next day. Are you ready?"

Así que fuimos abajo, y entramos en el camarote. Al entrar, pude ver a Robert el mayordomo, que estaba un poco más abajo en el pasillo, observándonos, con su habitual sonrisa, como si estuviera seguro de que algo terrible iba a suceder. El capitán cerró la puerta detrás de nosotros y corrió el pasador.

"Le propongo que pongamos su baúl delante de la puerta", sugirió. "Uno de nosotros puede sentarse en él. De esa manera nada podrá salir. ¿Está atornillado el ojo de buey?".

Lo encontré como lo había dejado por la mañana. De hecho, sin usar una palanca, como lo había hecho yo, nadie podría haberlo abierto. Retiré las cortinas de la litera superior para poder verla bien. Por consejo del capitán, encendí mi linterna de lectura y la coloqué para que brillara sobre las sábanas blancas de arriba. Insistió en sentarse en el maletero, declarando que deseaba poder jurar que se había sentado delante de la puerta.

Luego me pidió que revisara el camarote a fondo, una operación que realicé rápidamente, ya que simplemente consistía en mirar debajo de la litera inferior y debajo del sofá, que estaba junto al ojo de buey. Los espacios estaban completamente vacíos.

"Es imposible que ningún ser humano entre", dije, "o que cualquier ser humano abra el ojo de buey".

"Muy bien", dijo el capitán con calma. "Si vemos algo ahora, debe ser nuestra imaginación o algo sobrenatural".

Me senté en el borde de la litera inferior.

"La primera vez que sucedió", dijo el capitán, cruzando las piernas y reclinándose contra la puerta, "fue en marzo. El pasajero que durmió aquí, en la litera superior, resultó ser un lunático; en todo caso, se sabía que estaba un poco alterado, y había tomado el pasaje sin el conocimiento de sus amigos. Salió corriendo en mitad de la noche y se lanzó por la borda,

So we went below, and entered the state-room. As we went in I could see Robert the steward, who stood a little further down the passage, watching us, with his usual grin, as though certain that something dreadful was about to happen. The captain closed the door behind us and bolted it.

"Supposing we put your portmanteau before the door," he suggested. "One of us can sit on it. Nothing can get out then. Is the port screwed down?"

I found it as I had left it in the morning. Indeed, without using a lever, as I had done, no one could have opened it. I drew back the curtains of the upper berth so that I could see well into it. By the captain's advice I lighted my reading lantern, and placed it so that it shone upon the white sheets above. He insisted upon sitting on the portmanteau, declaring that he wished to be able to swear that he had sat before the door.

Then he requested me to search the state-room thoroughly, an operation very soon accomplished, as it consisted merely in looking beneath the lower berth and under the couch below the porthole. The spaces were quite empty.

"It is impossible for any human being to get in," I said, "or for any human being to open the port."

"Very good," said the captain calmly. "If we see anything now, it must be either imagination or something supernatural."

I sat down on the edge of the lower berth.

"The first time it happened," said the captain, crossing his legs and leaning back against the door, "was in March. The passenger who slept here, in the upper berth, turned out have been a lunatic — at all events, he was known to have been a little touched, and he had taken his passage without the knowledge of his friends. He rushed out in the middle of the night, and

antes de que el oficial que tenía la guardia pudiera detenerlo. Nos detuvimos y bajamos un bote; era una noche tranquila, justo antes de que llegara el mal tiempo; pero no pudimos encontrarlo. Por supuesto, su suicidio fue explicado, después, por su locura".

"Supongo que eso sucede a menudo?", comenté, algo ausente.

"No, a menudo no", dijo el capitán; "nunca antes en mi experiencia, aunque he oído que sucedió a bordo de otros barcos. Bueno, como decía, eso ocurrió en marzo. En el siguiente viaje, ¿qué está mirando?", preguntó, interrumpiendo su narración repentinamente.

Creo que no le di ninguna respuesta. Mis ojos estaban clavados en el ojo de buey. Me pareció que la tuerca de bronce comenzaba a girar sobre el tornillo muy lentamente; tan lentamente, sin embargo, que no estaba seguro de que se moviera en absoluto. La observé atentamente, fijando su posición en mi mente, y tratando de determinar si se había movido. Mirando hacia el mismo lugar donde yo miraba, el capitán también lo observó.

"¡Se mueve!", exclamó, en un tono de convicción. "No, no lo hace", agregó, después de un minuto.

"Si fuera la sacudida del tornillo", dije yo, "se habría abierto durante el día, pero esta noche la encontré tan apretada como la dejé a la mañana".

Me levanté y probé la tuerca. Ciertamente se había aflojado, ya que, haciendo un esfuerzo pude moverla con mis manos.

"Lo más raro", dijo el capitán, "es que se supone que el segundo hombre que se perdió se tiró por ese mismo ojo de buey. Lo pasamos muy mal por eso. Fue en medio de la noche, y el clima era muy pesado; hubo una alarma de que una de las portillas estaba abierta y el mar entraba por ella. Bajé y encontré que todo estaba inundado, el agua entraba cada vez que el barco rolaba y todo el ojo de buey se balanceaba, colgando de sus pernos superiores.

threw himself overboard, before the officer who had the watch could stop him. We stopped and lowered a boat; it was a quiet night, just before that heavy weather came on; but we could not find him. Of course his suicide was afterwards accounted for on the ground of his insanity."

"I suppose that often happens?" I remarked, rather absently.

"Not often — no," said the captain; "never before in my experience, though I have heard of it happening on board of other ships. Well, as I was saying, that occurred in March. On the very next trip — What are you looking at?" he asked, stopping suddenly in his narration.

I believe I gave no answer. My eyes were riveted upon the porthole. It seemed to me that the brass loop-nut was beginning to turn very slowly upon the screw — so slowly, however, that I was not sure it moved at all. I watched it intently, fixing its position in my mind, and trying to ascertain whether it changed. Seeing where I was looking, the captain looked too.

"It moves!" he exclaimed, in a tone of conviction. "No, it does not," he added, after a minute.

"If it were the jarring of the screw," said I, "it would have opened during the day; but I found it this evening jammed tight as I left it this morning."

I rose and tried the nut. It was certainly loosened, for by an effort I could move it with my hands.

"The queer thing," said the captain, "is that the second man who was lost is supposed to have got through that very port. We had a terrible time over it. It was in the middle of the night, and the weather was very heavy; there was an alarm that one of the ports was open and the sea running in. I came below and found everything flooded, the water pouring in every time she rolled, and the whole port swinging from the top bolts — not the porthole

Bueno, nos las arreglamos para cerrarlo, pero el agua hizo un poco de daño. Desde entonces, el lugar huele a agua de mar de vez en cuando. Supusimos que el pasajero se había tirado, aunque solo el Señor sabe cómo lo hizo. El mayordomo siguió diciéndome que no puede mantener nada cerrado aquí. Por mi honor, ahora puedo olerlo, ¿no es así? –preguntó, olfateando el aire con suspicacia.

"Sí, claramente", dije, y me estremecí cuando el mismo olor a agua de mar estancada se hizo más fuerte en la cabina. "Ahora, para oler así, el lugar debe estar húmedo", continué, "y sin embargo, cuando lo examiné con el carpintero esta mañana, todo estaba perfectamente seco. Es lo más extraordinario, ¡caramba!".

Mi linterna de lectura, que había sido colocada en la litera superior, se extinguió repentinamente. Todavía quedaba una buena cantidad de luz en el cristal de suelo cerca de la puerta, detrás del cual brillaba la lámpara de seguridad. La nave roló pesadamente, y la cortina de la litera superior oscilaba yendo y viniendo de adentro hacia afuera. Me levanté rápidamente de mi asiento en el borde de la cama, y el capitán se puso de pie en el mismo momento con un fuerte grito de sorpresa. Me había dado vuelta con la intención de bajar la linterna para examinarla, cuando escuché su exclamación, e inmediatamente después, su llamada de ayuda. Salté hacia él. Estaba luchando con todas sus fuerzas con la agarradera de la portilla. Parecía girar contra sus manos a pesar de todos sus esfuerzos. Cogí mi bastón, un pesado bastón de roble que siempre solía llevar, lo empujé a través del anillo y lo soporté con todas mis fuerzas. Pero la sólida madera del bastón se rompió y caí sobre el sofá. Cuando volví a levantarme, la portilla estaba completamente abierta, y el capitán estaba de pie con la espalda contra la puerta, pálido hasta los labios.

"¡Hay algo en esa litera!", exclamó, con voz extraña, y sus ojos casi asomando

in the middle. Well, we managed to shut it, but the water did some damage. Ever since that the place smells of sea-water from time to time. We supposed the passenger had thrown himself out, though the Lord only knows how he did it. The steward kept telling me that he cannot keep anything shut here. Upon my word — I can smell it now, cannot you?" he enquired, sniffing the air suspiciously.

"Yes — distinctly," I said, and I shuddered as that same odor of stagnant sea-water grew stronger in the cabin. "Now, to smell like this, the place must be damp," I continued, "and yet when I examined it with the carpenter this morning everything was perfectly dry. It is most extraordinary — hallo!"

My reading lantern, which had been placed in the upper berth, was suddenly extinguished. There was still a good deal of light from the pane of ground glass near the door, behind which loomed the regulation lamp. The ship rolled heavily, and the curtain of the upper berth swung far out into the state-room and back again. I rose quickly from my seat on the edge of the bed, and the captain at the same moment started to his feet with a loud cry of surprise. I had turned with the intention of taking down the lantern to examine it, when I heard his exclamation, and immediately afterwards his call for help. I sprang towards him. He was wrestling with all his might with the brass loop of the port. It seemed to turn against his hands in spite of all his efforts. I caught up my cane, a heavy oak stick I always used to carry, and thrust it through the ring and bore on it with all my strength. But the strong wood snapped suddenly and I fell upon the couch. When I rose again the port was wide open, and the captain was standing with his back against the door, pale to the lips.

"There is something in that berth!" he cried, in a strange voice, his eyes almost

de sus órbitas. "Sostenga la puerta, mientras yo miro, ¡no se nos escapará, sea lo que fuere!".

Pero en lugar de tomar su lugar, salté sobre la litera inferior y agarré algo que estaba en la litera de arriba.

Era algo fantasmal, horrible más allá de las palabras, y se movía en mis manos. Era como el cuerpo de un hombre ahogado durante mucho tiempo, y sin embargo se movía, y tenía la fuerza de diez hombres vivos; pero lo agarré con todas mis fuerzas, la cosa era resbaladiza, húmeda y horrible, sus blancos ojos muertos parecían mirarme fijamente desde el crepúsculo; el olor putrefacto del agua de mar estaba a su alrededor, y su pelo brillante colgaba en rizos húmedos sobre su cara muerta. Luché con esa cosa muerta; se volvió contra mí, me obligó a retroceder y casi me rompió los brazos; la muerte viviente envolvió los brazos cadavéricos alrededor de mi cuello, y me dominó, de modo que, por fin, dejé salir un gemido, caí, y lo solté.

Cuando caí, la cosa saltó sobre mí y pareció lanzarse sobre el capitán. La última vez que lo vi de pie, su cara estaba blanca y sus labios apretados. Me pareció que le asestó un golpe violento a esa cosa muerta, y luego él también cayó de bruces, con un grito de horror inarticulado.

La cosa se detuvo un instante, pareciendo flotar sobre su cuerpo postrado, y podría haber gritado de nuevo por el miedo que sentía, pero no me quedaba voz. La cosa se desvaneció repentinamente, y mis sentidos perturbados me dijeron que salió por el ojo de buey que estaba abierto, aunque cómo eso fue posible, teniendo en cuenta la pequeñez de la abertura, es más de lo que nadie puede decir. Me quedé largo tiempo tendido en el suelo, con el capitán yaciendo a mi lado. Por fin recuperé parcialmente mis sentidos y me moví, en ese momento supe que mi brazo estaba roto, el hueso pequeño de mi antebrazo izquierdo cerca de la muñeca.

starting from his head. "Hold the door, while I look — it shall not escape us, whatever it is!"

But instead of taking his place, I sprang upon the lower bed, and seized something which lay in the upper berth.

It was something ghostly, horrible beyond words, and it moved in my grip. It was like the body of a man long drowned, and yet it moved, and had the strength of ten men living; but I gripped it with all my might — the slippery, oozy, horrible thing — the dead white eyes seemed to stare at me out of the dusk; the putrid odor of rank sea-water was about it, and its shiny hair hung in foul wet curls over its dead face. I wrestled with the dead thing; it thrust itself upon me and forced me back and nearly broke my arms; it wound its corpse's arms about my neck, the living death, and overpowered me, so that I, at last, cried aloud and fell, and left my hold.

As I fell the thing sprang across me, and seemed to throw itself upon the captain. When I last saw him on his feet his face was white and his lips set. It seemed to me that he struck a violent blow at the dead being, and then he, too, fell forward upon his face, with an inarticulate cry of horror.

The thing paused an instant, seeming to hover over his prostrate body, and I could have screamed again for very fright, but I had no voice left. The thing vanished suddenly, and it seemed to my disturbed senses that it made its exit through the open port, though how that was possible, considering the smallness of the aperture, is more than any one can tell. I lay a long time on the floor, and the captain lay beside me. At last I partially recovered my senses and moved, and instantly I knew that my arm was broken — the small bone of my left forearm near the wrist.

Me puse de pie de alguna manera, y con la mano sana intenté levantar al capitán. Él gimió y se movió, y por fin recuperó el conocimiento. No estaba herido, pero parecía muy aturdido.

Bueno, ¿quieren escuchar más? No hay nada mas. Ese es el final de mi historia. El carpintero llevó a cabo su plan de pasar media docena de tornillos de cuatro pulgadas a través de la puerta del camarote ciento cinco; y si alguna vez toman un pasaje en el Kamtschatka, pueden pedir un pasaje en ese camarote, pero les dirán que ya está ocupado, sí, está ocupado por esa cosa muerta.

Terminé el viaje en la cabina del cirujano. Él me curó el brazo roto y me aconsejó que ya no "jugueteara más con fantasmas y cosas extrañas". El capitán estaba muy silencioso, y nunca volvió a navegar en esa nave, aunque todavía sigue a flote. Yo tampoco navegaré en ella. Fue una experiencia muy desagradable, que me asustó mucho, cosa que me desagrada. Eso es todo. Así fue como vi a un fantasma, si era un fantasma. Estaba muerto, de todos modos.

I got upon my feet somehow, and with my remaining hand I tried to raise the captain. He groaned and moved, and at last came to himself. He was not hurt, but he seemed badly stunned.

Well, do you want to hear any more? There is nothing more. That is the end of my story. The carpenter carried out his scheme of running half a dozen four-inch screws through the door of one hundred and five; and if ever you take a passage in the Kamtschatka, you may ask for a berth in that state-room. You will be told that it is engaged — yes — it is engaged by that dead thing.

I finished the trip in the surgeon's cabin. He doctored my broken arm, and advised me not to "fiddle about with ghosts and things" any more. The captain was very silent, and never sailed again in that ship, though it is still running. And I will not sail in her either. It was a very disagreeable experience, and I was very badly frightened, which is a thing I do not like. That is all. That is how I saw a ghost — if it was a ghost. It was dead, anyhow.

La tienda de la esquina / The Corner Shop

Cynthia Asquith

Los ejecutores de Peter Wood encontraron su tarea muy fácil. Había dejado sus asuntos en perfecto orden. La única sorpresa encontrada en su prolijo escritorio fue un sobre sellado en el que estaba escrito: "No deseando ser molestado por Sociedades de Investigación bien intencionadas, nunca le he mostrado el adjunto a nadie, pero después de mi muerte, todos son bienvenidos a leer lo que, a mi entender, es una historia real".

El manuscrito, que llevaba una fecha tres años anterior a la muerte del escritor, relataba la siguiente historia.

"Hace mucho tiempo que deseo dejar registrada una experiencia de mi juventud. No intentaré darle ninguna explicación. No saco conclusiones. Simplemente relato ciertos eventos.

Una tarde brumosa, al final de un día de ociosidad forzada en mis aposentos –me acababa de recibir de abogado–, estaba desanimado, caminando hacia mi alojamiento, cuando me llamó la atención la ventana iluminada de una tienda. Al ver la palabra "Antigüedades" en su cartel, y recordando que le debía un regalo de boda a un amante de las chucherías, agarré el pomo de la puerta verde. Al abrirse, con uno de esos alegres cascabeles, me permi-

Peter Wood's executors found their task a very easy one. He had left his affairs in perfect order. The only surprise yielded by his methodical writing-table was a sealed envelope on which was written: 'Not wishing to be bothered by well-meaning Research Societies, I have never shown the enclosed to anyone, but after my death all are welcome to read what, to the best of my knowledge, is a true story.'

The manuscript which bore a date three years previous to the death of the writer was as follows.

'I have long wished to record an experience of my youth. I won't attempt any explanations. I draw no conclusions. I merely narrate certain events.

'One foggy evening, at the end of a day of enforced idleness in my chambers — I had just been called to the Bar — I was rather dejectedly walking back to my lodgings when my attention was drawn to the brightly lit window of a shop. Seeing the word "Antiques" on its sign-boar, and remembering that I owed a wedding present to a lover of bric-à-brac, I grasped the handle of the green door. Opening with one of those cheerful jingle-jangle bells, it

tió ingresar a un gran local, lleno de gente, con todos los tesoros y las porquerías tradicional de una tienda de curiosidades. Trajes de armadura, calentadores, espejos rotos o empañados, vestimentas de la iglesia, ruecas giratorias, pavas de bronce, lámparas de araña, gongs, juegos de ajedrez: muebles de todos los tamaños y de todos los períodos. A pesar de todo el desorden, no había nada de la oscuridad polvorienta que uno asocia con tales colecciones. Lejos de ser lúgubre, la habitación estaba brillantemente iluminada y un fuego crepitante chisporroteaba en el hogar. De hecho, la atmósfera era tan cálida y alegre que, después de la niebla húmeda que había en el exterior, me pareció muy agradable.

Cuando entré, una mujer joven y una muchacha, obviamente hermanas, por su parecido, se levantaron para recibirme. Atractivas, bulliciosas, alegremente vestidas, eran curiosamente diferentes al tipo de personas que usualmente trabajan en esos lugares. Una florería o una pastelería hubiera parecido un escenario mucho más apropiado. Concediéndoles internamente altas calificaciones, por mantener el lugar tan limpio, les deseé buenas noches a las hermanas. Sus caras sonrientes y sus modales me causaron una grata impresión; pero a pesar de que fueron muy complacientes al mostrarme todos sus tesoros y demostraron un considerable conocimiento y apreciación, parecían totalmente indiferentes en cuanto a si yo iba o no a hacer alguna compra.

Encontré una pequeña pieza de plata de Sheffield, a un precio muy moderado y decidí que ese era el mejor regalo para mi amigo. Explicando que no tenía suficiente dinero en efectivo, le pregunté a la hermana mayor si aceptaría un cheque.

"Por supuesto", respondió ella, produciendo rápidamente pluma y tinta. "Por favor escríbalo a nombre de 'Tienda de Curiosidades de la Esquina' ".

admitted me into large rambling premises, thickly crowded with all the traditional treasure and trash of a curiosity shop. Suits of armor, warming-pans, cracked, misted mirrors, church vestments, spinning-wheels, brass kettles, chandeliers, gongs, chess-men — furniture of every size and every period. Despite all the clutter, there was none of the dusty gloom one associates with such collections. Far from being dingy, the room was brightly lit and a crackling fire leaped up the chimney. In fact, the atmosphere was so warm and cheerful that after the cold dank fog outside it struck me as most agreeable.

'At my entrance, a young woman and a girl — by their resemblance obviously sisters — rose from armchairs. Bright, bustling, gaily dressed, they were curiously unlike the type of people who usually preside over such wares. A flower or a cake shop would have seemed a far more appropriate setting. Inwardly awarding them high marks for keeping the place so clean, I wished the sisters good evening. Their smiling faces and easy manners made a very pleasant impression on me; but though they were most obliging in showing me all their treasures and displayed considerable knowledge as well as appreciation, they seemed wholly indifferent as to whether or not I made any purchase.

'I found a small piece of Sheffield plate very moderately priced and decided that this was the very present for my friend. Explaining that I was without sufficient cash, I asked the elder sister if she would take a cheque.

"'Certainly," she answered, briskly producing pen and ink. "Will you please make it out to the 'Corner Curio Shop'?"

Fue con cierta reticencia que dejé ese alegre recinto y me sumergí de nuevo en la niebla de azafrán.

"Buenas noches señor, siempre me complacerá verlo en cualquier otro momento", me despidió la agradable voz de la hermana mayor; una voz tan atractiva que me fui casi con la sensación de haber hecho una amiga.

Supongo que debe haber sido una semana más tarde cuando, mientras caminaba hacia mi casa una noche amarga y fría –con nieve fina y en polvo raspando mi cara, y un viento cortante azotando las calles–, recordé el calor acogedor de la alegre Tienda de la Esquina, y decidí volver a visitarla. Llegué a la misma calle, y allí –¡sí!–, allí estaba en la esquina.

Me decepcioné mucho más de lo justificado el descubrir que la tienda tenía aspecto de estar cerrada, y leí esa palabra intransigente "CERRADO".

Una ráfaga helada de viento silbó en la esquina; mis pantalones mojados raspaban tristemente mis tobillos paspados. Anhelando el calor y el brillo interior, me sentí molesto y frustrado. Siguiendo un impulso infantil, porque estaba seguro de que la puerta estaba cerrada con llave, agarré la manija y la sacudí. Para mi sorpresa, giró en mi mano, pero no en respuesta a mi presión. La puerta se abrió desde adentro, y me encontré mirando el rostro tenuemente iluminado de un hombrecillo muy viejo y de aspecto extremadamente frágil.

"Sírvase pasar, señor", dijo con una voz suave y un tanto trémula, y sus pasos débiles se arrastraron por delante de mí.

Es imposible describir cuan cambiado estaba el lugar. Supongo que la luz eléctrica se había cortado, ya que la oscuridad de la gran sala, solo era atenuada por dos velas encendidas, y bajo su luz vacilante, las formas oscuras de los muebles, antes bien iluminados, ahora se alzaban imponentes y misteriosos, proyectando som-

'It was with conscious reluctance that I left the cheerful precincts and plunged back into the saffron fog.

"'Good evening, sir. Always pleased to see you at any time," rang out the elder sister's pleasant voice, a voice so engaging that I left almost with a sense of having made a friend.

'I suppose it must have been a week later that, as I walked home one bitter cold evening — fine powdery snow brushing against my face, a cutting wind lashing down the streets — I remembered the welcoming warmth of the cheerful Corner Shop, and decided to revisit it. I found myself to be in the very street, and there — yes! — there was the very corner.

'It was with a sense of disappointment out of all proportion to the event, that I found the shop wore that baffling, shut-eyed appearance, and read the uncompromising word CLOSED.

'An icy gust of wind whistled round the corner; my wet trousers flapped dismally against my chapped ankles. Longing for the warmth and glow within, I felt annoyingly thwarted. Rather childishly —for I was certain the door was locked — I grasped the handle and shook it. To my surprise it turned in my hand, but not in answer to its pressure. The door was opened from within, and I found myself looking into the dimly lit countenance of a very old and extremely frail-looking little man.

"'Please to come in, sir," said a gentle, rather tremulous voice, and feeble footsteps shuffled away ahead of me.

'It is impossible to describe the altered aspect of the place. I suppose the electric light had fused, for the darkness of the large room was thinned only by two guttering candles, and in their wavering light, dark shapes of furniture, formerly brightly lit, now loomed towering and mysterious, casting weird, almost menac-

bras extrañas y casi amenazantes. El fuego estaba apagado. Solo una brasa que aún brillaba débilmente indicaba que había estado prendido no mucho antes. No había otra evidencia de fuego, porque el frío desalentador era tal como nunca antes había experimentado. En comparación, la calle casi parecía agradable. Al menos había estado preparado para su frío mordiente. De un modo u otro, el ambiente de la tienda era ahora tan sombrío como antes había sido brillante. Sentí un fuerte deseo de irme de inmediato, pero la oscuridad circundante se redujo, y vi al anciano encendiendo velas por aquí y por allá.

"¿Hay algo que pueda mostrarle, señor?", tembló, acercándose, vela en la mano. Ahora lo vi con más claridad. Su apariencia me causó una impresión indescriptible. Mientras miraba, pensé en Rembrandt. ¿Quién más podría haber dado alguna idea de las extrañas sombras en esa cara devastada? Cansado es una palabra que usamos a la ligera. Nunca antes había sabido lo que podría significar. ¡Qué inefable, paciente cansancio! Profundamente hundidos en su rostro marchito, sus ojos parecían tan extintos como el fuego. ¡Y la fragilidad de su pequeño y trémulo cuerpo!

Las palabras "polvo y cenizas, polvo y cenizas" pasaron por mi mente.

En mi primera visita, me había sorprendido la limpieza poco característica del lugar. Se me ocurrió la extraña fantasía de que este anciano era algo así como la acumulación de todo el polvo que uno pudiera haber encontrado distribuido sobre ese lugar. En verdad, parecía no mucho más sólido que una mera aglomeración de polvo y telarañas, que podrían dispersarse en un suspiro o a un toque.

¡Qué fantástica y vieja criatura, trabajaba para esas chicas tan bien parecidas! Debía, pensé, ser un viejo empleado mantenido por caridad.

"¿Hay algo que pueda mostrarle, señor?", repitió el anciano. Su voz tenía un

ing shadows. The fire was out. Only one faintly glowing ember told that any had lately been alive. Other evidence there was none, for the grim cold of the atmosphere was such as I had never experienced. The phrase "it struck chill" is laughably inadequate. In retrospect the street seemed almost agreeable. At least its biting cold there had been bracing. One way and another the atmosphere of the shop was now as gloomy as it had been bright before. I felt a strong impulse to leave at once, but the surrounding darkness thinned, and I saw the old man busily lighting candles here and there.

"'Anything I can show you, sir?" he quavered, approaching, taper in hand. I now saw him comparatively distinctly. His appearance made an indescribable impression on me. As I stared, Rembrandt flitted through my mind. Who else could have given any idea of the weird shadows on that ravaged face? Tired is a word we use lightly. Never before had I known what it might mean. Such ineffable, patient weariness! Deep sunk in his withered face, the eyes seemed as extinct as the fire. And the wan frailty of the small tremulous bent frame!

'The words "dust and ashes, dust and ashes," strayed through my brain.

'On my first visit, I had, you may remember, been surprised by the uncharacteristic cleanliness of the place. The queer fancy now struck me that this old man was like an accumulation of all the dust one might have expected to find distributed over such premises. In truth, he looked scarcely more solid than a mere conglomeration of dust and cobwebs that might be dispersed at a breath or a touch.

'What a fantastic old creature to be employed by those well-to-do looking girls! He must, I thought, be some old retainer kept on out of charity.

"'Anything I can show, sir?" repeated the old man. His voice had little more body

poco más de cuerpo que una telaraña; pero tenía una curiosa, casi suplicante insistencia, y sus ojos estaban fijos en mí, con una mirada pálida pero devoradora. Quería irme, sí de una vez. La mera proximidad del pobre anciano me angustiaba, me hacía sentir tristemente desanimado. Sin embargo, murmurando involuntariamente: "gracias, miraré a mi alrededor", me encontré siguiendo su forma frágil e inspeccionando distraídamente varios objetos que eran iluminados por su temblorosa vela, a medida que avanzaba.

El silencio escalofriante, solo roto por el cansado movimiento de sus zapatillas de entrecasa me afectó los nervios.

"Es una noche muy fría", alcancé a decir.

"Frío, ¿verdad? ¿Frío? Sí. Me atrevo a decir que hace frío". Su voz gris reflejaba la apatía de la absoluta indiferencia.

Por cuantos años. Me pregunté, ¿este pobre viejo había sido inconsciente de su propia desgracia?

"¿Hace mucho que tiene este trabajo?", le pregunté, mientras miraba una cama con dosel.

"Un largo, largo, largo tiempo". La respuesta llegó tan suavemente como un suspiro, y mientras hablaba, el tiempo ya no parecía una cuestión de días, semanas, meses y años, sino un cansancio que se extendía de manera inconmensurable. De repente, empecé a resentir el cansancio y la melancolía del anciano, cuyo contagio pesaba tan inexplicablemente en mis propio ánimo.

"¿Cuánto tiempo, oh Señor, cuánto tiempo?", pregunté con toda la alegría que pude lograr, agregando, como una estúpida broma, "la pensión de vejez debe estar a punto de vencer, ¿eh?".

No obtuve ninguna respuesta.

En silencio se deslizó hacia el otro lado de la habitación.

"Esta es una pieza pintoresca", dijo mi guía, recogiendo una pequeña rana grotesca que yacía en un estante, entre va-

than the tearing of a cobweb; but there was a curious, almost pleading insistence in it, and his eyes were fixed on me in a wan yet devouring stare. I wanted to leave, yes at once. The mere proximity of the poor old man distressed me — made me feel wretchedly dispirited; none the less, involuntarily murmuring, "Thank you, I'll look round," I found myself following his frail form, and absent-mindedly inspecting various objects temporarily illuminated by his trembling taper.

'The chill silence broken only by the tired shuffle of his carpet slippers got on my nerves.

"'Very cold night," I hazarded.

"Cold, is it? Cold? Yes. I dare say it is cold." In his grey voice was the apathy of utter indifference.

'For how many years. I wondered, had this poor old fellow been "incapable of his own distress"?

"'Been at this job long?" I asked, dully contemplating a four-poster bed.

"'A long, long, long time." The answer came softly as a sigh, and as he spoke, time seemed no longer a matter of days, weeks, months, years, but a weariness that stretched immeasurably. Suddenly I began to resent the old man's exhaustion and melancholy, the contagion of which so unaccountably weighed down my own spirits.

"'How long, O Lord, how long?" I said as jauntily as I could manage, adding with odious jocularity, "Old age pension about due, what?"

'No response.
'In silence he drifted across the other side of the room.

"'Quaint piece, this," said my guide, picking up a grotesque little frog that lay on a shelf amongst various other odds

rias otras curiosidades. Parecía estar hecha de alguna sustancia similar a la piedra de jabón de jade, supongo. Impresionado por su rareza, tomé la rana de la mano del anciano. Estaba extrañamente fría.

"Parece divertida", le dije. "¿Cuánto cuesta?".

"Media corona, señor", susurró el anciano, mirando hacia mi cara. De nuevo, su voz apenas era más audible que el deslizamiento del polvo, pero había un brillo extraño en sus ojos. ¿Era interés? ¿Podría ser?

"¿Sólo media corona? ¿Eso es todo? Lo compraré", le dije.

"No se moleste en empacarlo. Lo pondré directamente en mi bolsillo".

"Cuando le di la moneda al anciano, sin querer le toqué la mano. Apenas pude reprimir mi sobresalto. Si la rana me había parecido fría, en comparación con la mano del viejo ¡parecía tibia! No puedo describir el escalofrío que me provocó ese breve contacto. ¡Pobre viejo! pensé que él no debería quedarse solo en ese lugar solitario. Me pregunté porqué esas chicas tan amables permitían que ese viejo enfermo siguiera trabajando.

Me despedí con un "buenas noches".

"Buenas noches señor. Gracias, señor", su débil y vieja voz temblaba. Cerró la puerta detrás de mí.

Volviendo la cabeza, mientras enfrentaba la tormenta de nieve, vi su forma, apenas más sólida que una sombra, delineada tenuemente contra la luz de las velas. Presionaba su cara contra el gran cristal, y mientras me alejaba me imaginé que sus cansados ojos pacientes seguían mirándome.

De alguna manera no pude dejar de pensar en ese viejo hombre. Mucho tiempo después de acostarme, mientras trataba de dormir, aún veía su cara marcada por un laberinto de arrugas, esos grandes ojos como planetas sin vida, mirándome fijamente, y en su mirada fija me parecía ver

and ends. It seemed to be made of some substance similar to jade — soapstone I guessed. Struck by its oddity, I took the frog from the old man's hand. It was strangely cold.

"'Rather fun," I said. "How much?"

"'Half a crown, sir," whispered the old man, glancing up at my face. Again his voice was scarcely more audible than the slithering of dust, but there was a queer gleam in his eyes. Was it eagerness? Could it be?

"'Only half a crown? Is that all? I'll have it," said I.

"'Don't bother to pack up old Anthony Rowley. I'll put him in my pocket."

'As I gave the old man the coin, I inadvertently touched his hand. I could scarcely suppress a start. I have said the frog struck cold, but, compared to that desiccated skin, its substance was tepid! I can't describe the chill of that second's contact. Poor old fellow! Thought I, he isn't fit to be about — not in this lonely place. I wonder those kind-looking girls allow such an old wreck to struggle on.

"'Good night," I said.

"'Good night, sir. Thank you, sir," quavered the feeble old voice. He shut the door behind me.

'Turning my head as I breasted the driving snow, I saw his form, scarcely more solid than a shadow, dimly outlined against the candlelight. His face was pressed against the big glass pane, and as I walked away I pictured his exhausted patient eyes peering after me.

'Somehow I was unable to dismiss the thought of that old, old man. Long, long after I was in bed and courting sleep I saw that ravaged face with its maze of wrinkles, those great eyes like lifeless planets, staring, staring at me, and in their steady gaze there seemed something that

algo que suplicaba. Sí, estaba extrañamente perturbado por ese viejo.

Incluso después de que logré dormirme, lo vi en mis sueños. Estaba acosado, supongo que por una sensación de su infinito cansancio, e intentaba obligarlo a descansar, obligarlo a acostarse. Pero tan pronto como logré poner su frágil forma en la cama con dosel que había visto en la tienda –solo que ahora parecía más una tumba que una cama, y la colcha de brocado se había convertido en un montón de césped–, él se me escapaba de las manos y reanudaba sus paseos dando vueltas y más vueltas por la tienda. Una y otra vez lo perseguí por interminables pasillos, llenos de muebles extraños, pero aún así, él me eludía.

La oscura tienda parecía estirarse sin final, combinándose con un espacio infinito, sin luz, ni aire, hasta que, al final, yo mismo colapsaba y me hundía dentro de una tumba de cuatro postes

A la mañana siguiente un llamado urgente me sacó de Londres, y en la ansiedad de la semana siguiente, el episodio de La Tienda de la Esquina se borró de mi mente. Tan pronto como mi padre fue declarado fuera de peligro, volví a mi triste alojamiento. Abatido por el mal estado de mis cuentas y preguntándome dónde encontraría suficiente dinero para pagar el próximo trimestre, me sorprendió gratamente la visita de un antiguo compañero de estudios, en ese momento prácticamente el único amigo que tenía en Londres. Estaba empleado por una de las firmas más conocidas de Vendedores y Subastadores de Arte.

Después de unos minutos de conversación, se levantó en busca de una luz. Me dio la espalda. Escuché el fuerte raspado de un fósforo, seguido de ruidos propiciatorios en su pipa. De repente interrumpió lo que estaba haciendo con una exclamación.

"¡Dios mío, hombre!", gritó. "¿De dónde has sacado esto?".

beseeched. Yes, I was strangely perturbed by that old man.

'Even after I achieved sleep, my dreams were full of him. Haunted, I suppose by a sense of his infinite tiredness, I was trying to force him to rest — to compel him to lie down. But no sooner did I succeed in laying out his frail form on the four-poster bed I had seen in the shop — only now it seemed more like a grave than a bed, and the brocade coverlet had turned into sods of turf — than he would slip from my grasp, and totteringly resume his rambles round and round the shop. On and on I chased him, down endless avenues or weird furniture, but still he eluded me.

'Now the dim shop seemed to stretch on and on unendingly — to merge into an infinity of sunless, airless space until at length, exhausted, breathless, I myself collapsed and sank into the four-poster grave.

'The very next morning an urgent summons took me out of London, and in the anxiety of the ensuing week the episode of the Corner Shop was banished from my mind. As soon as my father was pronounced out of danger, I returned to my dreary lodgings. Dejectedly engaged in adding up my wretched bills and wondering where on earth to find the money to pay my next quarter's rent, I was agreeably surprised by a visit from an old schoolfellow, at that time practically the only friend I had in London. He was employed by one of the best known firms of Fine Art Dealers and Auctioneers.

'After some minutes' conversation, he rose in search of a light. My back was turned to him. I heard the sharp scratch of a match, followed by propitiatory noises to his pipe. Suddenly they were broken off by an exclamation.

"Good God, man!" he shouted. 'Where did you get this?'

Volviendo la cabeza, vi que había agarrado la compra de la otra noche, la pequeña y divertida rana, cuya presencia en mi repisa de la chimenea estaba casi olvidada.

Mirándola de cerca, a través de una lupa, la sostuvo bajo la luz, sus manos temblaban de emoción.

"¿De dónde sacaste esto?", repitió. "¿Tienes idea de lo que es?".

"Brevemente le dije que, en lugar de abandonar una tienda con las manos vacías, había comprado la rana por media corona.

"¡Media corona! Mi querido amigo, no puedo jurarlo, pero creo que has tenido una de esas increíbles rachas de suerte de las que uno a veces oye hablar. A menos que esté muy equivocado, este es un jade de la Dinastía Hsia. Si es así, es prácticamente único".

Esas palabras no hicieron mucho para aliviar mi ignorancia.

"¿Quieres decir que vale algo de dinero?".

"¿Si vale dinero? ¡Uf!", exclamó. "Escucha. ¿Dejarás este negocio en mis manos? Déjame ofrecer esta pieza a mi empresa para ponerla en venta. Harán lo mejor que puedan por ti. Podría ofrecerse en la venta del jueves".

Sabía que podía confiar implícitamente en mi amigo, de modo que estuve de acuerdo. Envolvió la rana cuidadosamente en algodón y partió de prisa.

El viernes por la mañana tuve la conmoción de mi vida. Shock no implica necesariamente malas noticias.

Después de abrir el sobre que estaba en mi sucia bandeja del desayuno, la habitación dio vueltas y más vueltas por unos segundos. El sobre contenía un cheque de los Sres. Spunk, comerciantes de arte y subastadores: Por la venta de un jade Hsia, £ 2,000, menos el porcentaje de comisión, £ 1,800", y allí mismo, doblado, a nombre de Peter Wood, ¡se encontraba un cheque de Spunk por mil ochocientas libras! Durante algún tiempo estuve completamente

'Turning my head, I saw he had snatched up my purchase of the other night, the funny little frog, whose presence on my mantelpiece I had all but forgotten.

'Closely scrutinizing it through a magnifying glass, he held it under the gas-jet, his hands shaking with excitement.

'"Where did you get this?" he repeated. "Have you any idea what it is?"

'Briefly I told him that, rather than leave a shop empty-handed, I had bought the frog for a half a crown.

'"Half a crown! My dear fellow, I can't swear to it, but I believe you've had one of those amazing pieces of luck one hears of. Unless I'm very much mistaken, this is a piece of jade of the Hsia Dynasty. If so. it's practically unique."

'These words conveyed little to my ignorance.

'"Do you mean it's worth money?"

'"Worth money? Phew!" he ejaculated. "Look here. Will you leave this business to me? Let me have the thing for my firm to handle. They'll do the best they can by you. I shall be able to get it into Thursday's sale."

'Certain that I could implicitly trust my friend, I agreed. Reverently enwrapping the frog in cottonwool, he hurried off.

'Friday morning I had the shock of my life. Shock does not necessarily imply bad news.

'I assure you that for some seconds after opening the one envelope lying on my dingy breakfast-tray, the room spun round and round. The envelope contained an account from Messrs. Spunk, Fine Art Dealers and Auctioneers: "To sale of Hsia jade, £2,000, less to per cent commission, £1,800," and there, nearby folded, made out to Peter Wood, was Messrs. Spunk's cheque for eighteen hundred pounds! For some time I was completely bewildered.

desconcertado. Las palabras de mi amigo habían despertado algunas esperanzas – la esperanza de que mi compra casual pudiera facilitar el pago del alquiler del próximo trimestre – o incluso cubrir el alquiler de un año completo, pero una suma tan grande como esta nunca había pasado por mi mente. ¿Podía ser verdad, o era una broma de mal gusto? ¡Era demasiado, bueno para ser verdad! No era el tipo de cosas que podían pasarme a mí.

Todavía sintiéndome físicamente mareado, llamé a mi amigo. Su voz y la cordialidad de sus felicitaciones me convencieron de la verdad de mi asombrosa buena fortuna. No era ni una broma, ni un sueño. Yo, Peter Wood, cuya cuenta bancaria estaba actualmente sobregirada en veinte libras, quien, excepto acciones que ascendían a ciento cincuenta libras, no poseía valores de ninguna clase, ¡ahora tenía en mi mano un pedazo de papel convertible en mil ochocientos soberanos de oro! Me senté a pensar, a intentar comprender, a adaptarme a la realidad. De mi mezcla de planes, problemas y emociones, un hecho surgió muy claro. Obviamente, no podía aprovecharme de la ignorancia de esas lindas chicas, ni de la incompetencia de su pobre empleado, fuera quien fuera el responsable de ese error. No, no podía aceptar este increíble regalo del destino, simplemente porque, por casualidad, había comprado un tesoro por media corona.

Claramente, por lo menos debía devolver la mitad de la suma a mis benefactores inconscientes. De lo contrario, sentiría como si hubiera robado esa suma, como si fuera un ladrón en la noche que había irrumpido en su tienda. Recordé sus rostros agradables y abiertos. ¡Qué placer me daría asombrarlas con mis maravillosas noticias! Sentí un fuerte impulso de ir corriendo a la tienda ya mismo, pero por tener mi primer caso judicial, me veía obligado a ir los tribunales. Pero endosé el cheque de los señores Spuck, a nombre de la "Tienda de Curiosidades de la Esquina".

My friend's words had raised hopes — hopes that my chance purchase might facilitate the payment of next quarter's rent — might possibly even provide for a whole year's rent — but that so large a sum was involved had never so much as crossed my mind. Could it be true, or was it some hideous joke? Surely, in the trite phrase, it was much, much too good to be true! It wasn't the sort of thing that happened to oneself.

'Still feeling physically dizzy, I rang up my friend. His voice and the heartiness of his congratulations convinced me of the truth of my astounding good fortune. It was neither joke, nor dream. I, Peter Wood, whose bank account was at present twenty pounds overdrawn, who, but for shares amounting to one hundred and fifty pounds, possessed no securities whatever, now held in my hand a piece of paper convertible into eighteen hundred golden sovereigns! I sat down think, to try to realize, to readjust. From my jumble of plans, problems and emotions, one fact emerged crystal clear. Obviously I could not take advantage of that nice girl's ignorance, nor of her poor old caretaker's incompetence — whichever was to blame. No, I couldn't accept this amazing gift from fate, merely because, by a cheer fluke, I had bought a treasure for half a crown.

'Clearly I must give back at least half the sum to my unconscious benefactors. Otherwise I should feel I had robbed them almost as if, like a thief in the night, I had broken into their shop. I remembered their pleasant, open countenances. What fun to astonish them with my wonderful news! I felt a strong impulse to rush to the shop, but having for once a case in court, was obliged to go to the Temple. Endorsing Messrs. Spuck's cheque, I addressed it to the Corner Curio Shop.

Se hizo tarde antes de que pudiera salir de los tribunales de justicia, y cuando llegué a la tienda, me decepcionó, pero no me sorprendió leer el aviso CERRADO. Incluso suponiendo que el viejo cuidador estuviera de guardia, no tenía ningún sentido verlo. Mi negocio era con su patrona. Al decidir posponer mi visita para el día siguiente, estaba a punto de dirigirme a casa cuando, como si me esperaran, se abrió la puerta. Allí, en el umbral, estaba el anciano mirando hacia la oscuridad exterior.

"¿Puedo hacer algo por usted, señor?".

"Su voz era aún más rara que antes. Ahora me di cuenta de que temía reencontrarme con él, pero me encontré irresistiblemente obligado a entrar. El ambiente era tan frío como en mi última visita. Realmente me hacía temblar. Varias velas, obviamente recién encendidas, se estaban quemando. El brillo de las velas iluminó la mirada inquisitiva del anciano, fijada en mí. ¡Que cara! No había exagerado su rareza. Nunca había visto a nadie tan singular, tan sorprendente. No me extraña haber soñado con él. ¡Cómo me hubiera gustado que no hubiera abierto la puerta!

"¿Puedo mostrarle algo esta noche, señor?", le temblaba la voz.

'"No, gracias. He venido por esa cosa que me vendió el otro día. Me parece que es de gran valor. Por favor, dígale a su patrona que le pagaré un precio adecuado mañana".

Mientras hablaba, vi que sobre la cara del anciano se extendía la sonrisa más maravillosa que haya visto. Utilizo la palabra sonrisa por falta de una palabra mejor, pero ¿cómo transmitir la belleza de la expresión indefinible que transfiguró esa cara desgastada por el tiempo? Tierno triunfo; suave alegría, reverencia arrebatadora. ¿De qué misterio fui testigo? Era como la escarcha cediendo a la luz del sol, el deshielo de la pena en el resplandor del amanecer de una redención inesperada. Por prime-

'It was late before I was free to leave the Law Courts, and, when I arrived at the shop I was disappointed, but not surprised to read the notice CLOSED. Even supposing the old caretaker to be on duty, there was no particular point in seeing him. My business was with his mistress. Deciding to postpone my visit to the following day, I was just on the point of hurrying home when exactly as though I were expected, the door opened. There on the threshold stood the old man peering out into the darkness.

"Anything I can do for you, sir?"

'His voice was even queerer than before. I now realized that I had dreaded re-encountering him, yet I found myself irresistibly compelled to enter. The atmosphere was as grimly cold as on my last visit. I felt myself actually shiver. Several candles, obviously only just lit, were burning. By their glimmer I saw the old man's questioning gaze intently fixed on me. What a face! I had not exaggerated its weirdness. Never had I seen anyone so singular, so striking. No wonder I had dreamed of him. How I wished he had not opened the door!

'"Anything I can show you tonight, sir?" His voice trembled.

'"No thanks. I've come about that thing you sold me the other day. I find it's of great value. Please tell your mistress that I'll pay her a proper price for it tomorrow."

'As I spoke there spread over the old man's face the most wonderful smile. I use the word smile for lack of a better word, but how to convey the beauty of the indefinable expression that transfigured that time-worn face? Tender triumph; gentle joy; rapturous reverence. What mystery did I witness? It was like iron frost yielding to sunshine — the thawing of grief in the dawn-radiance of some unsurmisable redemption. For the first time in my life I had some inkling of the work "beatitude".

ra vez en mi vida tuve algunos indicios del significado de la palabra "beatitud".

No puedo describir la impresión que me causó esa sonrisa. El momento, por así decirlo, rebosó. El tiempo se detuvo. Fui consciente de cosas infinitas.

Repentinamente el sonido de un viejo reloj rompió el silencio. Volví la cabeza hacia una de esas maravillosas e intrincadas piezas de mano de obra medieval; un reloj de pie de Nuremberg. Desde la puertita situada por abajo de su dial exquisitamente pintado, emergieron unas pintorescas figuras, y mientras una tocaba la campana, otras avanzaban con cautela a través de los laberintos de un minué. Mi atención fue cautivada por el bonito espectáculo. No giré mi cabeza hasta que los últimos sonidos se silenciaron.

Me encontré solo.

El viejo había desaparecido. Sorprendido de que me dejara, miré alrededor de la sala. Por extraño que parezca, el fuego, que yo había supuesto muerto, había cobrado nueva vida, y ahora emitía un alegre brillo, pero ni el fuego ni la luz de las velas revelaron ningún rastro del viejo cuidador.

"¿Hola? ¿Hola?", llamé sin obtener respuesta.

No escuché nada, excepto los ruidosos relojes y el crujido del fuego. Caminé por toda la sala. Incluso miré en la gran cama con dosel de mis sueños. Entonces vi que había una habitación contigua, más pequeña. Agarrando una vela, me apresuré a explorarla. En su extremo, descubrí una escalera de caracol que conducía a una pequeña galería. El viejo debe haberse retirado a alguna guarida de arriba, pensé. Yo lo seguiría. Caminé a tientas hasta el pie de las escaleras y comencé a subir, pero los escalones crujían bajo mis pies; temía que la madera cediera. Había una corriente de aire helada, mi vela se apagó, telarañas rozaban mi cara. No parecía aconsejable seguir adelante. Finalmente desistí.

'I can't describe the impression made on me. The moment, as it were, brimmed over. Time ceased. I became conscious of infinite things.

'The silence was now broken by the gathering-itself-together sound of an old clock about to strike. I turned my head towards one of those wonderful, intricate pieces of medieval workmanship — a Nuremberg grandfather clock. From the recess beneath its exquisitely painted face, quaint figures emerged, and while one struck a bell, others demurely stepped through the mazes of a minuet. My attention was riveted by the pretty spectacle. Not till the last sounds had trembled into silence did I turn my head.

'I found myself alone.

'The old man had vanished. Surprised that he should leave me, I looked all round the large room. Oddly enough, the fire, which I had supposed dead, had flared into unexpected life, and now cast a cheerful glow, but neither fire nor candlelight revealed any trace of the old caretaker.

'"Hullo? Hullo?" I called interrogatively.

'No answer. No sound save the loud ticking clocks and the crackle of the fire. I walked all round the big room. I even looked into the great four-poster bed of my dreams. Then I saw that there was a smaller adjoining room. Snatching up a candle, I hastened to explore this. At its far end I discovered a winding staircase leading up to a little gallery. The old man must have withdrawn into some upstairs lair. I would follow him. I groped my way to the foot of the stairs, and began to climb, but the steps creaked under my feet; I was conscious of crumbling woodwork. There was an icy draught; my candle went out. Cobwebs brushed against my face. To go any further was most uninviting. I desisted.

Después de todo, ¿qué importaba eso? ¡Que el viejo se esconda si eso quiere!

Ya le había dado mi mensaje. Mejor que se haya ido. Pero la sala principal a la que había regresado, ahora se vía bastante cálida y alegre. ¿Qué me había hecho pensar alguna vez que era un lugar siniestro? Abandoné la tienda con un claro sentimiento de arrepentimiento. Me sentía abatido. Anhelaba ver esa cara radiante de nuevo. ¡Qué extraño viejo! ¿Cómo pude haber imaginado que le temía?

El próximo sábado pude permitirme ir directamente a la tienda. Durante todo el camino, mi mente estuvo agradablemente ocupada anticipando la bienvenida que las hermanas agradecidas seguramente me brindarían. Cuando un tintineo de la campana anunció la apertura de la puerta, las dos muchachas, que estaban ocupadas limpiando sus mercaderías, se volvieron hacia mí para ver quién venía a una hora tan inusualmente temprana. Reconociéndome, para mi sorpresa, se inclinaron amistosamente pero de forma bastante casual, como si fuera un simple conocido.

Con tal vínculo de cuento de hadas entre nosotros, esperaba un tipo de saludo muy diferente. Supuse que aún no habían oído la noticia, y cuando les dije que había traído el cheque, vi que mi suposición era correcta. Parecían bastante asombradas.

"¿Cheque?".

"Sí, por la rana que compré el otro día".

"¿Rana? Qué rana. Solo recuerdo que compró una plata de Sheffield".

¡Así que no sabían nada, ni siquiera de mi segunda visita a su tienda! Poco a poco les conté toda la historia. Estaban atónitas por mi relato. La hermana mayor parecía bastante aturdida.

"¡Pero no puedo entenderlo! ¡No puedo entender!", repitió. "Holmes, el viejo cuidador, ni siquiera debería admitir a nadie en nuestra ausencia, mucho menos para vender cosas. Simplemente viene a

'After all, what did it matter? Let the old man hide himself!

'I had given my message. Best be gone. But the main room to which I had returned was now quite warm and cheerful. What had ever made me think it sinister? It was with a distinct sense of regret that I left the shop. I felt baulked. I longed to see that radiant face again. Strange old man! How could I ever have fancied that I feared him?

'The next Saturday I was free to go straight to the shop. All the way there my mind was agreeably occupied anticipating the welcome the grateful sisters were sure to give me. As a jingle-jangle of the bell announced my opening of the door, the two girls, who were busily dusting their goods, turned to see who came at so unusually early an hour. Recognizing me, to my surprise they bowed amiably but quite casually, as though to a mere acquaintance.

'With such a fairy-tale bond between us, I had expected a very different kind of greeting. I supposed that they had not yet heard the news, and when I told them I had brought the cheque, I saw that my surprise was right. They looked quite blank.

'"Cheque?"

'"Yes, for the frog I bought the other day."

'"Frog? What frog? I only remember your buying a piece of Sheffield plate."

'So they knew nothing, not even of my second visit to their shop! By degrees I told them the whole story. They were overcome with astonishment. The elder sister seemed quite dazed.

'"But I can't understand it! I can't understand!" she repeated. "Holmes, the old caretaker, isn't even supposed to admit anyone in our absence — far less to sell things. He merely comes to take charge

hacerse cargo las noches que nos vamos temprano, y solo debería quedarse hasta que llegue el guardia nocturno. No puedo creer que lo haya dejado entrar y nunca nos dijo que había vendido algo. ¡Es demasiado extraordinario! ¿Que hora era?".

"Me parece que alrededor de las seis".

"Por lo general, se va a las cinco y media", dijo la muchacha. "Pero supongo que el policía debe haber llegado tarde".

"Fue más tarde cuando vine ayer".

"¿Vino otra vez?", preguntó ella.

Brevemente le conté de mi visita y del mensaje que había dejado con el cuidador.

"¡Qué cosa tan extraordinaria!", Exclamó. "No puedo ni empezar a entenderlo. Pero pronto escucharemos su explicación. Está por llegar en cualquier momento. Él viene todas las mañanas a barrer los pisos".

Me sentí emocionado ante la perspectiva de reencontrarme con el notable anciano. ¿Cómo se vería a la luz del día? ¿Podría verlo sonreír de nuevo?

"Es muy viejo, ¿no es así?", pregunté.

"¿Viejo? Sí, supongo que se está haciendo viejo, pero es un trabajo muy fácil. Es un tipo bueno y honesto. No me puedo imaginar que esté haciendo algo a escondidas. Me temo que últimamente hemos estado un poco flojas en nuestra catalogación. Me pregunto si él vende cosas y se queda con el dinero. ¡Oh no, no puedo creerlo! Por cierto, ¿se acuerda donde estaba esa rana?".

Señalé el estante del cual el cuidador había tomado la pieza de jade.

"Oh, es ese lote extraño que compré el otro día por casi nada. No he ordenado ni valorado ninguna de esas cosas todavía. No puedo recordar ninguna rana. ¡Qué cosa tan increíble!

En ese momento sonó el teléfono. Ella levantó el auricular.

"¿Hola? Hola, sí, la señorita Wilson hablando. Sí, señora Holmes, ¿qué pasa?".

on the evenings we leave early, and is only supposed to stay till the night policeman comes on duty. I can't believe he let you in and never told us he'd sold you something. It's too extraordinary! What time was it?"

"'Round about six, I should think.'"

"'He generally leaves at half past five,' said the girl. "But I suppose the policeman must have been late."

"'It was later when I came yesterday."

"'Did you come again?" she asked.

'Briefly I told her of my visit and the message I had left with the caretaker.

"'What an extraordinary thing!" she exclaimed. "I can't begin to understand it. But we shall soon hear his explanation. I expect him at any moment now. He comes in every morning to sweep the floors."

'At the prospect of meeting the remarkable old man again I felt a thrill of excitement. How would he look by daylight? Should I see him smile again?

"'Very old, isn't he?" I hazarded.

"'Old? Yes, I suppose he is getting on, but it's a very easy job. He's a good, honest fellow. I can't imagine his doing anything on the sly. I'm afraid we've been rather slack in our cataloguing lately. I wonder if he does sell odds and ends for himself? Oh no, I can't believe it! By the way, can you remember whereabouts this frog was?"

'I pointed to the shelf from which the caretaker had produced the piece of jade.

"'Oh, from that odd lot I bought the other day for next to nothing. I haven't sorted or priced any of the things yet. I can't remember any frog. What an incredible thing to happen!"

'At this moment the telephone rang. She lifted the receiver.

"'Hullo? Hullo? Yes, Miss Wilson speaking. Yes, Mrs. Holmes, what is it?"

"Unos segundos" se alteró un momento, y luego, "¿Muerto? ¿Muerto? ¿Pero cómo? ¿Por qué? ¡Oh, lo siento!".

Después de decir unas pocas palabras más, ella colgó el auricular y se volvió hacia nosotros, con los ojos llenos de lágrimas.

"Oh, Bessie", le dijo a su hermana. "El pobre Holmes está muerto. Cuando llegó a casa ayer, se quejó de dolor y murió en mitad de la noche, de insuficiencia cardíaca. Nadie tenía idea que le podía pasar eso. ¡Oh, pobre señora Holmes! ¿Qué hará ahora? ¡Debemos ir a verla ahora mismo!".

Ambas muchachas estaban tan perturbadas que pensé que era mejor irme.

Ese anciano tan peculiar me había impresionado tanto que me conmovió mucho escuchar que había muerto repentinamente. Qué extraño que, a excepción de su esposa, yo hubiera sido la última persona que habló con él. Sin duda ya se sentía mal cuando estaba conmigo. Por eso se había marchado tan bruscamente y sin decir una palabra. ¿Habría sido consciente de que estaba por morir? Esa sonrisa encantadora, inexplicable? ¿Fue ese el comienzo de la paz que sobrepasa todo entendimiento?

Al día siguiente les conté a la señorita Wilson y a su hermana todos los detalles de la fabulosa venta de la rana y presenté mi cheque. Aquí me encontré con una oposición inesperada. Las hermanas mostraron gran falta de voluntad para aceptar el dinero. Era, decían, todo mío. Además no lo necesitaban.

"Usted ve", explicó la señorita Wilson, "mi padre tenía un gran don para este negocio, era algo así como una especie de genio. Hizo una fortuna bastante grande. Cuando se hizo demasiado viejo para llevar adelante la tienda, la mantuvimos abierta, en parte por añoranza, en parte para estar ocupadas con algo. Pero no necesitamos obtener ningún beneficio".

'A few seconds' startled pause, and then, "Dead? Dead? But how? Why? Oh I am sorry!"

'After a few more words she replaced the receiver and turned to us, her eyes full of tears.

"'Oh, Bessie," she said to the sister. "Poor old Holmes is dead. When he got home yesterday he complained of pain, and he died in the middle of the night — heart failure. No one had any idea there was anything the matter with him. Oh, poor Mrs. Holmes! What will she do? We must go to her at once!"

'Both girls were so much upset that I thought it best to leave.

'The singular old man had made so haunting an impression upon me that I was deeply moved to hear of his sudden death. How strange that, except for his wife, I should have been the very last person to speak with him. No doubt pain had seized him in my very presence. That was why he had left so abruptly and without a word. Had death already brushed against his consciousness? That lovely, inexplicable smile? Was that the beginning of the peace that passes all understanding?

'Next day I told Miss Wilson and her sister all the details of the fabulous sale of the frog, and presented my cheque. Here I met with unexpected opposition. The sisters showed great unwillingness to accept the money. It was, they said, all mine. Besides they had no need of it.

"'You see," explained Miss Wilson, "my father had a flair for this business amounting to a sort of genius. He made quite a large fortune. When he became too old to carry on the shop, we kept it open, partly out of sentiment, partly for the sake of occupation. But we don't need to make any profit."

Al final, las convencí que aceptaran el dinero, aunque solo fuera para donarlo a la organización benéfica que les pareciera mejor. Fue un alivio para mi mente resolver ese asunto.

El extraordinario incidente de la rana de jade creó un vínculo entre nosotros, y en el curso de nuestra amistosa discusión nos hicimos muy amigos. Me acostumbré a visitarlas con cierta frecuencia, porque disfrutaba bastante de su agradable compañía.

Nunca olvidé la impresión que me causó el anciano y, a menudo, preguntaba a las hermanas sobre el pobre cuidador, pero no tenían nada de interés que decirme. Simplemente lo describieron como un "viejo amigo" que había estado al servicio de su padre durante años y años. No se arrojó más luz sobre la venta de la rana. Naturalmente, no estaban dispuestas a cuestionar a su viuda.

Una tarde, mientras estaba tomando el té en la habitación interior con la hermana mayor, tomé un álbum de fotografías. Pasando sus páginas, llegué a una fotografía notablemente parecida al viejo. Allí, ante mis ojos estaba ese extraño y sorprendente rostro, pero evidentemente esta fotografía había sido tomada muchos años antes de que yo lo viera. La cara estaba más llena y aún no había adquirido ese aspecto frágil e infinitamente cansado que recordaba. ¡Pero qué magníficos ojos! Ciertamente, había algo extraordinariamente impresionante en el hombre.

"¡Qué espléndida fotografía del pobre Holmes!", dije.

"¿Una fotografía de Holmes? No sabía que había una. Déjeme ver".

"Cuando le entregué el libro abierto, su hermana menor, Bessie, se asomó por la puerta abierta.

"Me voy al cine ahora", gritó. "Papá acaba de llamar para decir que estará listo en unos minutos para echar un vistazo a ese aparador Sheraton".

'At last I prevailed upon them to accept the money, if only to spend it on various charities in which they were interested. It was a relief to my mind when the matter was settled.

'The extraordinary incident of the jade frog made a bond between us, and in the course of our amicable arguments we became very friendly. I fell into the way of dropping in on them quite often, and soon began quite to rely on their sympathetic companionship.

'I never forgot the impression made on me by the old man, and often questioned the sisters about the poor caretaker, but they had nothing of any interest to tell me. They merely described him as an "old dear" who had been in their father's service for years and years. No further light was thrown on his sale of the frog. Naturally, they did not like to question his widow.

'One evening while I was having tea in the inner room with the elder sister, I picked up a photograph album. Turning its pages, I came on a remarkably fine likeness of the old man. There, before my eyes was that strange, striking countenance, but evidently this photograph had been taken many years before I saw him. The face was fuller and had not yet acquired the frail, infinitely wearied look I remembered. But what magnificent eyes! There certainly was something extraordinarily impressive about the man.

'"What a splendid photograph of poor old Holmes!" I said.

'"Photograph of Holmes? I'd no idea there was one. Let's see."

'As I handed her the open book, her young sister, Bessie, looked in through the open door.

'"I'm off to the movies now," she called out. "Father's just rung up to say he'll be round in a few minutes to have a look at that Sheraton sideboard.'

"Está bien, Bessie, estaré aquí, y muy contenta de tener su opinión", dijo la señorita Wilson, tomando el álbum de mi mano.

"No puedo ver ninguna fotografía del viejo Holmes", dijo.

"Señalé la parte superior de la página.

"¿Esa?", exclamó ella. "Pero, ¡ese es mi querido padre!".

"¡Su padre!"

"Sí, no puedo imaginar a dos personas más diferentes. ¡Debió estar muy oscuro cuando vio a Holmes!".

"Sí, sí; estaba muy oscuro", dije rápidamente, solo para ganar tiempo para pensar, porque me sentía desconcertado. Ningún grado de oscuridad podría explicar tal error. No tenía dudas que el hombre que había tomado por el cuidador era el mismo cuya fotografía tenía en mi mano. ¡Pero qué cosa más sorprendente, inexplicable!

¿Su padre? ¿Por qué demonios podría haber estado en la tienda sin que lo supieran sus hijas? ¿Por qué motivo había ocultado la venta de la rana? Y cuando supo de su valor, ¿por qué había dejado a las muchachas con la impresión de que era Holmes, el finado cuidador, quien la había vendido?

¿Estaba avergonzado de confesar su propio descuido? ¿O era posible que las chicas nunca le hubieran contado la sorprendente secuela de la venta? ¿Acaso ellas no querían que él supiera de su repentina adquisición? ¿Con qué extraña intriga familiar había tropezado? Pero, no importa quien fuera el que trataba de esconder un secreto, no era asunto mío. No quería causarle problemas a nadie. No, debía callarme la boca.

La hermana menor había dicho que su padre estaba por venir. ¿Me reconocería como su cliente? De ser así, podría ser bastante embarazoso.

"Es una cara espléndida", dije tímidamente.

"All right, Bessie, I'll be here, and very glad to have father's opinion," said Miss Wilson, taking the album from my hand.

"'I can't see any photograph of old Holmes," she said.

'I pointed to the top of the page.

"'That?" she exclaimed. "Why, that's my dear father!"

"'Your father!" I gasped.

"'Yes, I can't imagine any two people more unlike. It must have been very dark when you saw Holmes!"

"'Yes, yes; it was very dark," I said quickly — just to gain time to think, for I felt bewildered. No degree of darkness could possibly explain any such mistake. I had no moment's doubt as to the identity of the man I had taken for the caretaker with the one whose photograph I held in my hand. But what an amazing, inexplicable thing!

'Her father? Why on earth should he have been in the shop unknown to his daughters? For what possible motive had he concealed his sale of the frog? And when he heard of its value, why had he left the girls under the impression that it was Holmes, the dead caretaker, who had sold it?

'Had he been ashamed to confess his own inadvertence? Or was it possible that the girls had never told him the astonishing sequel to the sale? Did they perhaps not want him to know of their sudden acquisition? Into what strange family intrigue had I stumbled? But. whoever it was who had been so secretive, it was none of my business. I didn't want to give anyone away. No, I must hold my tongue.

'The younger sister had said the father was just coming. Would he recognize me as his customer? If so, it might be rather embarrassing.

"'It's a splendid face," I said shyly.

"¿No es así?", dijo con entusiasmo, complacida. "Tan inteligente y fuerte, ¿no le parece? Recuerdo cuando tomamos esa fotografía. Justo antes de que él se volviera religioso". La muchacha hablaba como si se refiriera a una enfermedad angustiosa.

"¿Se volvió muy religioso de repente?".

"Sí", dijo a regañadientes. "¡Pobre padre! Se hizo amigo de un sacerdote, y cambió mucho. Nunca volvió a ser el mismo".

Por el tono de voz de la muchacha, supuse que pensaba que la razón de su padre se había visto afectada. Tal vez eso explicara todo el asunto? En las dos ocasiones en que lo había visto, ¿acaso su mente y su cuerpo estaban vagando?

"¿Su religión lo hizo infeliz?", me aventuré a preguntar, porque estaba ansioso por obtener más luz sobre ese extraño ser antes de que lo volviera a encontrar.

"Sí, terriblemente". Los ojos de la muchacha estaban llenos de lágrimas.

"Verá... fue...". Ella vaciló, pero después de un vistazo me dijo: "Realmente no hay razón para que no se lo diga. Lo considero un verdadero amigo. Mi pobre padre comenzó a pensar que había hecho algo muy malo. No podía acallar su conciencia. ¿Recuerda que le conté de su extraordinario don? Bueno, su fortuna realmente se basó en tres grandes negocios. Verá, él tuvo exactamente el mismo tipo de suerte que usted tuvo el otro día, por eso decidí decírselo. Parece una coincidencia tan extraña".

Ella hizo una pausa.

"Por favor, continúe", la animé.

"Bueno, en tres ocasiones distintas compró por unos pocos chelines objetos de inmenso valor. Solo que a diferencia de usted, él sabía de qué se trataba. El beneficio obtenido en su venta no lo sorprendió. A diferencia de usted, él no sintió ninguna obligación de compensar a las personas ignorantes que habían desechado fortu-

"Isn't it?" she said with pleased eagerness. "So clever and strong, don't you think? I remember when that photograph was taken. It was just before he got religion." The girl spoke as if she referred to some distressing illness.

"'Did he suddenly become very religious?"

"'Yes,' she said reluctantly. "Poor father! He made friends with a priest, and became so changed. He was never the same again."

'From the break in the girl's voice, I guessed she thought her father's reason had been affected. Perhaps this explained the whole affair? On the two occasions when I had seen him, was he wandering in mind as well as body?

"'Did his religion make him unhappy?" I ventured to ask, for I was most anxious for more light on the strange being before I met him again.

"'Yes, dreadfully.' The girl's eyes were full of tears.

"You see... it was..." She hesitated, but after a glance at me went on, "There's really no reason why I shouldn't tell you. I've come to look on you as a real friend. My poor father began to think he had done something very wrong. He couldn't quite his conscience. You remember me telling you of his extraordinary flair? Well, his fortune had really been founded on three marvelous strokes of business. You see, he had exactly the same sort of luck you had here the other day — that's why I decided to tell you. It seems such an odd coincidence.'

'She paused.

"'Please go on," I urged.

"'Well, on three separate occasions he bought for a few shillings objects that were of immense value. Only unlike you — he did know what he was about. The profit made on their sale was no surprise to him. Unlike you, he did not then see any obligation to make it up to the ignorant people who had thrown away fortunes.

nas. Después de todo, la mayoría de los vendedores no lo harían, ¿verdad? ", preguntó a la defensiva. "Bueno, mi padre se hizo cada vez más rico... Años más tarde, conoció a este sacerdote, y luego pareció volverse más o menos... mórbido. Comenzó a pensar que nuestra riqueza se basaba en algo que realmente no era mejor que el robo. Se reprochó amargamente por haberse aprovechado de la ignorancia de esos tres hombres. Lamentablemente, logró descubrir lo que finalmente le había sucedido a cada uno de aquellos a quienes él llamaba sus "víctimas". Desafortunadamente, sus tres clientes habían muerto indigentes. Ese descubrimiento hizo su vida completamente miserable. Dos de esos hombres murieron sin dejar hijos, por lo que, como no se pudo encontrar ninguna descendiente, mi padre no pudo ofrecer ninguna reparación.

El hijo del tercero se fue a América: pero allí también él murió sin dejar familia. Así que mi pobre padre no pudo encontrar ningún medio para reparar sus malos actos. Eso era lo que él anhelaba: reparar. Su fracaso lo torturaba, hasta que su pobre y querida mente se desquició. A medida que la religión ganaba cada vez más control sobre él, se formó una noción extraña en su cabeza, una obsesión fija. "La mejor buena obra, aparte de hacer una buena acción uno mismo", diría él, "es proporcionarle a otra persona la oportunidad par hacer una buena acción. Cristo es crucificado de nuevo por nuestros pecados. Debido a que pequé contra Él tres veces, de alguna manera debo causar tres acciones correspondientemente buenas que contrarrestarán mis propios pecados. De ninguna otra manera puedo expiar mis crímenes contra Cristo, porque fueron crímenes".

"En vano discutimos con él, asegurándole que había hecho lo mismo que casi todos los demás hombres. No sirvió. 'Otros hombres deben juzgar por sí mismos. He hecho el mal a sabiendas', decía. Se volvió cada vez más obstinado en su

After all, most dealers wouldn't, would they?" she asked defensively. "'Well, father grew richer and richer... Years later, he met this priest, and then he seemed to go sort of — er — morbid. He began to think that our wealth had been founded on what was really no better than theft. He reproached himself bitterly for having taken advantage of those three men's ignorance. Unhappily in each case he succeeded in discovering what had ultimately happened to those he called his 'victims'. Most unfortunately, all three customers had died destitute. This discovery made him incurably miserable. Two of these men had died without leaving any children, so, as no relations could be found, my father was unable to make amends.

"'The son of the third he traced to America: but there he, too, had died leaving no family. So poor father could find no means of making reparation. That was what he longed for — to make reparation. His failure preyed and preyed on him, until his poor dear mind became quite unhinged. As religion gained stronger and stronger hold on him, he took a queer sort of notion into his head — a regular obsession. 'The next best thing to doing a good deed yourself,' he would say, 'is to provide someone else with the opportunity — to give him his cue. In our sins Christ is crucified afresh. Because I sinned against Him thrice, I must somehow be the cause of three correspondingly good actions that will counter-balance my own sins. In no other way can I atone for my crimes against Christ, for crimes they were.'

"'In vain we argued with him, assuring him he had done only as nearly all other men would have done. It was no use. 'Other men must judge for themselves. I have done what I know to be wrong,' he would moan. He grew more and more

idea de... ejem – expiación. ¡Se convirtió en un maniático religioso!".

Decidido a encontrar a tres seres humanos, que con sus buenas acciones, anularían, por así decirlo, el dolor causado a la Divinidad por lo que él llamó sus "tres crímenes", se dedicó a encontrar obras de arte de apariencia insignificante que ofrecería por unos pocos chelines.

"¡Pobre viejo padre! Nunca olvidaré su alegría cuando un día un hombre trajo de vuelta un jarrón que había comprado por cinco chelines y luego descubrió que valía 600 libras. "Creo que debe haber cometido un error", dijo el hombre. Así como lo hiciste, ¡Dios te bendiga!

Cinco años después ocurrió algo similar, y él estaba, oh, tan radiante. Dos de sus crímenes habían sido cancelados, ¡dos tercios de su expiación habían sido logrados!

Luego siguieron años y años de extenuante decepción. "Nunca voy a descansar. No puedo, no, nunca, nunca, hasta que encuentre el tercero", solía decir.

La muchacha comenzó a llorar. Escondiendo su rostro detrás de sus manos, murmuró, "¡Oh, si tan solo hubiera venido antes!".

Escuché el tintineo de la campana.

"¡Cómo debe haber sufrido!", dije. "Estoy muy contento de haber tenido la suerte de ser el tercero. ¿Está satisfecho ahora?".

Sus manos cayeron de su rostro; ella me miro fijamente

Oí pasos acercarse.

"Me alegro tanto de poder volver a verlo", le dije.

"¿Verlo a él?" Repitió ella con asombro cuando los pasos se acercaban.

"Sí, puedo quedarme y ver a su padre, ¿no puedo? Escuché a su hermana decir que pronto estaría aquí.

"¡Oh, ahora lo entiendo!", exclamó. "Se refiere al padre de Bessie! Pero Bessie y yo somos solo hermanastras. Mi pobre padre murió hace muchos años".

fixed in his idea of — er — expiation. It became positive religious mania!

"'Determined to find three human beings who, by their good actions, would, as it were, cancel out the pain caused to Divinity by what he called his 'three crimes', he busied himself in finding insignificant-looking works of art which he would offer for a few shillings.

"'Poor old father! Never shall I forget his joy when one day a man brought back a vase he had bought for five shillings and then discovered to be worth six hundred pounds: 'I think you must have made a mistake,' the man said. Just as you did, bless you!

"'Five years later a similar thing occurred, and he was, oh, so radiant. Two of humanity's crimes cancelled out — two-thirds of his expiation achieved!

"'Then followed years and years of weary disappointment. 'I shall never rest. I can't. No, never, never, until I find the third,' he used to say.'

'Here the girl began to weep. Hiding her face behind her hands, she murmured, "Oh if only you had come sooner!"

'I heard the jingle-jangle of the bell.

"'How he must have suffered!" I said. "I'm so glad I had the luck to be the third. Is he satisfied now?"

'Her hands dropped from her face; she stared at me.

'I heard footsteps approach.

"'I'm so glad I'm going to meet him again," I said.

"'Meet him?" she echoed in amazement as the footsteps neared.

"'Yes, I may stay and see your father, mayn't I? I heard your sister say he would soon be here.'

"'Oh, now I understand!" she exclaimed. "You mean Bessie's father! But Bessie and I are only step-sisters. My poor father died years and years ago.'"